J. H. Petra
Mile High Affair
Liebe über den Horizont hinaus

Die Autorin Jennifer Arnhold wurde 1995 im kulturellen Kassel geboren. Erstmals veröffentlichte sie 2017 ihre Werke auf der Plattform Wattpad, 2022 erscheint ihr Debüt unter dem Pseudonym J. H.Petra. Wenn sie nicht auf ihrem Instagram-Account »books.with.jenny« über Bücher redet, die sie in ihrer Freizeit verschlingt, sitzt sie entweder am Schreiben neuer Geschichten oder verbringt Zeit mit ihrer Katze Ivy und ihren Liebsten.

J. H. Petra

Mile High Affair
Liebe über den Horizont hinaus

Roman

Mehr über unsere Autorinnen, Autoren und Bücher:
www.piper.de

Wenn Ihnen dieser Roman gefallen hat, schreiben Sie uns unter Nennung des Titels »Mile High Affair – Liebe über den Horizont hinaus« an empfehlungen@piper.de, und wir empfehlen Ihnen gerne vergleichbare Bücher.

ISBN 978-3-492-50585-7
© Piper Verlag GmbH, München 2022
Redaktion: Larissa Bendl
Satz auf Grundlage eines CSS-Layouts
von digital publishing competence (München)
mit abavo vlow (Buchloe)
Covergestaltung: Traumstoff Buchdesign, traumstoff.at
Covermotiv: Bilder unter Lizenzierung von Shutterstock.com genutzt
Printed in Germany

Für Marie.
Wer weiß, wo diese Geschichte heute ohne dich wäre.

Playlist »Mile High Affair«

Cheat Codes – No Promises (feat. Demi Lovato)
Zac Efron, Zendaya – Rewrite The Stars
Camila Cabello – Something's Gotta Give
Kygo, Zara Larsson, Tyga – Like It Is
Bebe Rexha – Baby, I'm Jealous (feat. Doja Cat)
Khalid, Disclosure – Know Your Worth
Nea – Some Say (Felix Jaehn Remix)
Nico Santos, Topic – Like I Love You
JP Saxe – If the World Was Ending (feat. Julia Michaels)
Ariana Grande – Stuck With U (with Justin Bieber)
Jack Curley – Down
Mindme, Emmi – Don't Need It
Imagine Dragons – Believer
Jonas Blue, Paloma Faith – Mistakes
Olly Murs – Troublemaker (feat. Flo Rida)
Ray Dalton – In My Bones
Tate McRae, Ali Gatie – lie to me
Shakira – Hips Don't Lie (feat. Wyclef Jean)
Nessa Barrett – la di die (feat. jxdn)
NOTD, Felix Jaehn, Captain Cuts, Georgia Ku – So Close
The Kid LAROI – STAY (with Justin Bieber)
Becky Hill, David Guetta – Remember
Ed Sheeran – Happier
Zedd, Foxes – Clarity
Thirty Seconds To Mars – Hurricane
Maroon 5 – Cold (feat. Future)
JC Stewart – Break My Heart

Ariana Grande – bad idea
Arrows in Action, Taylor Acorn – Uncomfortably Numb
JAY-Z, Alicia Keys – Empire State Of Mind
Jessie Murph – Always Been You

Prolog

Es gibt Frauen, deren schönster Tag im Leben dieser ist. Jener Moment, in dem sie in einem Traum in Weiß, mit perfekt sitzendem Haar und Make-up den einen Gang entlang schreiten, an dessen Ende der Mann wartet, mit dem sie den Rest ihres Lebens verbringen wollen. Die Hand, die noch in der des Vaters ruht, wird vertrauensvoll in die des zukünftigen Schwiegersohnes gelegt, mit den Worten, er solle gut auf seine Tochter achten, ehe die zwei Liebenden sich – abgesehen von ihren Trauzeugen – alleine am Altar befinden, um dann den Bund der Ehe einzugehen. Sie versprechen sich vor allen Anwesenden und vor Gott jene Dinge, die bis in den Tod anhalten sollen.

Liebe.
Treue.
Vertrauen.

Bedingungslos und mit dem Wissen, dass beide sich nach nichts mehr sehnen als der berüchtigten Frage, die sie mit einem lächelnden »Ja« beantworten. Zum krönenden Abschluss kommt der Kuss. Der, der ihr Schicksal und für alle anderen den Bund besiegelt und bezeugt, dass diese zwei Menschen zueinander gehören.

Und dann gibt es Frauen wie mich – die all das mit ansehen müssen und versuchen, ihre Haltung zu wahren. Die sich nicht anmerken lassen wollen, wie mit jeder vergehenden Minute, mit jedem einzelnen Wort, ihr Herz in tausend Stücke zerrissen wird, während sie dazu gezwungen sind, den Mann, dem seit langer Zeit genau dieses gehört, dabei zu beobachten, wie er all das einer anderen verspricht.

Wenn ich eine Wahl hätte, ich hätte keinen einzigen Schritt in diese Kirche gesetzt.

Ich hätte mich nicht in dieses Kleid gezwängt, das mir eine Ablenkung vom Kommenden sichern soll, nur um so wenig leiden zu müssen wie möglich.

Dann würde Marco nicht neben mir stehen und wie alle anderen dem Brautpaar zujubeln, unwissend, dass seine Freude seiner Cousine nur noch mehr Dolche ins Herz bohrt.

Dann müsste ich nicht *seinem* Blick begegnen, der meinen sucht und mir auch den letzten Rest an Kraft entzieht, die ich brauche, um diesen Tag ohne größeren Schaden zu überstehen.

Niemals werde ich den Tag vergessen können, an dem er sich endgültig für sie entschieden hat.

Vor mir erscheint ein weißes Tuch, woraufhin ich meinen Blick von ihm abwende und stattdessen in ein anderes Paar Augen blicke, das mich schmunzelnd betrachtet.

»Ich wusste ja, dass viele Frauen auf Hochzeiten sentimental werden, aber dass du zu ihnen gehörst, ist mir neu.«

Ohne etwas auf Marcos Worte zu erwidern, nehme ich das Taschentuch und wische die verräterischen Tränen fort, bis kein Anzeichen meiner Gefühle mehr zu finden ist.

Wie alle anderen Gäste folgen wir dem frisch vermählten Paar ins Freie, wo es die ersten Glückwünsche annimmt, ehe es für alle zur Location geht, wo die richtige Feier stattfinden wird. Ich hingegen ziehe Marco an seinem Ärmel mit in Richtung meines Wagens, woraufhin von ihm ein protestierender Laut kommt.

»Wir können doch nicht einfach vorausfahren, wir müssen dem Brautpaar doch erst gratulieren!«

»Glaub mir, wenn ich dir sage, dass die Braut auf meine Glückwünsche keinen großen Wert legt. Und Sean ...« Ich schlucke, sobald sein Name über meine Lippen kommt, versuche aber, die aufkommenden Gefühle, die sich mit seinem Namen in meinem Körper ausbreiten wollen, zu unterbinden. »Dem Bräutigam können wir auch noch gratulieren, wenn er nicht gerade von unzähligen Personen umzingelt wird. Er wird das eher zu schätzen wissen, als dass wir uns auch noch wie Aasgeier auf ihn stürzen.«

In anderen Situationen wiederum ...

»Na, wenn du das sagst. Du kennst ihn schließlich besser als ich.« Er zuckt mit den Schultern, ehe er uns zu meinem Auto führt, mit dem wir hierher gefahren sind. Meine beste Freundin Angelina ist mit Nate, ihrem Freund, erschienen, weshalb es sich für Marco und mich als kein Problem dargestellt hat, den Wagen zu nehmen, den ich mir normalerweise mit ihr teile.

Für meinen Cousin ist der Reiz dieser Hochzeit die große Auswahl an Frauen, aus welchen er sich seine heutige Vergnügung herauspicken kann, für mich der unbegrenzte Alkohol, der mich hoffentlich die restlichen Stunden vergessen lässt.

Du kennst ihn besser als ich.

Eine Zeit lang dachte ich tatsächlich, dass ich diesen Mann kennen würde. Bis ich eines Besseren belehrt wurde.

Mein Körper fühlt sich an wie in Watte gepackt, als ich mit einem Glas Wasser an einem der Tische sitze und warten soll, bis Angelina mit meinem Cousin im Schlepptau zurückkommt. Ich jedoch habe andere Pläne, sodass ich das Glas in einem Zug leer trinke und abstelle, direkt neben dem Teller mit den Häppchen, den sie mir dagelassen hat. Dann stehe ich auf.

Jegliche Traurigkeit und Wut sind verpufft, stattdessen kann ich nur daran denken, wie sich ein harter Körper über mich beugt und dafür sorgt, dass sich dieser Tag noch wegen etwas anderem als dem Alkohol lohnt. Am besten vögelt mir besagter Körper jegliche Erinnerung, die mir von diesem

Ereignis noch bleiben könnte, aus dem Hirn, damit ich in Zukunft nur noch an heißen Sex denken werde, wenn jemand die Hochzeit von Angelinas Schwester erwähnt.

Weit komme ich jedoch nicht, da sich augenblicklicher Schwindel bemerkbar macht und mich zu Boden reißen will. Das würde auch passieren, würden nicht zwei Hände nach mir greifen und sich um meine Taille legen.

Auch ohne meine Augen zu öffnen, spüre ich seinen Griff. Nehme seinen Geruch wahr. Ich würde ihn immer und überall erkennen, und genau das ist es, was mich dazu veranlasst, meine Lider zu öffnen und seine Hände von mir schieben zu wollen.

»Lass mich los, Sean!«

»Damit du tatsächlich Bekanntschaft mit dem Boden machst? Ich glaube kaum.«

Schnaufend bleibt sein Blick an meinen Augen hängen und wären es andere Umstände, hätte er vor wenigen Stunden nicht eine andere geheiratet – vielleicht hätte ich ihn dann an seinem Kragen zu mir gezogen und geküsst. Aber auch er scheint gerade an was ganz anderes zu denken, so wie sich seine Lippen aufeinanderpressen und sein Griff stärker wird.

»Du hast dich völlig abgeschossen. Ist das dein Ernst, Mika?!«

»Nenn mich nicht so!«, knurre ich und schaffe es, mich von ihm zu lösen, was mich zwar einen Moment ins Straucheln bringt, doch ich kann mich schnell wieder zusammenreißen. »Und fass mich nie wieder an!«

Nur der lauten Musik ist es zu verdanken, dass uns niemand hört, andernfalls würde ich mein Benehmen wohl spätestens am nächsten Tag bereuen. Jetzt jedoch sprechen der Alkohol, die Wut und der Schmerz aus mir, die bei seinem Anblick nicht still bleiben können.

»Und wenn ich mich hier betrinke, es kann dir scheißegal sein! Ich kann tun und lassen, was ich will. Du bist weder mein Bruder noch mein gottverdammter Freund!«

Seine Hände ballen sich zu Fäusten und sein Blick verdunkelt sich, sodass ich es beinahe bereue, ihn so anzufahren. Mein leichtsinniges Köpfchen will jedoch nichts lieber tun, als alles, was sich über die Jahre in mir angestaut hat, an ihm auslassen, in der Hoffnung, dass ich mich danach besser fühle. Dass ich nicht wieder und wieder einen anderen Mann brauche, der mir als Ventil für den Sturm in meinem Inneren dient.

»Geh lieber zu deiner Ehefrau und kümmere dich um sie. Für sie hast du dich schließlich entschieden, also lass mi– ... hey!«

Ruckartig werde ich an meinem Arm in Richtung des Hauses gezogen. So sehr ich mich auch dagegen wehren will, sein schnelles Tempo in Kombination mit meinem Pegel lässt mir keine andere Wahl, als meine Füße zu bewegen, außer ich möchte tatsächlich auf dem feuchten Gras landen. Daher hebe ich mir meine Schimpftirade für dann auf, wenn Sean mich endlich loslässt und ich nicht Gefahr laufe, mein Gleichgewicht zu verlieren.

Ich brauche einen Moment, um zu merken, dass er geradewegs auf mein Zimmer für die Nacht zusteuert, und innerlich frage ich mich, woher er weiß, welches meines ist.

Sobald wir vor meiner Tür stehen bleiben, greift er nach meiner winzig kleinen Handtasche, um die Schlüsselkarte hervorzuholen und sie an den Sensor zu halten. Seine Hand löst sich von mir, ermöglicht es mir, mich an seinem Körper vorbei ins Zimmer zu schieben, wo ich mich auf das Bett setze und ihn mit verschränkten Armen mustere. Er selbst verschließt die Tür hinter sich und wendet sich mir zu, hält aber einen gewissen Abstand, von dem ich nicht weiß, ob er mich stört oder ob ich ihn bevorzuge.

»Und nun? Ich bin kein kleines Kind, auf das du aufpassen musst.«

»Offensichtlich ja schon, wenn du dich nicht beherrschen kannst.« Frustriert streicht er sich durch sein braunes Haar und läuft wie ein gescheuchtes Tier hin und her, während ich schweige.

Ich verstehe schon lange nicht mehr, was im Kopf dieses Mannes vor sich geht, aber will ich das überhaupt noch? Schließlich hat er sich entschieden, schon vor langer Zeit. Und zwar für Zoella Maddox – nein, Zoella Wright, seit heute – und nicht für mich.

Für uns.

»Tu uns beiden einen Gefallen und lass mich in Ruhe. Es ist für mich schon beschissen genug, hier sein zu müssen. Warum lässt du mir dann nicht einfach meinen Spaß und ignorierst mich? Ich bin nicht deine kleine Schwester, auf die du wie ein Wachhund ein Auge haben musst. Und sicher vermisst dich deine Ehefrau schon sehnsüchtig.«

Ich kann nicht verhindern, dass die letzten Worte voller Verachtung aus meinem Mund kommen, doch seit Jahren schon kann ich diese Person nicht ausstehen. Angelina weiß bis heute nicht alles, was damals geschehen ist. Genau genommen weiß sie nicht mal einen Hauch dessen, was sich zwischen Sean, Zoella und mir abgespielt hat, doch ich hüte mich, ihr auch nur eine Silbe davon zu erzählen. Niemals würde ich ihre Beziehung zu ihrer Schwester absichtlich sabotieren wollen. Das widerstrebt all meinen Prinzipien, so sehr ich dieses Miststück auch hasse.

Ich stehe auf und lege meine Hand auf Seans Oberarm, woraufhin er in seinen Schritten stoppt und mich ansieht. So deutlich wie die Sterne am Nachthimmel kann ich den Kampf in seinen Augen erkennen, trotz meines nicht ganz klaren Verstandes, und doch zwinge ich mich dazu, zu schweigen. Es ist nicht mein Kampf, sondern seiner. Und nicht ich bin diejenige, die an seiner Seite steht, sondern sie.

»Bitte geh. Wenn ich dir auch nur irgendetwas bedeute, dann verlass dieses Zimmer und quäl mich nicht weiter. Das hast du schon genug, indem ich hierherkommen musste.«

»Warum hast du es dann getan? Warum bist du dann hier?« Seine Stimme ist nichts als ein Wispern, während er sich so zu mir dreht, dass seine Brust die meine streift. Es wäre ein Leichtes, meine Hand von seinem Arm dorthin wandern zu lassen, wo ich seinen Herzschlag spüren könnte, und gleichzeitig wäre es die reinste Selbstfolter.

»Du hättest nicht kommen müssen, Mikayla. Wieso bist du hier, wenn du es nicht erträgst, in meiner Nähe zu sein?«

»Du weißt, warum. Du weißt, dass nicht ich diejenige gewesen bin, die ...« Die Worte bleiben in meinem Hals stecken und ich kann nicht verhindern, dass sich eine Träne aus meinem Augenwinkel löst.

Wir können beide nichts dagegen tun, dass sich seine Hand an meine Wange legt. Mit dem Daumen wischt er die Offenbarung meiner Schwäche fort und lässt sie dann dort ruhen.

»Ich wollte, dass du hier bist. Ich brauchte dich hier, Mika.«

Sein Spitzname für mich ist wie ein Stich ins Herz, hat er mich doch immer so genannt, wenn es nur wir zwei waren. Es war immer sein Name für mich, den niemand anders in den Mund nehmen durfte. Nur dass es kein Wir mehr geben wird, weswegen ich einen Schritt von ihm zurückweiche und den Kopf schüttle.

»Geh.«

»Mikayla –«

»Ich sagte, dass du verschwinden sollst!«

Seine weichen Gesichtszüge verhärten sich und er tut es tatsächlich, er geht. Jedoch nicht zur Tür, sondern direkt auf mich zu, packt mit einer Hand meinen Nacken und presst seine Lippen beinahe gewaltsam auf meine.

Ich sträube mich, schlage wieder und wieder auf seine Brust, doch wird sein Griff um mich nur unnachgiebiger.

Seine andere Hand legt sich um meinen Körper, presst ihn an seinen und gibt mir keine Bewegungsfreiheit. Er wusste schon immer, wie er mit mir umgehen musste, egal in welcher Situation. Und es sollte mich nicht wundern, dass sich meine Abwehr nach und nach verflüchtigt. Dass meine Hände von seiner Brust, auf die sie bis eben noch getrommelt haben, zu dem Kragen seines weißen Hemdes wandern und ihn nun doch an diesem zu mir hinabziehen.

Ich hätte wissen sollen, dass ich wie Butter in der prallen Sonne dahinschmelzen und mich nicht dagegen wehren können würde. Sean Wright war schon immer meine Droge, die mich wieder und wieder schwach werden ließ und von der ich nie loskommen konnte, egal wie stark meine Versuche oder mein Wille gewesen sein mochten.

Ich bin eine selbstbewusste Frau, lasse mir von nichts und niemandem etwas vorschreiben ... außer von diesem Mann, der schon von Beginn an mich und meinen Körper spielen konnte wie kein anderer.

Ich hätte voraussehen müssen, dass all meine Vernunft vom Wind weggeweht werden würde, sobald mich seine starken Arme zu diesem Bett tragen. Dass sich mein Körper und meine Seele voll und ganz in seine Hände begeben und alles mit sich tun lassen würden.

Dass ich jeden Kuss seiner Lippen auf meiner Haut auskosten würde.

Dass jedes liebevolle Wort auf seinen Lippen mein schwaches Herz erneut wie ein Seil gefangen nehmen würde.

Dass jede Vereinigung unserer Körper meinem Verstand etwas vorspielen würde, was er niemals wirklich haben kann.

Dass mir am nächsten Morgen nichts anderes bleiben würde als Reue, Wut und Schmerz.

Dass ich nicht stark genug sein würde, das Richtige zu tun.

Und mal wieder bin ich es, die den Preis bezahlt.

01.

Ein Jahr später

»Fängst du schon wieder mit dem Thema an! Denkst du nicht, dass ich es auch sehr gut allein schaffe, wenn ich mich mit einem Typen treffen möchte?«

»Das meine ich nicht und das weißt du ganz genau, Kay.«

Ihr unüberhörbares Seufzen schallt durch die Leitung des Telefons an mein Ohr, woraufhin ich die Augen verdrehe. Ich schätze Angelinas Sorge um mich und mein Liebesleben, aber wir wissen beide ganz genau, dass ich mich weder zu etwas zwingen lasse noch zu scheu wäre, einem Mann zu zeigen, dass ich an ihm interessiert bin. Nur bin ich momentan an niemandem interessiert und daran werden auch die Überzeugungskünste meiner besten Freundin nichts ändern können.

»Es ist wirklich süß von dir, Lina, aber wir wissen beide, dass sich unser Geschmack, was Männer angeht, dann doch etwas unterscheidet. Nichts für ungut.«

Mit meiner Hüfte lehne mich an unsere Theke, lasse nachdenklich meinen Blick über unsere offene Küche wandern, und überlege, ob ich nicht doch noch eine Kleinigkeit essen will, bevor ich mich auf den Weg zum Flughafen mache. Dieses Mal wird es ein Inlandsflug nach Philadelphia, bevor der Flug, auf den ich mich schon freue, seitdem ich weiß, dass ich für ihn eingeteilt worden bin, kurz vor der Tür steht – Paris. Für viele verliebte Menschen die Stadt der Liebe, für mich jedoch ein Paradies aus Käse, Patisserie-Gebäck und anderweitigen köstlichen Speisen.

Während ich Angelina dabei lausche, wie sie weiterhin versucht, mich um den Finger zu wickeln, lasse ich meine Füße auf direktem Weg zum Kühlschrank über das Parkett rutschen. Daraus hole ich mir einen eisgekühlten Energydrink und einen Joghurt, der mich geradezu anlächelt. Beides Dinge, nach denen ich neben den Kochkünsten meiner Familie wortwörtlich süchtig bin.

»Bist du endlich still, wenn ich zustimme, dass du irgendwann, wenn ich *wirklich* verzweifelt bin, die Chance bekommst, mich mit jemandem zu verkuppeln, der deiner Meinung nach was für mich wäre?«

Das Kreischen ihrerseits sorgt dafür, dass ich meine Hand mit dem Telefon einige Meter von meinem Ohr fernhalte, bis ich mir sicher bin, dass sie sich beruhigt hat. So sehr ich sie auch liebe, sie neigt dazu, mein Temperament zu füttern, sodass ich oft genug in meine Muttersprache verfalle und anfange zu fluchen. Sie nennt es mein *brasilianisches Feuer*, und da kann ich ihr nicht widersprechen.

Es gibt nur wenige Dinge, die mich an São Luís erinnern, da ich wie Angelina in Amerika geboren und aufgewachsen bin. Wenn meine Eltern es sich leisten konnten, sind wir zu meinen Verwandten nach Brasilien geflogen, um sie zu besuchen. Dieses Besuchsritual versuche ich noch heute aufrechtzuerhalten, da auch sie irgendwann Sehnsucht nach ihrer Heimat verspürt haben und nun wieder dort leben.

Ich hingegen bin in den USA geblieben, da dies mein Zuhause ist. Hier ist meine zweite Familie – mal abgesehen von Angelinas Schwester, da wir uns bis auf den Tod nicht ausstehen können –, auch wenn der Kontakt zu den meisten von ihnen in den letzten Monaten kaum vorhanden war.

Und dafür gibt es einen guten Grund, flüstert mir eine leise Stimme zu, doch ich lasse erst gar nicht zu, dass sich ein bestimmtes Gesicht, geschweige denn sein Name, in meinem Verstand materialisiert.

»Wann werden du und Maxim wieder zurück sein?«, frage ich nun, um von mir abzulenken, und treffe den Nagel auf den Kopf. Wenn es etwas gibt, worüber sie rund um die Uhr sprechen kann, dann ist es eindeutig dieses russische Schnittchen, mit dem sie – wie auch ich sagen muss – einen nicht unbeachtlichen Fang gemacht hat. Auch wenn der Weg bis zum jetzigen Punkt so holprig gewesen ist, als würde man versuchen, den Mount Everest zu besteigen.

»Ich weiß es noch nicht so genau. Er wollte noch ein paar Kleinigkeiten für seine Familie kaufen, die wir auf unseren Flug nach Russland dann mitnehmen werden.«

Mit einem lauten Zischen öffne ich die Metalldose vor meiner Nase, während ich versuche, das Handy zwischen Schulter und Kopf festzuhalten. »Ist es nicht etwas früh? Immerhin fliegt ihr erst in ... knapp zwei Monaten oder so wieder hin?«

»Ja, das kommt ungefähr hin. Aber er ist der Ansicht, dass er lieber alles vorher erledigen will. Nicht, dass wir noch irgendetwas vergessen.«

»Ich verstehe zwar nicht, was so schwer daran sein soll, typisch amerikanische Snacks und Souvenirs ein paar Tage vorher einkaufen zu gehen, aber ich habe schon lange aufgehört, diesen Mann verstehen zu wollen.« Und er scheint nicht der Einzige unter seiner Spezies zu sein, den ich wohl nie verstehen werde. Weder seine Denkweise noch sein Verhalten.

Maxim Nowikov ist in gleichem Maße das Beste und Schlechteste, was meiner besten Freundin widerfahren konnte. Ich habe sie bei keinem anderen Mann solch eine Achterbahnfahrt der Gefühle erleben sehen, doch jedes Mal, wenn die beiden zusammen sind, bin ich mir sicher, dass sie diese wieder und wieder in Kauf nehmen würde, wenn es sie letztendlich zu dem Mann führen würde, für den ihr Herz schlägt.

Die glückliche Bitch.

Im Hintergrund höre ich passend seine dunkle Stimme, was für mich das Signal ist, dass ich langsam auflegen sollte. Den Joghurt noch immer nicht angerührt, greife ich nach der Schublade zu meiner Linken, wo sich unser Besteck befindet, und hole einen Löffel hervor, öffne dann den Verschluss und lecke die Spuren des Erdbeerjoghurts ab.

»Und das ist dann wohl mein Zeichen«, sage ich mit einem Grinsen auf den Lippen, entferne mit der Zunge die Überbleibsel von meinem Mundwinkel und warte noch auf die verabschiedenden Worte meiner besten Freundin, bevor ich den Anruf beende.

Mich nun völlig meinem Dessert widmend, schweifen meine Gedanken in allerlei Richtungen. Es passiert mir immer, wenn ich mich allein in unserem Apartment befinde, das wir uns teilen, seitdem wir nach Phoenix gezogen sind. Ich bereue es bis heute nicht, denn ich bin eindeutig keine Person, die auf Dauer allein in ihren eigenen vier Wände leben kann. Dennoch bin ich mir bewusst, dass der Zeitpunkt kommen wird, an dem Angelinas graue Augen, die in gleicher Weise voller Gefühl wie von Kälte gefüllt sein können, in meine blicken und mir mitteilen, dass dieser Abschnitt unseres Lebens langsam sein Ende finden wird. Eigentlich warte ich nur darauf, dass Maxim sie fragt, ob sie zusammenziehen, so unzertrennlich wie die zwei geworden sind. Es sei ihnen gegönnt, zumal Angelina klipp und klar zeigt, dass unsere Freundschaft trotz ihrer Beziehung ihren Stellenwert nicht verloren hat, selbst wenn wir uns nicht mehr so oft sehen wie früher.

Dennoch habe ich Angst. Davor, wie es sein wird, wenn ich wirklich allein bin. Wenn ich Abend für Abend allein auf dem Sofa sitzen, mich in meine kuschelige Decke einwickeln werde und merke, wie sehr ich mich nach einer weiteren

Präsenz, einem warmen Körper an meiner Seite verzehre. Laut auszusprechen, traue ich es mich jedoch nicht, es würde diese Tatsache nur real machen. Den Schmerz, der sich mit jedem vergehenden Tag weiter in mich hineinfrisst, verschlimmern.

Du brauchst keinen Mann an deiner Seite, um glücklich zu sein. Das ist mein Mantra, das ich mir Tag für Tag innerlich aufsage und an dem ich mich festklammere wie ein Babyäffchen an seiner Mutter. Bisher hat sich nämlich nur das Gegenteil herausgestellt, wenn ich wieder und wieder in dieselbe Falle getappt bin und mich verbrannt habe.

Dass ich aus meinem Fehler nicht gelernt habe, bis es zu *jenem* Abend gekommen ist, liegt mir noch heute schwer im Magen. Es ist der Moment, den ich am meisten bereue und in dem ich mich am schmutzigsten gefühlt habe. Wie ein benutztes Handtuch, das im nächsten Moment einfach fallen gelassen wurde. Dabei hätte ich ... nein, ich *wusste* es besser. Von Anfang an und dennoch hat mich dieses Kobaltblau wieder in seinen Bann gezogen.

Sean ist der einzige Mann, dem ich je mein Herz anvertraut habe. Und trotzdem hat er es wieder und wieder mit Füßen getreten. Und genau das hat mich zu der Frau gemacht, die ich bin. Eine, die in der männlichen Schöpfung nicht mehr sieht als ein Werkzeug zu meinem eigenen Vergnügen, dem man besser nichts glauben sollte, was aus seinem Mund kommt. Zumindest in meinem Falle.

Den leeren Becher in den Mülleimer geworfen, greife ich nach meinem Energydrink und trinke einen großzügigen Schluck, laufe dabei durch das Wohnzimmer zu meinem Schlafzimmer, wo sich auf dem Bett meine Arbeitskleidung befindet. Da es sich heute um einen Flug mit maximal sechs Stunden Flugzeit handelt und unsere Maschine noch am selben Abend zurückfliegt, brauche ich nicht viel Gepäck mitzunehmen, sondern nur die wichtigsten Dinge wie Autoschlüssel, Portemonnaie und Telefon.

Ich stelle die Dose auf das kleine Nachtschränkchen und gehe dann auf meinen Kleiderschrank zu, der mittlerweile aus allen Nähten zu platzen droht, wenn ich nicht langsam mein Vorhaben in die Tat umsetze und meine Kleidung aussortiere. Ich meine, welche Frau braucht bitte zwanzig Paar Hosen, eine überdimensionale Anzahl an Pullovern, Shirts oder Tops und Unterwäsche, die selbst über die Körbe, in denen sie sich befindet, quillt? Doch wenn es dann dazu kommt, sich von etwas zu lösen, beginnt das Schwelgen in Erinnerungen.

Frau ist einfach nicht dafür geschaffen, sich von ihren Schätzen zu trennen. Und es sind leider Gottes viele.

Sobald ich ein farblich passendes Unterwäscheset in meinen Händen halte, lege ich es mit auf das Bett und ziehe mir dann meinen Oversize-Hoodie über den Kopf. Eigentlich ist es einer von Angelina, den ich mir hin und wieder stibitze, und sie wiederum hat ihn ebenfalls von wem anders. Dabei kommen nur zwei Männer infrage und das ist entweder ihr Freund – wobei dies nicht ganz seinem Kleidungsstil entspricht, aber man weiß ja nie – oder ihr Ex-Freund Schrägstrich Bettgeschichte, mit dem sie wieder und wieder über die Jahre etwas am Laufen hatte, bis es sich seinerseits zur beschissensten Zeit überhaupt als mehr herausgestellt hat. Und bis heute haben weder Angelina noch ich noch mal etwas von Nate gehört oder gesehen.

Meine Finger schieben die BH-Träger über meine Schultern, bis meine Brüste angenehm und wohlbehütet in ihren Körbchen liegen, dann greife ich nach der Bluse, die ich Knopf für Knopf schließe. Es kribbelt in meinen Fingern, wenn ich nur daran denke, wann es endlich wieder so weit sein wird, dass raue Hände genau das Gegenteil tun und mich wie ein Geschenk Stück für Stück auspacken. Dass gierige Augen über mich wandern und mir die Bestätigung geben, die meine verkorkste Psyche so bitter nötig hat, um dann meinen Körper in Beschlag zu nehmen und meine Hormone aufs Letzte auszureizen.

Nur noch ein Flug, Mikayla, dann stehen die Chancen sehr gut. Ob in der Luft oder auf dem Erdboden. Du brauchst unbedingt wieder Ablenkung.

Fertig angezogen laufe ich ins Badezimmer, wo ich unsere beachtliche Make-up-Sammlung beäuge, alle ausgewählten Produkte vor mir ausbreite, sie professionell auf meinem Gesicht verteile und letztendlich meinen Lieblingsfarbton zücke, um ihn über meine Lippen gleiten zu lassen. Abschließend imitiere ich einen Kussmund. Perfekt.

Meine schwarze Mähne bändige ich in einem hohen Zopf, sprühe mir etwas meines Standard-Parfums auf das Handgelenk und auf die Haut hinter meinem Ohr sowie über meinem Brustbein und nicke zufrieden.

Aus dem Schlafzimmer hole ich mir eine kleine Tasche, in der ich alles verstaue, und nehme dann meine Dose, um die letzten Schlucke daraus zu trinken. Diese entsorgt, gehe ich auf die Apartmenttür zu, lasse noch einen letzten prüfenden Blick über alles schweifen. Lieber einmal zu viel schauen und bemerken, dass der Herd doch an ist, als dass man plötzlich vor einer abgefackelten Wohnung steht.

Dann öffne ich die Tür und lasse sie kurz darauf hinter mir ins Schloss fallen, laufe die Treppen nach unten, bis ich draußen in der frischen Luft stehe, und visiere unser Auto an, auf dessen Fahrersitz ich mich fallen lasse und die Zündung betätige. Auf nach Pennsylvania.

02.

Mit rasselndem Atem passiere ich die Schiebetüren des Flughafens und ziehe den kleinen schwarzen Rollkoffer hinter mir her, dessen Material wieder und wieder gegen meine Ferse knallt. Ein langsameres Tempo kann ich aber nicht einschlagen, da ich bereits seit fünfzehn Minuten im Besprechungszimmer am Ende der langen Halle sitzen und meine Unterlagen in den Händen halten müsste.

Fluchend quetsche ich mich an den Passagieren vorbei, die auf ihre Flüge warten und sich ihre Zeit damit vertreiben, entweder in der Gegend rumzustehen oder sich anderen Beschäftigungen zu widmen, wie dem Lesen eines Buches oder Unterhaltungen mit anderen Reisenden.

»Verdammter Stau«, brumme ich und versuche, meine Atmung wieder unter Kontrolle zu bringen, damit ich nicht wie ein hechelnder Hund den Raum betrete. Der Aufmerksamkeit aller werde ich mir so oder so sicher sein, da muss ich ihnen nicht auch noch solch einen Anblick liefern.

Natürlich war ich mir mehr als bewusst, dass es gerade um die Rushhour auf den Straßen nur so an Autofahrern wimmeln würde, doch dass sie ausgerechnet heute einen Unfall fabrizieren würden, der mir keinerlei Chancen gegeben hat, einen anderen Weg zum Flughafen einzuschlagen, damit habe ich einfach nicht gerechnet. Meine gute Laune hat solch eine dumme, aber dennoch realistische Wahrscheinlichkeit nicht in Betracht gezogen, und nun habe ich das Dilemma. Ich kann mich glücklich schätzen, wenn ich nicht mächtig Anschiss dafür bekomme.

Es ist eines der wichtigsten Dinge, stets pünktlich zu den Vorbesprechungen für unsere Flüge zu erscheinen, um ja keine wichtigen Informationen zu verpassen. Lediglich den Mitarbeitern, welche für die First Class zuständig sind, wird noch mehr Last aufgebürdet. Sie müssen sich nicht nur die einzelnen Namen ihrer Passagiere merken, sondern auch auf besondere Wünsche, Allergien oder jegliche andere Kleinigkeiten achten. Im ersten Moment klingt es nur danach, dem reicheren Prozent der Bevölkerung zu Diensten zu sein, aber freiwillig tauschen würde ich dennoch nicht. Da bleibe ich lieber bei meinen Economies, die zwar eine höhere Anzahl besitzen, andererseits nicht so versnobt sind. Und ich muss ihnen nicht in den Arsch kriechen.

Daher kann ich auch nicht verstehen, dass Angelina sich darüber freut, stets in der First Class zu arbeiten. Allerdings ist sie ebenfalls mit mehr Geld aufgewachsen, auch wenn es nicht auf ihren Charakter abgefärbt hat. Andernfalls hätte ich ihr schon lange eine Ansage gemacht, die sich gewaschen hat, so wie es sich für eine beste Freundin gehört.

Vor der grauen Metalltür bleibe ich stehen und atme mehrmals tief durch, damit mein Herz seinen Takt findet und langsamer schlägt, ehe ich meine Hand hebe und sie zu einer Faust balle, um zu klopfen. Ich öffne die Tür und wie erwartet liegen unzählige Blicke auf mir. Eine breite Mischung aus Belustigung, Augenrollen und Tadel blickt mir entgegen.

Ich murmle ein leises »Entschuldigung«, laufe dann auf den letzten freien Platz zu, stelle meinen Koffer daneben und lasse mich auf den Stuhl fallen.

»Wie ich bereits sagte«, fährt der Mann mir gegenüber fort. Anhand seiner geschürzten Lippen weiß ich sofort, dass es sich bei ihm um unseren Koordinator handelt, der das Personal in die jeweiligen Aufgabenbereiche einteilt. »Für die First Class benötigen wir durch die voll besetzte Anzahl an Plätzen insgesamt drei Personen. Da bereits Ms Pitsch sowie Mr Kowaltzki eingeteilt sind ...«

Seine Augen bohren sich geradezu in meine und ich spüre, wie mein Atem stockt. Innerlich betend, dass er nicht das vorhat, was ich denke, presse ich die Lippen aufeinander, was ihm doch tatsächlich ein berechnendes Grinsen ins Gesicht treibt.

»... werden Sie, Ms Thrown, die Dritte im Bunde sein. Die Unterlagen dazu befinden sich hinter Ihnen. Vorausgesetzt, Sie schaffen es noch, sich alle Informationen einzuspeichern.«

Arschloch!

Ich weiß genau, dass ich mir viel Ärger damit einheimsen kann, wenn ich mich jetzt gegen ihn auflehne. Zu spät kommen ist die eine Sache. Sich dann noch einem höher postierten Kollegen zu widersetzen oder gar seine Autorität infrage zu stellen, kommt einem beruflichen Selbstmord gleich. Daher schlucke ich die Worte lieber runter und setze ein charmantes Lächeln auf. »Aber sicher doch.«

»Dann wäre das ja geklärt.«

Er wirft mir einen weiteren abschätzigen Blick zu und wendet sich dann wieder der Tagesordnung zu. Frustriert rutsche ich auf meinem Platz einige Zentimeter runter und schaue über meiner Schulter nach den Papieren, auf denen sich alle Informationen der reichen Schnösel befinden, um die ich mich offensichtlich kümmern darf. Wenn ich dabei nicht wenigstens meinen Spaß haben kann, bekomme ich einen Anfall.

Den einzigen Vorteil, den ich an meiner Situation sehe, ist die geringere Anzahl an potenziellen Gefahren erwischt zu werden, sollte ich tatsächlich ein Schnuckelchen finden, dem ich mich in einigen Stunden widmen will.

Vorausgesetzt, meine Kollegen tragen auch das Armband, mit welchem ich in diesem Moment mit der einen Hand spiele, während die andere die Unterlagen hält, damit ich sie lesen kann. Da ich allerdings gleichzeitig auch den Worten des eingebildeten Proleten zuhören muss – schließlich sollten wir uns die Unterlagen eigentlich vor der Besprechung durchlesen –, überfliegen meine Augen die Namen lediglich und konzentrieren sich nur bei einzelnen auf die speziellen Wünsche, die sich dort in Druckbuchstaben befinden.

Da es sich um einen hören Anteil an männlichen Passagieren handelt, ist meine Chance gut, dass ein Frustkörper, an dem ich mich auslassen kann, dabei sein wird.

Nach einer weiteren halben Stunde ist die Sitzung für beendet erklärt und wir begeben uns zum Flugzeug, wo wir den üblichen Check-up durchführen. Nebenbei verstaue ich mein Gepäck und wende mich dann Caroline und Steven zu, mit denen ich für mein Abteil zuständig bin. Beide tragen ein amüsiertes Schmunzeln auf den Lippen, was meine Anspannung lockert und auch mich zum Grinsen bringt. Aus dem Augenwinkel erhasche ich einen Blick auf Carolines Handgelenk, das fast vollständig von der Uniform verdeckt wird, und erst beim zweiten Blick weiß ich Bescheid.

»Das hätte auch ganz schön in die Hose gehen können«, merkt Steven an und Caroline nickt zustimmend. »Ich hätte mich niemals getraut, bei Mr Douboir zu spät zu kommen. Ich glaube, wenn du ihm Kontra geboten hättest, wäre er wortwörtlich an die Decke gegangen.«

»Ich kann doch auch nichts dafür, wenn manche Leute einfach zu dumm zum Fahren sind«, meine ich und laufe voraus in unser Abteil, wo wir die jeweiligen Kabinen durchchecken.

Da, wie zu erwarten, keinerlei Mängel festzustellen sind, kümmern wir uns um die anderen Dinge wie das Kühlen des Sekts und das Kontrollieren der Gläser, wobei wir uns noch ein wenig unterhalten und ich ihnen beichte, dass ich mir nicht alle Infos merken konnte.

»Ach, mach dir da mal keinen Kopf. Wir sind zu dritt, wir kriegen das Kind schon geschaukelt.« Steven zwinkert mir zu und wir widmen uns den letzten Vorbereitungen, ehe wir uns nebeneinander an den Eingang des Flugzeuginneren platzieren, um die Passagiere mit einem freundlichen Lächeln zu begrüßen.

Da ich zwischen Steven und Caroline stehe, stupse ich Caroline leicht mit meiner Schulter an, woraufhin sie fragend zu mir sieht. Unauffällig schaue ich auf mein Handgelenk und sie folgt meinem Blick, woraufhin sich das professionelle Lächeln in ein echtes verwandelt.

Ich habe nicht die geringste Ahnung, wer auf die glorreiche Idee gekommen ist, den *Mile High Club* zu gründen, aber ich könnte derjenigen die Füße dafür küssen! Ich meine, wieso sollten wir Flugbegleiterinnen nicht etwas Dampf ablassen können, wenn es niemandem schadet? Wieso sollen sich nur wagemutige Pärchen trauen, etwas Spaß in der Luft zu haben? Klar, ganz ungefährlich ist es nicht, aber wie heißt es so schön: No risk, no fun.

Und wer kann schon sagen, ob meine beste Freundin heute eine vergebene Frau wäre, wenn sie ihren Mann nicht auf diese Weise um den Finger gewickelt hätte? Das, was danach folgte, einmal außer Acht gelassen ...

Sobald der erste Passagier in Sicht ist, fallen wir zurück in unsere Rollen und begrüßen einen nach dem anderen mit einem professionellen Lächeln, wobei mir einer besonders auffällt. Augen wie funkelnde Smaragde, Haar, welches so weich aussieht, dass ich meine Finger hineinkrallen will, sobald er sich auf den Knien vor mir befindet. Ich muss mich beherrschen, nicht auf meine Unterlippe zu beißen, dennoch bin ich mir seiner Aufmerksamkeit sicher, ehe er an uns vorbeigeht.

Meine Vorfreude auf den Flug steigt immer höher ... bis sie mit einem Kobaltblau kollidiert und mit einem lauten Knall auf dem harten Boden der Tatsachen landet.

Für wenige Sekunden verrutscht mein Lächeln, doch sobald ich es bemerke, tackere ich es mir mit so viel Kraft wieder auf den Mund, dass mir das ganz sicher nicht noch einmal passiert. Dafür sprüht mein Blick, mit dem ich *ihn* betrachte, Funken, was auch meinem Gegenüber auffällt, da sich nun seine Mundwinkel zu einem Schmunzeln heben.

Mit einem Nicken läuft er an uns vorbei und ich merke, wie sich meine angespannten Muskeln etwas lockern. Zu meinem Glück haben meine Kollegen diesen winzigen Moment nicht mitbekommen, was ich definitiv zu meinem Vorteil nutzen werde. Nie und nimmer werde ich Sean bedienen, eher friert die Hölle zu!

Nachdem all unser Gäste das Flugzeug betreten und sich auf ihre Plätze begeben haben, wende ich mich an Steven und Caroline. »Ich würde sagen, dass wir die Passagiere direkt einteilen, oder?«

»Sicher. Ich nehme auf jeden Fall diesen Schnuckel mit den himmlischen Augen«, flüstert sie in meine Richtung, und da mir das nur zu gut in den Kram passt, nicke ich und sage, dass ich mich um die Passagiere im hinteren Drittel kümmern werde, während Caroline für das mittlere Drittel und Steven für die vorderen Bereiche zuständig sein wird. Dies ermöglicht es uns, nicht unnötig hin- und herlaufen zu müssen.

Und zunächst funktioniert mein bewusstes Ignorieren seiner Anwesenheit. Zumindest, was das Physische angeht. Denn mein Kopf stellt sich immer mehr Fragen, je mehr Zeit vergeht: Was hat Sean auf diesem Flug zu suchen? Ist er geschäftlich unterwegs? Wusste er, dass ich auf diesem Flug arbeiten würde? Ist er sogar *wegen* mir in diesem Flugzeug?

Spätestens bei der letzten Frage ohrfeige ich mich innerlich und konzentriere mich stattdessen auf den Mann vor mir, der sich soeben eine Erfrischung gewünscht hat, welche ich ihm in diesem Moment in ein Glas einschenke.

»Darf es sonst noch was sein?«, frage ich mit lieblicher Stimme und stelle mich dabei so hin, dass ich einerseits von Seans Blick abgeschirmt bin, andererseits dem Mann mir gegenüber einen herrlichen Blick auf mein Dekolleté bieten kann.

Mir entgeht nicht, wie seine Augen sich nicht einmal die Mühe machen, *nicht* in meinen Ausschnitt zu schauen.

Ein verschmitztes Grinsen macht sich auf seinem Gesicht breit. »Ich denke, für den Moment habe ich alles, danke.«

Nickend lasse ich ihn allein und begebe mich in den Mitarbeiterbereich, wo sich Caroline bereits befindet und ein Getränk vorbereitet. Augenbrauenwackelnd deutet sie in die Richtung, aus der ich gekommen bin, woraufhin ich unschuldig mit den Schultern zucke.

»Ich weiß nicht, was du meinst.«

Schnaubend wendet sie sich ab, greift nach dem Glas und stellt es auf ein kleines Tablett. »Natürlich. Aber wenigstens hat eine von uns Glück.« Sie verzieht ihre Lippen zu einem Schmollmund und ihre Reaktion macht sie mir noch sympathischer.

»Hey, noch ist nichts beschlossen. Und wenn, dann bin ich mir sicher, dass wir auf dem Rückflug auch was Nettes für dich finden.«

Dass auf diesem Flug tatsächlich ich diejenige sein werde, die auf ihre Kosten kommt, wissen wir kurze Zeit später, als sich der Tag in die Nacht verabschiedet hat und von den Passagieren nichts mehr zu hören ist. Dennoch gibt es einen unter ihnen, mit strahlend grünen Augen, der offensichtlich nur darauf gewartet hat, dass ich ihn mit meiner Anwesenheit beehre.

Mir auf meine Lippe beißend, komme ich seinem Sitzplatz näher. Wie vermutet ist er hellwach und seine Augen betrachten mich genau – vom Haar bis zu den Fußspitzen.

Stumm bedeute ich ihm, mir zu folgen, und genau das tut er. Da ich ihn oft genug in den vergangenen Stunden bedient habe, wusste ich genau, um was für einen Typ Mann es sich hinter mir handelt und dass es kein Problem darstellen würde, ihn davon zu überzeugen, mit mir zu verschwinden.

Ich werfe ihm über die Schulter einen verführerischen Blick zu, ehe wir einige Meter weiter mein Ziel erreichen und ich dann mit meiner Hand die Türklinke umgreife.

Doch bevor ich die Tür öffnen kann, legt sich eine weitere Hand auf meine und hindert mich daran. Auch ohne ihn anzusehen – allein durch seine nackte Haut auf meiner –, weiß ich genau, dass es nicht der Mann ist, den ich im Begriff war zu vögeln, um die Präsenz einer anderen Person zu vergessen.

Es ist die Hand von Sean.

03.

Ich wage es nicht, meinen Blick von seiner Hand zu nehmen, die weiterhin auf meiner liegt, welche wiederum nun krampfhaft die Türklinke umgreift. Natürlich könnte ich mich auch irren, allerdings ist die Wahrscheinlichkeit sehr gering. Seine eigene Note weht mir in die Nase, vermischt mit seinem Lieblingsparfüm von Diesel, das er schon seit seiner Jugend trägt.

Das ich ihm damals geschenkt habe.

Und wenn Sean tatsächlich unmittelbar hinter mir steht, heißt das automatisch, dass der Mann, den ich eigentlich in diese Kabine schleppen wollte, entweder von ihm verscheucht worden ist oder von allein den Schwanz eingezogen hat. So viel zu meiner Ablenkung.

»Willst du mich weiter ignorieren oder endlich ansehen, Mika?«

Ruckartig schwingt mein Blick in seine Richtung und mein Zopf trifft sein Gesicht. Kräuselnd verzieht sich sein Mund, was mir doch tatsächlich ein winziges Schmunzeln entlockt, bis ich mir wieder bewusst werde, in welcher Situation wir uns befinden. Meine Lippen pressen sich daraufhin aufeinander und ich lehne meinen Körper etwas nach hinten, wobei sich meine Vermutung bestätigt, da sich außer uns alle Passagiere in ihren Bereichen befinden. Meine Ablenkung ist weg.

Dann beuge ich mich endlich Seans Wunsch und mein Blick trifft auf dieses intensive Blau, welches mir damals schon weiche Knie beschert hat. Meine Hand bleibt dabei weiter um den Griff, als wäre er mir in dem Moment eine Stütze. Warum ich diese brauche, kann ich nicht genau sagen.

»So, bitte sehr. Zufrieden?«

»Noch lange nicht.«

Mit meiner Hand zusammen drückt er die Klinke hinunter, sodass sich die Tür öffnet, und ohne lange zu fackeln, schiebt er uns in den kleinen Raum hinein, zwängt sich durch die halb geöffnete Tür und verschließt sie hinter sich. Erst bin ich von seiner Handlung so überrumpelt, dass ich ihn für einen Moment lediglich stumm ansehen kann, bis ich mich wieder fasse und Wut in mir aufkeimt.

In der Stille, die sich zwischen uns gebildet hat, ist bis auf die Motorengeräusche des Flugzeugs und meine Absätze, die auf dem Boden widerhallen, als ich auf ihn zugehe, nichts zu hören. Vor ihm bleibe ich stehen, doch sowohl an seiner Haltung als auch an seinem Gesichtsausdruck erkenne ich ganz genau, dass er mich nicht aus dieser Kabine rauslassen wird, bis ... ja, bis was genau?

»Lass mich raus, Sean«, sage ich mit leiser Stimme und ich meine, einen kleinen Funken in seinen Augen zu erkennen. Ich kann es mir aber auch nur eingebildet haben.

»Wieso? Ist es nicht das, was du wolltest? In diese Toilettenkabine zu gehen für ... etwas Spaß?«

»Du hast nicht die geringste Ahnung, was ich hier wollte«, knurre ich und lege meine Hand an die Klinke. Und wie in einem Déjà-vu legt sich seine Hand erneut auf meine.

»Verarschen kannst du jemand anderen, aber nicht mich.« Er greift nach meinem Handgelenk, entzieht mir langsam die Klinke und hält meine Hand vor seiner Brust gefangen, macht damit meine Flucht zunichte. »Selbst wenn ich dich nicht so gut kennen würde, hätte ich genau gewusst, was du im Begriff warst, mit diesem schmierigen Typen hier zu treiben!«

Zähneknirschend blickt er durchdringlich zu mir und so ungern ich es auch zugebe: Seine offensichtliche Wut und Eifersucht lösen mehr in mir aus, als gut für mich ist.

»Erstens geht es dich einen Scheißdreck an, was ich mit diesem ›schmierigen‹ Typen tun wollte. Und wenn ich ihm einen geblasen hätte, dass ihm Hören und Sehen vergangen wäre, wäre es allein meine Entscheidung gewesen. Und zweitens ...« Ich reiße mich aus seinem Griff los und weiche einen Schritt zurück. Teils um Abstand zwischen uns zu bringen, aber auch, um meine Gefühle im Zaum zu halten. »... hat es dich das gesamte letzte Jahr auch einen Dreck interessiert, was mit mir ist. Du hast nicht das Recht, dir ein Urteil über mich zu bilden oder mir in die Quere zu kommen!«

»Und was würde dein Chef sagen, wenn er wüsste, dass seine Mitarbeiterin auf ihrer Arbeit Gäste sexuell belästigt?«

Das hat er nicht gesagt.

Einen Moment blinzle ich, bis mein Körper schneller reagiert, als mein Kopf nachdenken kann, und ein lautes Klatschen die Kabine erfüllt. Ein saftig roter Handabdruck bildet sich langsam auf seiner rechten Wange, während unsere Augen sich gleichzeitig weiten. Ungläubig, dass ich das tatsächlich getan habe.

Fuck.

»Hast du mir gerade eine Backpfeife gegeben?«

»Sieht ganz so aus, Sherlock.« Die Überraschung verlässt mein Blut und seine Worte kommen mir wieder in den Sinn. »Dass du es wagst, so was nur auszusprechen! Dass du überhaupt in Erwägung ziehst, mir so was anzutun, mir damit geradezu drohst! Du weißt ganz genau, dass ich meinen Job verlieren würde! Und im Gegensatz zu dir bekomme ich das Geld nicht in den Arsch geschoben!«

Ein Knurren verlässt seinen Mund, und ehe ich es mich versehe, bin nun ich es, die sich an der Kabinentür befindet. Sein Körper überragt meinen, seine Arme kesseln mich ein.

Seine Brust hebt und senkt sich schneller und seine Augen ... Verdammt, ich hatte schon immer eine Schwäche dafür, wenn er mich so betrachtet. Als wäre er der Löwe und ich seine Beute, die er verschlingen will.

»Du müsstest am besten wissen, wie sehr ich mir den Arsch aufreiße, damit ich unabhängig von meinem Vater sein kann.« Seine Stimme ist gleichermaßen leise wie bedrohlich und meine Nackenhaare stellen sich automatisch auf. »Und denkst du wirklich, dass ich so was tun würde? Dass ich ausgerechnet dir so was antun würde? Kennst du mich wirklich so schlecht, Mikayla?«

Schlagartig verlässt jegliche Anspannung meine Muskeln und ein Kloß bildet sich in meinem Hals. Es gab eine Zeit, in der ich sofort bei seinen Worten protestiert hätte. In der ich mit voller Überzeugung von mir behaupten konnte, dass niemand Sean Wright so gut durchschauen könne wie ich. Aber diese Zeiten sind lange vorbei.

»Ich weiß nicht, ob ich diesen Sean kenne«, flüstere ich und schlucke.

Ich sehe genau, wie sehr ihn meine Worte treffen, doch was bringt es, ihn anzulügen? Dieser Mann vor mir ist nicht der Mann von damals. Der Mann, in den ich mich Hals über Kopf verliebt habe und von dem ich dachte, dass er genauso für mich empfindet. Bis er vom einen auf den anderen Tag an der Seite eines anderen Mädchens stand, mich von der einen auf die andere Sekunde von einer Klippe gestoßen hat.

Er löst eine Hand neben mir von der Tür, greift nach meiner und legt sie auf seine Brust, direkt über sein schnell schlagendes Herz.

»Ich bin immer noch derselbe. Der Sean, den du mitten in der Nacht anrufen konntest, wenn du deine Familie schrecklich vermisst hast. Derjenige, der dich egal wann zum Lachen bringen konnte. Der dich vor allem beschützen würde.«

»Und warum hast du mich dann nicht vor dir selbst beschützt?«

Ich hasse, dass er es noch heute schafft, meine Gefühlswelt ins Wanken zu bringen. Was muss mein Herz noch durchstehen, damit ich diesen Mann ein für alle Mal daraus verbannen kann?

»Mika ...« Seine Stimme stockt und ich sehe genau, wie sein Adamsapfel hüpft, sich sein Griff aber gleichzeitig verstärkt. »Du weißt, dass ich das niemals wollte.« Sein Daumen streicht über meinen Handrücken und ich spüre einen verräterischen Hüpfer unter meinen Rippen. Es ist die reinste Selbstfolter und doch bin ich süchtig nach dieser süßen, verführerischen, verbotenen Droge. »Ich würde dir niemals mit purer Absicht wehtun, das musst du mir glauben. Aber ich brauche dich in meinem Leben. Meine beste Freundin. Ohne dich ist es nicht dasselbe.«

Kommt es mir nur so vor oder ist er mir immer näher gekommen? Stand er eben schon so, dass sich seine Körperwärme auf mich übertragen, mich eingelullt hat wie eine warme, umarmende Decke? Oder ist es einfach nur das verliebte Mädchen in mir, das sich wünscht, es wäre so?

»Du hast es nicht nötig, dir ausgerechnet auf einem Flug einen x-beliebigen Mann zu suchen. Dafür bist du zu gut. Du hast mehr verdient.«

Habe ich schon mal erwähnt, dass mein brasilianisches Temperament sehr gern zum Vorschein kommt? Falls nicht: Dies ist einer der Momente, in denen sich meine Stimmung von null auf hundert drehen kann.

»Das ist jetzt nicht dein beschissener Ernst, oder?!«

Ich stoße ihn von mir, spüre geradezu das Prickeln in meinen Fingern, in denen es mir juckt, all meinen Frust und meine Wut an ihm auszulassen. Der Quelle meiner Verzweiflung, dem Grund, warum ich mich bis zum heutigen Tag nicht vollständig einem anderen hingeben konnte. Dabei ist er verheiratet! Ich war auf seiner gottverdammten Hochzeit!

»Was willst du hier überhaupt? Ich glaube kaum, dass es Zufall ist, dass du ausgerechnet auf dem Flug bist, auf dem ich eingeteilt bin, oder?!«

»Ist es auch nicht. So wusste ich wenigstens, dass du nicht vor mir weglaufen kannst, wenn ich mit dir reden will.« Alles an ihm ist bedacht, während er die Worte ausspricht. Seine Haltung. Sein Blick. Einfach alles. »Ich bin hier, weil ich den Menschen wieder in meinem Leben haben will, den ich durch einen dummen Fehler verloren habe. Weil ich will, dass es wieder so wird wie früher – Mika und Sean. So, wie es sein sollte.«

Finger, die sich an meine Wange legen und über meine Haut streichen. Ein Blau, welches mich bei seinen Worten immer mehr in seinen Strudel zieht, sodass ich nicht merke, wie meine Abwehr Stück für Stück zerbröckelt.

»Gib mir die Chance, meine beste Freundin zurückzubekommen. Ich werde bestimmt wieder irgendwas Dummes sagen oder tun. Und ganz sicher wird es Momente geben, in denen du mir den Arsch aufreißen musst. Aber genau das brauche ich zurück, verstehst du? Mir geht es nicht um mehr, ich verspreche dir, dass das nicht meine Intention ist. Auch wenn ich lügen würde, wenn ich sage, dass da nicht noch etwas wäre, das sich zu dir hingezogen fühlt. Aber ich gebe dir mein Wort: Freundschaft, nicht mehr.« Sein Blick bleibt undurchdringlich und gleichzeitig so klar wie der Ozean. »Sei ehrlich: Bin ich der Einzige, der den anderen in seinem Leben vermisst?«

Nein. Und ich muss dieses winzige Wort nicht einmal aussprechen, damit er es weiß.

Meine Mundwinkel heben sich, woraufhin seine folgen. Und obwohl ich dieses Knistern in der Luft spüren kann, genauso wie mein rasendes Herz, weiß ich, dass ich es bereuen würde, wenn ich ihn jetzt von mir stoße. Wenn ich diesen

Rettungsanker, welchen er mir reicht, nicht annehme, und das, was wir hatten, untergehen lasse.

Mein Herz mag dabei zwar lächeln *und* weinen, doch lieber lebe ich mit dem Wissen, meinen besten Freund nur auf eine Weise zurückzuhaben, als ihn endgültig zu verlieren.

Als könnte er meine Gedanken lesen, atmet er tief aus und vergräbt sein Gesicht an meine Schulter, während er mich in seine Arme zieht. Ein erleichtertes Seufzen entschlüpft seinem Mund und bringt mich zum Kichern, was wiederum ihn an meinen Hals lachen lässt.

Es fühlt sich so falsch und doch so richtig an, so mit ihm hier zu stehen – als Freunde, nicht mehr. Hat sich Angelina so gefühlt, wenn sie mit Maxim zusammen war? So zwiegespalten, so ... zerrissen?

»Ich habe dich wirklich vermisst, Mika.« Sein Kopf hebt sich, sodass sein Gesicht über meinem schwebt. Sein Anblick erinnert mich an den eines kleinen Welpen und ganz ehrlich – wer kann denen schon widerstehen? »Ich weiß, dass die Situation alles andere als gut ist.« Mein Schnaufen bringt ihn zum Grinsen und mir fällt es wirklich schwer, meine Mundwinkel unten zu halten. »Aber du gehörst zu meinem Leben dazu. Und ich werde alles dafür tun, dass du nicht wieder einfach Reißaus nimmst und aus diesem verschwindest.«

»Es wird aber nicht vom einen auf den anderen Tag passieren, dass alles wieder gut ist«, erwidere ich, mir bewusst, auf was ich mich damit einlasse. Dass ich ihm mit diesen Worten erlaube, zu glauben, dass diese Bindung zwischen uns irgendwann wieder so tief sein könnte, wie sie es damals gewesen ist.

»Ich weiß.«

»Gut. Dann hoffe ich für dich, dass du viel Geduld hast.«

Mit einem Zwinkern platziert er einen Kuss auf meiner Wange, so weit wie nur möglich von meinen Lippen entfernt, ehe er sich gänzlich von mir löst und dann die Toilettenkabine öffnet. Mit einem hinreißenden Schmunzeln, das mir einmal mehr zeigt, wieso dieses Ding in meiner Brust bei diesem Anblick einen Schlag aussetzt.

»Nach dir.« Auffordernd streckt er seine Hand voraus, und, wenn auch etwas überrumpelt, folge ich seiner Anweisung.

Automatisch streiche ich meine Kleidung glatt, während wir uns wieder in den Passagier-Bereich begeben, wo ich mit Erleichterung feststelle, dass niemand etwas von diesem Spektakel mitbekommen zu haben scheint.

Hinter mir spüre ich, wie Sean mich kurz vor seinem Bereich nochmals zurückhält und betrachtet. Seine Hand drückt fest die meine und mehr bedarf es nicht. Selbst jetzt können wir uns ohne Worte verstehen, weshalb ich den Druck erwidere, bevor ich ihn loslasse und zurück zu meinen Kollegen gehe. Hoffentlich hat sich Caroline um Steven gekümmert, sonst komme ich in Erklärungsnot, und zwar gewaltig.

Wann ist mein Leben nur so verdammt kompliziert geworden?

04.

»Bist du dir sicher, dass du mit uns keine Sightseeing-Tour machen möchtest?« Mit einem fragenden Ausdruck in ihren Augen betrachtet mich Caroline durch den Spiegel, vor dem sie sich zurechtmacht.

Der perfekte Wing an ihren Lidern, ein dunkler Rotton, welcher ihre bereits vollen Lippen noch mehr betont, sowie ihr eher offenherziges Outfit lassen mich bereits erahnen, dass sie nicht ganz ohne Hintergedanken etwas mehr Fleiß in ihre Erscheinung legt. Und ich bin die Letzte, die sagen würde, dass sie sich das lieber sparen sollte.

Mir ist schon des Öfteren zu Ohren gekommen, dass die französischen Männer nicht nur einen verdammt sexy Akzent haben, sondern auch ganz genau wissen, was Frau zwischen den Laken will. Und ich beabsichtige ebenfalls, mich in der Zeit, die uns noch bleibt, bis wir unseren Rückflug antreten müssen, von dieser Aussage zu überzeugen.

»Sorry, aber ich bin nicht so der Touri-Mensch. Ich erkunde lieber auf eigene Faust und da steht der Eiffelturm nicht auf der Liste.«

Ein Zucken ihrer Schultern ist alles, was ich als Antwort erhalte, womit sich dieses Gespräch bereits wieder erledigt. Im Vergleich zu unseren Unterhaltungen auf dem Hinflug nach Paris erscheinen mir jegliche Konversationen mit dieser Frau nun zu plump. Ich meine, ich rede gerne über Männer – und Sex. Sehr guten Sex. Aber ich kann meine Gespräche auch mit anderen Inhalten füllen, was sie augenscheinlich nicht zu beherrschen scheint, wenn ich überlege, über was wir uns bisher unterhalten haben.

Warum ich mich also nun in ihrem Hotelzimmer befinde, weiß ich nicht genau – vielleicht, weil ich dachte, dass sie ebenfalls nicht auf die typischen Aktivitäten steht und stattdessen mit mir zusammen die Stadt der Liebe unsicher machen würde? Und vor allem: Denkt sie wirklich, dass sie sich während einer dieser nullachtfünfzehn Touren einen schnuckeligen Franzosen angeln könnte?!

Mit den Worten, dass wir abends gern noch zusammen was trinken gehen könnten, verlasse ich das Hotelzimmer und gehe geradewegs zum Aufzug, der mich zum Erdgeschoss bringt. Da ich bereits meine Tasche – einen einfachen Jutebeutel mit den wichtigsten Dingen – bei mir habe, verlasse ich kurz darauf das *Hyatt Paris Madeleine*, um mich auf den Weg zu meinem ersten Ziel zu machen. Als leidenschaftliche Genießerin kann ich es mir schließlich nicht nehmen lassen, eine der besten Bäckereien in Paris zu testen, und während ich meinen fünfundvierzigminütigen Weg über die *Rue des Mathurins* beschreite, nutze ich die Gelegenheit, die Eindrücke der Pariser Straßen auf mich wirken zu lassen.

Doch die Zeit, die ich allein verbringe, meinen Blick über die verschiedenen Geschäfte und Menschen schweifen lasse, nutzen auch meine Gedanken, die ich eigentlich in die hinterste Ecke meines Verstandes verbannt hatte. Jene, die mich an den Moment erinnern, in dem ich nach über einem Jahr Sean wieder gegenüberstand und schmerzlich begriffen habe, dass selbst der konsequente Kontaktabbruch zu ihm rein gar nichts an meinen Gefühlen zu ihm ändern konnte. Nein, stattdessen haben meine Augen seine Erscheinung in sich aufgesogen, für den Fall, dass erneut eine lange Zeit vergehen würde, bis sich unsere Wege wieder kreuzten. Doch ein gewisser jemand hat mehr als deutlich verlauten lassen, dass dies rein gar nicht in seinem Interesse liegt, und ein Teil von mir ist froh, dass Sean nicht lockergelassen hat.

Ja, vielleicht klappt es dieses Mal, dass wir wirklich nur Freunde sind.

Ich schiebe die Sonnenbrille, die ich mir am Hoteleingang auf die Nase gesetzt habe, nach oben in mein Haar. Wie kann es sein, dass man sich einem Menschen so verbunden fühlt und dass trotz alldem, was er einem angetan hat? Trotz der Schmerzen, der Zurückweisungen?

Sofort muss ich an Angelina denken und wie sie wieder und wieder gelitten hat, als ihre Gefühle für Maxim stärker wurden und das, obwohl er der Freund ihres Vaters gewesen ist.

Im Nachhinein hätte jedem von ihnen klar sein müssen, dass diese Schnapsidee mit der Scheinbeziehung nur schiefgehen konnte. Doch selbst ich muss gestehen, dass ich zwischenzeitlich unsicher gewesen bin, was besser für meine beste Freundin wäre – endgültig den Mann abzuhaken, der sie mit seinem Handeln offensichtlich nur verletzt, oder für das Kämpfen, was sie glaubt zu fühlen.

Aber wer bin ich, über die Entscheidungen dieser Menschen zu urteilen, wenn ich kein Stück besser bin?

Ehe ich es mich versehe, kann ich von Weitem bereits das Schild erkennen, auf dem klar und deutlich *Du Pain et des Idées* steht und das somit mein Ziel markiert. Allein der Anblick der vielen Gebäckstücke der Boulangerie lässt mir das Wasser im Mund zusammenlaufen, sobald ich vor deren Schaufenster stehe, und ich zögere nicht, diese kurz darauf zu betreten. Ich verstehe auch, dass sich vor mir bereits eine kleine Schlange an Kunden gebildet hat, deren Blicke ebenfalls auf die vielen Köstlichkeiten gerichtet sind.

»Wieso wundert es mich nicht, dich hier zu treffen?«

Wie ein verschrecktes Reh zucke ich zusammen, doch sobald ich mich zu ihm wende, schlage ich ihm auf die Brust.

»Weil wir zufällig verabredet waren, du Idiot. Musst du mich so erschrecken?!«, kommt es patzig von mir, noch ehe ich mich zurückhalten kann. Es dauert einen Moment, bis sich mein Herzschlag wieder normalisiert und sich das Grinsen auf seinen Lippen auch auf meinen widerspiegelt.

Wenn man bedenkt, dass es in Paris über zweitausend Bäckereien gibt, ist die Wahrscheinlichkeit, dass wir uns hier zufällig getroffen hätten, schwindend gering. Da Sean jedoch seine Worte, unsere Freundschaft nicht wieder im Sande verlaufen lassen zu wollen, ernst meinte, hat es nach jenem Flug nicht lange gedauert, bis er mir geschrieben und mich gefragt hat, wann wir uns wiedersehen können. Und nun ja – wie man merkt, scheinen unsere Arbeitszeiten sich in Paris perfekterweise zu kreuzen.

Er nickt in Richtung Theke und schiebt mich mit seiner Hand an meinem Rücken näher zur Kasse, was jedoch nicht dafür sorgt, dass ich meinen Blick von ihm abwende. Obwohl das besser gewesen wäre. Denn so kann ich nicht verhindern, dass dieser über seine Erscheinung wandert – angefangen bei seinen breiten Schultern, die in einem schlichten Hemd stecken, das er an seinen Armen so hochgekrempelt hat, dass sowohl Unter- als auch Oberarme sehr gut zur Geltung kommen, bis zu seinen Beinen in einer normalen Jeans, die ihm dennoch hervorragend steht.

Schluckend, da mein Kopf in Bereiche wandert, die alles andere als angebracht sind, schaue ich wieder auf und treffe auf sein Schmunzeln, was mir beweist, dass meine Musterung ihm nicht entgangen ist. Zu meiner Erleichterung schweigt er.

Die Stimme einer jungen Dame unterbricht uns, woraufhin ich mich nun endlich von Sean abwenden kann, nur um dann festzustellen, dass ich die Nächste bin und keine Ahnung habe, was ich nehmen soll. Meine Überlegungen scheinen unnötig zu sein, da Sean im nächsten Moment neben mir steht und die Bedienung freundlich anlächelt, während er in fließendem Französisch seine – oder eher unsere – Bestellung aufgibt.

So wenig ich auch der französischen Sprache mächtig bin, verstehe ich doch so viel, dass er mindestens zwei Tassen Kaffee für uns bestellt. Ich schlucke die Worte, die mir auf der Zunge liegen, runter. Ich weiß, dass er es nur gut meint, dennoch hätte ich auch für mich selbst bestellen können.

Ich sehe also dabei zu, wie Sean auf verschiedene Macarons und Eclairs deutet, und während die Bedienung seinen Worten folgt, bemächtige ich mich der beiden dampfenden Tassen, um nach einem freien Platz für uns zu suchen.

An einem kleinen Tisch am Fenster, das zur offenen Straße zeigt, lasse ich mich nieder und warte, bis er kurze Zeit später mit einem befüllten Tablett vor mir stehen bleibt. Er stellt es ab, setzt sich mir direkt gegenüber, mustert mich aufmerksam und deutet dann vor sich auf die Köstlichkeiten, die mir das Wasser im Mund zusammenlaufen lassen.

»Du darfst dich ruhig bedienen. Das alles ist nicht nur für mich gedacht.«

»Wenn man davon absieht, dass du einfach für mich mitbestellt hast. Ich hätte schließlich auch etwas ganz anderes haben wollen können«, wende ich ein, nehme dennoch demonstrativ ein rosa Macaron und beiße hinein, ohne meinen Blick von ihm abzuwenden. Die süße Himbeercreme verteilt sich auf meiner Zunge, reizt meine Geschmacksknospen, und ich muss mich wirklich zusammenreißen, um nicht aufzustöhnen.

Kopfschüttelnd schleicht sich ein Lächeln auf seine Lippen, was mich dazu veranlasst wegzuschauen. Es ist schon schlimm genug, einen attraktiven Mann anzusehen. Aber einen attraktiven Mann, der auch noch so ein einnehmendes Lächeln besitzt, ist für keine Frau gut. Und bei diesem Exemplar ist es mein persönliches Kryptonit.

Dann widmet auch er sich endlich seinem süßen Zahn und im Nu werden die Teller leer, bis dass auf wenige Krümel nichts mehr zurückbleibt. Dabei sprechen wir kein einziges Wort, was überraschenderweise angenehm ist.

Es gibt Menschen, mit denen sich Stille erdrückend anfühlt, sodass man sie lieber mit irgendeinem Geschwätz füllt. Und es gibt die Menschen, in deren Gegenwart man sich so pudelwohl fühlen kann, dass selbst Stunden vergehen können und man nicht den Drang verspürt, etwas dagegen zu tun. Früher ging es mir mit Sean genauso. Und zu wissen, dass sich mein Körper selbst nach allem, was passiert ist, in seiner Gegenwart entspannen kann, beruhigt mich auch innerlich.

Vielleicht ist es wirklich möglich, dass ich eines Tages nicht mehr diesen Zirkus in meinem Bauch spüre, wenn ich meinen besten Freund sehe.

»Es ist schön, dass sich manche Dinge wohl nie ändern werden«, höre ich irgendwann seine Stimme und wende mich vom Fenster ab, aus welchem ich bis eben die Fußgänger beobachtet habe. Auf meinen fragenden Blick hin nickt er in Richtung der leeren Teller und schmunzelt. »Du hast gutes Essen schon immer geschätzt und dir nichts aus Frauen gemacht, die sich höchstens einen Salat gönnen.«

Ich zucke unbeholfen mit den Schultern, denn was soll ich sagen? Dass ich mich nicht geändert habe, sondern nur die Situation, in der wir uns befinden? Denn das wäre gelogen. Auch ich bin eine andere geworden und bei dem Gedanken frage ich mich, was ich hier überhaupt tue, mit meinem Ex-Freund, der verheiratet ist, in einem Café sitzend, als wäre nie etwas gewesen.

Als würde ein Teil in mir sich nicht schmerzhaft zusammenziehen allein bei seinem Anblick.

Jede Zelle in mir erinnert sich an die Vergangenheit und lacht dabei laut auf, weil wir tatsächlich versuchen wollen, wieder *Freunde* zu sein.

»Mein Leben ist halt dasselbe geblieben«, antworte ich nach einer langen Pause doch noch und wage es, dabei in sein Kobaltblau zu blicken. Meine Lieblingsfarbe seit dem Moment, in dem ich Sean vor all den Jahren das erste Mal begegnet bin.

Ich versuche wirklich, meine Gedanken nicht in Richtungen schweifen zu lassen, in die sie nicht gehören, während Sean spricht. Seine Augen beginnen zu funkeln, sobald er davon erzählt, wie erfolgreich die Firma, die er von seinem Dad übernehmen wird, bereits ist. Als er ganz nebenbei über sein Kinn streicht, welches mich durch den Dreitagebart an Orte denken lässt, wo ich ihn schon *haargenau* gespürt habe.

Es ist nicht leicht, kein bisschen.

Trotzdem lächle ich weiter, stelle ihm Frage über Frage – ganz, wie es eine Freundin tun sollte, die sich für das Leben des anderen interessiert.

Nur ein Thema umschiffen wir beide wie ein Minenfeld, das mit unzähligen Sprengfallen übersät ist – Zoella.

»Aber genug von mir«, reißen mich seine Worte aus meinen Grübeleien. »Wie läuft es bei dir? Gibt es irgendwas Wichtiges, das ich verpasst habe?«

Vieles, will ich am liebsten sagen.

Kleine Momente, in denen ich mir ihn an meine Seite gewünscht hätte, da meine beste Freundin genug mit ihrem eigenen Liebesleben zu kämpfen hatte.

Augenblicke, die ich mit meinem besten Freund hätte teilen wollen – sei es ein simpler Sonnenuntergang in New York oder ein atemberaubender Ausblick auf Madrid.

Neuigkeiten von meiner Familie, die ihn damals genauso ins Herz geschlossen hatte wie ich.

Doch statt auch nur eine Sache davon auszusprechen, sage ich: »Nein. Alles beim Alten.«

Und ganz gelogen sind diese Worte auch nicht.

Dennoch reden und reden wir, dass die Zeit nur so verfliegt, Menschen an uns vorbeigehen und die Zeiger an der Uhr immer weiterlaufen.

Wir sind bloß zwei Freunde, die sich tausende Meilen von ihrem Zuhause entfernt befinden und einen Kaffee in der Stadt der Liebe trinken – irgendwie ironisch, oder?

»Hast du Lust, dir mit mir noch ein wenig die Stadt anzusehen?« Er wirft einen Blick auf seine Armbanduhr und brummt. »Mein Termin ist erst am Abend, daher hätte ich noch ein paar Stunden, bevor ich zurück ins Hotel muss, um mich frisch zu machen.«

Ich spiele mit dem kleinen Löffel, der vor mir auf dem Tisch liegt, und überlege. Was ist schon dabei? Und wenn wir wirklich wieder an den Punkt ankommen wollen, an dem wir einst mal waren, wäre es doch besser, mehr Zeit mit ihm zu verbringen, oder?

Vielleicht gewöhne ich mich dann schneller an den Gedanken, dass es kein *uns* mehr geben wird. Möglicherweise ist das der Weg, wie ich mich von seinen Ketten, die immer noch um mir liegen, befreien kann.

Seine Hand streckt sich über dem Tisch zu meiner aus und ich bemerke erst jetzt, dass ich noch nicht geantwortet habe.

»Lass uns ein paar schöne Stunden miteinander verbringen. Ohne alles, was zwischen uns steht. Ich ... gib uns die paar Stunden, als wären es noch immer wir zwei. Wie damals.«

Es gab eine Zeit, in der ich die Gefühle in seinem Blick auseinandernehmen und wieder zusammensetzen konnte. In der ich genau wusste, was sich in diesem Kopf abspielt, und mir dessen bewusst war, welche Rolle ich dort spiele. Welche genaue Bedeutung die Worte aus seinem Mund hatten.

Aber heute?

Heute erkenne ich in ihnen nichts mehr. Heute ist es ein für mich unlösbares Puzzle. Ich kann die einzelnen Teile nicht zu einem Bild zusammensetzen, so sehr ich es auch versuche. Das Einzige, was ich kann, ist, mich selbst zu schützen, während ich darauf hoffe, dass seine Worte und seine Taten mich nicht wieder in ein Loch stoßen, aus dem ich beim nächsten Mal womöglich nie mehr rauskommen werde.

»Na gut. Aber nur, wenn du sicher bist, dass die Zeit auch reicht.«

»Sonst hätte ich es nicht vorgeschlagen.« Zwinkernd erhebt er sich aus seinem Stuhl, um das Tablett mit dem benutzten Geschirr zurückzubringen, während ich auf den Ausgang zugehe.

Von draußen behalte ich seine Gestalt im Blick, beobachte, wie er sich noch einen Moment mit der Kassiererin zu unterhalten scheint und dafür sorgt, dass sich ihr Kopf zur Seite neigt und ihre Augen ganz eindeutig über ihn schweifen. Genau das ist der Moment, in dem ich mir selbst etwas verspreche und gleichzeitig meine Fingernägel in meine Handflächen bohre.

Ich werde nicht den gleichen Fehler wie Angelina machen und mich in etwas stürzen, was mich am Ende komplett zerstören könnte. Ich werde, wenn es hart auf hart kommt, die Reißleine ziehen und nur an mich denken. Selbst wenn es bedeutet, ihn ein für alle Mal zu verlieren.

Aber in gewisser Weise habe ich das vor all den Jahren schon.

05.

Erschöpft lasse ich meinen Schlüssel in die Schale fallen, die sich auf der Kommode neben der Tür befindet. Da es noch früher Morgen ist, bezweifle ich, dass Angelina bereits wach ist, weshalb ich die Tür so leise wie möglich schließe. Die Morgensonne scheint durch die Fenster und legt einen rötlichen Schimmer auf die Möbel, die sich vor mir erstrecken.

Meine Reisetasche stelle ich neben mir ab, ziehe die Pumps von meinen Füßen und kann ein erleichtertes Seufzen nicht verhindern. Auch wenn ich Angelina nur zu gerne damit aufziehe, dass sie sich nicht so zieren und die Zähne zusammenbeißen soll, erwische ich mich selbst oft genug dabei, wie ich nichts lieber tun würde, als diese Mörderwerkzeuge in die nächste Ecke zu schleudern und nach einem Paar Turnschuhen zu greifen. Aber was tut man nicht alles für seinen Job ...

Auf leisen Sohlen laufe ich in die Küchenzeile, wo ich mir aus dem Kühlschrank eine Flasche Wasser nehme und ein Glas aus einem der Hängeschränke, um dieses mit der kühlen Flüssigkeit zu füllen. So früh morgens mit dem Auto auf den Straßen zu sein, hat zwar den Vorteil, dass die Wahrscheinlichkeit eines Staus schwindend gering ist, doch wenn man die Müdigkeit in jedem seiner Knochen spürt, ist selbst solch eine entspannte Fahrt kräftezehrend.

»Wusste ich's doch, dass ich richtig gehört habe.«

Kurz nach ihren Worten erscheint meine beste Freundin vor mir. Anhand ihres Outfits und der noch deutlich verwuschelten Haare bin ich mir sicher, dass sie eben erst wach geworden ist, weshalb sich meine Lippen reumütig verziehen.

»Entschuldige, ich wollte dich nicht wecken.«

Sie winkt nur ab und grinst amüsiert. Selbst in solch einem desolaten Zustand schafft sie es immer noch, so gut auszusehen, dass ich mir sicher bin, dass sie weiterhin die Blicke jeglicher Männer auf sich ziehen könnte. Auch wenn sie sich nur noch für einen von ihnen interessiert.

»Wie war Paris?« Sie lässt sich auf einen der Hocker fallen, verschränkt die Arme vor sich und legt auf diese ihren Kopf ab, jedoch so, dass sie mich weiterhin von der Seite aus betrachten kann.

Allein die Erwähnung dieser wundervollen Stadt weckt zwiegespaltene Gefühle in mir, denn sie lässt mich unweigerlich an Sean denken. Und daran, dass mein Herz, während mein Kopf bereit dazu ist, ihn wieder ganz in mein Leben zu lassen, noch Probleme hat, damit klarzukommen.

»Es war ... ganz schön«, antworte ich daher vage und wische mir mit meinem Handrücken über den Mund, um die verbliebenen Wassertropfen zu beseitigen. »Ich habe dort übrigens Sean getroffen.«

»Ach wirklich?« Wahrhaftige Verwunderung bildet sich auf ihrem Gesicht ab, was mich irgendwie erleichtert.

Sie liegt mir schon lange genug damit in den Ohren, dass ich meine Probleme mit ihm endlich ad acta legen und mich wieder mit ihm versöhnen solle. Von jenem Flug, auf dem er ebenfalls Passagier war, habe ich ihr nichts erzählt. Dass ihr Wunsch, die Wogen zwischen uns mögen glätten, längst erfüllt ist, auch nicht.

Ich weiß, dass es keinen triftigen Grund gibt, ihr zu verheimlichen, dass Sean und ich wieder Kontakt zueinander haben. Es ist geradezu lächerlich. Doch wenn ich sie sehe, denke ich an Zoella. Und in Anbetracht dessen, wie mein Herz schlägt, wenn ich Sean begegne, obwohl wir *nur Freunde* sein wollen ...

»Wobei ... Zo hatte erwähnt, dass er außer Landes sein werde, weil er wegen der Firma noch einiges zu tun habe.«

Eine meiner Augenbrauen hebt sich, da es mich allein schon wundert, dass sich Zoella *einfach so* bei ihr gemeldet hat.

»Sieh mich nicht so an! Ich habe dir doch erzählt, dass sie seit der Hochzeit etwas mehr zu ihrem alten Ich geworden ist. Was ich angenehm und gruselig finde, da ich es nicht gewohnt bin.«

Weil ich ihr diesbezüglich nicht widersprechen kann, schweige ich. Wenn ich nicht mit eigenen Augen mitbekommen hätte, wie Zoella sich bei ihrer kleinen Schwester gemeldet und sich nach ihr erkundigt hat, hätte ich es auch für einen Scherz halten können. Anscheinend ist was dran an der Aussage, dass das Eheleben einen Menschen verändert. Was ich davon halten soll, ist aber eine andere Sache.

»Wie auch immer. Ich treffe mich später mit ihr, da ich noch ein paar Tage frei habe, bevor ich wieder fliege.«

Ein sanftes Lächeln hebt ihre Mundwinkel, was dafür sorgt, dass sich ein schweres Gewicht auf meine Brust legt. Nur zu genau bin ich mir bewusst, wie kompliziert die Beziehung zwischen den beiden Schwestern gewesen ist – wobei ich sicher nicht ganz unschuldig daran gewesen bin, immerhin wissen wir alle, dass man Zoella und mich am besten nicht zusammen in einen Raum stecken sollte –, weshalb es mich umso mehr freut zu sehen, dass es in dem Leben meiner besten Freundin, meiner Schwester im Geiste, endlich so läuft, wie sie es verdient. Eine stabile Beziehung zu ihrer Familie, auch wenn die Angelegenheit mit ihrem Dad nicht ganz so einfach gewesen ist, ein Mann an ihrer Seite, der sie dermaßen vergöttert, dass mir davon beinahe schlecht werden könnte, und ein Job, den sie liebt.

Tja, und was hast du?

Ich schüttle die bösen Gedanken von mir und konzentriere mich lieber auf Angelina, die mich aufmerksam mustert. »Ist alles okay bei dir? Du siehst ganz schön fertig aus.«

»Ich bin nur vom Flug platt. Die Passagiere waren dieses Mal anstrengender als sonst, und da ich sowieso schon müde gewesen bin ...«

Verstehend nickt sie und deutet dann mit ihrem Daumen über ihrer Schulter in Richtung meines Zimmers. »Dann leg dich hin und ruh dich aus. Ich kann deine Wäsche mit in die Waschmaschine packen, bevor ich mich los mache.«

Dankend nicke ich, trinke die letzten Schlucke aus meinem Glases und stelle es dann in die Spülmaschine, hole aber gleichzeitig ein neues für Angelina und halte es ihr zusammen mit der Flasche vor die Nase. Um den Tresen gehend, gebe ich ihr einen Kuss auf die Wange und murmle ein »Danke«, ehe ich sie allein lasse und genau das tue, zu was sie mir geraten hat. Schlafen.

Ein nerviges Vibrieren neben meinem Kopf lässt mich irgendwann mein Gesicht aus dem Kissen heben und brummend das Telefon in die Hand nehmen. Im ersten Moment bemerke ich, dass ich über fünf Stunden geschlafen habe und es bereits früher Nachmittag ist, dann werden meine Augen etwas wacher, sobald ich erkenne, wer versucht, mich zu erreichen.

Ich lächle leicht. »Du hast mich aus meinem Schönheitsschlaf geweckt, *idiota*.«

»Ich freue mich auch, deine Stimme zu hören, allerliebste Cousine«, erwidert mein Gesprächspartner, und ich rolle mich auf den Rücken, sodass ich an die Zimmerdecke blicken kann.

Während ich mir mit einer Hand das Telefon ans Ohr halte, streiche ich mit der anderen durch mein Haar, das allein durch die wenigen Stunden völlig zerzaust und verknotet ist.

»Womit habe ich das Vergnügen verdient, Marco?«, frage ich nun etwas sanfter und merke, dass es schon einige Wochen her ist, seit ich seine Stimme gehört habe. Gerade in solchen Momenten macht es sich in meinem Bauch und vor allem in meiner Brust bemerkbar, dass ich niemanden aus meiner Familie hier bei mir habe, sondern dass sich alle in meiner Heimat befinden. Deshalb bin ich ihm bis heute noch dankbar, dass er extra für die Hochzeit von Angelinas Schwester angereist ist.

»Na, wenn du es nicht gebacken bekommst, dich bei uns zu melden, dann müssen wir das eben machen. Und nein, das soll kein Vorwurf sein. Ich weiß, dass du viel zu tun hast, aber es ist schön, auch etwas von dir zu hören, Mikayla. Du fehlst hier.«

Ob es seine Worte oder seine Stimme sind, die mir Tränen in die Augen jagen, kann ich nicht sagen, dennoch spüre ich die verräterische Nässe, welche sich ihren Weg über meine Wangen sucht.

»Ich vermisse euch auch«, murmle ich leise und wische mit meinem freien Arm über mein Gesicht. »Aber erzähl, wie geht es allen?«

Während meine inneren Geister immer wacher werden, lausche ich Marcos Erzählungen, die mich entweder zum Lachen oder Keuchen bringen. Vor allem als er auf Luara, meine Cousine, und ihre beste Freundin Valentina zu sprechen kommt, kann ich mich nicht entscheiden, ob ich lachen oder den Kopf schütteln soll.

»Ich sage dir, je älter sie werden, desto schlimmer werden die Weiber!«, brummt es auf der anderen Seite der Leitung.

Mittlerweile habe ich mich aufrecht in meinem Bett hingesetzt und die Beine angewinkelt.

»Na ja, was erwartest du auch von zwei brasilianischen Frauen? Und dazu kommt noch, dass sie mit uns verwandt sind.«

»Val nicht«, korrigiert er mich barsch, woraufhin ich die Augen verdrehe, auch wenn er es nicht sehen kann.

»Sie ist mit euch aufgewachsen, sie *ist* Familie. Und jetzt versuch nicht, mich zu belehren, du weißt, dass dir das nichts bringen wird!«

Ich höre sein leises »Weiber!«, auch wenn er versucht, es so gut wie möglich zu vertuschen.

»Und du bist doch selbst kein Stück besser! Ich wette zehn Mäuse, dass dir zwei Hände nicht reichen, um daran abzuzählen, wie viele Frauen du schon unter dir liegen hattest.«

»Lass mal deine amerikanischen Dollar stecken«, kontert er prompt und ich genieße es, wie wir uns gegenseitig necken. Erinnerungen an unsere Kindheit überfluten mich und lassen mich über seine Worte nachdenken. Es ist wirklich zu lange her, dass ich sie alle besucht habe. Zwar war Marco für die Hochzeit hier, doch auch das ist bereits über ein Jahr her.

»Aber im Ernst«, unterbricht mich seine Stimme, die nun ihren Schalk verloren hat und nur so von Gefühlen geschwängert ist. »Du fehlst hier allen. Es ist nicht dasselbe, nur deine Stimme zu hören oder dein Gesicht über FaceTime zu sehen. Du würdest dich wundern, was du alles verpasst hast.«

Dass eine unterschwellige Botschaft in seinen Worten steckt, entgeht mir nicht, doch ich verkneife es mir nachzuhaken. Wenn es etwas gibt, das so gut wie alle Mitglieder der Familie Oliveira in sich tragen, dann, dass wir es auf den Tod nicht ausstehen können, wenn uns jemand aushorchen will. Es kann aber auch daran liegen, dass wir Brasilianer recht offene Menschen sind und solche Situationen so meist erst gar nicht zustande kommen. Selbst wenn ich nicht denselben Nachnamen trage wie der Rest meiner Familie, da Dads Wurzeln in Amerika liegen, werde ich im Blut immer eine Oliveira sein.

»Ich werde schauen, wann ich eine längere Flugpause habe, damit ich auch genügend Zeit bei euch verbringen kann, ja?«, gebe ich nach einem Moment versöhnlich von mir und weiß genau, dass ich Marco nun habe. So berechnend er Frauen gegenüber sein kann, so weich ist er, wenn es um jene in seiner Familie geht. Und ich hoffe fest darauf, dass er irgendwann die Frau findet, für die er genauso sein wird.

Nachdem wir uns voneinander verabschiedet haben – ich musste ihm versichern, dass ich Angelina von meinen Eltern grüße, da sie während unseres Anrufs arbeiten gewesen sind und mich sonst ebenfalls hätten sprechen wollen –, lege ich das Smartphone neben mich auf die Matratze und stehe endlich auf. Immerhin bleiben mir nicht mehr so viele Stunden, bis der Tag vorbei ist, und die sollten genutzt werden. Vorrangig damit, meinen Arbeitsplan durchzugehen und zu schauen, wann ich nach São Luís fliegen kann. Und dabei überkommt mich eine Vorfreude, die auch den Rest des Tages nicht vergeht.

06.

Überlegend verziehe ich die Lippen, drehe mich vor dem Spiegel nach links und rechts, doch so recht will mich dieses Outfit nicht von sich überzeugen. Obwohl meine Motivation für den Abend nicht sonderlich hoch ist, möchte ich gut aussehen und mich in meiner Haut wohlfühlen – eine Sache, die ich immer beachte, selbst wenn mein Wohlfühloutfit des Tages aus einem weiten Hoodie und einer Jogginghose besteht.

Das heutige dunkelblaue Kleid schmiegt sich wie eine zweite Haut an meinen Körper, betont meine Kurven hervorragend und auch sonst habe ich oberflächlich rein gar nichts daran auszusetzen. Aber irgendwie ... fühlt es sich für diesen Abend einfach nicht richtig an.

»Das Kleid steht dir wirklich gut.«

Erschrocken zucke ich zusammen, bis ich in den Spiegel blicke und eine Gestalt an der Zimmertür entdecke. Ein freundliches Lächeln begegnet mir, als Maxim nickend auf mich deutet und mit den Händen in den Hosentaschen am Türrahmen lehnt.

»Hast du dich im Zimmer verirrt?«, hake ich schmunzelnd nach und wende mich von seinem Spiegelbild ab, um ihm direkt in die Augen zu sehen.

Eine schwarze Anzughose schmiegt sich an seine Beine, während das dunkle Hemd leicht an seiner Brust spannt. Ich kann es Angelina nicht verdenken, dass sie sich auf einem Flug auf Maxim eingelassen hat.

»Wir warten nur auf dich, Lina telefoniert gerade mit ihrer Schwester.«

Maxim zieht seine Hände aus den Taschen und verschränkt die Arme, woraufhin das Hemd noch mehr zu spannen beginnt. Als ich merke, dass ich ihn begaffe, reiße ich meinen Blick von ihm los und begegne seinem schmunzelnden Ausdruck.

»Sam wird dein Kleid sicher gefallen, mach dir da keine Gedanken. Und selbst wenn nicht, er ist kein Mann, der primär auf das Äußere achtet.«

Im selben Moment höre ich das Klackern von Absätzen. Kurz darauf steht Angelina direkt neben Maxim und pfeift anerkennend, sobald sie mich in Augenschein nimmt. »Du siehst heiß aus. Also wenn er nicht an dir interessiert sein sollte, dann stimmt was nicht mit ihm.«

Da mein Outfit offenbar schon beschlossene Sache ist und ich auch ehrlich gesagt keine Lust mehr habe, mich umzuziehen, gebe ich mich geschlagen und scheuche die beiden aus meinem Zimmer, um mir noch passende Schuhe anzuziehen und in meiner Clutch Schlüssel, Smartphone, Lippenstift und Portemonnaie zu verstauen.

Nachdem ich mein Zimmer verlasse, bleibe ich jedoch abrupt stehen und beobachte die beiden Turteltauben einen Moment, wobei ich lächeln muss. Doch auch ein kleiner Stich des Neids macht sich bemerkbar, wenn ich den Blick sehe, mit welchem Maxim Angelina betrachtet. Er erinnert mich an eine Zeit, in der ich dachte, genau diese Liebe und Zuneigung ebenfalls zu spüren, bis alles den Bach runterging und man mich aus dem Kinderbecken eiskalt ins offene Meer geworfen und ertrinken lassen hat.

Ich räuspere mich, woraufhin sich die beiden voneinander lösen. Doch der glückselige Ausdruck auf ihren Gesichtern bleibt.

»Möchten Sie noch ein Glas Wein, Miss?«

So schnell, wie meine Hand mit dem leeren Weinglas in die Richtung des Kellners rauscht, kann keiner schauen. Und sobald dieses neu gefüllt ist – nach drei Gläsern habe ich aufgehört zu zählen –, schließen sich meine Lippen um den Rand und lassen die blutrote Flüssigkeit in meinen Mund fließen.

Meine beste Freundin mustert mich dezent, doch ich ignoriere ihren fragenden Blick. Denn während sie zu bemerken scheint, dass dieses Date keinesfalls so läuft, wie sie es sich für mich erhofft hat, scheint der Mann mir gegenüber nicht im Geringsten zu checken, dass der Wein das Einzige ist, was mich noch wachhält.

Ich bereue es mittlerweile sehr, dass ich Angelinas Drängen nachgegeben habe, wenigstens einmal mit ihr und Maxim auf ein Doppeldate auszugehen. Dabei hat der Abend sehr vielversprechend angefangen.

Als wir Sam am Eingang des *Chelsea's Kitchen* angetroffen haben, war ich mehr als angetan. Sein Outfit ist leger – eine einfache Jeans, die hervorragend an muskulösen Beinen sitzt, sowie ein dünner melierter Pullover, welcher ebenfalls seine Vorzüge betont. Er steht Angelinas Begleitung in nichts nach, und das eckige Gestell, das sich auf seinem Nasenrücken befindet, wirkt gleichermaßen intelligent wie sexy.

Intelligenz kann definitiv anziehend sein, das kann ich zu hundert Prozent bestätigen. Und mit dem Blick, mit dem er mich von Kopf bis Fuß gemustert hat, hat er nicht nur meine unteren Regionen in Wallungen bringen können. Dass ich mir uns schon nackt in meinem Bett vorgestellt habe, war mir sicher auch anzumerken, wofür ich mich nicht schäme.

Da er einer von Maxims Freunden ist, die er, kurz nachdem er in die Staaten gezogen ist, kennengelernt hat, hatte ich die Hoffnung, dass es nicht so schlimm werden würde. Immerhin ist Maxims eigene Gesellschaft angenehm, wieso sollte ich also seinem Urteilsvermögen nicht trauen können?

Tja, zu früh gefreut.

Es hat keine Stunde gebraucht, um meine Libido so weit abzukühlen, dass man meinen könnte, eine zweite Eiszeit sei angebrochen. Und ich übertreibe nicht. Wenn ich auch nur noch einmal die Worte Aktien, Zinsen oder Kredit höre, dann springe ich freiwillig aus diesem Fenster.

Es hilft auch nicht, dass ich ihn ständig mit einem gewissen anderen Mann vergleiche. Ich kann es nicht verhindern. Es ist, als hätte sich in meinem Kopf eine Software installiert, die jedes Detail an ihm auf eine Goldwaage legt und mit Sean vergleicht. Der Name, das Aussehen, Hobbys, der Job, welche Wirkung sein Lachen auf meinen Körper ausübt. Und dabei ist er haushoch durchgefallen.

Trotzdem versuche ich, ein höfliches Lächeln aufzulegen und Maxim oder Angelina in die Gespräche einzubeziehen, damit sich diese um etwas anderes drehen als seine Arbeit.

Ich arbeite als Berater in einer Bank. Ich bin ziemlich gut darin.

Fertig, aus.

Mehr hätte es nicht sein müssen. Aber wenn das so weitergeht, stehe ich vielleicht sogar am nächsten Tag an seinem Tresen, weil ich mir einen Vertrag habe aufschwatzen lassen.

O Gott, bitte nicht.

»Wollen wir langsam zahlen?«

Innerlich knutsche ich Maxim ab, während er über die Runde blickt und ich wild mit dem Kopf nicke. Angelina verkneift sich einen Kommentar, Sam hingegen scheint nicht einmal die Euphorie zu bemerken, die mich beflügelt, bei dem Gedanken, so schnell wie möglich von diesem Date und ihm wegzukommen.

Da niemand etwas einzuwenden hat, rufen wir die Bedienung. Beinahe bekomme ich ein schlechtes Gewissen, als Sam darauf besteht, für mich zu bezahlen. Nur das Wissen, dass ich ihm angeboten habe, für mich selbst zu zahlen, kann dieses Gefühl mindern. Ich bin keine Frau, die einen Mann schamlos ausnutzt, aber wenn er so energisch darauf besteht, bin ich die Letzte, die deshalb eine Diskussion anfängt. Das wäre ja noch das Tüpfelchen auf dem i dieses Abends.

Beide Männer helfen uns in unsere Jacken, bevor wir das Restaurant verlassen und vor dem Eingang innehalten. Unsicher, was ich sagen soll, beiße ich mir auf die Lippe, beschließe dann aber, ehrlich mit Sam zu sein. Ein zweites Date ist mehr als ausgeschlossen.

»Hör zu, Sam. Ich finde wir –«

»Sollten es bei diesem Treffen belassen, das finde ich auch.«

Überrascht weiten sich meine Augen und langsam nicke zustimmend. »Ähm, ja, genau.«

Offensichtlich erleichtert weitet sich sein Lächeln und er beugt sich zu mir, gibt mir einen Kuss auf die Wange. »Nimm es nicht persönlich, Mikayla. Du bist hinreißend, aber ich muss mich mit einer Frau unterhalten können. Kommunizieren. Und ich hatte nicht das Gefühl, dass du überhaupt etwas davon verstanden hast, was ich dir erzählt habe.«

Mein Mund klappt auf, während er mit den Schultern zuckt, als wäre es für ihn keine große Sache. Mein Temperament will sich seinen Weg an die Oberfläche bahnen, doch ehe ich etwas sagen kann, verabschiedet er sich bereits von den anderen. Blinzelnd verfolgen meine Augen ihn dabei, wie er sich immer weiter von uns entfernt, dabei versucht mein Verstand, das eben Geschehene zu verarbeiten.

Hat er gerade ...

»Autsch.« Maxim zieht scharf die Luft ein und wirft mir ein entschuldigendes Lächeln zu. Es sollte ihm auch leidtun, schließlich ist Sam *sein* Freund.

Angelina hingegen schafft es, für einen kurzen Moment ihre Lippen aufeinanderzupressen, ehe sie laut loslacht. Ich bin nicht sicher, ob ich es ebenfalls lustig finden soll oder nicht.

Es dauert einige Sekunden, bis sie es schafft, sich zu beruhigen und mich anzugrinsen. »Immerhin musstest du ihm keinen Korb geben.«

Meine Antwort ist mein erhobener Mittelfinger und ein Abmarsch Richtung Wagen, mit dem wir zum Restaurant gefahren sind.

Zurück in unserem Apartment lasse ich mich auf das Sofa fallen und stöhne erleichtert in das Zierkissen. Ich kann hören, wie die Haustür geschlossen wird, sowie Schritte, die mir immer näher kommen. Im nächsten Moment senkt sich das Sofa neben mir.

»Na komm. Der Abend war doch ganz lustig.«

»Ich weiß ja nicht, was du unter *lustig* verstehst«, brumme ich durch das Kissen und drehe dann mein Gesicht zur Seite, »aber ich kann mir zig andere Aktivitäten vorstellen, mit denen ich meinen Abend lieber gefüllt hätte.«

Ein zustimmendes Murmeln, dann herrscht einen Moment lang Stille. Diese macht sich der Alkohol, den ich innerhalb kürzester Zeit in mich geschüttet habe, zunutze, um sich in meinem Kopf breitzumachen und dafür zu sorgen, dass sich alles langsam beginnt zu drehen.

»Kann ich dich allein lassen oder soll ich lieber bleiben?« Während sie die Worte ausspricht, spüre ich ihre Hand, wie sie sanft über meinen Rücken streicht.

Ich richte mich auf und schüttle den Kopf, wobei das Karussell darin an Geschwindigkeit zunimmt. »Nein, nein. Genieß den Abend und die Nacht mit deinem Mann, Süße. Nur, weil ich nicht auf meine Kosten komme, heißt das nicht, dass du das nicht kannst.«

»Wir wissen beide, dass es nicht darum geht, Kay.« Besorgte Falten legen sich auf ihre Stirn, die ich mit meinem ausgestreckten Finger versuche zu glätten. Gelingen tut es mir zwar nicht, aber hey, der Wille zählt.

»Ich komme schon klar, Lina.«

Ihre Augen scannen mein Gesicht ab, dann seufzt sie ergeben auf. »In Ordnung. Aber wenn was sein sollte, rufst du mich an und ich bin schneller da, als du *Speedy Gonzales* sagen kannst.«

»Speedy Gonzales«, erwidere ich grinsend, was auch ihr ein Schmunzeln entlockt. Kopfschüttelnd nimmt sie mich noch mal in den Arm, und ohne zu zögern, erwidere ich ihre Umarmung. Spüre, wie die Anspannung aus meinen Knochen weicht und sich die unterdrückten Gefühle bemerkbar machen, mich hart schlucken lassen.

»Irgendwo da draußen gibt es diesen einen Mann, der dein Herz höherschlagen lässt. Da bin ich mir sicher.«

Wenn du nur wüsstest, rufen meine Gedanken, doch ich spreche sie nicht aus.

Stattdessen verstärke ich meinen Griff um sie, bevor ich sie loslasse. »Wer weiß, vielleicht finde ich ihn ja, wenn ich meine Familie besuche.«

Mit ihren Händen an meinen Schultern bringt sie etwas Abstand zwischen uns, sodass sie mich fragend mustern kann. »Davon wusste ich noch gar nichts. Wann fliegst du denn?«

»Wenn alles so klappt, wie ich es gerne hätte, dann in einem halben Jahr. Vorausgesetzt, an den Planungen ändert sich nichts. Ich muss den Urlaubsantrag für nächstes Jahr noch einreichen.«

Langsam hebt und senkt sich ihr Kopf, bis sie sich gänzlich von mir löst und vom Sofa aufsteht. Erst jetzt merke ich, dass sich Maxim gar nicht mit uns im Apartment befindet, da ich seine Gestalt nirgends entdecken kann.

»Er wartet unten im Wagen«, beantwortet sie meine unausgesprochene Frage, woraufhin ich es nun bin, die nickt. Sie schenkt mir ein letztes Lächeln, dann lässt sie mich allein.

Ich schaue ihr hinterher, bis sich die Tür hinter ihr schließt, schäle mich dann aus dem Kleid und pfeffere es in die nächste Ecke. Zielstrebig laufe ich auf mein Zimmer zu, wo ich mich auch aus dem Rest meiner Kleidung schäle und hinlege. Seufzend blicke ich zu meinem Nachtschränkchen, greife dann in die Schublade und hole meinen Freudenspender hervor, der kurz darauf das mir nur allzu bekannte Summen von sich gibt und mich wenigstens schmunzeln lässt.

Na ja, was soll's. Für heute wird es wohl genügen müssen.

07.

»Ich wünsche Ihnen noch einen schönen Aufenthalt!«

Sobald der letzte Passagier das Flugzeug verlassen hat, merke ich, wie die Anspannung langsam nachlässt und auch meine Mundwinkel sich endlich erlauben herabzusinken. Manchmal frage ich mich ernsthaft, warum ich ausgerechnet diesen Beruf ausgewählt habe. Es gibt Jobs, die nicht so belastend sind, sei es für die Psyche oder das Privatleben. Doch dann denke ich an die Möglichkeiten, die er mir bietet.

Ja, ich brenne nicht mit derselben Leidenschaft wie Angelina dafür, einen großen Teil meines Lebens in der Luft zu verbringen, allerdings belohnt dieser Job mich wieder und wieder, wenn ich den Boden eines neuen Landes betrete. Wenn ich eine andere Luft einatme, neue Menschen kennenlerne. Die Chance bekomme, um die Welt zu reisen und das, obwohl meine Familie nicht in Geld schwimmt.

Ich brenne für das Abenteuer. Für das Adrenalin, das sich durch meine Venen und Adern pumpt, mich nicht nur körperlich in höhere Sphären befördert, sondern auch innerlich. Ja, ich denke, das macht all die Strapazen dessen, was der Job sonst so mit sich bringt, auf jeden Fall wieder wett.

Nachdem wir die letzten Check-ups absolviert haben, heißt es auch für uns Feierabend, und ich kann meine Füße schon aufseufzen hören, weil sie bald aus ihrem beengenden Gefängnis befreit werden.

In meiner Arbeitskleidung und mit Gepäck laufe ich durch die Flughafenhalle, die vergleichsweise verlassen erscheint. Ich kann jeden meiner Schritte hören, die meine Absätze auf dem Boden hinterlassen, bis ich die Schiebetüren erreiche und hinaus in die frische Luft trete.

Ich nutze den Moment, stelle meine Tasche neben mir ab und atme tief durch, ehe ich mein Haar aus seinem Gefängnis befreie. Sofort fällt es meinen Rücken hinab und ich streiche mit gespreizten Fingern hindurch, genieße das erleichternde Gefühl, das wohl jede Frau kennt, wenn sie stundenlang ihr Haar in einem strengen Zopf tragen musste.

Da meine Augen geschlossen sind bemerke ich jedoch zu spät, dass sich derweil jemand neben mich gestellt hat und mich beobachtet. Als ich sie öffne, kann ich einen erstickten Schrei gerade so unterdrücken.

»Was zum Teufel?!«

Mein schneller Puls lässt meinen Verstand für den Moment auf Stand-by laufen, sodass ich einen Moment brauche, um zu begreifen, dass ausgerechnet Sean neben mir steht und mich mit seinem unwiderstehlichen Schmunzeln betrachtet.

»Entschuldige, ich wollte dich nicht erschrecken.«

»Wer's glaubt.«

Ich warte, bis mein Herz wieder seinen normalen Rhythmus findet, bevor ich nach meinem Gepäck greife und nebenbei in einer der Seitentaschen nach meinem Schlüssel suche, damit ich den Wagen aufschließen kann. Angelina wollte ihn für mich parken, damit sie mich nicht am späten Abend abholen muss. Da sie die meiste freie Zeit mit Maxim verbringt – oder damit, ihre Beziehung zu ihrem Vater wieder zu normalisieren –, war diese Idee am besten. Fragt sich nur, wo sie ihn hat stehen lassen.

»Will ich erfahren, wieso du hier bist?«, hake ich nach, da ich Seans mir folgende Fußschritte ganz klar vernehmen kann. Meine Schultern spannen sich automatisch an bei dem Wissen, dass es ausgerechnet er ist, der sich neben mir befindet. Es ist zu ungewohnt, zu ... *out of my comfort zone*, vor allem, wenn man bedenkt, wo wir momentan stehen.

Kurz darauf läuft er auch in einem mäßigen Gang neben mir her, während ich mittlerweile den ersehnten eckigen Gegenstand in meiner Hand halte und nur noch das passende Schloss suchen muss.

»Wenn du es unbedingt wissen willst, ich komme von einer Dienstreise aus Seattle, die vorverlegt wurde. Und da wir uns auf meinem Rückweg treffen wollten und ich wusste, dass du heute von deinem Flug zurückkommst, dachte ich, hole ich dich ab und wir könnten noch etwas Zeit miteinander verbringen, bevor ich zurückfahre.«

Ich bleibe abrupt stehen, strecke mich ein wenig und halte den Schlüssel nach oben, damit das Signal auch den Wagen erreichen kann, doch ... nichts. Nirgends ein verdächtiges Blinken oder ein Zeichen dafür, dass er sich in der unmittelbaren Umgebung befindet.

Frustriert brumme ich, bis ich mir seine Worte durch den Kopf gehen lasse und nun mit einem genervten Ausdruck zu ihm schaue. Und natürlich kann sich der kleine, sich noch immer nach ihm sehnende Teil meines Körpers es sich nicht entgehen lassen, ihn zu mustern.

Es sind zwar nur wenige Wochen vergangen, seitdem wir uns das letzte Mal in Paris begegnet sind, dennoch bilde ich mir ein, dass dieser Mann noch attraktiver geworden ist als ohnehin schon. Der Dreitagebart, der sein Kinn ziert, lässt meine unteren Regionen spürbar erbeben. Meine Augen wandern an seinem Gesicht entlang immer weiter nach oben, bis sie sich mit seinen kreuzen und ich mich wieder in diesem Blau verliere, das mich in seine Tiefe zu ziehen droht. Es verlangt mir einiges an Willenskraft ab, mich von ihm loszureißen, weshalb dieser Moment deutlich zu lange andauert.

»Dann stellt sich mir die Frage, wieso du mir nicht Bescheid gegeben hast. Ich stehe nicht so auf *solche* Überraschungen, wie du weißt. Mal davon abgesehen, dass Angelina mir den Wagen hier abstellen wollte, um nach Hause zu kommen.«

Ich warte seine Erwiderung nicht ab, reagiere nicht auf seinen Körper, der steif wie eine Statue zu sein scheint, sondern hole mein Smartphone hervor, wähle Linas Kontakt aus und halte mir das Telefon ans Ohr, immer wieder mit einem Fuß auf den Asphalt tippend, da mein Geduldsfaden durch die Anwesenheit eines gewissen Mannes drastisch kürzer geworden ist. Es dauert, bis ich ein Knistern vernehme und kurz darauf panische, sich wiederholende Entschuldigungen folgen.

»Das ist jetzt nicht dein Ernst, Lina!« Mit einer Mischung aus Frust und Erschöpfung fluche ich auf, ohne wirklich zu merken, dass ich in meine Muttersprache gerutscht bin. Alles, was ich wollte, war, so schnell wie möglich nach Hause zu kommen, mich auszuziehen und ins Bett fallen zu lassen.

»Es tut mir so, so leid! Ich habe die Zeit total aus den Augen verloren.« Ihre gehetzte Stimme in Kombination mit ihrem schlechten Gewissen lindert meine Wut auf die Situation etwas, denn eigentlich gehört sie zu den verlässlichsten Personen, die ich kenne. »Wenn du dich so lange in ein Café setzt, kann ich mich direkt –«

»Nee, lass gut sein. Ich werde mir einfach ein Taxi nehmen oder so«, sage ich und erhalte die Reaktion, die ich bereits erwartet habe. Ein erleichtertes Seufzen. »Aber nur, damit wir uns verstehen: Das nächste Mal müssen deine Sexkapaden hintanstehen.«

Ihr glockenklares Lachen lässt auch mich lächeln und nach einer weiteren Versicherung, dass dies nicht noch einmal passieren wird, lege ich auf. Automatisch will ich nach meiner Tasche auf dem Boden greifen, finde jedoch nichts weiter als Leere.

»Was zum ...«

Sich mit verschränkten Armen an der Karosserie eines mattschwarzen Audis anlehnend, steht Sean samt meinem

Gepäck einige Meter von mir entfernt. Es rührt mich im selben Maße wie es mich aufregt.

Mit schnellen Schritten gehe ich auf ihn zu, bleibe direkt vor ihm stehen und verschränke ebenfalls die Arme. »Was denkst du, hast du mit meinem Gepäck vor?«

»Wie ich schon sagte, ich wollte dich überraschen. Und da du offensichtlich keine Option hast, nach Hause zu kommen, biete ich selbstverständlich meinen Fahrservice an.«

»Das denkst auch nur du. Genau hinter uns befinden sich genügend ...« Ich deute mit einem Finger hinter mich und folge der Richtung, stocke dann aber, da sich ausgerechnet jetzt kein einziges verdammtes Taxi in der Parkbucht befindet, und lache auf. »Echt jetzt?«

Ich schließe die Augen, atme mehrmals tief durch und wende mich dann meiner einzigen Mitfahrgelegenheit zu, die mir gewinnend entgegengrinst. Doch es ist nicht echt. Es ist zu verkrampft, zu gewollt. Und es erleichtert mich gleichzeitig, zu wissen, dass diese Situation sich nicht nur für mich komisch anfühlt. Er stößt sich vom Wagen ab und öffnet die Beifahrertür.

Da mir wohl keine andere Möglichkeit bleibt, knicke ich ein, doch bevor ich einsteige, brumme ich noch ein »Bilde dir bloß nichts darauf ein«, was ihn doch tatsächlich zum Lachen bringt, wenn auch nur leise.

Im Seitenspiegel verfolge ich, wie er meine Tasche im Kofferraum verstaut, ehe er kurz stockt, bevor er um den Wagen geht, um sich neben mir in den Sitz fallen zu lassen. Sobald der Motor aufheult und wir das Flughafengelände verlassen, lehnt er sich zurück.

»Was hältst du davon, wenn wir was Essen gehen? Ich habe bis auf mein Frühstück noch nichts gegessen und mein Magen könnte definitiv was gebrauchen.«

Ich schaue ihn von der Seite an und schüttle den Kopf, weiß nicht, ob ich lachen oder die Augen verdrehen sollte bei seinen Worten. Als ob es so selbstverständlich wäre, dass ich jetzt Zeit für ihn habe, nur, weil sich seine Pläne geändert haben. Und genau das sage ich ihm.

»Du kannst nicht einfach über meinen Kopf hinweg Entscheidungen treffen, Sean. Ja, ich möchte auch, dass es wieder so wird wie früher – oder zumindest ansatzweise – doch das bedeutet nicht, dass es vom einen auf den anderen Tag einfach so geht.« Dass der Ausdruck in seinen Augen solch eine Ernsthaftigkeit in sich tragen würde, sobald ich mich traue, zu ihm zu blicken, habe ich nicht erwartet, und es lässt mich zusammenzucken.

»Ich habe deine Wort nicht vergessen, Mikayla. Und gerade deswegen bin ich hier.«

»Meinst du in diesem Wagen oder –«

»Ich meine in Phoenix.«

Stille legt sich zwischen uns, da sich meine Zunge anfühlt, als wäre sie verknotet. Habe ich sonst immer die passenden Worte, wollen sie mir nun schlichtweg nicht einfallen. Und da ich ihm glaube, nicke ich verstehend und gebe mich geschlagen. Er nimmt mein Schweigen als Zustimmung auf und ich frage nicht weiter nach, sondern lasse es auf mich zukommen.

Auch wenn sich diese Stille nach und nach in etwas verwandelt, dem ich am liebsten entkommen will. Ich will *ihm* entkommen, obwohl ich mich doch freuen sollte, dass ich Sean zurückhabe – wenn auch nur als Freund.

Ich lehne meinen Kopf an die Fensterscheibe und beobachte die Umgebung, die an uns vorbeizieht. Versuche, die aufkommende Nervosität daran zu hindern, Überhand zu gewinnen, was mir auch einigermaßen gelingt. Dafür schafft mein Kopf es aber, sich unzählige Fragen zusammenzuspinnen, die mein Mund ihm, sobald wir in einem Restaurant sitzen und auf unser Essen warten, ganz sicher zuwerfen wird.

Ich bemerke dabei nicht, wie viel Zeit vergeht, bis sich meine Augenbrauen überrascht heben und ich ein Lächeln nicht verhindern kann, sobald ich unser Ziel entdecke.

»Angelina hat es mir empfohlen, als ich sie das letzte Mal gesehen habe«, reißt seine Stimme meine Aufmerksamkeit von dem mir nur zu bekannten Schild weg. Dann steigen wir beide aus und gehen auf den Eingang des *Marabella's* zu, was eine wohlige Wärme in meinem Bauch hervorruft.

Es ist das erste Mal, dass ich mit jemand anderem als Angelina hier bin, und auch Alberto, der quirlige Besitzer des Lokals, ist sich dessen bewusst, sobald er mit einem breiten Grinsen auf uns zukommt und mich in eine knochenbrechende Umarmung zieht.

»Ciao, meine Liebe! Was freu ich mich, dich zu sehen!« Sofort drängt er uns zu einer kleinen Sitzecke, wo wir ungestört sind. »Meine alten Knochen hatten eine Vorahnung, dass ich diesen Tisch heute Abend freihalten sollte«, grinst er und scheucht uns geradezu auf die Plätze, ehe er uns die Speisekarten in die Hände drückt und uns dann allein lässt.

Seans und meine Augen treffen aufeinander und sofort fangen wir beide an zu lachen. Ich muss mir sogar eine Hand auf den Bauch halten und mir wird wieder bewusst, dass ich noch immer in meiner Uniform stecke. Doch mein Gegenüber scheint es nicht zu stören, da sein Blick unentwegt auf meinem Gesicht liegt und ... gelöst wirkt. Unbeschwert. Als wäre es das Normalste auf der Welt, mit mir hier zu sitzen. So, wie es sein sollte. Zumindest für einen Augenblick, ehe sich die Leichtigkeit erneut verflüchtigt.

Ein verräterisches Kribbeln unter meiner Hand lässt meine Gedanken sich wieder schärfen und ich räuspere mich. »Also?«

Zuerst scheint er nicht zu verstehen, was ich meine, doch ich kann genau den Moment erkennen, in dem sich dies ändert. In welchem sich ein Schloss vor eine leicht geöffnete Tür legt und das, was dahinter liegt, vor mir verbirgt.

Ein Seufzen ertönt aus seinem Mund, gefolgt von seiner Hand, die über seinen Bart streicht. »Ich muss zugeben, dass ich das Ganze nicht ganz durchdacht habe. Oder zumindest gehofft hatte, dass es sich nicht so komisch anfühlen würde.«

»Ach, wirklich?« Ich kann die sich hebenden Mundwinkel nicht verhindern, doch das scheint genau das gewesen zu sein, was er braucht.

»Ich habe über deine Worte nachgedacht. Über das, was damals auf der Hochzeit passiert ist und wie das unsere Freundschaft zerstört hat. Ich weiß, dass mein Verhalten nicht richtig gewesen ist und dass ich dich und mich damit in eine unmögliche Lage gebracht habe. Das war nie meine Absicht. Und hätte ich gewusst, dass ich dich dadurch verlieren würde, hätte ich alles dafür getan, damit das nicht passiert. Ich ... ich kann dich nur bitten, mir zu verzeihen. Weil ich damals nicht standhaft geblieben bin und uns damit in eine Situation gezwungen habe, die ich niemals wollte. Ich kann es zwar nicht ungeschehen machen, allerdings versuchen, daraus zu lernen, damit ich denselben Fehler nicht ein weiteres Mal mache.«

Meine Lippen teilen sich, doch ein gewisser Italiener kommt mir zuvor und unterbricht den Moment, um sich um unsere Bestellung kümmern zu können. »Für mich nur ein Wasser und ein gemischter Salat mit Grillgemüse«, antworte ich, was den Stift in seiner Hand stoppen lässt.

»Kind, bist du krank? Ich habe dich noch nie mit etwas anderem als Nudeln oder Pizza gesehen.«

»Nein, nur müde«, antworte ich sanft, da ich ihn niemals in seiner Ehre als Koch kränken wollen würde. Sowohl meine Hand auf seinem Arm als auch mein Blick scheinen ihn zu überzeugen, da er sich dann nickend an Sean wendet, der wohl eine angemessenere Bestellung abgibt.

Sobald wir allein sind, liegt meine gesamte Aufmerksamkeit wieder auf ihm, doch seine eben gesagten Worte scheinen sich in meinem Kopf nun umso mehr zu entfalten.

Fehler.
Fehler.

Fehler.

»Weißt du, ich bin auch nur ein Mensch mit Gefühlen. Ich habe mich schon beschissen genug gefühlt, an deiner Hochzeit mit dir zu schlafen, auch wenn wir beide es wollten. Aber allein aufzuwachen, mit einem miesen Kater und dem Wissen, was man getan hat, hat mir in dem Moment den Rest gegeben.« Ich schlucke, streiche mir eine Strähne hinters Ohr. »Und auch, wenn es vielleicht nicht so wirken mag, bin ich dir dankbar, dass du jetzt so beharrlich warst. Dass wenigstens einer von uns den Mut hatte, unsere Freundschaft nicht endgültig zu verlieren. Aber dafür brauchen wir auch Freiraum. Wir müssen darüber nachdenken, wie es weitergeht, wie wir mit ... dem Ganzen umgehen sollten. Denn zu sagen, dass ich keine Gefühle mehr für dich habe, wäre eine Lüge.«

Mit einem Lächeln streckt er seine Hand über dem Tisch zu mir. Es ist keines, das mich dazu drängt sie zu ergreifen, sondern jenes, welches er mir immer geschenkt hat, um mir zu zeigen, dass er für mich da ist. Dass wir alles schaffen können, wenn wir es nur wollen. Zusammen. Egal, wie verkorkst es momentan zwischen uns sein mag.

Daher lege ich meine Hand in seine, sehe dabei zu, wie er sie umschließt und drückt. Wie sich seine Wärme auf meine Kälte überträgt. Wie sein Daumen sanft über meinen Handrücken streichelt und mein Herz mit dieser simplen Geste aus dem Takt bringt. Es schafft, der Situation die Starrheit, das Gezwungene, Stück für Stück zu entziehen.

»Du wirst sehen, wir kriegen das hin. Wir waren früher immer ein Teil des Lebens des anderen und nichts wird dafür sorgen, dass sich das noch mal ändert.«

Ich nicke, auch wenn ich nicht so überzeugt bin wie er. Dann schweige ich, weil ich weiß, dass es immer mindestens eine Person geben wird, die die Macht hat, sich zwischen uns zu stellen – denn Zoella hat es bereits getan. Und es würde mich nicht einmal wundern, wenn es mit purer Absicht war.

»Trotzdem solltest du nicht extra für mich einen Umweg fahren, Sean. Es gibt sicher Wichtigeres, das in San Diego auf dich wartet.« *Zum Beispiel deine Frau.* »Und ich wäre dir auch nicht böse gewesen, wenn wir unser Treffen verschoben hätten.« Ich zucke mit den Schultern. »Wie gesagt, das alles braucht seine Zeit.«

»Sag niemals, dass du nicht wichtig bist. Du bist einer der wichtigsten Menschen in meinem Leben, das warst du immer. Auch wenn ich dich nicht immer so behandelt habe, wie du es verdienst. Aber wir wissen beide, dass du schon immer der bessere Mensch von uns beiden gewesen bist.«

Seine Stimme, gepaart mit seiner Berührung, lullt mich immer weiter ein. Vielleicht hätte ich doch lieber auf ein Taxi warten sollen. In einem stabileren Zustand hätte ich mich ihm entziehen können, der Wirkung seiner Worte. Jetzt aber gebe ich mich meinen inneren Sehnsüchten viel zu schnell hin.

»Ich möchte das, was wir damals hatten, zurückhaben. Ich möchte meine beste Freundin zurück. Den Menschen, der mir immer in den Arsch getreten hat, der mir nicht alles recht machen wollte. Ich vermisse diese Person in meinem Leben und das schon eine lange Zeit.«

»Das Leben ist kein Wunschkonzert, Sean. Du stellst dir das so leicht vor, dabei ist es alles andere als das. Und was willst du deiner ... Zoella sagen?«, murmle ich, löse dabei aber meine Augen nicht von unseren Händen. Sehe zu, wie er Finger für Finger ineinander verhakt und so eine Verbindung aufbaut. Eine, die eigentlich schon seit Jahren besteht, doch irgendwann den Strapazen, den Schmerzen nicht mehr standhalten konnte und zerrissen ist.

»Wir können uns Zeit lassen, wie du selbst sagst. Und was Zoella angeht: Ich finde, wir sollten uns erst einmal die Freiheit nehmen, wieder zu der Freundschaft zu finden, die wir hatten, ohne den Druck der anderen. Dann wird sich alles nach und nach fügen. Und ich sage auch nicht, dass es jetzt leicht sein wird. Aber ich würde alles dafür tun, Mika. Ich weiß, ich wiederhole mich, aber doch nur, weil es mir so wichtig ist. Weil *du* mir wichtig bist. Vielleicht ist es egoistisch von mir, aber ich kann nicht anders. Ich möchte nicht noch einen guten Teil von mir verlieren. Nicht noch einmal.«

Mein Blick trifft auf seinen und ich weiß – nein, ich spüre –, wie der Teil von mir, der stets dieses Band zu diesem Mann empfunden hat, mich geradezu anschreit, den Strohhalm, den er mir entgegenhält, anzunehmen. Doch was dann? Endet es dann wieder in einem Teufelskreis, bei dem ich weiterhin nicht von ihm loskomme? Mich weiter damit quäle, mich weiter in diesen Strudel ziehen lasse?

Mein Gott, du klingst ja beinahe wie Angelina.

Ich glaube, ich war Alberto noch nie so dankbar wie in diesem Moment, als er unser Essen an den Tisch bringt und mir so eine Gnadenfrist gewährt, die ich bis auf die letzte Sekunde nutze.

Das gesamte Essen über schweige ich, konzentriere mich lediglich auf meinen Teller, dessen Gericht ich mir trotz der guten Aromen hineinzwingen muss. Auch als wir erneut in dem Audi sitzen, kann ich mich noch in der Sicherheit der Stille verstecken. Doch diese endet spätestens dann, sobald der Wagen vor dem Gebäude hält, in dem sich mein Apartment befindet. Und dann tue ich das, was sich in dem Moment am besten anfühlt, auch, wenn es vermutlich die falsche Reaktion auf seine Worte ist.

Sean will seine beste Freundin zurück. Und das mit allen Mitteln.

Ich wiederum flüchte, weil es Momente wie diesen gibt, in denen ich mir selbst nicht traue.

08.

Ich schaffe es nicht mal, die Tür des Apartments gänzlich zu öffnen, ehe ich aufgehalten und ruckartig zurückgezogen werde. Mein Rücken lehnt sich an dem kühlen Metall an, das sich in meine Haut bohren will, als meine Augen seinen begegnen und den wilden Sturm erblicken, der in ihnen wütet. Schwer atmend stützt sich sein Arm über mir ab, während seine Hand mich weiterhin gefangen hält und mir damit jegliche Flucht verwehrt.

»Lauf nicht weg. Bitte.«

Meine Abwehr bröckelt, wenn auch nur ein winziges bisschen, doch das genügt, damit sich die Anspannung, die sich in jedem seiner Muskeln bemerkbar macht, langsam zu legen scheint und ein erleichtertes Seufzen seinen Lippen entweicht. Ohne es verhindern zu können, wandert mein Blick genau dorthin, und der Wunsch, sie wenigstens noch einmal auf meinen fühlen zu *dürfen*, macht sich so unmenschlich in meinem Herzen breit, dass ich meine eigenen Lippen so fest aufeinanderpressen muss, um ja nichts Dummes anzustellen.

Sein Kopf senkt sich leicht, sodass wir Stirn an Stirn voreinander verweilen. Seine Lider sind geschlossen, sein Atem wird langsamer, doch seine Finger lösen sich nicht von mir. Dafür wandert seine andere Hand zu meiner Taille, wo er mich ein Stück näher an sich zieht.

Dass dieser Moment, diese Berührungen, der Inbegriff von falsch sind, dessen bin ich mir so sehr bewusst, als würde ein riesiges Damoklesschwert über uns schweben, jederzeit bereit, sein Urteil über uns zu fällen. Aber der Mensch ist dafür bekannt, Fehler zu machen, und ich bin ganz klar eins der Paradebeispiele für diese Redewendung.

Ich hätte wissen müssen, dass ein einziger Moment zwischen uns ausreichen würde, um das Knistern zwischen uns explodieren zu lassen.

Also tue ich genau das, ich lasse es explodieren. Dabei schließe ich meine Augen und gewähre es mir zu genießen. Selbst als ich spüre, wie seine Nasenspitze über meine Wange streicht, als ich seinen Atem an meinem Mund erahnen kann. Und dann seine Lippen. Sanft, zärtlich, während ich mich ihm entgegenlehne.

Ich lasse mich gänzlich fallen, wider besseres Wissen. Trotz dem Schmerz, den ich danach empfinden werde, weil ich weiß, dass ich mich ihm entziehen sollte. Mein Körper überlistet meinen Verstand und macht sich selbstständig, meine Hände wandern in seinen Nacken, reißen Sean näher an mich.

Seine Arme schlingen sich gänzlich um mich und pressen unsere Körper aneinander, sodass nichts und niemand uns voneinander trennen könnte. Und aus sanft wird verlangend. Aus verboten verheißungsvoll. Meine Gefühle spielen verrückt, scheinen sich nicht entscheiden zu können, womit sie anfangen sollen.

Unkontrolliert wandern meine Finger erst über seine Brust, öffnen einige Knöpfe seines Hemds, gleiten dann zu seinen Armen, wo sie seine nackte Haut entlangfahren. Und das zu meinem Glück, da sich plötzlich die Tür hinter mir öffnet und ich mich gerade so erschrocken an ihn klammern kann.

Ich schaue auf, begegne demselben Zwiespalt, der in diesem Moment in mir wütet.

Wir sollten das hier nicht tun.

Ich sollte mich an seinen Worten festhalten, mich darauf besinnen, dass ich ihn nur noch als Freund haben wollen sollte.

Doch mein Körper überstimmt meinen Verstand. Meine Finger krallen sich in seinen Nacken, in das kurze, weiche Haar, das meine Haut kitzelt, und ich stelle mich auf die Zehenspitzen. Ich küsse ihn, wieder und wieder, lasse nicht zu, dass sich diese zarte Verbindung zwischen uns löst, während ich uns blind in mein Apartment dirigiere.

Nur im Hintergrund bemerke ich das Klicken der Tür, denn all meine Sinne richten sich auf den Mann, den ich einfach nicht loslassen kann. Jegliche Vernunft scheint wie weggeblasen und alles, woran ich noch denken kann, ist er.

Nach dieser Hundertachtziggradwende halte ich mich nicht mehr zurück, sondern lasse die Sehnsucht in mir überhandnehmen. Ich schere mich nicht darum, dass ich ihn so schnell in mein Schlafzimmer schleife, dass er beinahe stolpert. Ich interessiere mich nicht für das verräterische Reißen von Kleidung, während ich sein Hemd öffne, meine Finger über seine warme Haut gleiten lasse und am liebsten jeden Zentimeter von ihm auf meinem haben will.

Dafür genieße ich seine rauen Hände, wie sie mich an meinen Kniekehlen hochheben, und wie sein Mund mich verschlingt. Wie ich an seinen Haarspitzen ziehe und ihm ein Stöhnen entlocke, das mein Höschen triefnass werden lässt.

Ich lasse meine Lippen zu seinem Kinn wandern, zu seinem Hals, an dem ich zu saugen beginne, während er mich sanft auf mein Bett gleiten lässt. Sein Körper folgt meinem, drückt mich tiefer in die Matratze und ich habe das Gefühl zu verbrennen. Waren es erst meine Hände, die über ihn wanderten, so habe ich nun das Gefühl, seine überall auf mir zu spüren. Mein Verstand ist auf Autopilot, dafür hat mein Herz die Kontrolle an sich gerissen.

Meine Finger streichen durch sein weiches Haar, lassen mich an Momente, in denen wir uns zuvor schon in den Laken gewälzt haben, zurückdenken und entlocken mir ein erregtes Seufzen. An seinen Schultern ziehe ich ihn zu mir nach unten, was er mit einem eindeutigen Grinsen hinnimmt. Anschließend nutzt er seine Finger dazu, sie über meine Haut gleiten zu lassen, die er Stück für Stück freilegt.

»So wunderschön wie in meiner Erinnerung«, höre ich ihn murmeln, schaffe es jedoch nicht zu antworten, da im selben Moment seine Finger erst unter meinen Rock, dann in meinen Slip schlüpfen und mich genau dort berühren, wo ich ihn brauche. Doch er lässt sich Zeit, packt mich aus wie ein Geschenk, was meiner inneren Unruhe nicht zusagt, die beschließt, die Sache selbst in die Hand zu nehmen.

Ich stoße ihn weg, setze mich auf seinen Schoß und öffne den Rest der Knöpfe seines Hemds. Streife es von seinen Schultern, wobei meine Lippen seine erhitzte Haut streifen und meine Zunge sich um seine Brustwarze legt. Ein heiseres Stöhnen ertönt und kurz darauf folgt seinem Hemd der Gürtel. Ich öffne die Hose, dränge mich hinein und umgreife dann seinen Schwanz, der schwer und hart in meiner Hand liegt. Ohne meine Küsse zu unterbrechen, lasse ich sie auf und ab wandern, lausche seinem schneller werdenden Atem und dem Keuchen, das wieder und wieder seinen Mund verlässt. Aber es ist nicht genug.

Unter Protest lasse ich von ihm ab, hake dafür meine Finger in seinen Hosenbund und ziehe sie samt Boxer über seine Beine. Stramm springt mir sein Glied entgegen, was mir das Wasser im Mund zusammenlaufen lässt. Doch bevor ich mich ihm weiter widmen kann, drängt er mich zurück, bis er wieder über mir ragt, hält meine Hände über dem Kopf zusammen und nimmt meinen Mund in Beschlag.

Seine Zunge schiebt sich zwischen meine Lippen, neckt meine, während ich ihn mir genau dort ersehne, wo ich ihn so dringend brauche. Ich wehre mich nicht, als er mit einer Hand zwischen meine Schenkel greift und die Strumpfhose zerreißt. Ich stöhne in seinen Mund, als seine Finger mich teilen und um den Verstand bringen.

»Bitte«, hauche ich verzweifelt an seinen Lippen, doch statt mit dieser Folter aufzuhören, dringt er erst mit einem, dann mit zwei Fingern in mich. Mein Kopf fällt in den Nacken und sofort spüre ich seine Lippen an meinem Hals, wie sie die sensible Haut dort einsaugen und Erinnerungen an das Hier und Jetzt hinterlassen.

Erst als er mir sowohl seine Finger als auch seine Lippen entzieht, schaffe ich es durchzuatmen, was er ausnutzt, um sich gänzlich von seiner Kleidung zu befreien. Ich tue es ihm gleich, ziehe ihn dann an seinem Nacken zu mir und schlinge meine Beine um ihn. Und dann trifft mein Blick auf seinen, der mir jegliche Luft zum Atmen raubt.

Denn statt dem Feuer, das bis eben noch in seinen Augen gewütet hat, sehe ich nun etwas, das mich gleichzeitig zerreißt und wieder zusammensetzt. Meine Lippen pressen sich aufeinander und es fällt mir unsagbar schwer, die Tränen aufzuhalten, die langsam, aber sicher meine Sicht verschleiern.

Stirn an Stirn blicken wir uns an, lösen uns für keinen einzigen Moment voneinander, während Sean in mich eindringt.

Und es fühlt sich an wie Ankommen.

Nach Zuhause.

Nach so vielem, was wir nicht haben können und werden und das mich am Ende noch mehr zerstören wird, als ich es wegen ihm schon bin.

Ich küsse ihn. Genieße jede Sekunde, die er mir gibt. Jeden Stoß, der unsere Körper miteinander vereint und die Schmetterlinge in meinem Bauch wilder umherflattern lässt. Streiche mit meinen Fingern über seinen Rücken, seine Arme. Jeden Zentimeter, den ich erreichen kann. Unser Atem vermischt sich, unsere Bewegungen werden schneller. Ich packe seinen Hintern, dränge ihn so tief in mich wie nur möglich.

Unser Stöhnen geht in Küssen unter, bis ich es nicht mehr aushalte und eine Hand zwischen uns wandern lasse. Alles in mir zieht sich zusammen je näher ich der Erlösung komme und auch Seans Bewegungen werden immer abgehackter. Sein Mund wandert erneut zu meinem Hals, beginnt, dort mit solch einer Kraft zu saugen, dass ich mit meinen Fingern an meiner Klit und ihm tief in mir in einem heiseren Schrei loslasse und komme.

Nur wenige Stöße später spüre ich, wie er mir folgt, sich tief in mir ergießt und dann seinen Körper auf meinen fallen lässt. Doch statt uns direkt voneinander zu entfernen, schlinge ich meine Arme um ihn, halte ihn fest. Versuche, den Gefühlssturm, den seine Nähe in mir auslöst, im Zaum zu halten. Doch nicht nur ich brauche das, denn auch er hält mich fest. Und für jetzt ist es perfekt. Für den Augenblick. Selbst wenn es das nicht sein sollte.

Es könnten Minuten oder Stunden vergehen. Mein Zeitgefühl scheint sich in dem Moment verabschiedet zu haben, als ich Sean geküsst habe. Doch sobald ich merke, wie ich immer schläfriger werde und auch Sean sich nicht von mir bewegen will, streiche ich ihm sein Haar nach hinten, woraufhin er seinen Kopf hebt und sich unsere Blicke treffen.

Die Worte liegen auf meiner Zunge, doch finden keinen Weg hinaus. Sie sollten es, aber ich bringe es nicht übers Herz, ihn schon gehen zu lassen.

»Kannst du ...« Ich schlucke, presse die Lippen aufeinander und schaue weg, doch das lässt er nicht zu. Ich spüre seine Finger, wie sie meine Wange entlangstreichen, wie sie mein Herz, das immer schneller zu schlagen scheint, nach und nach zu beruhigen vermögen.

Wir sehen uns an und es ist, als würden wir in den Augen des anderen sehen, dass keiner von uns Abschied nehmen, jetzt schon loslassen und der Realität wieder Platz machen will.

Wir lehnen uns gleichzeitig zueinander, und als ich seinen Mund auf meinem spüre, bin ich mir sicher, dass ich vermutlich nie ganz dazu bereit sein werde, ihn loszulassen. Und ganz sicher nicht jetzt, als wir uns ein weiteres Mal vereinen, unserem Sehnen nachgeben und wenigstens für eine kleine Weile vergessen, dass das, was wir hier tun, Konsequenzen haben wird.

Ob wir wollen oder nicht.

09.

Gebannt beobachte ich, wie die Brust, auf der mein Kopf ruht, sich langsam hebt und senkt. Ich habe keine Ahnung, wie spät es ist, da aber die Sonne noch keinerlei Anstalten macht aufzugehen, vermute ich, früh. Viel zu früh.

Trotz der Tatsache, dass ich bereits nach wenigen Stunden wieder zu mir gekommen bin, fühle ich mich so erholt wie seit langer Zeit nicht mehr. Woran dies liegt, ist mir klar, doch löst diese Erkenntnis die verschiedensten Gefühle in mir aus.

Ich schüttle sie von mir und lehne mich auf einen Arm, um den Mann neben mir zu mustern. Sein Gesicht ist mir zugewandt, seine Lippen leicht geöffnet. Es lässt mich unweigerlich lächeln, denn eigentlich war es immer Sean, der mich beim Schlafen beobachtet hat. Noch jetzt kann ich mich daran erinnern, wie seine Finger über mein Gesicht strichen, das Haar hinter meine nackten Schultern schoben und seine Lippen hauchzarte Küsse auf meiner Schulter verteilten. Zeiten, in denen ich mir eine Zukunft vorstellte, die sich so schnell in Luft auflöste, dass ich mich nicht gegen den harten Aufprall wappnen konnte. Mich nicht gegen den rothaarigen Teufel wappnen konnte, der mich nur zu deutlich spüren ließ, dass ich einem Wright nicht würdig war.

Eisige Kälte legt sich auf mich, von der ich nicht weiß, ob sie durch das gekippte Fenster zu mir weht oder durch die dunkle Vergangenheit, die ich stets in meine innere Büchse der Pandora zu sperren versuche. Ich kann an einer Hand abzählen, wie oft sie geöffnet wurde, wie oft mich der

Schmerz übermannt hat, sodass ich am liebsten alles und jeden vergessen wollte. Und auch, wenn sie sich jetzt gerade nur einen Spalt breit öffnet, kann ich den tiefgehenden Schmerz in jeder einzelnen Zelle meines Körpers spüren.

Es heißt nicht ohne Grund, dass Liebe sowohl Kriege beenden als auch auslösen kann. Bei meinem inneren Krieg jedoch ist bis zum heutigen Tag kein Sieger auserkoren, und das wegen genau solcher Momente. Momente, die das naive junge Mädchen in mir mit Hoffnungen füttern, die die Erwachsene von sich gestoßen hätte. Aber welche Frau will sich nicht hin und wieder Illusionen hingeben, trotz der Konsequenzen? Vielleicht ist das der Grund, weshalb ich Angelina niemals verurteilt habe. Weshalb ich sie bei allem unterstützen würde, egal wie fragwürdig es für andere sein mag.

Sanft wandern meine Finger über seine Brust, spüren die Wärme seines Körpers, die sich direkt auf mich überträgt und eine Sicherheit über mir ausbreitet, die ich nur bei wenigen Menschen empfinde. Sean war immer mein sicherer Hafen und selbst jetzt, wo die Umstände so desaströs sind, dass ich mir am liebsten in den Arsch beißen würde, schafft er es noch immer, solch eine Macht über mich zu haben. Doch genau das sollte nicht sein. Es *darf* nicht so sein.

Seufzend ziehe ich meine Finger zurück, dann meinen Körper. So leise wie möglich löse ich seinen Arm von meiner Hüfte, auf der er bis eben gelegen hat, und schlüpfe aus der Decke, die uns beide bedeckt. Tapsend laufe ich über das Parkett und greife nach dem Erstbesten, was ich mir überziehen kann. Natürlich muss es sein Hemd sein, wodurch mich sein Geruch sofort umhüllt wie ein Kokon.

Hinter mir ziehe ich die Tür zu und visiere die Fensterfront des Wohnzimmers an. Dies war einer der Vorzüge, die Angelina und mich dazu bewegt haben, das Apartment zu nehmen, auch wenn wir dafür einiges an Geld hinblättern müssen. Dafür genieße ich es, mich an die Wand zu lehnen und hinausblicken zu können, ohne dass irgendwelche Gebäudekomplexe die Sicht versperren.

Der Himmel ist diese Nacht ausnahmsweise nicht so bewölkt, sodass einzelne Sterne herausstechen und zu erkennen sind. Unweigerlich muss ich an meine Kindheit denken, wenn ich mich in unserem Urlaub in São Luís nachts an den Strand geschlichen und die Sterne beobachtet habe. Dass diese schneller vergeht, als man denkt, und Dinge, die einen einst ekelten, die schönsten Momente im Leben auslösen können, habe ich sicher nicht erwartet, und doch stehe ich hier. Und ein kleiner Teil von mir wünscht sich, wieder das kleine Mädchen zu sein, das nicht wusste, wie unfair und schmerzhaft das Leben sein kann.

Obwohl meine Gedanken weit weg sind, spürt mein Körper bereits seine Wärme und zuckt nicht zusammen, als sich Arme um mich legen und ich an eine harte Brust gezogen werde. Wie von selbst lehne ich mich mit meinem vollen Gewicht an ihn und meine Arme legen sich auf seine, die bereits um meine Schultern ruhen.

»Wieso bist du wach?« Seine Stimme hallt leise an mein Ohr, als er seinen Kopf auf meine Schulter bettet, woraufhin ich mit dieser zucke.

»Ich konnte nicht mehr schlafen.«

Statt etwas darauf zu erwidern, vergräbt Sean sein Gesicht in meinem Haar und bringt mich zum Lächeln, indem er tief einatmet und seufzt. »Ich wünschte, ich könnte dich immer so in meinen Armen halten.«

Ich muss hart schlucken, antworte jedoch nicht auf seine Worte. Wir wissen beide, warum es nicht geht. Dass selbst dieser Moment nicht sein sollte. Doch wenn ich erst das ausspreche, was sich in meinen Gedanken ansammelt, ist die Blase, in der wir uns gerade befinden, zerplatzt. Und dafür bin ich noch nicht bereit, zu egoistisch. Deswegen ziehe ich ihn enger um mich, versuche, den Kloß in meinem Hals runterzuschlucken. Und schweige.

»Ich habe meine Frau betrogen. Wieder.«

»Das hast du.«

»Bin ich ein schlechter Mensch, weil ich es nicht bereue? Dass ich mich nicht von dir lösen kann, obwohl ich es sollte?«

Während meine Gedanken ganz laut *JA!* schreien, flüstert mein Herz ein klares Nein.

Die einzige Reaktion, die es an die Oberfläche schafft, ist eine einzelne Träne, die meine Wange entlangläuft und auf unsere Arme tropft, sich zwischen uns verteilt, als würde sie uns aneinanderschweißen wollen. Aber das geht nicht. Genau deswegen befreie ich mich nach und nach aus seinem Griff, drehe mich zu ihm und entdecke seinen verzweifelten Ausdruck, den inneren Zwiespalt. Aber es liegt nicht an mir, ihm da rauszuhelfen. Das kann er nur selbst.

»Ich kann dir darauf keine Antwort geben«, wispere ich leise und umarme mich selbst. »Ich weiß nur, dass es das letzte Mal gewesen sein muss. Und dass wir wirklich mehr Abstand zwischen uns brauchen. Wenn wir uns ... zu oft zu nah sind, wird es wieder passieren.«

Die Angst, die sich nun in seinem Gesicht abzeichnet, versuche ich, nicht zu beachten, während ich mich von ihm entferne und zurück in mein Zimmer gehe. Ich höre seine Schritte, die mir folgen, lasse mich aber nicht davon abhalten, sein Hemd abzustreifen und stattdessen nach dem alten verwaschenen Shirt zu greifen, das vor meinem Bett liegt.

Stumm beobachtet er mich dabei, bis ich mit seiner Kleidung vor ihm stehe und ihm diese in die Hände drücke. Zur Verzweiflung gesellt sich ein flehentlicher Blick, doch ich bleibe standhaft. Drücke ihm die Stoffe stärker an die Brust und deute mit meinem Finger, der verräterisch zittert, Richtung Tür.

»Du musst gehen, Sean.«

Vehement schüttelt er seinen Kopf, will auf mich zugehen, doch halte ich ihn mit meiner ausgestreckten Hand von mir fern.

»Das hätte nicht passieren dürfen. *Wir* hätten das nicht zulassen dürfen, verstehst du das?«

Ich lache auf, merke, wie die Emotionen, die ich in die hinterste Ecke meines Verstands gedrängt habe, nun alle auf einmal auf mich einstürzen und einschlagen wie eine Bombe. Aber ich weigere mich, vor ihm zusammenzubrechen, mich ein weiteres Mal angreifbar zu machen. Monatelang habe ich es geschafft, mich nach und nach wieder aufzubauen, also schaffe ich es auch dieses Mal. Muss es um meiner selbst willen.

»Du bringst mich dazu, Dinge zu tun, die nicht nur falsch sind, sondern mich selbst dabei kaputt machen. Das sollte ich nicht mehr zulassen. Das heute war einmal zu viel. Deine Nähe macht mich schwach. Und ich will nicht mehr schwach sein.«

»Denkst du etwa, für mich wäre das auch nur im Geringsten leichter als für dich?!« Er lässt seine Kleidung auf den Boden fallen und bleibt vor mir stehen. Wäre diese Situation nicht so ernst, würde ich mich köstlich darüber amüsieren, dass er in nicht mehr als seinen Boxershorts vor mir steht. »Denkst du, dass ich hier bei dir wäre und an nichts anderes als dich denken könnte, wenn ich meine Frau wirklich lieben würde und unsere Ehe nicht am Abgrund stünde?! Dass, sobald ich dich ansehe, jegliche Vernunft aufgibt und ich nichts mehr will, als dich zu küssen, zu spüren, dich zu berühren? Glaubst du ernsthaft, dass ich so ein gewissenloses Arschloch bin?!«

Seine Finger streichen durch sein Haar und sofort muss ich daran denken, wie weich sie sich unter meinen angefühlt haben. Ich verfolge ihn, wie er sich auf meinem Bett niederlässt, die Arme auf seine Oberschenkel stützt und seinen Kopf in die Händen bettet wie ein geschlagener Mann.

»Ich weiß selbst nicht mehr, was ich tun soll.«

Wieder und wieder reibt er sich über den Kopf, doch ich rühre mich nicht von der Stelle. Ich *kann* mich nicht rühren, aus Angst, dass ich nachgebe und mich auf ihn zubewege. Denn genau das will mein Körper.

Sean ist meine Droge. Das Licht, das mich schon immer angezogen hat. Wenn er leidet, leide auch ich. Aber ist es andersherum genauso?

»Ich liebe dich, Mikayla. Dich, nicht die Frau, die meinen Nachnamen trägt. Ein Leben, in dem du nicht dazugehörst, fühlt sich falsch an. Und glaub mir, ich habe lange versucht, mich dagegen zu wehren. Aber ...« Endlich hebt er den Kopf und die Tränen, die in seinen Augen schimmern, treffen mich mitten ins Herz. »Aber ich kann mich auch nicht von ihr trennen. Ich kann nicht. Und ich weiß nicht mehr, was ich tun soll.«

In all den Jahren, in denen ich diesen Mann schon kenne, habe ich ihn noch nie so ... verzweifelt gesehen. Mein erster Impuls ist, sein Gesicht zu nehmen, ihn zu küssen und zu sagen, dass alles gut wird. Dass wir eine Lösung finden. Aber ich würde lügen, denn es kann nicht gut werden. Nicht so.

Deswegen tue ich das, von dem ich weiß, dass es das Beste für uns ist, auch wenn ich mir damit ins eigene Fleisch schneide, mir selber erneut das Herz breche, nachdem er mir genau das gesagt hat, was ich mir gewünscht habe.

Dass er mich noch liebt.

Dass das, was wir damals schon hatten, keine Farce war, sondern echt.

Ich gehe auf ihn zu und lasse mich neben ihm auf dem Bett nieder. Greife nach seiner Hand, die ich mit meiner verschränke. Spüre, wie perfekt es sich anfühlt und wie unfassbar schmerzhaft es gleichzeitig ist. Doch genau diese Nähe, diese Verbindung, ist es, die mich zur selben Zeit heilt und verletzt, während er flüstert: »Aber ich habe ihr auch geschworen, in guten und schlechten Zeiten an ihrer Seite zu sein. Obwohl sich alles in mir nach dir verzehrt und nicht nach der Frau, die meinen Ring am Finger trägt, kann ich mich nicht von ihr trennen.« Er schaut zu mir hinauf und sein Anblick zieht mir beinahe den Boden unter den Füßen weg.

Warum hast du dann sie geheiratet und nicht mich?, schreien meine Gedanken, jede Zelle in mir. Mein Mund hingegen bleibt verschlossen. Denn ich kenne ihn. Er würde niemals so ein schwerwiegendes Gelübde ablegen, wenn er damals keine Gefühle für sie gehabt hätte. Wenn es nicht zumindest einen Funken in Zoella geben würde – oder gegeben hat –, der sein Herz gewonnen hat.

Wach auf aus deiner kleinen Traumwelt, Mikayla. Leute wie du werden niemals zu einer Gesellschaft wie unserer gehören.

Zoellas Worte schreien mich aus den Tiefen meiner Gedanken geradezu an. Worte, die ich niemals vergessen könnte, selbst wenn ich es wollte.

Und es wird nicht lange dauern, bis auch er merkt, dass er mehr verdient hat als ein Gossenmädchen wie dich.

Ich atme tief durch, versuche, das Zittern in meiner Stimme zu bändigen und mich nicht von den Geistern der Vergangenheit überwältigen zu lassen, während ich mich abwende. »Ich verstehe dich. Vermutlich mehr, als ich sollte, weil ich mir damit selbst wehtue. Aber das hier ist nicht das, was die Gesellschaft will. Was die Menschen wollen. Es gibt nur ein Entweder-Oder. Und ich kann dir diese Entscheidung nicht abnehmen. Was ich kann, ist, dir zu sagen, dass du das tun musst, was richtig ist.« Ich schlucke. »Wir wissen beide, was das Richtige ist.«

Auch wenn Zoella ihn nicht verdient hat.

Selbst wenn es wieder mein Herz zerreißt. Aber ich kenne es nicht anders.

Mein Blick trifft auf seinen und in dem Moment spüre ich ganz genau, dass es nicht nur ein Herz ist, das gerade zerbricht, als er zustimmend mit dem Kopf nickt.

10.

»Auf einer Skala von Good Girl bis Nutte, wie sexy muss das Outfit sein?«

Schwungvoll dreht Angelina sich zu mir, wobei ihr blondes Haar in ihrer Bewegung mitwippt. Grinsend schüttle ich den Kopf, denn solch ein Spruch ist eher mein Kaliber als das meiner besten Freundin, die mit beiden Händen jeweils einen Kleiderbügel festhält.

»Auf der einen Seite das klassische Schwarze, das nicht nur Männerherzen zum Schmelzen bringt. Und auf der anderen Seite ein Rot, das jeden Kerl zum Niederknien zwingt.«

»Ich wusste gar nicht, dass du überhaupt einen Mann zum Niederknien bringen willst außer deinen Freund.«

Schmunzelnd nehme ich einen weiteren Schluck von meinem Glas Sekt, mit dem wir den Abend einläuten. Es ist schon eine Weile her, dass Angelina und ich uns außerhalb des Apartments einen schönen Abend gemacht haben. Was unter anderem daran liegt, dass sie die meiste Zeit mit Maxim verbringt, das nehme ich ihr aber nicht übel. Für den ganzen Trubel, den ihr Zusammenkommen verursacht hat, hat sie es verdient, unbeschwert ihr Glück genießen zu können.

Sie hingegen scheint mittlerweile ein so schlechtes Gewissen zu haben, dass wir nun hier sitzen und akribisch unsere Outfits planen. Beziehungsweise ich, denn Angelina steht mit nichts als ihrer definitiv nicht zu verachtenden Unterwäsche vor mir und grübelt weiterhin darüber, welches Kleid es werden wird.

»Nicht für mich, du Dummerchen. Für dich!«

Fragend hebt sich mein Blick, woraufhin sie ihre grauen Augen verdreht. »Wie du so schön angemerkt hast, ich habe bereits jemanden, der mir jeden Wunsch von den Lippen abliest. Und das oft genug. Aber du ...« Sie inspiziert nochmals die Kleiderwahl, ehe sie mir letztendlich das blutrote Kleid entgegenhält. »Du brauchst ganz dringend mal wieder etwas Spaß. Es ist schon beängstigend genug, dass *ich* diejenige bin, die *dich* dazu nötigt.«

Seufzend nehme ich es ihr ab. Sie sieht es als Anlass, sich neben mich auf das Bett fallen zu lassen und ihren Kopf auf meine Schulter zu legen. »Du weißt, dass ich dich nicht dazu dränge, mit mir zu sprechen, aber ich mache mir langsam ernsthaft Sorgen.«

»Ich weiß.«

Ich lehne meinen Kopf gegen ihren und schließe die Augen. Oft genug überkommt mich der Drang, ihr alles zu erzählen. Immerhin ist sie selbst auch irgendwann zu mir gekommen und hat sich mir anvertraut – wenn auch viel später, als ich es mir erhofft hätte. Aber wenn ich das tue, ihr gestehe, was sich tatsächlich in meinem Liebesleben abspielt, weiß ich ganz genau, dass ich eine Lawine in Gang setzen werde, die noch schlimmere Folgen haben wird als die Geschichte mit ihr und Maxim.

Im Endeffekt hätte es nicht viel gebraucht, um das Drama in ihrer Geschichte zu verhindern – was Maxim angeht zum Beispiel etwas mehr Rückgrat. Aber meine Probleme kann und will ich ihr nicht zumuten, sie hat in den vergangenen zwei Jahren schon zu viel durchmachen müssen. Daher tue ich das, worin ich bereits meisterhaft begabt bin, und konzentriere mich auf alles Positive in meinem Leben – wozu Angelina ganz klar gehört.

Ich löse mich von ihr, um aufzustehen, und schmunzle. »Wenn ich diesen Feger anziehe, musst du dir aber auch was raussuchen, was die Männern von den Füßen reißt.« Ich wackle mit den Augenbrauen, gehe dann auf meinen Kleiderschrank zu und schiebe die Bügel hin und her, bis ich mit einem breiten Grinsen das passende Teil gefunden habe und mich damit zu ihr wende.

Wie nicht anders zu erwarten, ist das *Antro* bis in jede Ecke hin gefüllt mit Menschen, die sich den Abend schön trinken oder darauf aus sind, eine ereignisreiche Nacht zu erleben. Eine Tatsache, gegen die ich selbst nichts einzuwenden hätte, wenn ich ein gewisses Blau aus meinem Verstand verbannen könnte. Ich bin jedoch nicht hier, um flachgelegt zu werden, sondern um Zeit mit dem Menschen zu verbringen, dem ich in den vergangenen Wochen zu wenig Aufmerksamkeit gewidmet habe.

Gerade versuchen wir, uns einen Weg zur Bar zu bahnen. Links und rechts drängen sich Körper an uns, die ich mit meinen Armen von mir schiebe, bis ich mich auf dem Tresen abstütze und dem Barkeeper mit meinen Fingern bedeuten kann, dass wir vier Shots haben möchten. Sobald uns dieser die Gläser mit vier Scheiben Zitrone vor die Nasen schiebt, zögern wir nicht, sondern lecken uns über unsere Handgelenke und geben etwas von dem Salz auf die feuchte Stelle.

Salz, Tequila, Zitrone. Jedes Mal verzieht sich dabei mein Gesicht und lässt mich selbst infrage stellen, warum ich immer wieder darauf zurückgreife. Die Antwort ist einfach: schnelle Wirkung – schnelles Vergessen.

Nachdem auch der zweite Shot seinen Weg gefunden hat, ziehe ich Angelina mit mir auf die Tanzfläche. Perfekt zum Rhythmus des neuen Songs, den der DJ abspielt, bewegen wir uns zum Beat, genießen es, wie die Musik zusammen mit der Stimmung beginnt, unsere Sinne weiter zu benebeln.

Wir tanzen uns von einem Song bis zum nächsten, stören uns nicht daran, wie unsere Kleider nach und nach mehr an unserer Haut kleben. Stattdessen lassen wir uns von dem Gefühl übermannen, an Nichts denken zu müssen – denn dafür steht das *Antro* für uns. Egal, wie verrückt unser Leben verläuft, hier lassen wir all unseren Ballast fallen und uns von der Wirkung der Drinks berauschen. Und nach genau dieser Leichtigkeit, die sich immer mehr in mir breitmacht, dürstet es mich jetzt, weshalb ich nach Linas Hand greife und wir uns dieses Mal einen hochprozentigen Cocktail gönnen.

Auf der Suche nach einer freien Sitzecke brauchen wir zwar eine Weile, doch sobald ich entdecke, wie sich ein Pärchen auf die Tanzfläche begibt, zögere ich keine Sekunde und nehme deren Platz in Anspruch. Deutlich entspannt setzt Angelina sich neben mich und stößt ihr Glas gegen meines, bevor wir beide unsere Lippen um den Strohhalm legen und einen großen Schluck nehmen.

Seufzend lasse ich die Süße der Säfte in Kombination mit dem Alkohol auf meiner Zunge zergehen und heiße den Zustand, in den ich nach und nach versinke, herzlichst willkommen.

Ein Blick neben mich zeigt, dass auch Angelina sich amüsiert, was mich zum Lächeln bringt. In den letzten Monaten hatte ich nicht viel Grund dazu, doch sie hat es stets geschafft, meine Laune zu verbessern. Vielleicht ist auch das der Grund – zusätzlich zu meinem langsam steigenden Pegel, der sich durch meinen leeren Magen schneller bemerkbar macht –, dass ich mich ihrem Wunsch beuge, mich ihr anzuvertrauen, wenn auch nicht so, wie sie es sich vielleicht wünscht.

»Ich hatte Sex mit einem verheirateten Mann.«

Ich zucke zurück, sobald der Inhalt ihres Mundes sich vor uns auf dem kleinen Tisch verteilt und sie vergeblich versucht, ihre Hand vor den Mund zu halten. Ihre Augen, die sich zu mir gewandt haben, sind so groß wie Ufos und ich muss bei dem Anblick lachen.

Angelina hingegen findet es nicht lustig, da sie erst nach ihrer Serviette greift und mich dann skeptisch mustert. »Das war ein mieser Witz.«

»Es war keiner.«

Nun vergeht auch mir das Grinsen und ich nehme einen weiteren großen Schluck meines Cocktails, stelle ihn dann mit der Serviette auf dem Tisch ab. Ein Seufzen schlüpft aus meinem Mund, während ich mich nach hinten in das Polster lehne und durch mein Haar streiche.

»Ich weiß, dass es falsch ist, aber sobald er in meiner Nähe ist ... da schalten alle meine Synapsen ab und ich fühle mich wie ein Hund, dem man einen saftigen Knochen vor die Nase hält. Ich kann nicht widerstehen, egal, was ich mache. Und ich hab es versucht, wirklich.«

Ich beiße mir auf die Unterlippe, warte darauf, dass sie etwas sagt. Doch je länger sie schweigt, mich überlegend betrachtet, desto nervöser werde ich und spüre, wie sich die Angst, mich verraten zu haben, in jeder Zelle meines Körpers breitmachen will.

Erst als ich den metallischen Geschmack von Blut schon schmecken kann, regt sie sich und nickt. »Ich würde ja am liebsten sagen, dass das so was von gar nicht geht, aber da ich nicht viel besser gewesen bin ...« Nochmals betrachtet sie mein Gesicht, schüttelt dann ihren Kopf. »Ganz ehrlich, ich weiß wirklich nicht, was ich dazu sagen soll. Ich meine, ein verheirateter Mann ... Das ist keine Kleinigkeit, Kay. Das ist sehr gefährliches Terrain, vor allem, wenn seine Frau das rausbekommen sollte.«

Oh, wenn sie wüsste ...

»Ich weiß, dass ich nicht gerade die geeignetste Person bin, um darüber zu urteilen, aber ich finde, du solltest es beenden, egal wie stark die Anziehung zu diesem Mann ist, bevor es ganz böse ausgeht oder du zu tief drinsteckst. Zu seinem, aber allem voran zu deinem Wohl, körperlich und seelisch.«

Sie greift nach meiner Hand und verschränkt sie mit ihrer. »Wenn die Dinge anders lägen, würde ich dir raten, auf dein Herz zu hören, denn glaub mir, hätte ich das schon viel früher gemacht und mir nicht eingeredet, ich wäre meinem Vater etwas schuldig, wäre mir sicher einiges erspart geblieben. Vielleicht hätte ich dann Nate nicht verloren.«

Ein schmerzhafter Ausdruck legt sich in ihren Blick, woraufhin ich ihre Hand drücke. Es belastet sie noch immer, dass er seit ihrer Aussprache keinen Kontakt zu ihr gesucht hat. Selbst ihr Maxim hat nicht lange gebraucht, um zu begreifen, dass Angelina Nate nicht als Partner, sondern als festen Bestandteil ihres Lebens vermisst.

Aber ich kann Nate verstehen. Ich kann ihn so gut verstehen.

Das Gefühl, wenn sich der Mensch, den man liebt, für jemand anderen entscheidet, tut höllisch weh. Nur, dass ich schon um einiges länger damit zu kämpfen habe und nicht stark genug zu sein scheine, um Situationen zu widerstehen, in denen wir uns verbotenerweise näherkommen und die in mir ungerechte Hoffnungen wecken. Sobald er mir zu oft zu nah ist, kann ich mich nicht mehr auf unsere *normale* Freundschaft besinnen.

»Er wird sich melden, wenn er bereit dazu ist, Lina. Auch wenn es noch dauern wird, er wird es ganz sicher.«

Ihr trauriger Blick legt sich ein wenig, was uns wohl oder übel zum eigentlichen Punkt zurückbringt.

»Ich weiß, dass ich es nicht noch einmal dazu kommen lassen darf. Aber es ist nicht gerade einfach, wenn wir uns so gut verstehen. Ich will ihn nicht verlieren, aber zu viel Nähe ... macht mich schwach.«

»Wo hast du ihn denn kennengelernt?«, hakt sie nach und ich antworte so ehrlich, wie ich kann.

»Ich sag's mal so: Du scheinst nicht die Einzige zu sein, die auf der Arbeit ihre Fühler zu den Männern ausstreckt, die Probleme mit sich bringen.«

Wir beide fangen an, breit zu grinsen, und innerlich atme ich auf, weil sie nicht weiter nachhakt, sondern den Rest ihres Getränks leer trinkt und mich dieses Mal in Richtung der Tanzfläche zieht. Eindeutig dem Alkohol zum Opfer gefallen, stören wir uns nicht daran, wenn uns ein Kerl zu nahe kommt, sondern kosten den Moment aus. Die Aufmerksamkeit, das Gefühl begehrt zu werden.

»Vergiss den Typen, er ist den Stress nicht wert. Genieß es, Single zu sein, deine Auswahl ist groß genug!« Sie scheint meine Gedanken zu lesen und wirft einen Blick hinter mich.

Ehe ich mich umsehen kann, schmiegt sich ein weiterer Körper an mich, woraufhin sie sich mit einem Zwinkern von mir löst und in der Masse der Menschen verschwindet.

Meine Lider schließen sich flatternd und ich lehne mich an die Brust des Unbekannten, strecke meine Arme aus und greife in seinen Nacken. Sein Geruch, der zu mir weht, ist angenehm und erinnert mich nicht im Geringsten an *ihn*, weshalb ich es zulasse, dass seine Finger von meiner Taille aus immer weiter zu meinem Bauch wandern, mich so eng an sich pressen, dass sich die Ausbuchtung seiner Hose klar und deutlich an meinen Hintern drückt.

Dann spüre ich seinen heißen Atem, gefolgt von seinem Mund, der beginnt, meinen Hals mit Küssen zu bedecken. Der Gedanke, vielleicht doch lieber nach Hause zu gehen und mich nicht irgendeinem Typen an den Hals zu werfen, wird zusammen mit meiner Standhaftigkeit über Bord geworfen.

Als ich meine Augen öffne, kann ich gerade so erkennen, wie meine beste Freundin von jemandem Richtung Ausgang geführt wird. Und sobald ich merke, dass es sich dabei um niemand anderen als Maxim handelt, lasse ich mich gänzlich fallen und schalte meinen Verstand ab – kein Grübeln, kein Sean. Keine Vorwürfe, sondern erleichternde Leere.

Vielleicht schaffe ich es wenigstens diese Nacht, alles zu vergessen.

11.

Mit meinem Handrücken wische ich mir über die Stirn, wo sich bereits einzelne Schweißperlen gebildet haben, während ich den Teig weiter knete, all meine Wut und den Frust daran auslasse, was dem Endprodukt in diesem Fall nur zugutekommt. Ich habe das Gefühl, erneut in der Spirale gelandet zu sein, in der ich alles, was zwischen Sean und mir passiert ist, analysiere und versuche zu verstehen. Doch wieso sollte ich es jetzt plötzlich können, wenn ich es zuvor nicht geschafft habe?

Sean will mich als seine beste Freundin zurückhaben.

Er hat dennoch Gefühle für mich und ich für ihn.

Aber er wird sich nicht von seiner Frau trennen – was ich einerseits verstehen kann, andererseits jedoch verfluche. Vor allem wegen mir selbst, da es mich an einem Punkt festhält, an dem ich weder meine Gefühle aufgeben noch für sie kämpfen kann.

Wie soll man auch in einen Krieg ziehen, der keiner ist?

Daher versuche ich, mich abzulenken, nur um nicht nachdenken zu müssen. Ich putze das Apartment, wasche Wäsche und zaubere letztendlich aus den Zutaten, die wir zu Hause hatten, etwas zu essen. Meine ursprüngliche Planung, ein typisch brasilianisches Gericht für Angelina, Maxim und mich zu kochen, fällt leider ins Wasser, da ich nicht daran gedacht habe, rechtzeitig einkaufen zu gehen, weshalb ich mich für das Klassischste entschieden habe, das wirklich jeder Amerikaner isst: Burger.

Ich spähe auf den Bildschirm meines Handys, von wo aus mir das Rezept für den Teig der Buns entgegenleuchtet, und überlege, ob wir auch wirklich alles dahaben. Angelina und Maxim können sie sich so belegen wie sie möchten, doch in meinen Augen dürfen essenzielle Zutaten wie frischer Salat, saftige Patties und Gewürzgurken nicht fehlen.

Nachdem ich den Teig in gerechte Portionen geteilt und sie auf das Backblech gelegt habe, schiebe ich sie in den Ofen und lehne mich dann an die Küchentheke. Da der Esstisch noch nicht gedeckt ist, wasche ich erst meine Hände und trockne sie ab, greife dann nach drei Besteck-Sets und fange an, alles an seinen Platz zu bringen.

Im Hintergrund kann ich hören, wie meine Playlist auf Spotify von einem sanften Song in einen der neueren von Justin Bieber übergeht, der dafür sorgt, dass sich mein Mund öffnet und ich zum Text mitsinge. Während die Buns aufgehen, decke ich den Tisch, schneide das Gemüse klein und lege alles, was wir sonst noch so brauchen, ebenfalls bereit.

Ich werfe einen Blick auf die Wanduhr und stelle fest, dass Angelina und Maxim demnächst auf der Matte stehen müssten, weshalb ich mich schnell ins Badezimmer begebe, mich etwas frisch mache und dann in bequeme, aber nicht zu bequeme Kleidung werfe – also Leggins und Bluse. Angelina kennt mich und wie ich aussehe, wenn ich einen beschissenen Tag hatte, sie würde bei meinem jetzigen Aufzug also so lange auf mich einreden, bis ich nachgebe und mich ihr öffne, dabei möchte ich nur einen angenehmen Abend verbringen, mit leckerem Essen und Wein.

Ganz viel Wein.

Kurz nachdem ich das Blech aus dem Ofen geholt und die fertigen Hälften in einen Korb gelegt habe, höre ich, wie sich die Eingangstür öffnet, gefolgt von einem Kichern.

Ich stelle den Korb ab und gehe auf Angelina und Maxim zu, der dabei ist, die Tür zu schließen, während sie sich ihrer Schuhe entledigt. Sobald ihre Augen auf mir liegen, heben sich ihre Mundwinkel noch mehr und sie zieht mich in eine feste Umarmung. Maxim beschränkt sich auf einen Kuss auf die Wange, bevor beide ihre Jacken aufhängen, sich die Hände waschen und wir uns an den Esstisch setzen. Und das wohl nicht zu früh, da sich in dem Moment ein Magen lautstark zu bekennen gibt.

Ich schmunzle. »Das Essen scheint zur perfekten Zeit fertig zu sein.«

»Definitiv! Und dann auch noch Burger.« Lina leckt sich über die Lippen, was ihrem Freund nicht entgeht und dafür sorgt, dass sich mein Schmunzeln nur vertieft.

»Dann haut rein.«

Daraufhin füllen sich unsere Teller mit den jeweiligen Belagskreationen, die nach und nach auf den Buns landen und mit Soße verfeinert werden. Eine angenehme Stille legt sich über uns, während wir uns auf unser Essen konzentrieren. Dabei schafft es mein Körper, das Adrenalin, das sich in den vergangenen Stunden in ihm angesammelt hat, langsam abzubauen. Doch wo mein Körper sich nun zu beruhigen scheint, schleichen sich nach und nach die Gedanken wieder in den Vordergrund, die lautstark nach Aufmerksamkeit verlangen.

»Ist alles okay bei dir? Du siehst so nachdenklich aus.« Angelina legt ihren Burger, von dem sie nicht mal die Hälfte gegessen hat, zurück auf ihren Teller, was auch Maxims Augen zu mir schweifen lässt.

Mein Kauen verlangsamt sich, bis ich mich geschlagen gebe und ihr entgegenblicke.

Mehr scheint nicht nötig zu sein, um dafür zu sorgen, dass sich ihre Augenbrauen verdächtig heben und ihre Lider zusammenziehen. »Du denkst an ihn, stimmt's?«

Langsam nicke ich, füge jedoch ein »Ich habe keine Dummheiten gemacht!« hinzu, sobald sich ihr Mund öffnet.

Das sorgt dafür, dass sie mein Gesicht genauestens betrachtet, bevor sie zufrieden nickt. »Ich bin stolz auf dich, Kay.«

Aus dem Augenwinkel merke ich, wie Maxim uns stirnrunzelnd beobachtet, aber dennoch nichts sagt. Seine folgenden Worte versichern mir, dass Angelina ihm nichts von meiner Situation erzählt hat, was mir einmal mehr beweist, weshalb sie meine beste Freundin ist, seitdem ich denken kann.

»Geht es um eins eurer Frauengeheimnisse, die wir Männer sowieso nicht verstehen können, weshalb ich lieber nicht zuhören sollte?«

Wir verdrehen beide synchron die Augen. »Das kann nur von einem Mann kommen.«

Unser Essen völlig vergessen, mustert mich Angelina einen Moment, in dem ich stumm nicke, ehe sie sich Maxim zuwendet und ihm tröstend eine Hand auf seine Schulter legt. »Erstens: Ihr könntet uns Frauen immer verstehen, wenn ihr bloß besser zuhören oder nachhaken würdet. Und zweitens«, sie wirft einen erneuten kurzen Blick zu mir, als müsse sie sich nochmals versichern, ihm erzählen zu dürfen, worum es eigentlich geht, »ging es darum, dass Mikayla wohl genauso ein Händchen dafür hat, in Fettnäpfchen zu treten, wie ich.«

Während sie erzählt, was ich ihr vor knapp zwei Wochen unter Einfluss von gefährlich animierenden Cocktails offenbart habe, lenke ich mich mit meinem Burger ab, auf dem nun meine Aufmerksamkeit liegt. Vielleicht ist es gar nicht mal so schlecht, Maxims Sicht zu betrachten, weshalb ich, sobald sie fertig ist, abwartend zu ihm schaue und kauend auf seinen Kommentar warte.

Nachdem er sich mit einer Serviette über den Mund wischt, wandern seine Augen von ihr zu mir und ich kann genau erkennen, wie die Zahnräder in seinem Kopf beginnen zu arbeiten.

»Wie lange ist er denn schon verheiratet?«

»Spielt das wirklich eine Rolle? Ich meine *verheiratet* erklärt doch von selbst, wie ernst die Beziehung ist«, wirft sie ein, woraufhin sich eine seiner Brauen verdächtig hebt.

»Ein Status sagt nicht zwingend etwas über die Gefühle zwischen zwei Menschen aus, das weißt du genauso gut wie ich.«

Auf ihr verdächtiges Schweigen hin schaut Maxim erneut zu mir und ich muss schlucken, bevor die Lüge über meine Lippen kommt. »Ich weiß es nicht genau, aber nicht allzu lange, vermute ich.« Dabei zählt mein Verstand jeden einzelnen Tag, der seitdem vergangen ist und mir endgültig vor Augen halten sollte, zu wem Sean gehört – oder eher gehören sollte, wenn man nicht in der Hölle landen will.

Sein Blick, der auf mir liegt, während er schweigt, sorgt dafür, dass mein Herz immer rasender schlägt. Als ob er die Lüge in meinen Worten ganz genau erkennt und nun abschätzt, was er darauf erwidern soll.

»Möchtest du wirklich meine Meinung dazu hören?«

Ich presse die Lippen aufeinander, das Essen in meinen Händen längst vergessen, und nicke. Nur nebenbei merke ich, wie meine Finger sich verkrampfen, genauso wie die Anspannung ihren Weg zurück in jegliche meiner Muskeln findet. Auch Angelinas Fokus liegt ganz und gar auf Maxim, während dieser sich zurücklehnt und die Arme vor der Brust verschränkt.

»Es gibt immer einen Grund, wenn man sich zu jemand anderem als seinem Partner hingezogen fühlt. Sei es, weil etwas in der Beziehung fehlt oder wegen Stress. Manchmal verändern sich aber unsere Gefühle lediglich, weil wir uns weiterentwickeln. Man lernt neue Menschen kennen, die etwas in einem auslösen, mit dem man nicht gerechnet hat. Und manches Mal sind wir einfach machtlos dagegen, egal wie sehr wir uns bewusst sind, wie falsch diese Gefühle sind. Wie sehr wir anderen Menschen damit wehtun und sie verletzen. Man kann rein gar nichts dagegen tun, was das Herz will.« Dabei sieht er zu Angelina und lächelt mit so viel Liebe in seinem Blick, dass es mir schwerfällt, weiter hinzusehen.

Ich schrecke zusammen, sobald ich die Sauerei an meinen Fingern bemerke, die mein Essen geradezu zerquetscht haben, ohne dass ich davon Notiz genommen habe, und versuche, sie unauffällig mit einer Serviette zu beseitigen. Doch als ich das nächste Mal aufsehe, liegt Angelinas Kopf auf Maxims Schulter und beide mustern mich stumm. Ganz so, als ob sie nur zu gut wüssten, was gerade in mir vorgeht.

»Ich bin mir sicher, dass er Gefühle für mich hat und ich für ihn, auch wenn ich es besser wissen sollte. Und bestimmt wäre es klüger, wenn ich jeglichen Kontakt unterbinde. Aber sobald ich in seiner Nähe bin, ist es so, als ob alle Gründe, weshalb das alles falsch ist, wie ausradiert wären, bis mein Kopf sich einschaltet und ich ihn immer wieder von mir schiebe. Aber ich ... ich brauche ihn in meinem Leben, was das Ganze nicht einfacher macht.«

Ich will es mir selbst nicht eingestehen, aber ich bin fertig. Fertig damit, meine Gefühle unterdrücken zu müssen, mich wieder und wieder von Seans Entscheidung, Zoella zu wählen statt mich, so fertig machen zu lassen. Erschöpft in meinem Inneren, wo ein Herz schlägt, dass so viele Messerstiche erleiden musste, dass es ein Wunder ist, dass es überhaupt noch dazu fähig ist, zu schlagen.

»Rede mit ihm.«

Ich hebe den Kopf zu Maxims Stimme, die versucht, mir Mut zu machen. Ein verständnisvolles Lächeln liegt auf seinen Lippen, während sich eine seiner Hände mit der von Angelina verschränkt. Wie eine Einheit, ein stummes Zeichen, dass noch lange nichts verloren ist, egal wie aussichtslos es scheinen mag. Wenn er nur wüsste, wie lange ich an diesem Strohhalm festgehalten habe ...

»Das ist das Einzige, was ich dir raten kann. Sprecht über euch, darüber, ob es eine reale Chance gibt, was mit ihm und seiner Frau ist. Reden kann so viele Probleme lösen und ich denke, dass es euch guttun wird. Denn ich bin mir sicher, dass hinter dem Ganzen mehr steckt, als er dir sagt, anders kann ich mir nicht erklären, warum er ständig deine Nähe sucht. Und wir Männer tendieren ja gern dazu, eher zu schweigen und den Kopf auszuschalten, als den Mund aufzumachen und unsere Gedanken und Gefühle zu offenbaren.«

Ich schaffe es lediglich zu nicken, was die beiden mir zu meinem Glück durchgehen lassen. Danach widmen wir uns wieder dem Essen – wobei mein zermatschter Burger einem Frischen weichen muss – und wenden unsere Gesprächsthemen in eine Richtung, die mich für den Moment mein Fiasko in Sachen Liebe vergessen lässt.

Wir reden über Maxims Familie, ihre Überlegungen, sich einen Hund anzuschaffen. Über einen von Linas Passagieren, der für eine so amüsante Story herhalten kann, dass mir sogar Tränen in die Augen schießen.

Erst nachdem unsere Bäuche voll und die meisten Schalen leer sind, schleichen sich die trüben Gedanken zurück in den Vordergrund, was besonders eine Person zu merken scheint. Während ich das dreckige Geschirr auf die Theke stelle, bleibt Angelina unmittelbar neben mir stehen.

»Ich gebe es ungern zu, aber Maxim hat recht. Ich würde mir zwar wünschen, dass du Abstand hältst und dir unnötiges Drama ersparst, aber ...« Sie greift unerwartet nach meiner Hand und verschränkt sie mit ihrer. Spendet mir Halt und das Wissen, dass sie, selbst wenn alles endgültig den Bach runtergeht, da sein wird, dass ich nicht allein bin. »Er hat sich schon viel mehr in dein Herz geschlichen, als du zugeben willst, Kay. Und wenn er dich glücklich macht, dann solltest du zumindest alles versucht haben. Was anderes würde ich von dir nicht erwarten. Und wer weiß? Vielleicht lohnt sich der Kampf ja.«

Ja, wer weiß ...

12.

Mit meinem Handy in der Hand laufe ich durch die Straßen Torontos, auf dem Weg zum CN-Tower, von dessen Aussichtsplattform aus man einen herrlichen Ausblick auf die kanadische Metropole haben soll. Natürlich wollte ich mir das nicht entgehen lassen, weshalb ich im Voraus online ein Ticket gebucht habe, sobald ich wusste, dass ich für diesen Flug eingeteilt bin.

Angelina ist glatt neidisch geworden, da sie zur selben Zeit innerhalb der USA unterwegs sein wird, aber ich kann sie auch verstehen. Ihr eisernes Vorhaben, jedes Land mindestens einmal zu bereisen, steht nach wie vor, und so erstaunlich es auch klingen mag – ich meine zu wissen, dass sie den kanadischen Boden bis dato noch nicht betreten hat, ganz im Gegensatz zu mir.

Einerseits hätte ich mich gefreut, mal wieder mit ihr zusammenzuarbeiten, da das letzte Mal schon eine ganze Weile her ist. Andererseits – und ich weiß, dass es böse klingt – bin ich froh, dass ich somit einige Tage für mich habe, bis ihr Blick mich wieder durchbohren wird und sie nachforschen kann, ob auch wirklich alles okay mit mir ist.

Denn die Wahrheit lautet nein. Seit dem Abendessen habe ich das Gefühl, gar nichts mehr zu wissen. Vor allem, ob mein bisheriges Verhalten wirklich gut durchdacht gewesen ist. Ich meine, ja, mit einem vergebenen Mann zu schlafen, ist die Definition von falsch. Doch mein restliches Verhalten … Haben Sean und ich in all den Jahren auch nur ein ernsthaftes, vernünftiges Gespräch geführt? Ich habe nichts getan, als er sich damals von mir getrennt hat und mit Zoella zusammengekommen ist, ich habe nicht um ihn gekämpft. Denn mein damaliges Ich wurde von Zoellas Worten in die Knie gezwungen. Ich habe mich von den Sticheleien, den Blicken verunsichern lassen, statt aufrecht zu stehen und seine Entscheidung nicht einfach hinzunehmen.

Ich sollte ... ja, was sollte ich eigentlich tun, um Ordnung in dieses Chaos zu bringen? Selbst heute scheine ich es nicht genau zu wissen.

Seufzend senke ich den Arm, der eben noch das Handy so hielt, dass ich den Tower von Weitem fotografieren konnte. Ich verstaue es in meiner Jackentasche, bevor ich mich an die Ampel stelle, um die Straße zu überqueren. Unzählige Menschen tummeln sich um mich herum, telefonieren, reden, hören Musik. Keiner von ihnen ahnt, wohin meine Gedanken schweifen. Keiner kann mich für das verurteilen, was ich eigentlich will. Und dennoch spüre ich, wie sich Schuld, Eifersucht und Trauer in meinem Inneren vermischen, meine Gedanken von einer Seite zur nächsten jonglieren und mir keinen klaren Weg weisen.

Soll ich bei meinen Worten bleiben und dafür sorgen, dass ich endlich kapiere, dass das mit uns zwecklos ist? Immerhin habe ich mit Sean geschlafen, obwohl ich ganz genau wusste, dass er zu Zoella gehört.

Hat es mich aufgehalten? Nein.

Nein, nein und wieder nein.

Und doch habe ich Angst. Davor, dass er mich, wenn ich ihn wieder ganz in mein Leben lasse, endgültig um den Finger wickelt – dass ich fast alles für ihn tun würde – und am Ende nicht nur ihn, sondern auch meine beste Freundin verlieren könnte. Angelina ist und bleibt Zoellas Schwester, es ist vorauszusehen, dass sie sich auf ihre Seite stellen würde, egal, was diese mir damals angetan hat. Allein ihre bisherigen Worte lassen darauf schließen. Sie ist mir zwar so nah wie die Schwester, die ich nie hatte, doch Blut ist bekanntlich dicker als Wasser.

Das lässt meine Gedanken zu der Einladung schweifen, die ich kurz nach meiner Landung in Toronto erhalten habe. Denn nicht nur Angelina und Maxim sind zu einem Dinner bei Francesca eingeladen, die nach dem ganzen Desaster endlich Ruhe mit dem neuen Mann an ihrer Seite gefunden und ein neues Zuhause gesucht hat. Ich kenne Joe zwar kaum, weiß aber von Lina, dass er ihre Mom so glücklich macht, wie sie sie lange nicht mehr gesehen hat. Deswegen betrachte ich das Essen mit gemischten Gefühlen, denn wenn wir da sind, werden es auch Sean und Zoella sein. Und ich weiß nicht, ob ich das momentan ertragen kann.

Meine Gedanken nehmen mich so sehr ein, dass ich erst kurz davor bemerke, dass ich mein Ziel schon längst erreicht habe. Die Touristen, die ihr Glück versuchen, spontan den Tower betreten zu können, bilden eine lange Schlange an der Kasse, ihre Kameras gezückt in den Händen haltend. Innerlich atme ich auf, weil ich mich vorbereitet habe und an ihnen problemlos vorbeigehen, aus meiner Tasche mein ausgedrucktes Ticket holen und es dem Mitarbeiter vorzeigen kann. Sobald ich drinnen bin, schlängle ich mich an den Besuchern entlang, die wie ich mit dem Fahrstuhl zur Aussichtsplattform nach oben fahren wollen.

Mein Herz pocht immer wilder in meiner Brust, je höher wir steigen, näher dahin kommen, worauf ich mich seit meiner Ankunft schon freue. Sobald sich die Türen vor uns öffnen, sind meine Füße schneller als mein Verstand und führen mich an die Fensterfront, die sich um uns herum erstreckt. Weitere Besucher finden ihren Weg hierher, bestaunen die Aussicht, die, wie versprochen, einfach atemberaubend ist.

Meine Augen fliegen über die Stadt, saugen den Anblick in sich ein. Dann mache ich ein paar Fotos und tippe voller Euphorie auf den Touchscreen meines Handys, bis ich merke, was ich da eigentlich tue, und innehalte. Denn nicht das Profil meiner besten Freundin leuchtet mir im Chat entgegen, sondern Seans Lächeln.

Es sollte mich erschrecken, dass ich ausgerechnet mit ihm diesen Moment teilen wollte und doch tut es das nicht. Es gab eine Zeit, in der ich alles mit ihm geteilt habe. Viele der schönsten Momente in meinem Leben habe ich mit ihm verbracht, so banal sie auch gewesen sein mögen. Doch dass ich jetzt diesen Drang verspüre, lässt mich selbst infrage stellen, ob ich jemals wirklich von ihm loskommen werde. Wenn sich selbst nach all den Jahren alles in mir nach ihm verzehrt, was soll ich dann tun?

Für einen winzigen Moment erscheint das Bild von São Luís vor mir. Der Sand, den ich zwischen meinen Zehen spüren, das leuchtende Blau des Wasser, das Salz des Meeres, welches ich auf meiner Zunge geradezu schmecken kann. Meine Familie, die sich auf einem ganz anderen Kontinent befindet und glücklich ist.

So schnell wie die Erinnerung erscheint, so schnell erlischt sie auch wieder. In eine andere Stadt zu flüchten ist das eine, aber direkt das Land zu verlassen, nur eines Mannes wegen, kommt gar nicht infrage. Oder?

Seufzend schließe ich die Augen und atme tief durch. Das Handy weiterhin in meiner Hand, denke ich über Maxims Worte nach.

Rede mit ihm.

Reden. Es klingt so einfach, dabei ist es das nicht, zumindest nicht bei uns. Denn wenn die Worte einmal ausgesprochen sind, kann man sie nicht mehr zurücknehmen. Man besiegelt mit ihnen den Lauf der Zukunft. Aber etwas in mir drängt mich dazu, genau das zu tun. Deshalb drücke ich auf *Senden*, schicke das Bild somit ab, und tippe dann auf das leere Nachrichtenfeld. Zwinge mich dazu, alle Karten auf den Tisch zu legen, auch wenn es vermutlich die falsche

Entscheidung ist. Aber vielleicht hat Maxim recht. Er *muss* recht haben.

Ich warte einen Moment, doch auch nach Minuten, die vergangen sind, scheinen meine Nachrichten ihn nicht zu erreichen. Ich sperre den Bildschirm, packe das Handy zurück in meine Jackentasche und denke darüber nach, wie unser Gespräch – falls es dazu kommen sollte – ausgehen könnte.

Was ich mit absoluter Sicherheit weiß, ist, dass Sean sich nicht von Zoella trennen wird, egal wie sehr ich es mir wünsche. Sonst hätte er sich damals schon für mich und gegen sie entschieden. Und wessen ich mir ebenfalls sehr sicher bin, ist, dass er Zoella niemals sagen würde, was zwischen uns gewesen ist. Wieso sollte sie auch dulden, dass ihr Ehemann ausgerechnet mit der Frau geschlafen hat, in der sie nie mehr als ein Gossenmädchen gesehen hat? Wenn die einzigen Unterschiede zwischen uns in unserer Hautfarbe liegen und das Konto meiner Eltern nicht unzählige Nullen schmückt?

Nur was bleibt dann noch übrig?

Eine Affäre? Ich als sein schmutziges Geheimnis?

Ehe meine Gedanken in jene Richtung weiterschweifen können, vertreibe ich sie. In diesem Moment will ich mir nicht ausmalen, was ich tun oder gar dazu sagen würde. Denn selbst ich traue mir nicht über den Weg, wenn es um ihn geht. Angelina hat so viel für Maxim in Kauf genommen. Was wäre dann ich bereit für Sean tun, wenn er mich darum bäte?

»Ein wunderschöner Ausblick, nicht wahr?«

Ich zucke zusammen, blicke dann neben mich. Durch die Sonne, die geradewegs auf sein Gesicht scheint, wirkt das Paar Augen, das auf mir ruht, bernsteinfarben. Das Lächeln des Unbekannten ist ebenso einnehmend wie das eines anderen Mannes, und für einen winzigen Moment habe ich das

Gefühl, Sean vor mir zu haben. Es hätte mich nicht einmal gewundert, so oft wie ich ihm die letzte Zeit begegnet bin.

Ich schüttle leicht den Kopf, um mich zu sammeln, und betrachte den Fremden. Ich würde ihn auf Mitte dreißig schätzen, was seiner Attraktivität keinesfalls Abbruch tut. Nein, ganz im Gegenteil. Bisher hat es nur ein Mann geschafft, mich vom ersten Augenblick an zu faszinieren.

»Ja, der Ausblick ist durchaus nicht zu verachten.«

Einer seiner Mundwinkel hebt sich leicht und auch ich merke, wie ein Lächeln an meinen Mundwinkeln zupft. Er stellt sich direkt neben mich, sodass wir zu zweit beobachten, wie die Sonne sich langsam dem Untergang neigt. Die Zeit scheint viel zu schnell vergangen zu sein und doch würde ich es nicht missen wollen, diese Szenerie bestaunen zu können.

»Ich stand jetzt schon etliche Male hier oben und trotzdem kann ich mich daran nicht sattsehen.«

»Ist das auf Dauer nicht etwas kostspielig?«, frage ich stirnrunzelnd, woraufhin ein amüsiertes Lachen seinen Mund verlässt.

»Deswegen besitze ich die hier.« Zwischen seinen Fingern erscheint eine Karte und bei genauerem Hinsehen erkenne ich, was er meint, als mir das Wort *Dauerkarte* entgegenlächelt.

»Natürlich, darauf hätte ich auch selbst kommen können.«

»Dann wäre diese Unterhaltung doch viel schneller zu Ende gegangen, was wiederum sehr schade wäre. Oder?«

Ich kann nicht anders, als seine Lippen zu betrachten, dann seine Augen. Auch er mustert mein Gesicht, wendet sich dann jedoch wieder unserer Aussicht zu. Ich tue es ihm gleich und genieße den Moment der Stille zwischen uns. Obwohl nun doch kein weiteres Wort zwischen uns fällt, empfinde ich seine Anwesenheit als angenehm. Angenehmer als bei allen anderen Männern, denen ich bisher begegnet bin. Außer einem.

Ich werde erst aus dem Moment gezogen, als ich spüre, wie meine Jacke anfängt zu vibrieren, woraufhin ich mein Handy hervorhole. Ich hatte es zwar gehofft, doch zu wissen, dass Sean mir tatsächlich geantwortet hat, lässt mein verräterisches Herz vor Freude hüpfen.

»Auf die Gefahr hin, gefährliches Terrain zu betreten, wenn ich Ihr Lächeln richtig deute ...«

Ich widme mich dem Fremden, der sich wieder zu mir gewandt hat und mit einem Kopfnicken auf den Gegenstand in meinen Händen deutet.

»... würde ich dennoch gern die Frage stellen, ob Sie vielleicht einen Kaffee mit mir trinken wollen.«

Meine Lippen teilen sich einen Moment und ich schlucke. Kurz verirrt sich mein Blick auf den wieder schwarz gewordenen Bildschirm, hält mir vor, was real ist und was Wunschdenken, und dann treffe ich eine Entscheidung. Eine, die ich später vielleicht bereuen könnte, vielleicht aber auch nicht.

Daher schüttle ich den Kopf, während meine Hand nach unten wandert. Vergessen ist der Grund, wieso ich den Gegenstand zwischen meinen Fingern halte.

»Nein, kein gefährliches Terrain. Und ich würde sehr gern einen Kaffee trinken gehen.«

Dachte ich, ich hätte seine Augen eben strahlen sehen, werde ich nun eines Besseren belehrt. Und vielleicht macht mein Herz bei diesem Anblick einen zusätzlichen kleinen Sprung.

13.

Das Gefühl hielt auch noch am nächsten Tag an, an dem wir uns an der Ecke 120 Lombard Street getroffen haben und Ian – wie ich seinen Namen noch erfahren habe – mich tatsächlich auf einen Kaffee eingeladen hat. Schon lange habe ich mich nicht mehr so unbeschwert und frei mit einem Mann unterhalten können. Er hat eine Art an sich, die es mir leicht macht, mich ihm zu öffnen.

Die Zeit verging wie im Flug und als ich wieder am Flughafen stand, in meiner Arbeitskleidung ihm gegenüber, habe ich mich das erste Mal seit Langem gefragt, ob meine Gefühle für Sean wirklich nie vorübergehen würden. Denn das Lächeln von Ian, der Kuss auf meine Wange und seine Nummer, die er mit einem herzensbrecherischen Bild in mein Handy einspeichert hat, lassen meine Gedanken selbst jetzt noch zu ihm wandern.

Während ich nun zurück in den Staaten bin, befindet sich Ian noch in Kanada, doch auch nicht für lang. Er ist ein Mann des Reisens, erinnert mich damit an Angelina. Auch wenn er sein Geld nicht in einem Flugzeug verdient, sondern im Work-and-Travel-Stil. Wie auch sie genießt er es, nie lange an einem Ort zu sein, neue Kulturen zu entdecken. Nichts schien ihn bisher festhalten zu können, weder eine Frau noch Familie.

Ich habe noch nicht den Menschen gefunden, der mein Zuhause sein könnte. Für den es sich lohnt, meine Freiheit aufzugeben.

In gewisser Weise beneide ich ihn darum, dass er so frei sein kann, doch ich könnte so was nicht. Immer auf dem Sprung sein, ohne diesen einen Ruheort. Dafür habe ich ihm das Versprechen abnehmen können, mir ganz viele Bilder zu schicken.

Wie die, die ich Sean geschickt habe, mit einer Antwort von ihm, auf die ich mich bis heute nicht mehr zurückgemeldet habe. Meine Gedanken von Sean ablenken zu können, ist etwas, das mir oft schwerfiel, doch mit den Chats mit Ian möglich geworden ist. Selbst wenn ich mir bewusst bin, dass etwas Ernsteres zwischen Ian und mir momentan nicht im Raum steht. Zumindest so lange, wie es ihn in die Ferne zieht.

»Habe ich irgendwas verpasst, weil du so grinst?«

Ich schaue durch den Rückspiegel in ein stürmisches Grau und hebe den Kopf, der bis eben noch an die Fensterscheibe des Wagens gelehnt war. Da es sich angeboten hat, fahre ich mit Angelina und Maxim zusammen nach San Diego, wo wir im Haus ihrer Mom übernachten werden, ehe es am nächsten Morgen wieder zurück nach Phoenix geht. Angelina hat mir versichert, dass Zoella und Sean abends wieder nach Hause fahren werden, was mich einigermaßen beruhigt, denn zugegeben: Mittlerweile weiß ich nicht mehr, ob es klug war, Sean zu schreiben, dass wir reden müssen.

»Ja, die schöne Aussicht in Toronto«, erwidere ich und setze ein Grinsen auf, das sich kurz darauf auch auf ihrem Mund befindet.

»Reden wir noch von der Stadt oder von einem Mann?«

»Ich wäre euch sehr verbunden, wenn ihr diese Art von Unterhaltung führt, wenn ich nicht anwesend bin, ja?« Maxims brummende Stimme sorgt dafür, dass sowohl sie als auch ich anfangen zu kichern, seinen Wunsch aber respektieren. Ich kann es verstehen, immerhin würde ich als Mann auch nicht hören wollen, wie meine eigene Freundin über andere Kerle schwärmt.

Die restliche Zeit unserer Fahrt verbringen wir damit, darüber zu sinnieren, weshalb wir zu diesem Dinner eingeladen worden sind. Wir alle. Allein diese Tatsache ist verdächtig genug, da auch Jeremiah anwesend sein wird, und an sich fällt mir nur eine logische Erklärung dafür ein. Auch die beiden anderen Anwesenden haben diese Vermutung verlauten lassen, was uns darin nur noch mehr bestärkt. Es wäre auf jeden Fall etwas, was ich Francesca von Herzen wünschen würde, schließlich hat auch sie in der Zeit, in der das Chaos zwischen ihrer Tochter, ihrem Ex-Mann und dessen Lover stattgefunden hat, mitleiden müssen.

Sobald wir das süße Häuschen anvisieren, das sich keine zehn Minuten Fahrtweg von Angelinas Elternhaus befindet, frage ich mich unweigerlich, ob die anderen schon da oder ob wir die ersten sind. Meine Frage beantwortet sich recht schnell, denn während wir einparken, öffnet sich die Tür, in der niemand anderes als Sean steht. Wie zuletzt in Toronto merke ich, wie mein Puls höher geht und meine Hände schwitzig werden, doch zu meinem Glück bekommt niemand etwas davon mit.

Wir steigen aus dem Wagen und während Angelinas Freund unsere Taschen aus dem Kofferraum holt, schleift diese mich an meiner Hand mit sich zur Haustür.

»Hallo, ihr beiden!« Sean zieht sie sofort in seine Arme, um sie kräftig zu drücken, während ich einige Schritte entfernt stehen bleibe. Seine Arme spannen sich bei der Umarmung an und werden durch den eng anliegenden Pullover umso mehr betont. Nur schwermütig schaffe ich es, meinen Blick davon wegzureißen, nur um dann seinen blauen Augen zu begegnen.

Ich schlucke, verstecke meine Hände in den Jackentaschen, da es für Mitte September doch etwas frisch ist, und bleibe weiter auf Abstand. Erst, als Maxim neben mir steht und mich mit seiner Schulter anstupst, wage ich einen Schritt vor, direkt in die Arme des Mannes, der meine Gefühlswelt wieder und wieder erschüttert. Sie legen sich wie eine mollig warme Decke um mich, genauso wie der Duft seines Parfums, der droht, meine Sinne zu benebeln.

Ich spüre, wie sein Gesicht mein Haar streift und er tief einatmet. »Ich bin froh, dich zu sehen«, murmelt er leise an mein Ohr und löst sich dann von mir, dabei trägt er dasselbe Lächeln im Gesicht wie bei meiner besten Freundin.

Die Begrüßungsrunde geht im Wohnzimmer weiter, wo ich erst von Jeremiah, dann von Francesca und sogar von Joe in die Arme gezogen werde.

»Es ist so schön, dich endlich mal wiederzusehen, Liebes.«

Der Kuss, den Angelinas Mom mir auf die Stirn haucht, hält mir vor Augen, wie sehr ich meine eigene vermisse. Meinen Dad. Selbst Marco vermisse ich ein wenig und spüre, wie meine Kehle sich zuschnüren will.

»Danke für die Einladung.«

»Aber natürlich, Mikayla. Du gehörst zur Familie, das weißt du doch.«

Würde sie das noch immer sagen, wenn sie wüsste, dass ich mit ihrem Schwiegersohn geschlafen habe?

Maxim, Angelina und deren Dad stehen im Hintergrund und unterhalten sich entspannt. Auch wenn Maxim sich zurückhält, was seine Zuneigung für seine Freundin angeht, ist nichts von der Spannung zu bemerken, die anfangs auf ihnen lag, als er sich endgültig für meine beste Freundin entschieden hat.

Was mich jedoch sehr überrascht, ist das rote Haar, das kurz darauf vor mir erscheint, zusammen mit einem freundlichen – freundlichen! – Lächeln. Ich bin viel zu geschockt, als dass ich mich mental auf Zoella vorbereiten könnte.

»Hallo, Mikayla.«

Unbeholfen und mit geweiteten Augen starre ich zu den anderen, die sich lieber über meinen Gesichtsausdruck lustig machen, als mir helfen zu wollen. Ich tätschle Zoellas Rücken und atme erleichtert auf, sobald sie mich aus ihrem

Griff entlässt. Als sie kurz darauf so begeistert in die Hände klatscht, um uns zu Tisch zu bitten, dass die anderen zusammenzucken, bin ich schadenfroh.

Im Esszimmer ist der Tisch bereits mit lecker duftendem Essen gedeckt, das meinen Magen erfreulich knurren lässt. Auch die Augen aller anderen ruhen auf den vielen Tellern und Schüsseln, die sich vor unseren Nasen erstrecken. Während Francesca, Joe, Zoella und Sean auf der einen Seite des Tisches sitzen, nehmen Angelina, Maxim, Jeremiah und ich die andere Seite ein. Zu meinem Glück sitze ich ganz am Ende des Tisches, sodass ich von Seans Blicken verschont bleibe.

Wir genießen das Essen, die entspannten Gespräche und die Stille, die sich ab und zu über uns legt. Es freut mich zu hören, dass Jeremiah immer mehr mit seiner sexuellen Orientierung klarkommt und sie nicht versteckt. Oder dass Seans Vater so zufrieden mit den Leistungen seines Sohns zu sein scheint, dass dieser bald die Leitung der Firma übernehmen kann. Dass auch die Firma von Angelinas Eltern die Einbußen der verloren gegangenen Kunden wieder aufholen und zahlreiche Neue für sich gewinnen konnte.

Besonders zwei Personen tragen stets ein Lächeln auf den Lippen, welches gar nicht weichen will und jedem einzelnen von uns auffällt. Es wundert also keinen, dass sich Joe irgendwann erhebt, mit einem Glas Sekt in der Hand, und unser aller Aufmerksamkeit fordert.

»Ich freue mich, dass wir heute hier alle zusammensitzen. Die letzten Monate, nein Jahre, waren nicht unbedingt leicht. Sie haben gezeigt, wie wichtig es ist, seine Familie bei sich zu haben. Die wichtigsten Menschen im Leben, die einem den Rücken stärken, auf die man sich verlassen kann. Es gab schöne Momente. Die, an die wir uns immer erinnern wollen und werden.« Er stoppt einen Moment, dann liegen seine Augen, in denen die Liebe zu Francesca deutlich zu sehen ist, auf ihr. »Und einer davon ist, dass diese wundervolle

Frau mich heiraten will und mich damit zum glücklichsten Mann der Welt macht.«

Die erste Träne rinnt meine Wange entlang, während die anderen jubelnd klatschen und dem liebenden Paar gratulieren, dessen Augen heller funkeln als die Sonne. Ich sehe sie strahlen, lachen, doch gleichzeitig schiebt sich das Bild von roten Haaren und blauen Augen vor mich. Die Verkündung *ihrer* Verlobung.

Ich versuche, mein bestes Lächeln aufzusetzen, während ich gleichzeitig fliehen will. Ich freue mich für Francesca, das tue ich wirklich. Doch während jeder in diesem Raum den Menschen gefunden hat, den er liebt, herrscht in mir Schmerz und Leere.

Vielleicht wäre es besser gewesen, nicht zu kommen.

Ich stehe zuletzt auf, um die beiden zu beglückwünschen, wobei mein Blick den von Sean kreuzt. Sein Arm liegt zwar um die Lehne seiner Frau, doch seine Aufmerksamkeit ruht auf mir. Ganz allein auf mir, während ich vor seiner Schwiegermutter stehe. Seine Augen wandern mein Gesicht entlang, als würden sie nach etwas suchen, nach irgendeinem Zeichen ... und es finden.

Ich schaue weg, entziehe mich seiner Musterung und sobald ich wieder frei bin, entschuldige ich mich für einen Moment, um die Toilette aufzusuchen. Und das keine Sekunde zu früh.

Mit dem Schließen der Tür kann ich die Tränen nicht mehr aufhalten und presse mir die Hand auf den Mund, um das Schluchzen zu ersticken. Ich rutsche am Holz der Tür entlang auf den Boden, während mein Körper zu beben beginnt und mein Kopf nach hinten an die Tür prallt.

Wieso jetzt? Wieso muss das ausgerechnet jetzt passieren?

Wenn ich könnte, würde ich einfach verschwinden. Eine Entschuldigung erfinden, dass es mir nicht gut geht. Aber es würde meine Gefühle genauso offensichtlich machen, als wenn ich in diesem Moment vor ihnen zusammengebrochen wäre. Daher nutze ich die Minuten, lasse alles raus, ehe ich mich aufsetze und vor den Spiegel über dem Waschbecken trete. Mein verschmiertes Make-up verschwinden lasse, meine Lider mit kaltem Wasser kühle und warte, bis die Röte in meinen Augen etwas gewichen ist. Bis die Maske wieder an ihrem Platz sitzt.

Erst dann traue ich mich zurück zu den anderen, die sich alle ganz und gar auf Joe und Francesca konzentrieren, zusammen mit den zusätzlichen Flaschen Wein und Sekt, die ihren Weg auf den Esstisch gefunden haben.

Alle, bis auf ein Augenpaar, das verdächtig auf der Frau neben sich ruht und es tatsächlich schafft, die Schwere in meinem Herzen für den Moment in den Hintergrund rücken zu lassen.

14.

Seit Stunden tue ich nichts anderes, als an die Decke zu starren und Schäfchen zu zählen. Bei hundert habe ich noch gehofft, dass diese Methode helfen könnte, um die Stunden bis zum Aufbruch zu überbrücken.

Bei dreihundert war mir klar, dass es eine lange Nacht werden würde.

Ich drehe mich auf die Seite und starre aus dem Fenster, von wo aus mir ein heller Halbmond entgegenleuchtet. Im Haus ist es still, da alle bis auf mich bereits schlafen und die Ereignisse des Nachmittags und abends verdauen.

Wir haben so oft auf die Verlobung angestoßen, dass die meisten Flaschen am Ende des Abends leer wurden. Das hat aber auch dafür gesorgt, dass Zoella und Sean nicht wie geplant nach Hause gefahren sind, sondern nun ebenfalls eines der Zimmer belegen. Zu wissen, dass die beiden nur zwei Zimmer entfernt von mir liegen, könnte einer der Gründe sein, weshalb ich hellwach bin und auf die Erholung hoffe, die vermutlich nicht kommen wird.

Als ich es nicht mehr im Bett aushalte, stehe ich auf, ziehe mir den Hoodie über mein Top, sodass meine Shorts nur knapp unter dem grauen Stoff hervorlugen, und verlasse das Gästezimmer. Wie vermutet, liegt alles in Stille und Dunkelheit, weshalb ich so leise wie nur möglich die Treppen nach unten schleiche, bis ich in der Küche im Erdgeschoss stehe und auf die Überreste des Abends treffe. Ich gehe auf die Spüle zu und strecke mich, um an das Regal zu kommen und mir ein sauberes Glas zu nehmen. Dieses halte ich unter den

Wasserhahn und lehne mich dann an die Küchentheke, während ich ein paar Schlucke des kühlen Wassers trinke. Brummend lasse ich meinen Kopf in den Nacken fallen, schließe die Augen und bete dafür, dass die Stunden einfach nur vergehen, damit wir wieder im Auto Richtung Arizona sitzen.

Wenn die Umstände des Besuchs anders wären, würde ich mich bestimmt wohler fühlen. Ich hätte mir längst eine Haustour geben lassen und dieses mit der alten Maddox-Mansion verglichen. Vermutlich beeinflussen mich auch was das angeht die Gedanken und Ereignisse der letzten Wochen, was den Gastgebern gegenüber nicht fair ist. Allein deswegen werde ich mir spätestens zur Hochzeit etwas Besonderes für Angelinas Mom einfallen lassen.

Schmunzelnd muss ich an den Ausdruck in Maxims Augen denken, als ich ihn dabei erwischt habe, wie er Angelina betrachtet hat. Mir war sofort klar, was das zu bedeuten hat, und ich zähle schon die Tage, bis er vor mir stehen und mich bei seinem eigenen Antrag um Hilfe bitten wird. Und das wird er, darauf verwette ich die heiligen Rezepte meiner *mamãe* und *avó*.

Seufzend streiche ich mir über mein Gesicht, zucke dann zusammen, sobald ich eine Hand an meiner Schulter spüre, gefolgt von kalter Flüssigkeit, die meinen Hoodie tränkt. Bereit, den Übeltäter anzumaulen, drehe ich mich um, nur damit die Worte in meinem Hals stecken bleiben, sobald ich Sean im Schein des Mondlichts erkenne. Sein Haar liegt ihm zerzaust auf dem Kopf, während sein Körper lediglich von Shirt und Boxershorts verhüllt wird.

Stumm verharrt er neben mir und bewegt sich nur, um nach dem Geschirrtuch vor sich zu greifen und es mir zu reichen. Schnaufend entreiße ich es ihm, doch sonderlich viel helfen tut es auch nicht. Das Glas stelle ich neben mir ab, gefolgt von dem Tuch.

Da er nichts tut, außer zu schweigen, setze ich an, an ihm vorbeizugehen, ehe er einen Schritt seitwärts macht und mir den Weg versperrt.

»Würdest du mich bitte durchlassen?«

»Nein. Du wolltest reden. Und ich will auch reden.«

»Jetzt? Mitten in der Nacht?«

»Warum nicht? Bis auf uns schlafen alle und so wie du aussiehst, wirst du auch nicht einschlafen können, wenn du jetzt zurück ins Bett gehst. Dann können wir die Zeit auch sinnvoll nutzen.«

Die Entschlossenheit ist ihm nur zu deutlich anzusehen, also gebe ich nach und lehne mich zurück, verschränke die Arme. »Na gut. Dann fang an.«

Sein amüsiertes Schnauben schafft es, dass sich zumindest einer meiner Mundwinkel hebt, während er sich mir gegenüberstellt und die gleiche Pose einnimmt wie ich.

Dann werden seine Gesichtszüge ernst. »Wie geht es dir?«

»Gut, wie sollte es mir sonst gehen?« Da sich sein Mund bereits wieder öffnen will, komme ich ihm zuvor. »Ich meine, die Mutter meiner besten Freundin will heiraten, das ist ein Grund zur Freude.«

»Und doch bist du verschwunden, nur um danach mit roten Augen zurückzukommen.«

Natürlich musstest du das bemerken.

»Ich ...« Meine Stimme stockt und der Griff um mich selbst verstärkt sich. »Es ist nicht leicht zu sehen, wie alle um dich herum glücklich sind. Wie sie das bekommen, was du dir wünschst und nicht haben kannst. Ich ... habe das das Gefühl, nicht voranzukommen in meinem Leben.« Ich kann ihm nicht in die Augen sehen, während die Worte meinen Mund verlassen, und starre daher auf den gefliesten Boden. »Ich habe einen festen Job, doch das ist auch das Einzige. Ich teile mir mein Apartment mit meiner besten Freundin, wer weiß wie lange noch. Aber sonst? Sonst habe ich nichts.«

»Das ist nicht wahr. Du hast Menschen, die dich lieben. Du hast einen Beruf, der es dir erlaubt, die Welt zu sehen. Neue Leute kennenzulernen.« Bei seinen letzten Worten muss er selbst schlucken, dennoch lösen sich seine Finger, die sich an die Kuhle zwischen Hals und Schulter geschlichen haben, nicht von meiner Haut. Seine Wärme überträgt sich auf mich und sorgt dafür, dass mein Körper sich mehr und mehr entspannt. »Du kannst alles erreichen, wenn du es nur willst, Mika.«

»Wenn dem so wäre, dann würden wir nicht hier stehen. Nicht so.« Ich umfasse sein Handgelenk, fühle den beruhigenden Puls unter meinen Fingerspitzen, während wir uns so nahe sind. Zu nahe. »Dann würde ich nicht an meinem Verstand zweifeln, weil ich dich gleichzeitig liebe und verfluche. Ich müsste nicht leiden, dich mit ihr sehen, weil es euch gar nicht gäbe. Ich würde nicht einer Liebe hinterhertrauern, die keine Zukunft hat.«

»Mikayla.« Wie ein Streicheln umschmiegt mich seine Stimme, während seine Finger zu meinem Nacken wandern, mich an sich ziehen und seine Stirn an meine lehnen. »Ich weiß, dass ich dir wehgetan habe. Und den Schmerz in deinen Augen sehen zu müssen, bringt mich um.«

Nur tust du nichts dagegen. Du wirfst immer wieder deine Angel aus, um mich einzufangen, und jedes Mal wieder falle ich darauf rein.

»Wenn die Dinge anders lägen ...«

Er stockt, bis er sich so weit von mir löst, dass sich seine Hände um mein Gesicht legen und mir keine andere Wahl bleibt, als meine Aufmerksamkeit auf ihn zu richten. Seine Daumen streifen sanft meine Wangenknochen, genauso wie sein Blick, der mich mit der gleichen Intensität zu berühren scheint.

»Ich habe es dir schon einmal gesagt – ich will und werde nicht zulassen, dass ich dich wieder verliere. Aber ich kann mich nicht von meiner Frau trennen, versteh das bitte.«

»Merkst du nicht, dass wir uns nur im Kreis drehen?« Ich ergreife seine Handgelenke, er jedoch weigert sich, von mir abzulassen. »Ich *weiß*, du wirst Zoella nicht verlassen, aber genauso wenig will ich dein Geheimnis sein.«

»Du bist so viel mehr als das für mich!«

»Dann trenne dich von ihr!« Bei meiner lauter werdenden Stimme weicht er zurück und selbst ich bin erschrocken darüber, dass ich mich nicht beherrschen kann. Aber vermutlich brauche ich genau das. Zu härteren Geschützen greifen, um eines Tages endlich diese elende Fessel loszuwerden und von ihm frei zu sein. Denn seine Augen sagen das aus, was ich schon vorher wusste.

»Ich kann nicht. Das ist das Einzige, was ich dir nicht geben kann. Ich kann dir ein Freund sein, Mika. Und wenn ich sage, dass ich dich liebe, meine ich es auch so. Aber mehr ... mehr geht nicht.«

Und wieder stehen wir am selben Punkt wie zuvor.

Ich hätte auf Maxims Worte lieber pfeifen und stattdessen auf meinen Verstand hören sollen. Genau deshalb lasse ich Sean in der Küche stehen und flüchte nach oben. Versuche, die erneute Enttäuschung seiner Worte nicht zu nah an mich ranzulassen.

Meine Tür geöffnet, gehe ich einen Schritt hinein, nur um dann herumgewirbelt und an Seans Brust gerissen zu werden. Schnell hebt und senkt sich sein Oberkörper, sein Griff hält mich gefangen. Und dann pressen sich seine Lippen verzweifelt auf meine, erlauben mir nur eines: zu kapitulieren, seine Zunge in meinen Mund gleiten zu lassen und mich dem hinzugeben, was wir beide so sehr wollen.

Hitze wallt in mir auf, meine Brustwarzen drücken sich schmerzend gegen den Stoff, der uns voneinander trennt. Meine Hände krallen sich in sein Shirt, um ihn näher an mich zu ziehen, als er plötzlich Abstand zwischen uns bringt.

»Ich kann das nicht, Mikayla. Ich brauche dich in meinem Leben, weil es ohne dich weniger Sinn ergibt. Aber ich kann dir nicht das eine geben, was du von mir verlangst.«

Mit einer Hand legt er meine auf sein Herz, das rasend schnell schlägt. Ich wage es nicht, meinen Blick zu heben, denn im Moment traue ich mir selbst nicht über den Weg.

»Wenn du weißt, dass das hier schon immer für dich geschlagen hat, können wir dann nicht wenigstens versuchen, zum Leben des anderen zu gehören? Wenn es ohne den anderen keinen Sinn ergibt?«

Wenn ein Herz spontan stehen bleiben könnte, meins würde es in diesem Moment tun. Ungläubig schaue ich nun doch auf, aber die Worte, die ich soeben gehört habe, sind keine Illusion. Sie sind echt. Und ich weiß nicht, wie ich damit umgehen soll.

»Ich will nicht deine Affäre sein. Das *kann* ich nicht. Das würde ich nicht überleben.«

Er zuckt so stark zusammen, als ob ich ihm eine Ohrfeige gegeben hätte, und schüttelt vehement den Kopf. »So habe ich das nicht gemeint! Aber ich brauche dich in meinem Leben, egal wie.« Dann lässt er mich allein zurück, seine Worte in meinem Kopf widerhallend.

Eine Frage nach der anderen erscheint und füllt meinen Kopf, der zu platzen droht, während ich mich ins Bett fallen lasse und auf die Anzeige meines Handys starre.

3.59 a.m.

Daneben eine Nachricht mit einem Bild, dessen Anblick mir bekannt vorkommt. Ein Lächeln, das echt ist und mir keine schlaflosen Nächte bereitet.

Wieso nur kann mein Herz nicht einfach seinen Platz wechseln und zu jemandem hüpfen, der es mir nicht brechen wird?

Ich lasse mich endlich in den willkommenen Schlaf fallen, in der Hoffnung, dass die vergangenen Minuten nicht mehr waren als ein Traum. Und kein verwirrendes Gespräch, das mich noch ahnungsloser zurücklässt als davor.

15.

Die vergangene Nacht spukt mir selbst auf unserem Rückweg noch im Kopf herum, und das, obwohl ich schon kaum Schlaf bekommen habe. Ich wurde erst wach, nachdem mich jemand an meiner Schulter gerüttelt hat und ich kurz darauf in Angelinas Gesicht blicken konnte.

»Hey, du Schlafmütze. Wir wollen frühstücken und uns dann auf den Weg machen.«

Ich habe versucht mir nicht anmerken zu lassen, dass wir von mir aus auch das Frühstück ausfallen lassen könnten, weshalb ich überall hingesehen habe außer zu Sean, sobald alle am Esstisch saßen und sich über das Essen hergemacht haben.

Kein. einziger. Blick.

Ihn aus meinen Gedanken zu verbannen, war aber so unmöglich, wie das Grinsen zu unterdrücken, das auf Joes und Francescas Lippen lag.

Und nun sitze ich hier und beobachte unter halb geschlossenen Lidern Fahrer und Beifahrerin, wie sie sich über ihren bevorstehenden Flug unterhalten. Jedes Mal, wenn ihre Augen zu mir wandern, lasse ich meine gänzlich zufallen, denn ich bin weder in Stimmung noch sehe ich einen darin Sinn, jetzt zu reden.

Wäre es so schlimm, ihn teilen zu müssen?

Ich will am liebsten schreien. Ich will nicht darüber nachdenken, ob ich diese Art von Beziehung führen kann. Wir sind uns beide einig, dass eine Affäre nicht infrage kommt. So sehr ich ihn auch will, bin ich einfach nicht bereit, ihn auf diese Weise zu haben. Und ich glaube kaum, dass seine Frau davon begeistert wäre, wenn sie es herausfände.

Nein, ich glaube, es würde alles nur schlimmer machen. Selbst wenn die Ehe aus ihr einen anderen Menschen gemacht zu haben scheint, traue ich dieser Frau keinen Meter über den Weg. Nicht, nachdem ich eine Seite von ihr gesehen habe, die das Widerlichste in ihr offenbart hat.

Meine Eltern haben mich stets gelehrt, dass eine Beziehung auf Vertrauen aufbaut. Es ist das Grundgerüst, das Fundament. Eine einzige Erschütterung kann reichen, damit es einbricht, wenn man auf Sand statt Beton steht. Sie sagten mir aber auch, dass man Kompromisse eingehen und Opfer bringen muss – ein Geben und Nehmen. Und ich bin mir absolut sicher, dass unser Fundament schneller einstürzen würde als eine Sandburg, die von den Wellen des Meeres verschlungen wird.

»Ich mache mir Sorgen um sie.«

Angelinas besorgter Ton dringt durch meine Gedanken und mir fällt es schwer, mich nicht zu rühren. Aber ich will wissen, was sie zu sagen hat, ohne dass sie weiß, dass ich zuhöre.

»Ich weiß einfach nicht, wie ich ihr helfen soll.«

Ein dunkles Seufzen wird erwidert, bevor das Radio, aus dem bis eben leise Musik spielte, ausgeschaltet wird. »Hast du dir mal die Frage gestellt, dass vielleicht nur sie selbst sich helfen kann?«

Auch ohne meine Augen zu öffnen, weiß ich, dass Maxim nach ihrer Hand greift und sie mit seiner verschränkt, während er mit der anderen Hand das Lenkrad weiter umgreift.

»Sie ist wie eine Schwester für dich und ich kann verstehen, dass es dir wehtut, sie so zu sehen. Ihr ging es sicher nicht anders, als es bei uns dieses Drunter und Drüber gab. Aber egal, wie viele Ratschläge und Tipps du ihr geben wirst, solange sie selbst nicht zu dir kommt und dir erzählt, was wirklich los ist, kannst du nur für sie da sein, bis es so weit ist.«

»Was meinst du?«

Ich halte die Luft an, warte darauf, dass sich die Stille, die sich nun bildet, endet. Und als ich seine nächsten Worte höre, frage ich mich, wie viel Maxim tatsächlich weiß. Ob wir nicht vorsichtig genug waren. Und ob das bedeutet, dass es nicht nur Maxim bemerkt haben könnte.

»Mikayla ist in einen Mann verliebt, den sie offensichtlich nicht haben kann. Und egal, wie sehr sie es versucht, sie schafft es nicht, sich von ihm zu lösen. Nur sie selbst kann wissen, wie viel sie ertragen kann, aber wenn du mich fragst, muss sie nur genau hinsehen, dann wird sie wissen, was zu tun ist.« Er stockt. »Manchmal ist es besser, etwas zu wagen und rauszufinden, ob es genügt oder nicht, als sich später immer wieder zu fragen, ob man das Risiko nicht doch hätte eingehen sollen.«

Erst zwanzig Minuten, bevor wir vor unserem Apartment ankommen, traue ich mich *aufzuwachen* und zu fragen, ob ich irgendwas verpasst habe. Daraufhin dreht sich meine beste Freundin mit ihrem Oberkörper zu mir nach hinten und schüttelt lächelnd den Kopf.

»Keine Promis oder plötzlichen Skandale, die interessant wären.« Sie beißt sich auf ihre Unterlippe, fügt dann hinzu: »Du scheinst sehr müde gewesen zu sein.«

»Ich konnte nicht so gut schlafen. Ungewohnte Umgebung und der Alkohol«, antworte ich und zucke unbeholfen mit den Schultern.

Mein schauspielerisches Talent reicht zum Glück aus, sodass sie nickt und wieder beginnt zu lächeln. »Wenn du Lust hast, könnten wir heute einen Spa-Tag einlegen. Masken, Peelings, Junkfood und ganz viel Fernsehen.«

»Ich würde zwar gern«, fange ich an und verziehe dann entschuldigend den Mund. »Aber ich muss schon um zwei

Uhr nachts am Flughafen sein und kann es mir bei Mr Douboir nicht leisten, noch mal zu spät zu kommen. Er hat mich seit letztem Mal noch immer auf dem Kieker.« Dabei bin ich sonst immer überpünktlich zu den Meetings erschienen.

»In deiner Haut will ich nicht stecken.«

»Glaub mir, ich habe auch nicht vor, das noch mal passieren zu lassen.«

Sobald wir vor dem Gebäude halten, schlage ich Angelina vor, dass ich ihre Tasche mit nach oben nehme und sie den Tag mit Maxim verbringt, statt sich bei uns zu langweilen. Und genau das tut sie, nachdem sie mich zum Abschied umarmt und Maxim mir aufmunternd zulächelt. Als sein Wagen davonfährt, gehe ich mit unseren beiden Taschen auf die Haustür zu. Ich lasse sie im Flur auf dem Boden stehen, nachdem ich die Tür geschlossen habe, und schere mich für den Moment nicht darum, sie auszupacken, sondern visiere die Küche an, wo ich aus dem Kühlschrank eine kleine Flasche Wasser hole und diese mit mehreren Schlucken komplett austrinke.

Dann wandert mein Blick durch das Wohnzimmer, wo über der Sofalehne noch das Shirt liegt, in dem ich zuletzt geschlafen habe. Wie an einem Seil zieht es mich zu sich, bis ich den weichen Stoff in meinen Händen halte – um ihn dann an mein Gesicht zu pressen und hineinzuschreien. Ich versuche, alles rauszulassen, hole mehrmals tief Luft und löse mich mit den erstickten Tönen von meinem Frust und meiner Verwirrung, bis ich zumindest den kleinsten Hauch von Erleichterung empfinde.

Dass ich dadurch das Klingeln meines Telefons fast überhöre, merke ich erst, als ich das Shirt zurücklege. In der letzten Sekunde schaffe ich es, mein Handy aus der Tasche zu holen und auf den grünen Hörer zu drücken, um dann auf das breite Grinsen eines Mannes zu blicken, der sich den riesigen Maschinen im Hintergrund zufolge offenbar an einem Flughafen befindet.

»Ian! Was für eine schöne Überraschung!«

»Hey, meine Lieblings-Stewardess! Du hast mich ganz schön warten lassen.« Das Grinsen verwandelt sich in ein Lächeln und auch ich merke, wie sich meine Laune allein durch seinen Anblick hebt.

»Entschuldige, mein Handy war nicht in Reichweite.«

»Alles gut, alles gut.« Er wendet seine verführerischen Augen kurz ab, um nach etwas Ausschau zu halten. »Ich dachte, ich melde mich mal bei dir und horche nach, wohin dich dein nächstes Ziel bringt. Vielleicht kreuzen sich unsere Wege ja wieder.«

Mit dem Handy in der Hand laufe ich zurück zum Sofa, wo ich mich auf meine Beine setze und den freien Arm auf dem Polster ablege, um meinen Kopf abstützen zu können.

»Wenn du zufällig den Drang hättest, dir beispielsweise die Freiheitsstatue anzusehen«, erwidere ich und schmunzle. »Meine nächsten Flüge werden alle Inlandflüge sein.«

Seine Lippen verziehen sich zu einem Schmollmund und er schüttelt den Kopf. »Sorry, aber die USA können mir nichts bieten, das mich dazu bewegen würde, erneut auch nur einen Fuß auf diesen Boden zu setzen.«

Ich kann mich genau daran erinnern, wie wir uns in Toronto in dem Café über unsere Herkunft unterhalten haben, vor allem, weil man mir äußerlich ansieht, dass meine Wurzeln nicht nur in den USA liegen. Ian selbst ist ebenfalls hier geboren und aufgewachsen, bis er mit zwanzig begann, mit einem hervorragenden Abschluss, der es ihm nicht schwer machte, gute Arbeit zu finden und nebenbei ein Fernstudium zu absolvieren, durch die Welt zu reisen.

Auf meine Frage hin, wie seine Familie damit umgehe, dass er seit Jahren ständig unterwegs ist, ohne irgendwo sesshaft zu werden, antwortete er lediglich, dass er sich nicht vorschreiben lasse, was er mit seinem Leben anstelle.

»Bin ich keinen Besuch wert?«, frage ich scherzhaft und setze ein übertrieben süßes Lächeln auf, das nur wenige Sekunden anhält, bis ich anfange zu lachen und ihn mitreiße.

»Du wärst durchaus eine Verlockung«, erwidert er und betrachtet mich mit einem Blick, der selbst durch das Telefon keinesfalls an Wirkung auf mich und das Pochen zwischen meinen Schenkeln verliert. »Da ich aber weiß, dass du durch deinen Job öfters zum Reisen kommst, bevorzuge ich es, dich dort zu treffen, wo ich nicht am liebsten zurück in den Flieger steigen will, um so schnell wie möglich zu verschwinden.«

Er presst seine Lippen aufeinander und ich runzle die Stirn. Dass er solch eine Abneigung verspürt, hätte ich nicht gedacht, aber ich kenne es von mir selbst: Jemanden unter Druck zu setzen, nur um Antworten zu bekommen, ist das Dümmste, was man machen kann. Vor allem, weil wir uns kaum kennen und ich ihn trotz der Anziehung, die offensichtlich zwischen uns herrscht, nicht vergraulen möchte. Deshalb lenke ich das Thema in eine andere Richtung.

»Wo geht es denn als Nächstes hin? Musst du nicht gefühlt die ganze Welt gesehen haben, wenn man bedenkt, dass du schon mehr als zehn Jahre reist?«

Er schüttelt den Kopf und fährt sich überlegend durch das Haar, was sofort meine Aufmerksamkeit auf sich zieht. Ob sie genauso weich sind, wie ich es mir vorstelle?

Unterbewusst spiele ich mit meiner Unterlippe, bis ich die Stille bemerke und auf den Blick in seinen Augen treffe, von denen ich meine, dass sie einen Hauch dunkler geworden sind. Beinahe so anziehend wie ...

»Wenn du eine Ahnung hättest, wie gern ich jetzt an dieser Lippe knabbern würde.«

Mit einem einzigen Satz schafft es Ian, meine Gedanken über einen anderen zu zerstreuen und meine Wangen zum Glühen zu bringen. Warum fühle ich mich auf einmal schüchtern? Er ist nicht hier, ich kann sagen, was ich will.

Bisher sind wir nicht mehr als zwei Bekannte, die vom ersten Moment an eine Anziehung zwischen sich gespürt haben, die selbst bei einem harmlosen Anruf keinen Halt macht.

Ich hole also mein Selbstbewusstsein, das sich sonst auch nicht verstecken lässt, hervor und antworte ihm schmunzelnd. »Darauf wirst du wohl warten müssen, bis wir uns wiedersehen.«

Die Ansage für das Boarding ertönt und im selben Moment erkenne ich, wie er sich auf den Weg dorthin macht, da sein Blick sich kurz von mir abwendet.

»Ich muss jetzt leider auflegen«, sagt er und lächelt entschuldigend. Doch das Funkeln in seinen Augen bleibt. »Aber glaub mir eins: Wenn es nach mir ginge, würden wir uns eher früher als später wiedersehen. Und dann würde ich genau das tun.«

16.

Ungeduldig spiele ich mit meinen Händen, während ich einen Blick aus einem Fenster der Bar werfe. Die Bäume verlieren langsam, aber sicher ihre Blätter, heißen den Oktober willkommen und tauchen die Straßen in ein warmes Orange, dessen Anblick mich sonst beruhigt. Mein Vorhaben lässt dies aber nicht zu und nicht nur einmal, seitdem ich mich auf den Hocker am Tresen gesetzt habe, kommt mir der Gedanke, dass das hier eine ganz, ganz schlechte Idee ist. Doch Seans Worte gehen mir seit jener Nacht nicht aus dem Kopf und ich muss herausfinden wieso.

Da ich mich weder in Phoenix mit ihm treffen noch nach San Diego fahren will, habe ich ihm geantwortet, dass wir uns in Somerton treffen können, nachdem er mir geschrieben hat, dass er mich sehen will. Und ich würde lügen, würde ich behaupten, dass es mir nicht genauso geht. Hier haben wir neutralen Boden und müssen nicht befürchten, von Leuten entdeckt zu werden, die ihre eigenen Schlüsse ziehen. Außerdem hoffe ich auf Ruhe und einen klaren Kopf.

Wir müssen endgültig klären, wie es weitergeht. Denn dass es nicht so bleiben kann, wissen wir beide. Nun sitze ich in einer Bar in einem Kaff mit nicht mal hunderttausend Einwohnern und warte darauf, dass Sean durch die Tür tritt.

Du machst einen dummen Fehler, flüstert mir der Engel zu meiner Linken zu, während der Teufel ein begeistertes *Los, nimm alles, was du bekommen kannst!*, von sich gibt.

»Kann ich dir schon was bringen?« Ein bulliger Kerl mit dickem Schnauzer, der gleichzeitig das Glas in seinen Händen poliert, wendet sich an mich, woraufhin ich meinen Blick über die vielen Spirituosen schweifen lasse.

»Am besten das Stärkste, was ihr habt.«

»So schlimm?«

»Das wird sich noch rausstellen.«

Keine Minute später steht ein bis oben hin gefülltes Shotglas vor mir und ich nicke dankend. Dann nehme ich den Shot, lege meinen Kopf in den Nacken und schütte ihn mir in den Mund. Hustend schüttelt es mich, sobald ich das intensive Brennen in meiner Kehle spüre, was den Barkeeper lachen lässt.

»Zu stark?«

»Nein, genau richtig. Ich bin's nur nicht gewohnt.«

»Das ist auch gut so.«

Ich erwidere nichts, sondern tippe auf das Display meines Handys, das mir anzeigt, dass Sean vor einer Viertelstunde hätte hier sein sollen. Und wenn ich ihm noch immer so wichtig bin, wie er sagt, würde er dann nicht kommen oder sich wenigstens melden?

Nach weiteren zwanzig Minuten greife ich nach meinem Portemonnaie, um zu zahlen. Da ich sonst nichts getrunken habe, sollte ich problemlos zurück nach Phoenix fahren können, wenn ich noch ein wenig warte, bis sich der Alkohol des Shots verflüchtigt hat.

Im selben Moment öffnet sich die Eingangstür scheppernd und ich wende mich ruckartig zu ihr. Seine Brust hebt und senkt sich in rasendem Tempo wie nach einem Rennen, doch ich erkenne ihn sofort.

Ohne mich aus den Augen zu lassen, kommt er auf mich zu, streicht sich sein Haar, das in alle Richtungen absteht, zurecht und versucht sich an einem kleinen Lächeln.

»Tut mir leid, mich hat ein Meeting aufgehalten und dann hatte ich auch noch mein Handy zu Hause liegen lassen. Ich bin so schnell es ging hergefahren, also wenn ich einen Strafzettel bekomme, ist das deine Schuld.«

Während sich eine meiner Augenbrauen spöttisch hebt, räuspert sich jemand hinter uns und brummt: »Ein ganz mieser Start, um sich zu entschuldigen.«

Da kann ich ihm nur zustimmen. Trotzdem rutsche ich von meinem Hocker und bedeute Sean, mir in eine ruhige Ecke zu folgen.

Sobald wir uns gegenübersitzen, schält er sich aus seinem Jackett und krempelt das blütenweiße Hemd, das er trägt, über seine Unterarme. Ich kann mich noch immer nicht an den Anblick gewöhnen, ihn so formell in seinem Business-Aufzug zu sehen, wenn mir stets der Junge vor Augen erscheint, der sich aus so was nichts machte. Aber Zeiten ändern sich. Und Menschen genauso.

»Ich bin froh, dass du gekommen bist«, sagt er nach einer kurzen Stille, in der unsere Bestellung aufgenommen wurde, und mustert mein Gesicht.

»Deine Worte sind mir nicht aus dem Kopf gegangen. Sie haben mich geradezu heimgesucht.«

Er schweigt und wartet, dass ich fortfahre, was ich nach einigen Sekunden auch tue.

»Ich will, dass das zwischen uns funktioniert, genauso wie du. Aber ich bleibe dabei, dass ich nicht dein kleines Geheimnis sein will, während du weiterhin mit dieser Schlange verheiratet bist und nach außen hin einen auf heile Welt machst.«

»Ich zwinge dich zu nichts, Mika. Das habe ich nie und das wird sich auch in Zukunft nicht ändern.«

Seine Zunge gleitet über seine Unterlippe, was meine Augen magisch anzieht, doch ich reiße mich zusammen.

Er räuspert sich, legt dann seine Hände vor sich auf das dunkelbraune Holz. »Das Ganze ist viel komplizierter, als du dir vorstellen kannst. Und als ich sagte, dass ich keine Affäre will, meinte ich es auch so. So etwas kann ich nicht. Ich habe dich nie angelogen, wenn ich dir gesagt habe, dass ich dich liebe. Nur, weil ich mich damals von dir getrennt habe, heißt das noch lange nicht, dass ich dich nicht mehr geliebt habe.«

»Du weißt, dass das keinen Sinn ergibt, oder? Für mich klingt es eher nach einer billigen Ausrede.«

»Ich sage ja, es ist nicht so einfach zu erklären.«

»Wie wäre es, wenn du es einfach mal versuchen würdest und nicht die ganze Zeit drumherumquatschst?«

Daraufhin pressen sich seine Lippen aufeinander. »Das geht nicht.«

Seine Finger trommeln auf den Tisch und machen nicht nur ihn damit nervös. Doch ehe ich etwas sagen kann, kommt er mir zuvor, mit einer Verzweiflung in seiner Stimme, die alles andere als gespielt ist. »Ich will es dir sagen, Mikayla, wirklich. Ich möchte, dass du verstehst, warum ich tue, was ich tue, und warum ich dich nicht loslassen kann und will. Aber mir sind die Hände gebunden. Ich kann mich nicht öffentlich von Zoella trennen, zumindest noch nicht.«

»Du wirfst mir ein Häppchen nach dem anderen hin und erwartest, dass ich es verstehe. Aber weißt du was? Das tue ich *nicht*!« Meine Hände ballen sich zu Fäusten, als ich mich leicht über den Tisch lehne. Mich zusammenzureißen, fällt mir unsagbar schwer, doch ich glaube, dass die folgenden Worte nach all den Jahren endlich ausgesprochen werden müssen. »Du hast keinen blassen Schimmer, wer Zoella genau ist. Was für eine Frau du aus was weiß ich für Gründen geheiratet hast, denn anscheinend war es wohl doch nicht aus Liebe.«

Mein Puls rast. Meine Handflächen werden schwitzig. Doch gleichzeitig habe ich das Gefühl, dass eine unsichtbare Last ihren Weg von meinen Schultern sucht. Mit jedem Wort, das meinen Mund verlässt.

»Hättest du sie auch geheiratet, wenn du gewusst hättest, wie sie wirklich war? Wie sie mich behandelt hat, wenn keiner von euch hingesehen hat? Wenn sie nicht die Vorzeigetochter, die Traumpartnerin gewesen ist?«

»Dann sag es mir. Jetzt.« Entschlossen schaut er zu mir, setzt sich aufrecht hin. »Wir scheinen beide Geheimnisse vor dem anderen gehabt zu haben, Mikayla. Nicht nur ich habe offensichtlich lieber geschwiegen, als den Mund aufzumachen. Und eigentlich solltest du wissen, dass ich immer zu dir gestanden hätte, wenn dich jemand falsch behandelt hätte.«

Auch bei dir selbst?

»Ich habe nie zu euch gehört«, hauche ich mit gebrochener Stimme. »Ich war zwar Angelinas beste Freundin, eine Spielkameradin, aber nie mehr. Zumindest in ihren Augen. Und selbst dafür schien ich ihr ungeeignet. Ich war ein Schandfleck, der ihrer Ansicht nach ausradiert gehörte. Und das hat sie auch fast geschafft.«

Mit jedem Stoß, den sie mir im Verborgenen gegeben hat.

Mit jedem hässlichen Wort, das von ihren Lippen kam, wenn sich unsere Wege kreuzten.

Mit jenem gewinnenden Ausdruck in ihrem Gesicht, als sie allen den Verlobungsring präsentierte und sich unsere Blicke streiften.

Nichts von alledem könnte ich je vergessen.

»Sie wusste, wie sehr ich dich geliebt habe. Sie *wusste*, wie sie mir wehtun konnte. Und sie war sich keinen Augenblick zu schade, mir zu zeigen, wo mein Platz ist.« Sie sollten zischend aus meinem Mund kommen, doch stattdessen fließen die Worte kraftlos aus mir.

Er hält mir seine geöffnete Hand über dem Tisch ausgestreckt entgegen. Abwartend. Bittend.

Ich lege meine Hand in seine und lasse zu, dass sie sich Finger für Finger ineinander verschränken. Wir ignorieren die Getränke, die an unseren Tisch gebracht werden, da sich unsere Blicke für keine einzige Sekunde voneinander lösen.

»Wieso hast du nie etwas gesagt, Mika? Wieso bist du nicht zu mir gekommen und hast dich mir anvertraut?«

»Hättest du mir denn wirklich geglaubt? Wir wissen beide, wie *perfekt* Zoella sein kann. Denkst du allen Ernstes, dass auch nur einer von euch der perfekten Tochter so was zugetraut hätte? *Du hast dir das sicher nur eingebildet.* Oder *Sie hat es sicher nicht so gemeint.* Kommen dir diese Sätze bekannt vor?« Sein Druck auf meine Hand wird stärker und auch ohne in sein Gesicht zu sehen, weiß ich, dass er sich erinnert. »Sie wusste schon immer, wie sie das bekommt, was sie will.«

»Aber sie hat nicht alles.«

Er lässt meine Hand los und ich schaue abrupt auf, beobachte seine Bewegungen, wie er aufsteht, nur um sich direkt neben mich zu setzen und erneut nach meiner Hand zu greifen. Sie auf die Stelle an seine Brust zu legen, unter der ich das regelmäßige Pochen fühlen kann.

»Es gibt vieles, worüber ich nicht sprechen kann, zumindest noch nicht. Aber glaube mir, wenn ich dir sage, dass ich immer nur das Beste für dich wollte, auch wenn es nicht immer, gerade jetzt nicht, danach aussehen mag.« Seine Hand presst sich stärker auf meine, als ob sie so ineinander verschmelzen könnten. Für den Augenblick fühlt es sich fast so an. »Zoella ist sich bewusst, dass sie mich niemals so haben kann, wie sie es gerne hätte. Genauso wie sie weiß, dass ich mich mit einer anderen Frau treffe. Und für sie ist das okay.«

Zumindest habe ich jetzt Gewissheit darüber, wieso er mich mit einer Kraft festhält, die mir nicht erlaubt, mich von ihm zu lösen. Denn genau das will ich am liebsten tun. Wenn er glaubt, das Gesagte würde alles besser machen, dann hat er sich noch nie so sehr getäuscht.

Seine Worte gleichen eher einem Ziegelstein, den man mit gewaltiger Kraft durch eine Fensterscheibe katapultiert.

Meine Gedanken rasen und rasen, können nicht stillstehen, und vielleicht tut das bisschen Alkohol, das ich getrunken habe, sein Übriges. Und nur durch seine Wärme, die sich um meine Wangen legt, seine blauen Augen, die mich fixieren und nicht loslassen, schaffe ich es zu atmen, nicht komplett durchzudrehen.

Ist das alles für sie nur ein verdammtes Spiel gewesen?

»Aber wie kann das für sie okay sein?« Wie kann eine Frau damit klarkommen – sich dessen bewusst sein –, dass ihr Mann sie betrügt, und sich dennoch nicht scheiden lassen wollen?!

»Zoella ist ... speziell. Sie ist eine Perfektionistin, das ist kein Geheimnis. Ich kann nicht für sie sprechen, geschweige denn in ihren Kopf schauen, aber ich denke, dass ihr Ruf und das, was sie der Welt präsentiert, möglicherweise wichtiger ist.«

Wichtiger als die eigenen Gefühle?

Wie viel würde diese Frau opfern, einfach hinnehmen, nur, um der Welt eine perfekte Ehe zu präsentieren?

Und wie weit würde sie gehen, um dafür zu sorgen, dass sie den Ring an ihrem Finger weiterhin trägt?

»Hör mir genau zu, okay?«

Ich nicke leicht, als er mich stumm mustert.

»Ich weiß, dass es nicht leicht wird. Aber ich werde einen Weg finden, wie ich das alles mit Zoella klären kann, ohne dass jemand weiter zu Schaden kommt. Unsere Ehe geht auf ihr Ende zu, das können weder sie noch ich leugnen. Aber ich brauche Zeit.«

»Weiß sie das von *uns*?«, hake ich nach, während ich seine Finger von meinen Wangen löse, sie danach aber direkt mit meinen verschränke. »Bitte sag mir, dass du es ihr nicht gesagt hast, Sean.«

»Sie weiß nur, dass es jemanden gibt, aber nicht wen. Und wie ich bereits sagte, ist es für sie okay. Solange ich es diskret halte.« Seine Wangen plustern sich sichtbar auf, was mir zumindest ein kleines Lächeln entlockt, ehe er ausatmet. Doch dann stockt er einen Moment. Seine Lippen öffnen sich, es braucht jedoch weitere Sekunden, bis er fortfährt.

»Ich verpflichte dich zu nichts, das steht mir nicht zu. Aber ich bin verzweifelt genug, dich darum anzuflehen. Gib mir etwas Zeit. Irgendwann werde ich dir alles erklären, aber jetzt gerade ...« Seine Worte stocken. »Jetzt gerade kann ich nur hoffen, dass ich dich nicht endgültig verliere, weil es so viel gibt, was ich dir nicht beantworten kann. Was ich dir sagen kann, ist, dass Zoella und ich ... Diese Ehe ist nur noch eine auf dem Papier und für die Außenwelt. Nur sie und ich – und jetzt auch du – wissen, dass wir uns im Privaten eigentlich bereits getrennt haben.«

Unfähig, etwas zu sagen, nehme ich mein Wasser und trinke einen kräftigen Schluck. Dass dieses Treffen so verlaufen würde, hatte ich nicht erwartet, andererseits habe ich allgemein keine Erwartungen, gar Hoffnungen haben wollen, die zerstört werden könnten.

Und dann haut er mir so etwas einfach so entgegen?

»Wie könnt ihr *eigentlich bereits* getrennt sein und gleichzeitig kannst du dich *nicht von ihr trennen*?! Ich verstehe das nicht.«

Er presst seine Lippen aufeinander und ich erkenne genau, wie sein Kopf zu arbeiten scheint. »Ich verspreche dir, dass ich es dir erklären werde, wenn ich kann. Jetzt kann ich dich nur bitten, mir zu vertrauen. Mir zu glauben, dass ich weiß, was ich tue, und nicht mit dir spiele. Ich will, dass du dir sicher sein kannst, dass nichts, was ich tue, dazu dient, dir wehzutun.«

Nur hast du es dafür zu oft getan.

Die Rädchen in meinen Gedanken laufen auf Hochtouren. Es ist leichter gesagt als getan, all seine Worte hinzunehmen und all meine Zuversicht in seine Hände zu legen. Doch ein Blick in seine Augen – in das Blau des Jungen von damals – genügt, dass ich einknicke.

»Lass es mich nicht bereuen, dass ich dir vertraue, Sean.«
»Das wirst du nicht, versprochen.« Er widmet sich zum ersten Mal seinem eigenen Getränk, welches er mit der einen Hand ergreift. Doch statt einen Schluck zu trinken, starrt er es nur an, während er das Glas zwischen seinen Fingern dreht.
»Ich weiß, dass ich wie ein beschissenes Arschloch klinge, dass es so wirkt, als würde es mir nichts ausmachen, allen die heile Welt vorzuspielen, und ich werde dafür ganz sicher in der Hölle landen. Aber dafür, dass mein Leben ganz und gar nicht so verlief, wie ich es mir vorgestellt habe, habe ich dieses Glück verdient und nehme jede verdammte Sekunde, die ich mit dir bekommen kann.«
Erneut reden die zwei gegensätzlichen Wesen auf meinen Schultern auf mich ein, aber ich weiß, dass ich so keine Entscheidung fällen kann. Und genau das sage ich, nehme sein zurückhaltendes Lächeln in Kauf. »Ich will einfach nicht noch mal verletzt werden.«
Da es langsam Zeit für mich wird, zurück nach Phoenix zu fahren, bezahlt Sean, trotz meines Protests, und führt mich dann aus der Bar, wo einige Meter entfernt mein Wagen geparkt steht. Er begleitet mich bis zur Fahrertür, wo ich mich zögernd zu ihm drehe und zulasse, dass er mich an sich zieht. Wie von selbst vergräbt sich mein Gesicht an seiner Brust und ich atme seinen Duft tief ein. Hüte ihn tief in mir wie einen Schatz. Als ich merke, wie er dasselbe an meinem Haar tut, muss ich trotz des Umstands lächeln und erlaube mir noch einige Sekunden seiner Wärme und Geborgenheit. Und nur mit unsagbarer Mühe schaffe ich es, mich abzuwenden und mir von ihm die Tür öffnen zu lassen.
»Ich weiß nicht, wann ich mich melden werde.«
»Das ist okay«, sage ich, auch wenn mir der Gedanke daran, nicht zu wissen, was jetzt zwischen ihm und Zoella passieren könnte, alles andere als behagt. »Was auch immer es ist, was dich an ihr festhält, kläre es bitte.«

Er schließt die Tür, schaut durch die Glasscheibe zu mir und schenkt mir ein letztes Lächeln, ehe er auf seinen eigenen Wagen zugeht. Statt einzusteigen, wartet er jedoch, bis ich den Motor starte und an ihm vorbeifahre.

Je weiter ich mich von Sean und der Bar entferne, desto realer wird das, was soeben passiert ist. Allerdings wird mir auch eine wichtige Sache bewusst, die ich bisher nie wirklich in Betracht gezogen habe. Dabei lag es die ganze Zeit auf der Hand und ich war nur zu blind, um es zu sehen.

Es gibt etwas, das Sean mir verschweigt, vielleicht sogar seit Jahren. Etwas, das so wichtig ist, dass er Zoella geheiratet hat und sich nicht öffentlich von ihr trennen kann.

Und ich muss herausfinden, was es ist.

17.

Manchmal ist es besser, etwas zu wagen und rauszufinden, ob es genügt oder nicht, als sich später immer wieder zu fragen, ob man das Risiko nicht doch hätte eingehen sollen.

Ich bezweifle stark, dass Maxim sich mit seinen Worten auf *das hier* bezogen hat, aber je länger ich es mir einrede, desto mehr kann ich das schlechte Gewissen verdrängen, das sich, nachdem weitere drei Wochen ins Land gezogen sind, in meine Gedanken einnisten will, wenn ich über meine Entscheidung nachdenke.

Vermutlich – nein, ganz sicher – werde ich dafür in der Hölle landen. Mit Pauken und Trompeten und einem Empfangskomitee, das nur auf mich gewartet hat.

Aber dann rede ich mir gut zu, dass zu so einem Fehler immer zwei dazugehören. Vielleicht wird Sean mich bei meinem Höllenritt begleiten, was den Aufenthalt angenehmer machen würde. Wie heißt es so schön: geteiltes Leid, halbes Leid?

»Wir wünschen Ihnen einen schönen Aufenthalt.« Das Lächeln auf meinen Lippen ist weder gespielt noch muss ich mich anstrengen meine Mundwinkel zu heben. Es ist echter als jedes einzelne in den letzten Wochen, auch wenn es das nicht sein sollte.

Passagier für Passagier verlässt das Flugzeug und lässt die Augen über den *Washington Dulles International Airport* schweifen. Der Flug hierher verlief ruhig und entspannt, die Passagiere der Economy waren leicht zu handhaben und es gab keinerlei Turbulenzen.

Es war einer der angenehmsten Flüge, auf denen ich bisher gewesen bin, aber auch das erste Mal, dass ich mir wünschte, in einem anderen Abteil eingeteilt zu sein, nachdem ich gesehen habe, dass sich ausgerechnet Sean zufällig auf demselben Flug befindet wie ich.

Nachdem auch wir Mitarbeiter mit unserem Gepäck das Flughafengelände betreten, halten meine Augen wie von selbst Ausschau nach ihm. Es dauert einen Moment, doch mein flatterndes Herz offenbart mir seine Anwesenheit noch vor meinen Augen. Mein Blick fällt auf seine Gestalt, die gerade in ein Taxi steigt, welches kurz darauf aus der vorgesehenen Bucht fährt. Es hätte keinen Sinn ergeben, zu ihm zu gehen, da ich nicht weiß, wohin er unterwegs ist, und das Shuttle erwischen muss, das mich und meine Kollegen zu unserem Hotel fährt.

Sobald ich mein Handy während unseres Transfers zum Hotel anschalte, leuchtet mir direkt eine Nachricht von ihm entgegen, in der er mir ausgerechnet dieselbe Aussicht präsentiert, die ich auch vor Augen habe. Kann das wirklich Zufall sein? Meine Gedanken schweifen zu Zoella, auch wenn Sean mir gesagt hat, dass sie getrennt sind. Mehr oder weniger.

Denk einfach daran, was für ein Biest diese Frau ist.

Dieses Mantra sage ich mir oft genug vor und erstaunlicherweise scheint es mich zu beruhigen. Es rechtfertigt zwar nicht meine Entscheidung, aber zum Teufel mit dem schlechten Gewissen! Ich habe mich entschieden, also werde ich damit leben.

Nach einer halben Stunde halten wir vor dem *Embassy Suites by Hilton Springfield*, dessen vier Sterne trotz der Helligkeit der Sonne stark hervorstechen. Jeder von uns erhält seine Zimmerkarte und macht sich auf den Weg zum Aufzug, wo wir uns auf die Etagen aufteilen. Ich befinde mich mit drei weiteren meiner Kollegen auf der dritten Etage, während die anderen sich auf die oberen oder unteren verteilen.

Nachdem ich die Karte vor den Sensor meiner Zimmertür gehalten habe, liebäugle ich sofort mit dem riesigen Bett, das mich geradezu einlädt, mich darauf zu werfen und einen Matratzen-Check durchzuführen. Aber ich schaffe es zumindest, meine Tasche abzustellen und mich meiner Pumps zu entledigen, bevor ich mich mit einem Sprung von den weichen Federn auffangen lasse.

Ein Seufzen entweicht meinem Mund ich schließe lächelnd die Augen. Jetzt fehlt nur noch eine Person, die hier neben mir liegen sollte. Wir könnten die nächsten Tage zusammen verbringen, denn auch wenn die Firma von Seans Familie nicht gerade unbekannt ist, kommt sie doch nicht an den Ruf der Maddox heran. Nach Seans und Zoellas Hochzeit gab es zwar mehr Publicity für sie, doch im Gegensatz zu Angelina und Maxims Debakel, liest man kaum etwas über ihn und seine Frau. Zu meinem Glück.

Da ich jedoch weder weiß, ob er geschäftlich in der Stadt ist, noch in welchem Hotel er sich befindet, beschließe ich, unter die Dusche zu springen und dann einen Abstecher zur Bar zu machen. Zwar schauen unsere Arbeitsuniformen gut aus und betonen den Körper so, dass es nicht zu aufreizend wirkt, aber ich bin ganz froh, sie nach dem Flug auszuziehen und meinen Job von mir zu streifen zu können.

Das prasselnd heiße Wasser auf meiner Haut ist ein Segen und lenkt meine Gedanken für einen Moment ins Nichts. Die Hitze greift tief in meine Muskeln und lockert sie, sie reinigt meinen Körper und lässt mich zehn Minuten später tiefenentspannt in meinen Bademantel gehüllt vor dem Spiegel stehen.

Ich lege ein dezentes Make-up auf, betone lediglich meine Augen etwas und schlüpfe kurz darauf in ein langes olivgrünes Kleid, das nicht nur meiner Figur schmeichelt. Meine Haare lasse ich offen, dann ziehe ich mir ein paar Sandalen an, die optisch gut zum Outfit passen. Die Zimmerkarte schiebe ich mit meiner Kreditkarte zusammen in meinen BH, ehe ich kurz darauf die Tür hinter mir ins Schloss ziehe.

»Für mich noch einen Cosmo«, rufe ich mit gehobener Hand dem Barkeeper zu.

Dieser greift nach seiner Cappie und nickt mir zu, ehe er sich direkt daran macht, mir mein Getränk zu mixen. Gebannt schaue ich ihm zu und strecke bereits meine Finger nach dem Glas, während er mit der roten Flüssigkeit auf mich zukommt.

»Vielleicht noch ein Glas Wasser dazu?«, höre ich seine dunkle Stimme amüsiert fragen, ich wiederum schüttle nur den Kopf.

»Nein, nein. Drei Drinks hauen mich so schnell nicht um.«

»Wie Sie meinen.«

Prostend hebe ich das Glas, ehe ich den Rand an meinen Lippen ansetze und genüsslich die Lider schließe. Ich heiße das Brennen des Alkohols in meiner Kehle willkommen, genauso wie das leicht neblige Gefühl, das mich langsam umschmeichelt.

Ich öffne meine Augen und will gerade meinen Blick umherschweifen lassen, als ich blinzelnd innehalte. Ein nachtschwarzes Hemd, dessen oberste Knöpfe leicht geöffnet sind, geben mir einen Einblick auf das, was sich darunter befindet. Und auch die passende Hose, die sich bei jedem Schritt an seine strammen Beine schmiegt, lässt seine Erscheinung unwiderstehlich wirken.

Nur dass ich mir diese Person heute schon neben mir vorgestellt habe. Ich kann selbst dann nicht wegsehen, als er bereits am Tresen steht und sich dem Barkeeper widmet. Mich wiederum scheint er noch nicht bemerkt zu haben, woraufhin sich ein breites Grinsen auf meinen Mund schleicht.

»Geben Sie dem Mann da vorn von mir einen Whisky auf Eis«, bestelle ich bei der anderen Barkeeperin, die ihren Kollegen unterstützt. Diese schmunzelt bloß, ehe sie meinem Wunsch nachkommt, sich dann mit einem Grinsen Sean zuwendet und ihm etwas ins Ohr flüstert, während das Glas vor ihm auf dem dunklen Holz abgestellt wird.

Es fällt mir unsagbar schwer, mein eigenes Grinsen zu unterdrücken, als Sean sich umsieht, bis sich unsere Blicke treffen. Ich wusste bis zu dem Moment nicht, wie sehr es mich erleichtern würde, seine Verwunderung zu sehen. Die Bestätigung zu bekommen, dass dieses Treffen hier wirklich nur Zufall ist und nicht von ihm geplant. Nun merke ich, wie eine Schwere von meiner Brust weicht.

Ich hebe mein Glas und er tut es mir gleich.

Wir beide trinken einen Schluck. Und noch einen. Lassen uns nicht aus den Augen, bis unsere Gläser sich wieder senken. Aufmerksam verfolge ich seine Bewegungen, wie er sich von seinem Platz entfernt, auf mich zukommt und nur wenige Zentimeter von mir entfernt stehen bleibt.

»Ich würde ja fragen, ob du mich verfolgst, aber in Anbetracht der Situation ...«

Er lässt den Satz unvollendet, ganz im Gegensatz zu seinem Blick. Denn sein Blau leuchtet so erfreut, dass auch ich merke, wie schön es sich anfühlt, ihn zu sehen. Seit unserem letzten Treffen hat er sich nicht mehr bei mir gemeldet.

»Ich hatte mich genau dasselbe gefragt, als ich gesehen habe, dass du im selben Flug warst«, erwidere ich und schaffe es, ihn noch mehr zu überraschen. Aber auch zu verunsichern.

»Ich wusste nicht –«

»Keine Sorge, das dachte ich mir bereits.«

Ich schenke ihm ein beruhigendes Lächeln und lege meine Hand auf seine. Doch im Nachhinein ist diese Geste eine ganz miese Idee. Denn nicht nur die Wärme seiner Haut, auch der Drang, ihm näher zu sein, überfällt mich. Und wenn ich jetzt in sein Gesicht hinaufblicken würde, weiß ich, dass der Alkohol dem Sehnen in mir nur mehr Feuer gäbe, das sich in mir wie ein Flächenbrand ausbreiten würde.

Räuspernd ziehe ich also langsam meine Finger zurück und schließe beide Hände um mein Glas. »Was führt dich hierher?«

»Meinst du an die Bar?«

Ich verdrehe die Augen. »Du weißt, was ich meine.«

Einer seiner Mundwinkel hebt sich leicht, dann lehnt er sich an die Theke. »Ich habe morgen ein wichtiges Meeting, an dem ich teilnehmen muss. Und je nachdem, wie es läuft, muss ich wieder zurück oder bleibe noch ein paar Tage.«

Ich nicke, lasse meine Lippen daraufhin aber geschlossen. Die Cosmos, die ich die letzte Stunde getrunken habe, entfalten immer mehr ihre Wirkung. Und so sehr ich mich an mein Vorhaben halten will, nicht einzuknicken, fällt es mir immer schwerer, nicht an etwas zu denken, das mit diesem Mann, unseren Körpern und einem Bett zu tun hat.

Meine Güte, jetzt krieg dich mal wieder ein!

Ich schaffe es, mich zumindest eine Weile wirklich auf Sean zu konzentrieren. Doch mit jeder vergehenden Minute, mit jedem Schluck, bei dem wir den jeweils anderen beobachten, merke ich, wie das Knistern zwischen uns immer präsenter, immer intensiver wird.

Ich hätte wissen müssen, dass der Knall unaufhaltsam sein würde.

Wir stehen mittlerweile vor den Aufzugtüren, starren auf die Anzeige. Mit jeder vergehenden Sekunde werden meine Handflächen schwitziger und ich atme erst erleichtert auf, sobald sich die Türen vor uns öffnen und wir einsteigen. Während Sean auf die Sieben drückt, betätige ich die Vier. Dann stehen wir allein in diesem winzigen Raum.

Die Türen schließen sich nur langsam. Unsere Blicke suchen sich automatisch.

Und dann ... passiert es einfach.

Meine Lippen finde seine, mein Rücken die verglaste Wand. Ich schlinge mein Bein um sein Becken, während seine rauen Hände meinen Po umfassen und näher an sich drängen.

Mein Kopf denkt nur an eines: *mehr, mehr, mehr.*

Und auch der Mann vor mir scheint jede einzelne Sekunde nutzen zu wollen, denn es gibt keinen Moment, in dem ich seinen Körper nicht an mir spüre, bis das verräterische *Pling* mein Stockwerk ankündigt.

Ohne lange zu überlegen, ziehe ich ihn an seiner Hand hinter mir her, hole aus meinem BH die Chipkarte hervor und halte sie an den Sensor. Dann stoße ich die Tür mit einem Ruck auf und drehe mich in Seans Richtung.

Hinter sich schließt er die Tür und schweift mit seinen Augen über mein Kleid, dessen Träger ein wenig verrutscht sind. Sein verlangender Blick sorgt dafür, dass sich eine Hitze in meinem Körper ausbreitet, die selbst der Dusche Konkurrenz macht und dafür sorgt, dass meine Brustwarzen sich nach ihm lechzend aufstellen. Nach einem weiteren Kuss, der dieses Mal jedoch sanfter endet, liegt sein strahlendes Blau ganz und gar auf meinem Gesicht, und das Lächeln, das er mir schenkt, lässt alles in mir vor Freude erzittern.

Genau dafür tust du das. Für dieses Gefühl. Diese Momente.

Und ich kann meinem verliebten Kopf nicht widersprechen. Gegen diesen Blick, dieses Lächeln war ich schon damals machtlos. Meine Hände, die sich in den Stoff seines Hemds gekrallt haben, während er mich geradezu überfallen hat, lockern sich etwas, aber nur, um zu seinem Nacken zu wandern und sich dort an ihm festzuhalten.

»Hey.«

Vom einen auf den anderen Moment wechselt die Stimmung von verlangend zu sehnsuchtsvoll. Von schnell und rasant, zu langsam und genießend.

Und ich glaube, dass es das Beste ist, was uns in diesem Moment hätte passieren können. Die Lage zu entschärfen. Nichts zu überstürzen. Wobei es dafür schon lange zu spät ist.

Nun bin ich es, die lächelt und ihm einen Kuss auf seine einladenden Lippen haucht, ehe ich mich von ihm löse und im Rückwärtsgang auf das Hotelbett zugehe. Er folgt meinen Bewegungen, bis ich mich auf den Bettrand gesetzt habe. Neben mich lässt auch er sich auf die Matratze nieder, schafft es aber nicht, seine stumme Musterung zu unterbrechen. Vielleicht liegt es daran, dass wir uns seit dem Treffen in der Bar nicht mehr gesehen haben. Oder aber an der Tatsache, dass ich ausgerechnet das gemacht habe, was er sich so sehr gewünscht hat, während ich anfangs vollkommen dagegen war. Ich wollte, dass wir uns erst wieder mehr sehen, wenn er alles geregelt hat. Sobald ich weiß, dass es nicht mehr lange dauern wird, bis ich sagen kann, dass er mir gehört, und nicht der Frau, die ihn vor all den Jahren wie eine Trophäe an sich gerissen hat.

Ich weiß noch immer nicht mehr als vorher, was die Gründe anbelangt, wieso Sean weiterhin bei Zoella bleibt, aber vielleicht kann ich so mehr darüber rausfinden.

Und nun sitzen wir hier, in dem Wissen, dass wir etwas tun, das gleichermaßen falsch wie wunderbar ist.

Langsam gleitet seine Hand zu meinem Hals, wo seine Finger über die empfindliche Haut zu meinem Gesicht wandern und dabei eine Spur hinterlassen, die jede Zelle in mir aufweckt. Welche Frau will nicht auf diese Weise berührt, so angesehen werden, als wäre sie das Beste, was dem Mann in seinem Leben passieren könnte?

»Ich bin froh, dass ich mitkommen durfte«, höre ich seine leise Stimme durch das Hotelzimmer hallen. Das darauffolgende Schlucken, das ich an seiner Kehle nur zu deutlich sehen kann, unterstreicht seine Worte, zusammen mit dem

Ausdruck in seinen Augen, der so viel mehr auszusagen vermag, als es Worte könnten.

Seine Berührungen machen an meinem Ohr Halt, wo er eine Strähne nach hinten streicht und dann so verweilt, dass ich meine Wange in seine Handfläche schmiegen kann. Ich genieße seine Wärme, seine Nähe so spüren zu können, wie ich es schon die ganze Zeit wollte.

Soll mich doch der Teufel holen.

In diesem Moment wird mir klar, dass es für mich und mein Herz nur Sean gibt, egal, wie sehr ich mir all die Jahre etwas anderes einzureden versucht habe. Selbst wenn ich am Ende am Boden liege, und nichts mehr von mir übrig ist als Staub und Tränen – jede verdammte Sekunde mit ihm ist den späteren Schmerz wert. Selbst, wenn es mich zur naivsten Frau der Welt macht.

Aber dafür, dass mein Leben ganz und gar nicht so verlief, wie ich es mir vorgestellt habe, habe ich dieses Glück verdient und nehme jede verdammte Sekunde, die ich mit dir bekommen kann.

Vielleicht haben diese Worte einen gewissen Einfluss auf meine Entscheidung, denn je mehr ich sie hinterfrage, desto entschlossener bin ich, hinter sein Geheimnis zu kommen. Zum ersten Mal, seit Sean Wright sich von einem auf den anderen Tag von mir trennte, um mit der Schwester meiner besten Freundin zusammen zu sein und sie später zu heiraten, sagt etwas in mir zu hundert Prozent, dass er dieses Ende nicht für uns vorgesehen hatte.

Es gibt etwas, das mir entgeht, und ich werde herausfinden, was es ist. Wenn nicht von ihm selbst, dann durch andere Mittel und Wege.

Lächelnd öffne ich die Augen, wende mich ihm zu und küsse seine Handinnenfläche. »Dann zeig mir, wie froh du bist.«

Und genau das tut er, indem er mich an meinem Nacken zu sich zieht und so küsst, als wäre ich die Luft, ohne die er nicht überleben kann.

Wir lassen uns Zeit, während ich jeden einzelnen Knopf seines Hemds öffne, den Stoff von seinen Schultern streife und er dasselbe mit meinem Kleid tut.

Wir lassen uns Zeit, jedes einzelne Stück, das sich zwischen uns befindet, zu entfernen, um uns wieder so nah zu sein, als hätte es die vergangenen Jahre nicht gegeben.

In diesem Moment gibt es nur uns und das, was uns schon miteinander verbunden hat, als ich ein junges Mädchen war und er der Junge, der mit seiner Familie nach San Diego zog. Der Junge, der mir vom ersten Moment an mein Herz gestohlen hat, wogegen ich nicht das Geringste tun konnte.

Unsere Blicke treffen sich, während er in mich eindringt und unsere verschlungenen Hände über meinem Kopf festhält. Ich koste jeden Stoß seines Körpers, jeden Kuss seiner Lippen und jeden liebevollen Blick seiner Augen aus wie die Droge, die er für mich ist. Selbst als unsere Bewegungen und unser Atem abgehackter werden, kann ich an nichts anderes denken als an die Gefühle für ihn, die mich wie die Wellen des Ozeans mit sich ziehen und in ihre Tiefe reißen. Und als wir zusammen den Höhepunkt erreichen und mein Name aus seinem Mund erklingt, weiß ich, dass ich die richtige Entscheidung getroffen habe, egal, was alle anderen sagen.

Ja, vielleicht bin ich naiv.

Vielleicht ist es das Hirnrissigste, was ich in meinem ganzen Leben tun werde.

Und sehr wahrscheinlich wird uns das irgendwann dermaßen um die Ohren fliegen, dass der Aufprall mich ganz und gar zerstören wird.

Aber die Liebe konnte schon den stärksten Mann in die Knie zwingen, wieso also sollte es einer Frau wie mir anders ergehen?

18.

Während die Sonne durch das bodentiefe Fenster hereinscheint, liege ich tiefenentspannt auf dem Bett und genieße die Berührungen von Seans Fingern, deren Kuppen wieder und wieder über meine Haut streichen. Dadurch, dass sich kein einziger Fetzen Stoff zwischen uns befindet, überträgt sich seine Wärme gleichzeitig auf mich und zusammen mit seinem Geruch fällt es mir nach und nach schwerer, die Augen offen zu halten.

Natürlich könnten wir wie gestern die Zeit nutzen und durch die Straßen Washingtons laufen, in ein Restaurant gehen und abends zusammen beobachten, wie der Tag in die Nacht übergeht. Oder wir nutzen unsere Zweisamkeit, um uns so nah wie möglich zu sein. Und da meine Beine durch das stundenlange Umherlaufen schmerzen, begnüge ich mich nur zu gern mit dieser Beschäftigung.

»Hey, nicht einschlafen, Süße.« Seine Lippen küssen meine Schläfe, woraufhin ich meine Augen öffne und direkt in seine blicke. In dieses intensive Strahlen, das allein wegen mir da ist und Dinge mit mir und meinem Herzen anstellt, die mich immer tiefer in den Sumpf meiner Gefühle führen.

»Ich schlafe nicht. Ich genieße«, erwidere ich mit leiser Stimme, deren Ton meine Worte Lügen straft, und doch bringt es ihn nur dazu, breiter zu lächeln.

»Wenn du das sagst.«

Ich stütze mich mit meinem linken Arm ab, während sich meine andere Hand zu ihm ausstreckt und durch sein verwuscheltes Haar streicht. Auch er trägt nicht mehr als seine

Boxershorts und präsentiert mir damit einen Anblick, der meinen Mund trocken wie die Sahara werden lässt. Für mich muss ein Mann nicht wie ein Muskelpaket aussehen, auf sich achten sollte er aber schon. Und sein Körper, diese definierte Brust, die den Ansatz seiner Muskeln herrlich betont, hat mich schon immer schwach werden lassen.

»Bist du sicher, dass dich die anderen nicht vermissen werden?«, hakt er erneut nach, bevor sich seine Augen schließen und sich sein Kopf meinem Kraulen entgegenlehnt.

»Ja, mach dir keine Gedanken.«

Dafür, dass ich mich dieses Mal sehr rar mache und meine Zeit lieber allein verbringen will, habe ich versprochen, zum gemeinsamen Essen am letzten Abend vor Abreise zu kommen. Das wird mich jedoch nicht davon abhalten, am Ende des Tages in Seans Bett zu liegen, so wie die vergangene Nacht. An seine Brust gekuschelt, seine Hand in meinem Haar vergraben. Mit seinem Herzschlag in meinem Ohr.

Ich zupfe an den Haarsträhnen und ziehe ihn zu mir, küsse seine einladenden Lippen. Sean lässt sich nicht zweimal bitten, sondern senkt sich auf mich und stützt sich mit seinem Arm und einem Bein so ab, dass er mich nicht erdrückt. Dabei liebe ich es, ihn so auf mir zu spüren, ohne den geringsten Abstand zwischen uns. Mit meinen Händen gleite ich die angespannten Muskeln entlang, vergrabe sie tiefer in seinem Hintern, um ihn näher an mich zu drängen. Das Schmunzeln, das ich daraufhin an meinen Lippen spüre, bringt auch mich zum Grinsen.

Unsere Küsse wechseln stets zwischen neckend und hingebungsvoll, über sanft zu glühend heiß, und doch passiert nicht mehr. Kein Wandern unserer Finger zu den Stellen, die uns in null Komma nichts in Brand setzen würden. Aber genau das liebe ich an diesem Moment. Ihm so nah zu sein und zu wissen, dass allein dies auch ihm genügt.

Seine Nase stupst gegen meine und ich öffne meine Augen.

»Ich liebe dich, Mikayla.«

Ein weiterer Stupser, gefolgt von einem Kuss auf meine Nasenspitze, der, obwohl er so banal ist, meine Augen zum Brennen bringt und mein Herz zum Höherschlagen.

»Ich liebe dich auch.«

Da wir den Tag im Hotel verbringen, habe ich Sean dazu überreden können, uns etwas auf sein Zimmer bestellen zu lassen. Es ist keine paar Minuten her, dass uns Teller mit Pommes, Burger und anderen Snacks gebracht wurde, deren Anblick allein meinen Magen zum Knurren bringt. Während ich in einem von Seans Hemden und meinem Slip auf dem Bett sitze und mein Haar zu einem lockeren Dutt binde, breitet Sean vor uns alles so aus, dass wir uns frei Schnauze daran bedienen können.

Mittlerweile trägt er eine Jogginghose – dass ein Businessman so was überhaupt besitzt?! – und setzt sich neben mich, bevor er nach einer der Pommes greift und sie mir vor meine Lippen hält. Ich beiße die Hälfte ab, sodass er die andere essen kann, bevor ich überlege, was ich mir bei all dem Junkfood zuerst nehmen soll.

»Weiß Zoella, wo du bist?«, frage ich mit vollem Mund nuschelnd und merke genau, wie sein Körper sich auf meine Worte hin anspannt. Bisher haben wir es vermieden, über Zoella zu sprechen, aber es muss uns beiden klar sein, dass wir den Elefanten im Raum nicht ignorieren können. Ich habe mich zwar auf das hier eingelassen, doch das bedeutet nicht, dass ich keine Antworten will.

»Sie weiß, dass ich geschäftlich bedingt verreist bin.« Er nickt in Richtung seines Aktenkoffers, in dem sich sein Laptop befindet. Da ich weiß, dass nicht nur er, sondern auch sein Vater bezüglich Verträgen und Verhandlungen oftmals in andere Städte reisen musste, ist das nicht ungewöhnlich.

Kauend nicke ich, was Sean nicht zu reichen scheint, da er nach meiner Hand greift und sie an seinen Mund führt. »Ich wusste wirklich nicht, dass du hier sein würdest, Mika. Aber ich würde lügen, wenn ich sage, dass ich mich nicht freue, mit dir hier zu sein.«

Daraufhin beugt er sich zu mir und küsst mich. Ich lehne mich an ihn und genieße, wie er meinen Mund in Beschlag nimmt, mit seiner Zunge meine Lippen teilt und mich neckt. Ich schmecke die Pommes an seinen Lippen, was mich zum Lachen bringt. Ich kann nicht anders, als mich weiter an ihn zu lehnen und in dieser Position weiterzuessen. Nicht gerade bequem, aber mit seinem Körper neben mir verkraftbar.

»Wir kriegen das hin«, raunt er leise, ohne seine Augen von meinen zu nehmen. »Ich kann dir nicht versprechen, dass wir uns immer sehen können, aber ich werde mein Bestes geben. Und solange ich deine Stimme hören kann oder dich nur für einen Moment festhalten, bin ich auch zufrieden. Wie früher. Ich hoffe, du weißt das.«

Spätestens nach heute würde ich keine einzige Sekunde daran zweifeln.

Dann schaffen wir es, uns gänzlich dem Essen vor uns zu widmen, damit es nicht abkühlt. Dabei erzählt Sean mir über die Aufträge, an denen er momentan intensiv arbeitet. Da er schon bald das Unternehmen übernehmen soll, möchte er sich umso mehr beweisen und zeigen, dass er es will und kann. Er macht mich damit unfassbar stolz auf ihn.

Hier mit ihm zu sitzen, Fast Food in uns reinzustopfen und uns über ganz normale Themen zu unterhalten, lässt mich beinahe daran glauben, dass es wirklich so einfach ist. Mich wie eine verliebte Frau zu fühlen, die eine Beziehung führt, die ihre Augen kaum von dem Mund ihres Freundes lassen kann und einfach ... glücklich ist. Denn das bin ich gerade, selbst wenn es draußen anfangen würde zu schütten oder sonst etwas Schreckliches auf der Welt passieren würde.

Jetzt – hier mit ihm – habe ich alles, was ich brauche. Und ich will mehr von diesem Gefühl.

Doch genauso bin ich mir bewusst, dass das Loch, in das ich fallen werde, wenn die rosarote Brille brutal von meiner Nase gerissen wird, umso tiefer sein wird. Ich bin mir bewusst, dass ich dann Entscheidungen fällen werden muss, die nicht nur mich betreffen. Dass vielleicht das Einzige, was mir dann helfen wird, ein sauberer Cut ist. Von Sean, von meinen Gefühlen, aber auch von allem, das mich mit ihm in Verbindung bringt. Und ich befürchte, dieser Schritt wird der Härteste von allen sein.

Ich versuche, die dunklen Wolken in meinem Kopf beiseitezuschieben, konzentriere mich auf ihn, wie er voller Leidenschaft von einem aktuellen Projekt erzählt, bei dem er die Leitung übernommen hat und bei dessen Gestaltung er sich kreativ entfalten kann. Sean ist ein Macher und ich kann verstehen, dass er seinem Dad beweisen will, dass er seiner Firma würdig ist.

»Früher warst du genauso begeistert, wenn er dich mit in die Firma genommen oder er sich deine Zeichnungen angesehen hat. Es ist schön zu sehen, dass du deinen Job genauso liebst, wie man es sollte.«

»Es wäre traurig, wenn nicht, oder? Immerhin möchte man damit seine Familie ernähren, ihnen etwas bieten. Harte Arbeit lohnt sich, auch wenn man oftmals in den sauren Apfel beißen muss, ob man will oder nicht.«

Sein Blick schweift für einen Moment in die Ferne und seine Gedanken vermutlich ebenso. Ich versuche, ihn nicht zu drängen, sondern mustere ihn einfach nur, bis er blinzelnd zu mir sieht und sich seine Mundwinkel heben.

»Mir gefällt die Vorstellung, wenn der Mann nach seinem Arbeitstag, den er nicht verflucht, sondern an dem er Spaß gehabt hat, nach Hause kommt und mit genau so einem Lächeln schlafen geht, wie er aufwacht. Wenn ich das, was ich tue, nicht lieben würde, hätte ich vieles anders gemacht, glaub mir.«

Wir stapeln die leeren Teller aufeinander und stellen sie auf den Schreibtisch, bevor wir uns in seinem Bett unter die Decke kuscheln. Sein Arm zieht mich sofort zu sich und seine Hand ruht auf meiner Taille. Ich wiederum schlinge ein Bein um ihn und bette meine Wange an seine Schulter, während meine Finger über seine nackte Brust streichen. Stille hüllt das Zimmer ein, gleichzeitig ist es alles, was im Moment gesagt werden muss. Nämlich nichts.

Hier liegen, die Gegenwart des anderen zu schätzen wissen und den anderen spüren. Mehr braucht es manchmal nicht, um zu wissen, dass man genau diesen Menschen an seiner Seite haben will. Kein aufregendes Abenteuer, kein Luxusurlaub. Manchmal sind die einfachsten Dinge so viel mehr wert. Aber genauso können sie einem so schnell entrissen werden, dass man jeden einzelnen Moment, jede einzelne Sekunde bis zum letzten ausschöpfen muss.

Genau deswegen hebe ich den Kopf, lege meine Hand an seinen Nacken und ziehe ihn so an mich, dass ich ihm mit Taten zeigen kann, dass er alles ist, was ich brauche.

Ich hoffe, dass es irgendwann genügen wird.

19.

Genieße den Augenblick. Eine Weisheit so alt, dass sie schon unzählige Male ausgesprochen wurde. Es mag sich nicht jeder Mensch daranhalten, doch wenn ich meinen Augen im Spiegel begegne, weiß ich, dass ich zu denen gehöre, die sich diese Worte zu Herzen nehmen und versuchen, danach zu leben.

Als ich vor einem Jahr meinem Spiegelbild entgegensah, entdeckte ich nicht dieses Leuchten in ihren Augen. Ich blickte einer Frau entgegen, die es sich zur Aufgabe gemacht hatte, nichts und niemanden so tief in ihr Herz zu lassen, wie sie es schon einmal getan hatte – woraufhin sie so tief in den Abgrund gestürzt ist, dass der Aufprall noch Jahre danach widergehallt hat. Einer Frau, die Männer als Objekte, als Ablenkung betrachtet und sich selbst bei dem Gedanken, einem von ihnen mehr von sich zu geben, nie gänzlich hätte darauf einlassen können.

Heute aber blicke ich in ein funkelndes Braun, bemerke die rosigen Wangen und ein Lächeln, das dem des Jokers locker Konkurrenz machen könnte.

Ich lebe im Augenblick und bereue es keine verdammte Sekunde.

»Kay, wie lange willst du das Bad noch in Beschlag nehmen?«, ertönt es durch die geschlossene Tür, hinter der sich meine beste Freundin befindet, vermutlich fertig angezogen und mit einem ungeduldigen Fußwippen.

Selbst ihre Tonlage kann meine gute Laune nicht senken, weshalb ich ein einfaches »Mach dir nicht ins Höschen, ich komme schon!« rufe und noch ein letztes Mal mit dem Lippenstift über meine vollen Lippen gleite. Nach zwei Pumpstößen meines Lieblingsparfums öffne ich die Tür und begegne wie erwartet Angelina, die sich an der Sofalehne abstützend mit ihrem linken Fuß auf das Parkett tippt. Ihr blonder Haarschopf schwingt im selben Moment in meine Richtung, als sie ihren Kopf zu mir dreht.

»Na endlich. Du weißt, dass wir eine Reservierung haben und ich ungern zu spät kommen will.«

»Und wir wissen beide, dass wir bei Alberto immer einen Platz bekommen, selbst wenn er dafür einen Tisch mit Gewalt freimachen müsste. Er liebt uns.«

Besänftigend klopfe ich ihr auf die Schulter, bevor ich auf die Garderobe zugehe und nach unseren Mänteln greife, die für die Temperaturen Ende November noch ausreichend wärmen. Ihr ihren entgegenhaltend bin nun ich es, die abwartend eine Augenbraue hebt, auch wenn mein Lächeln keine Sekunde weicht.

»Worauf wartest du?«

»Darauf, dass du mir endlich sagst, wer dich so durchvögelt, dass dieses Grinsen«, sie zeigt mit ihrem Finger in kreisenden Bewegungen auf mich, »schon wie festgetackert auf deinem Gesicht klebt.«

»Eine Dame genießt und schweigt.«

Sie kommt auf mich zu, nimmt den Mantel aus meinen Fingern und schnauft. »Du bist keine Dame.«

Lachend verlasse ich mit ihr zusammen das Apartment, an dessen Eingang das Taxi steht, das wir uns bestellt haben. Da wir beide nicht daran denken wollen, auf das zu achten, was wir trinken, war es für uns klar, dass wir uns sowohl für die Hin- als auch Rückfahrt ein Taxi bestellen werden. Nach nur einem Shot oder einem Bier wäre spräche für mich nichts dagegen, sich ans Steuer zu setzen, vorausgesetzt, man tut es nicht unmittelbar danach. Aber da es für uns ganz sicher nicht nur ein Glas Wein geben wird, bleiben wir lieber auf der sicheren Seite.

Der Taxifahrer nickt uns zu, sobald wir auf den Rücksitzen Platz genommen haben, und gibt dann die Adresse des *Marabella's* ein. Noch immer ist es Linas und meine Tradition, Alberto regelmäßig einen Besuch abzustatten und seine neuen Kreationen zu kosten, auch wenn seine Klientel sich mit der Zeit erweitert hat und die Plätze im Restaurant so gut wie immer besetzt sind.

Das Vibrieren in meiner Manteltasche zieht meine Aufmerksamkeit auf sich und ich hole mein Smartphone hervor. Da es sich nur um zwei Personen handeln kann, zögere ich keine Sekunde und kann kaum glauben, dass mein Grinsen noch breiter wird als ohnehin schon.

I: Wenn du jemals nach Italien kommen solltest, musst du unbedingt deren Wein probieren!

M: Die Wahrscheinlichkeit ist nicht mal gering! :D Ich werde es auf jeden Fall auf meine To-do-Liste setzen. Dann fehlt mir nur noch ein Reisebegleiter, der mir alles zeigt. Interesse?

I: Wenn ich noch da bin, auf jeden Fall! Dann solltest du dir aber nicht zu lange Zeit lassen, du kennst mich ;)

M: Ich werde es mir merken! Will ich wissen, warum du mitten in der Nacht noch wach bist?

»Ist das etwa dein heimlicher Verehrer?« Linas hochgebundenes Haar schlägt in mein Gesicht, während sie sich so zu mir beugt, dass sie auf mein Display linsen kann. Nur in letzter Sekunde schaffe ich es, den Bildschirm zu sperren.

»Du bist ganz schön neugierig, weißt du das?«

»Das sagt genau die Richtige. Und jetzt raus mit der Sprache!«

Meine Augen schweifen für wenige Sekunden zum Fahrer vor, bevor ich ein »Später« antworte.

Es ist nicht so, dass ich Ian ihr gegenüber verschweigen müsste, denn im Gegensatz zu Sean ist er ein freier Mann. Ian ist weder an eine Frau noch an sonst etwas gebunden. Er ist charmant, witzig und attraktiv. Und wie er das ist! Ich will nur nicht, dass sie etwas in unsere Gespräche hineininterpretiert oder versucht, mich in seine Richtung zu drängen, weil er die bessere Wahl wäre. Immerhin weiß sie, dass es da auch jemanden gibt, der eben nicht zu haben sein sollte und dennoch meine Sinne und meinen Körper beherrscht. Vielleicht wäre Ian besser für mich, aber mein Herz interessiert richtig und falsch schon lange nicht mehr.

Nachdem das Taxi vor dem Restaurant hält und wir bezahlen, dauert es nicht lange, bis der kleine Italiener uns mit seinem Blick findet und auf direktem Wege zu uns kommt. Herzlich begrüßen wir ihn und lassen uns an einen Tisch führen, der, wie alle anderen, mit einer typisch rot-weiß karierten Tischdecke und einer Kerze dekoriert ist. Trotz des Ansturms an Gästen, den das *Marabella's* die letzten Monate bekommen hat, bleibt Alberto seinem Konzept treu, und genau das macht ihn umso sympathischer. Er weicht nicht von seinen Prinzipien ab.

Im Gegensatz zu gewissen anderen Leuten, säuselt ein leises Stimmchen in mein Ohr, welches ich ignoriere.

Sobald Alberto uns von seiner neuesten Kreation erzählt hat – eine süße Pizza, die die verschiedensten Früchte miteinander kombiniert –, beschließen wir, uns sofort der Geschmacksprobe zu unterziehen. Dies wird unser Nachtisch, den wir uns teilen. Nachdem wir ihm unsere anderen Wünsche mitgeteilt haben und er uns allein lässt, verschränkt Angelina ihre Hände ineinander und stützt ihr Kinn darauf ab. Gleichzeitig erdolchen mich ihre sturmgrauen Augen geradezu vor Neugier.

Ergeben seufze ich, lasse mich in meinem Stuhl nach hinten sinken und deute mit meiner Hand in ihre Richtung.

»Was willst du wissen?«

»Jedes. Kleinste. Detail.«

Und auch wenn ich ihr nicht von Sean erzählen kann, sprudeln die Worte aus mir wie ein Wasserfall. Dass sie meine Entscheidung, dieses Risiko einzugehen, noch immer nicht unbedingt gutheißt, ist ihr ins Gesicht geschrieben und macht es für mich nicht besser, da sie versucht, unser Gespräch immer mehr in Ians Richtung zu lenken.

»Also, wenn du mich fragst –«

»Ich habe dich aber nicht gefragt.« Schnaubend greife ich nach meinem Glas Wein, das sich zwischendurch auf unseren Tisch verirrt hat. »Es ist ja nicht so, als hättest du dich nicht auch an einen Mann rangeschmissen, der vergeben war. Und das mehr als einmal.«

Noch ehe die letzten Worte gänzlich raus sind, bereue ich sie schon. Ihre Mundwinkel sinken nach unten und das Gefühl eines Kolosses, der sich auf meine Brust legt, erdrückt meine Lungen.

»Tut mir leid. Du weißt, dass ich es nicht so meine.«

»Nein, nein, du hast ja nicht unrecht.« Sie sieht aus dem Fenster, was mir einen Stich versetzt. »Ich kann dir keine Predigt halten, wenn ich kein Stück besser bin. Ich versuche nur, dich vor den unnötigen Schmerzen zu bewahren. Denn selbst nach den Monaten, die nun zwischen dem allem und jetzt liegen, gibt es immer noch Momente, in denen ich mich frage, ob ich jemals wieder diese Bindung zu meinem Dad finden werde wie damals.

Ich weiß, er ist nicht perfekt. Gott bewahre, ich habe verstanden, dass er nicht auf das Podest gehört, auf das ich ihn all die Jahre gesetzt habe. Aber damit ist auch das Gefühl verloren gegangen, dass ich wegen allem zu ihm kommen kann. Ich zögere, wenn ich mit ihm über Maxim reden will. Ich habe Angst, dass ich etwas Falsches sagen könnte oder dass auch nur ein Gespräch, das in diese Richtung geht, alte Wunden aufreißt, auch wenn er sagt, er sei schon lange darüber hinweg.«

Unweigerlich frage ich mich, ob ich die letzten Wochen irgendwas verpasst habe, denn das letzte Mal, dass ich diesen Ausdruck an ihr gesehen habe, war zu Zeiten, in denen das böse Dreieck mit ihr, Maxim und ihrem Dad noch aktuell war.

Meine freie Hand streckt sich über den Tisch zu ihr aus und innerlich atme ich erleichtert auf, sobald sie meine Geste erwidert.

»Gibt es etwas, über das du reden willst? Haben du und Maxim Probleme?«

Mir entgeht der Schleier über ihren Augen keinesfalls, aber ich spreche es nicht an. Dass ihr Vater noch immer ein solch sensibles Thema zu sein scheint, ist mir nicht bewusst gewesen, andererseits sprechen wir kaum noch über die damaligen Geschehnisse. Doch so, wie es mir scheint, ist es längst überfällig.

Sobald der Name ihres Freundes erklingt, entsteht ein Lächeln auf ihren Lippen und sie schüttelt den Kopf. »Bei uns ist alles toll. Maxim ist noch immer unwiderstehlich, trägt mich auf Händen und scheint mir jeden Wunsch von den Augen ablesen zu können. Manchmal habe ich das Gefühl, dass es zu gut ist und das nächste Chaos bereits vor der Tür steht und darauf wartet, sie einzutreten.«

»Wer wird denn hier gleich pessimistisch? Und wenn, dann ist es wahrscheinlicher, dass bei mir die Bombe platzen wird als bei dir. Dein Freund hat wenigstens nicht einer anderen die Treue geschworen.«

Ich verziehe schmollend den Mund und erreiche das, worauf ich gehofft habe. Sie lacht, wischt sich mit den Fingern die Tränen unter ihren Augen weg und schüttelt den Kopf. »Stimmt.«

Zum perfekten Zeitpunkt kommt unser Essen, dessen Geruch und Aussehen uns still werden lässt. Schweigend stürzen wir uns auf unsere vollen Teller, leeren dabei zwei weitere Gläser Wein. Meine Glieder lockern sich immer weiter und auch meine Gedanken, die sich gerne zu ungünstigen Zeitpunkten an die Oberfläche schleichen wollen, verstummen gänzlich. Es ist so, wie es sein soll: ein Abend zwischen zwei Schwestern, die ihre Zeit zusammen genießen. Nur, dass wir nicht über heiße Männer schwärmen, sondern darüber diskutieren, wer von uns beiden tiefer in die Scheiße gegriffen hat.

Spoiler-Alarm: Ich gewinne haushoch.

Erst als der Nachtisch in Form der süßen Pizza vor uns steht, worauf sich Bananen und die verschiedensten Beeren tummeln, überzogen von mehreren Sorten Schokoladen- und einer Erdbeer-Soße, schweifen unsere Themen zu etwas gänzlich anderem.

»Wann genau fliegst du jetzt eigentlich zu deiner Familie?«

Wir nehmen uns gleichzeitig ein weiteres Stück der auf dem Teller liegenden Pizza. Das Stöhnen, das meinen Mund verlässt, zeigt eindeutig, wie gut uns Albertos neueste Idee gefällt. Wehe, wenn wir sie beim nächsten Mal nicht auf der Karte finden.

»Anfang Februar. Das heißt, ich muss mir überlegen, wie ich Mom und *avó* beruhigen kann, weil ich erst in ein paar Monaten zu ihnen fliege und nicht schon zu den Feiertagen.«

»In deiner Haut will ich wirklich nicht stecken.«

»Glaub mir, ich auch nicht.«

Trotzdem kann ich es kaum erwarten, meine Eltern, Marco und all die anderen wiederzusehen. Gerade was meinen lieben Cousin anbelangt, hat mich unser letztes Telefonat neugierig zurückgelassen, und etwas sagt mir, dass ich auf einige Überraschungen treffen werde.

»Aber wir lieben sie alle dafür, dass sie uns auf die Nerven gehen, oder?«

Wir sehen uns an, fangen an zu grinsen und wissen, ohne es auszusprechen, die Antwort darauf. Denn anders wäre das Leben doch zu langweilig.

20.

Wenn ich nicht seit einem gewissen Dinner auf diesen Anruf gewartet hätte, wäre ich wohl um einiges neugieriger, was mein anvisiertes Ziel anbelangt. Stattdessen laufe ich vollkommen entspannt, mit meinen Händen in den Manteltaschen vergraben, über den Bürgersteig und genieße die Sonne von Phoenix, die sich heute als besonders gesellig herausstellt und mein Gesicht angenehm wärmt. Die Handtasche baumelt über meiner Schulter, schlägt immer wieder nervig gegen meine Hüfte, doch selbst das verringert nicht das begeisterte Rumoren in meinem Bauch.

Es ist eindeutig ein perfekter Tag für Maxims Vorhaben.

Mit einem breiten Grinsen bleibe ich letztendlich vor dem Eingang des *Tom/Cen Café* stehen und löse eine Hand aus der kuscheligen Wärme, um die Tür zu öffnen und dieses zu betreten. Maxim zu übersehen, grenzt nahezu an Unmöglichkeit, weshalb es nur wenige Sekunden dauert, bis ich seinen braunen Haarschopf ausfindig mache – und mit ihm einen feuerroten, der das Grinsen so schnell aus meinem Gesicht wischt, wie eine Atombombe seine Umgebung dem Erdboden gleichmacht.

Wenn auch widerwillig gehe ich auf die beiden zu und bemerke, dass sie bereits ihre Bestellung aufgegeben haben. Da Maxim mir mit seinem Rücken entgegensitzt, bemerkt Zoella mich zuerst und lächelt – verdammt sie lächelt! – mir zu. Bin ich einem falschen Film gelandet oder hat sich diese Welt mit einem Paralleluniversum vermischt?

Ich traue meinen Augen kaum, doch sie lächelt selbst dann noch, als ich unmittelbar an ihrem Tisch stehe, wo mich nun auch Angelinas Freund bemerkt. Sein charmantes Lächeln, das seine strahlend weißen Zähne entblößt, schafft es zumindest, dass ich nicht mehr zu Zoella starren muss, als wäre sie ein Alien. Wobei ich, was das angeht, so einige Vermutungen habe, wenn ich mit ihr momentanes Verhalten so anschaue.

Maxims Arme legen sich für eine Umarmung um mich, die ich erwidere und die meine Gedanken zurück zu dem eigentlichen Grund lenkt, aus dem ich hier bin.

»Schön, dass du es einrichten konntest«, raunt seine dunkle Stimme an meinem Ohr und ich nicke.

»Das war selbstverständlich. Vor allem, da es ja sehr wichtig geklungen hat.«

Zwinkernd lasse ich mich auf den freien Stuhl nieder, der sich zwischen ihm und Zoella befindet, und nicke ihr zu, versuche zumindest, ein höfliches Mundwinkelheben passieren zu lassen. Nicht zu viel, dass es falsch, und nicht zu wenig, dass es feindlich wirkt. Wobei ich mich frage, was ausgerechnet sie hier zu suchen hat. Es ist ja nicht so, als wäre sie die Jahre zuvor sonderlich aufmerksam gewesen, was das Leben ihrer kleinen Schwester angeht.

»Kann ich was für dich bestellen?«

Nachdem ich Maxim sage, dass ich gern einen einfachen Cappuccino hätte, lässt er uns für einen kurzen Moment allein.

Noch ehe sie ihren Mund öffnet, weiß ich, dass es an mich gerichtet ist, und doch wandern meine Augenbrauen in solch hohe Hemisphären, dass ich mich frage, ob diese Frau vor mir nicht tatsächlich so was wie ein überaus freundlicher Klon des Originals ist.

»Denkst du auch, dass er ihr einen Antrag machen will?«

»Na ja, wozu sonst sollte er uns beide hierherbitten? Mir fällt keiner ein.«

Immerhin würden wir uns eher an die Gurgel gehen, statt freiwillig zu so einem Treffen zu kommen. Normalerweise.

Da Maxim im selben Moment mit meiner Bestellung zurückkehrt und die Tasse vor mir auf den Tisch stellt, belassen wir es dabei. Mit einem dankenden Nicken gebe ich das Tütchen Zucker, das daneben auf dem Servierteller liegt, in den Cappuccino und verrühre ihn mit dem Löffel, während sowohl Zoella als auch ich Maxim gespannt mustern. Er scheint unsere Ungeduld zu bemerken, denn das nervöse Beißen auf seine Unterlippe, zusammen mit seinen Händen, die nervös verknotet auf dem Tisch liegen, sagen alles.

»Ich werde Angelina fragen, ob sie mich heiraten will. Und dafür brauche ich eure Hilfe, weil ihr beide sie am besten kennt.«

Stirnrunzelnd blicke ich von ihm zu Zoella und muss mich zusammenreißen, um nicht etwas zu sagen, das eindeutig unter die Gürtellinie geht. »Nichts gegen dich, Zoella«, oh doch, aber so was von, »aber ich verstehe nicht ganz, wieso du sie dazu geholt hast.« Letzteres erwidere ich in Maxims Richtung.

»Schon gut, du hast ja nicht unrecht«, unterbricht sie mich. Wenn ich nicht sitzen würde, würde ich vom Glauben abfallen – oder in diesem Fall auf den Linoleum Boden des Cafés. Das traurige Lächeln auf ihren blutrot geschminkten Lippen kann selbst sie nicht faken. »Ich war lange Zeit nicht die Schwester, die sie verdient hat. Aber seit der Hochzeit habe ich das Gefühl, mehr und mehr zu der Frau werden zu können, die ich wirklich sein möchte. Eine gute Schwester, eine gute Ehefrau. Und später auch Mutter.« Ein verträumter Ausdruck schleicht sich auf ihr Gesicht und spätestens in dem Moment glaube ich, dass sich ein trojanisches Pferd unter uns gemischt hat, das nun in den Angriff übergeht. Ohne Rücksicht auf Verluste.

Verdammte Scheiße.

Es verlangt mir all meine Selbstbeherrschung ab, um meine Gefühle nicht nach außen zu zeigen, während sie fortfährt und das Thema zum Glück wieder in Richtung Maxims Antrag lenkt.

»Ich werde dir so gut helfen, wie ich kann. Ich will, dass sie einen Antrag bekommt, den sie nicht vergisst. Den sie verdient hat. Ich hoffe nur für dich, dass du mit unseren Eltern gesprochen hast. Trotz diesem ganzen ... Fiasko, was auch immer da vorgefallen ist, würde Angelina niemals aus vollem Herzen Ja sagen, wenn du nicht vorher unseren Vater um seinen Segen gebeten hast.« Dann schmunzelt sie. »Sie war schon immer Daddys Mädchen, das wird sich nie ändern, egal, was passiert.«

Mit einem Nicken kramt Maxim mit seiner rechten Hand in seiner Jackentasche. »Ich habe Jeremiah schon vor ein paar Wochen einen Besuch abgestattet. Und auch eurer Mom und Joe.« Er scheint gefunden zu haben, was er gesucht hat, und hält uns eine schwarze Schatulle entgegen, die er kurz darauf öffnet. Ein wunderschöner Ring kommt zum Vorschein.

Das Erste, was ich denke, ist: perfekt. Er ist wie gemacht für sie. Filigran, ohne viel Schnickschnack und mit einem Stein in seiner Mitte, der nicht zu groß und nicht zu klein ist. Ein wahrer Eyecatcher und gleichzeitig doch unauffällig.

»Als Angelina und ich meine Familie besucht haben, hat meine Mutter ihn mir gegeben«, fährt er fort, während seine Augen ebenfalls auf dem Ring liegen. »Es gibt ein russisches Sprichwort: *Ne proigrav, ne vigraesch*. Es heißt so viel wie ›Um zu gewinnen, sollte man keine Angst vor dem Verlieren haben‹. Und seitdem ich Angelina begegnet bin, weiß ich, dass sich jedes Risiko lohnt. Dass wir, selbst wenn wir mal verlieren, zusammen aufstehen werden und stärker daraus hervorkommen. Vielleicht hat sie es in meinen Augen gesehen, als ich ihnen Angelina vorgestellt habe, aber meine Familie nimmt es mit solchen Versprechen vor Gott sehr ernst.«

»Sie wird ihn lieben.« Ich muss mich räuspern, da meine Stimme viel zu belegt klingt. »Hast du dir denn schon Gedanken darüber gemacht, wie und wann du es machen willst? Ich bin für alle Schandtaten bereit.«

»Und auf mich kannst du – könnt ihr«, Zoella schaut zu mir und nickt, »auch zählen.«

So verbringen wir die nächsten anderthalb Stunden damit, den Antrag meiner besten Freundin zu planen. Wir steigern uns so intensiv in das Vorhaben, dass die Zeit an uns vorbeifliegt und ich das erste Mal wieder auf die Uhr sehe, als Maxim sich kurz entschuldigt, um auf die Toilette zu gehen.

Da ich nun mit Zoella allein am Tisch sitze, wage ich einen Blick auf mein Handy und schlucke hart, sobald ich eine Nachricht von Sean entdecke, die er mir vor einer halben Stunde geschickt hat.

S: Ich versuche, mir in den nächsten zwei Wochen etwas Zeit freizuschaufeln. Hoffe, dein Arbeitsplan sieht etwas Zeit für mich vor. Ich vermisse dich.

»Mikayla?« Mit einem fragenden Brummen schaue ich auf zu der Frau des Mannes, der mich vermisst, und muss die Lippen aufeinanderpressen bei dem reuevollen Ausdruck in ihrem Gesicht.

Oh, bitte nicht.

»Ich weiß, dass unsere Vergangenheit alles andere als gut war. Aber Angelina ist meine Schwester und ich liebe sie. Ich habe gemerkt, dass der Hass und die Eifersucht, die ich all die Jahre auf dich projiziert habe, übertrieben und ungerechtfertigt war. Für mich warst du die Frau, die mir meine Schwester und meinen Mann nehmen will, immerhin waren du und Sean sehr eng *befreundet* und meine Schwester hat fast ihre gesamte Aufmerksamkeit dir gewidmet.« Sie atmet tief durch.

Das, was sie bisher von sich gegeben hat, reißt nicht nur Wunden in mir auf, sondern sprüht diese mit einer klebrigen Masse voll, die sich nach und nach in mich hineinätzt. Meine Hände ballen sich unter dem Tisch zusammen und von meinen Gedanken will ich gar nicht erst anfangen.

»Ich bin reifer geworden und möchte es hinter mir lassen. Deswegen würde ich mich freuen, wenn wir das Kriegsbeil begraben würden. Wir müssen keine Freunde sein, aber du gehörst zur Familie und irgendwann müssen wir alle erwachsen werden. Ich möchte meinen zukünftigen Kindern ein Vorbild sein. Du bist Angelina und Sean wichtig, deswegen möchte ich Frieden. Wenn du auch dazu bereit bist.«

»Das ... kommt sehr überraschend.« Dass ich an ihrem Gesicht vorbeischaue statt in ihre Augen, fällt ihr hoffentlich nicht auf. »Du verstehst sicher, dass ich etwas überrumpelt bin, denn ehrlich gesagt habe ich mit so was nicht gerechnet.«

So ungefähr niemals im Leben hätte ich damit gerechnet. Und selbst jetzt sagt mir mein Bauchgefühl, dass an ihren Worten etwas ganz gewaltig faul ist. Auf mich wirkt es eher so, als hätte sie ein Ass im Ärmel, das sie noch nicht ausspielt. Die Frage ist nur: Wann wird sie es einsetzen?

Sie zuckt unbeeindruckt mit den Schultern. »Wie gesagt, ich habe mich verändert. Und je besser wir miteinander auskommen, desto glücklicher sind meine Schwester und mein Ehemann.«

Und ich stehe, wenn ich nicht darauf eingehe, am Ende wie die Oberbitch da. Klasse.

Ich atme tief durch und versuche, an Angelina zu denken. *Du tust es für sie. Du denkst nicht daran, dass du mit Zoellas Ehemann schläfst, ihr eigentlich die Pest an den Hals wünschst, weil sie das hat, was du willst, und dir dann auch noch unter die Nase reibt, wie sie sich ihre Zukunft vorstellt.*

Schön. Ruhig. Bleiben.

Und am besten kein einziges Wort glauben, was aus diesem Mund kommt.

Statt ihr eine direkte Antwort zu geben, nicke ich, was ihr wiederum zu genügen scheint. Ich hingegen werde das Gefühl nicht los, dass etwas nicht stimmt. Mit ihrem Auftreten, ihren Worten. Diese Frau vor mir passt nicht zu jener, mit der ich gezwungenermaßen aufgewachsen bin. Eine Frau, die weiß, dass ihre Ehe so gut wie am Ende ist. Und ganz sicher bin ich nicht so verblendet, ihr einfach zu glauben. Wobei ich Zoella auch nicht als die Art Frau sehe, die sofort Freundschaftsbänder bastelt oder einen auf Schwestern macht.

»Und, habe ich noch etwas verpasst?«

Wir beide zucken zusammen, sobald Maxim vor uns stehen bleibt. Wir scheinen ihn in den Minuten, die er weg war, völlig vergessen zu haben.

Na ja, wenn vor dir eine Frau ist, die augenscheinlich so gar nichts mit dem Miststück zu tun hat, das du sonst kennst, kann das schon deine Hirnzellen strapazieren und deine volle Aufmerksamkeit erfordern.

Er setzt sich auf seinen Platz und mustert uns fragend, woraufhin Zoella breit lächelt. Ihre Finger schieben dabei ihr rotes Haar hinter die Schultern. »Mikayla und ich haben nur das Kriegsbeil begraben. Es wurde langsam Zeit, oder?«

Statt etwas zu sagen, zucke ich mit den Schultern und schweige weiter, sodass wir uns wieder auf das fokussieren, weshalb wir hier sind: nämlich Maxim dabei zu helfen, einen Heiratsantrag so weit zu planen, dass wir quasi loslegen können, sobald wir aufstehen.

Und die Gedanken, die dabei ununterbrochen in mir umherschwirren?

Ich bin im falschen Film gelandet.

Es würde mich nicht einmal wundern, wenn mich ein Blitzschlag träfe, sobald wir dieses Café verlassen. Zumindest würde es einer Strafe Gottes gleichen für den Mist, den ich innerhalb kürzester Zeit heraufbeschworen habe.

Statt einem Blitz trifft mich beim Hinausgehen jedoch fast der Schlag, als ich sehe, wer draußen an seinem Wagen lehnt und auf seine Frau wartet.

21.

Es grenzt an ein Wunder, dass weder Maxim noch Zoella etwas von meiner oder Seans Reaktion mitbekommen. Ich wiederum spüre geradezu, wie sich meine Eingeweide zusammenziehen, während ich meinen Blick von dem Mann vor mir nehme, der sich im selben Moment seiner Frau widmet und sie, wenn auch zögernd, an ihrer Taille zu sich zieht.

Mit einem breiten, sehr breiten, Grinsen wende ich mich Maxim zu, der gerade dabei ist, sein Telefon in seine Hosentasche zurückzuschieben, nur um das Paar vor mir beim Rumturteln nicht beobachten zu müssen.

»Willst du ihn auch einweihen oder soll es noch unter uns bleiben?«

»Was soll unter euch bleiben?« Sowohl Maxim als auch ich blicken zu Sean und Zoella, die liebevoll zu ihrem Mann aufsieht und mit den Wimpern klimpert, während dieser zwischen mir und meinem Nebenmann hin- und herblickt.

Da Maxim mit den Schultern zuckt, lässt sie es sich nicht nehmen, sich auf Seans Brust abzustützen und mit einem noch breiteren Lächeln zu verkünden: »Maxim will meiner kleinen Schwester einen Antrag machen. Ganz so, wie ich es mir gedacht habe!«

»Das erklärt dann auch, warum wir in seiner Wohnung übernachten«, höre ich ihn murmeln und ich bemühe mich, meine Gesichtszüge nicht entgleisen zu lassen. Er wusste, dass er in Phoenix sein würde?

»Ich dachte, dass es beruflich wäre, warum hast du denn nichts gesagt?«, hakt er nun weiter nach, ich wiederum versuche, das Ziehen in meiner Brust so weit wie möglich runterzuspielen.

Aus Reflex hole ich mein Handy hervor, öffne meine Nachrichten und ignoriere die letzte, die Sean mir geschickt und die ich bisher noch nicht gelesen hatte. Stattdessen gehe ich auf den Verlauf mit Ian, der momentan meine einzige Chance auf bessere Laune zu sein scheint, und tippe.

M: Für wie viel Geld würdest du es dir überlegen, doch einen Abstecher nach Phoenix zu machen? Hätte wirklich nichts gegen eine schöne Aussicht und gute Gesellschaft :)

Noch ehe ich es schaffe, das Telefon zurückzuschieben, spüre ich es in meiner Hand vibrieren.

I: Ist alles okay bei dir? Nicht, dass ich mich nicht freuen würde, von dir geweckt zu werden

M: Stets zu Diensten! Und ja, aber es wird mal wieder Zeit, dein Gesicht zu zeigen, findest du nicht auch?

Ich klinke mich aus dem Gespräch vor mir völlig aus, auch wenn es einen Moment dauert, bis ich erneut eine Antwort von Ian bekomme.

I: Sag mir, wann und wo, dann können wir facetimen. Und dann erzählst du mir, was los ist.

Meine Augen schweifen für wenige Sekunden zu Sean – ausgerechnet dann, als sich Zoella nach oben reckt, um ihn zu küssen –, und ich werfe alle Bedenken über Bord und antworte, dass ich mich noch mal melden werde. Dann verstaue ich das Handy endlich in meiner Tasche und begegne mehreren Augenpaaren, die mich mustern.

»Hab ich was im Gesicht?«

»Nein.« Sean schüttelt seinen Kopf, doch der Ausdruck in seinen Augen wirkt überrascht, wenn nicht sogar skeptisch. »Zoella meinte eben nur, dass –«

»Wir uns versöhnt haben.« Dass sie nur auf meine Zustimmung wartet, merkt man an ihrem abwartenden Blick.

»Ja ... sieht so aus«, sage ich mit kurzer Verzögerung und zucke mit den Schultern, als wäre dies nichts Besonderes.

»Da das alles nun geklärt wäre«, mischt sich Maxim ein und schiebt die Hände in seine vorderen Hosentaschen, »würde ich mich langsam auf den Weg machen.«

»Fährst du zu Lina?« Zoella löst sich ein Stück weit von Sean, dessen Augen hin und wieder zu mir wandern. Ich wiederum versuche, ihn bewusst zu ignorieren. »Wir wollten uns noch treffen, bevor wir heute Abend in großer Runde zusammenkommen.«

»Zusammenkommen?« Kann es sein, dass alle irgendwas wissen, nur ich mal wieder außen vor gelassen werde?

»Sie weiß, dass wir hier sind, denkt aber, dass es berufliche Gründe hat. Und da haben wir uns abgesprochen, dass wir die Zeit ja nutzen und den Abend zusammen verbringen könnten.«

Da ich mich schlecht querstellen kann, nicke ich und blicke dann in den Himmel, der sich immer weiter zuzuziehen droht. »Dann sollte ich mich auch auf den Weg machen, ich habe noch was vor.«

»Wo musst du denn hin? Wenn Maxim mich mitnimmt, kann Sean dich sicherlich auf dem Weg absetzen.«

Dieser nickt zustimmend. »Ich habe noch etwas Papierkram zu erledigen, deswegen stoße ich später dazu.« Dass seine Augen in diesem Moment besonders intensiv auf meinen liegen, spüre ich ganz genau. Und wenn ich das Angebot ablehne, wirkt es noch merkwürdiger, wenn man bedenkt, dass Zoella jetzt einen auf Busenfreundinnen macht. Drängt sich Sean mir deswegen so auf?

»Wenn es dir keine Umstände macht?«

»Niemals.«

Mit einem motorischen Nicken füge ich mich dem Willen der beiden und verabschiede mich von Zoella und Maxim, ehe ich zusammen mit Sean in seinen Wagen steige. Im Seitenspiegel verfolge ich die anderen beiden, dann zucke ich durch die aufgehende Fahrertür zusammen. Nun liegt meine Aufmerksamkeit auf Sean, der sich auf den Sitz fallen lässt und wie ich zuvor hinter uns blickt. Er startet den Motor, fährt aus der Parklücke und bringt mehr und mehr Abstand zwischen uns und seine Frau.

Die Stille, die sich daraufhin ausbreitet, ist alles andere als angenehm. Sie sorgt nicht nur dafür, dass sich die verschiedensten Fragen in mir sammeln, sondern auch, dass ich über die vergangenen Stunden und die Frau nachdenke, von der ich niemals dachte, dass sie sich mir gegenüber menschlich benehmen könnte. Es ist lediglich die Ruhe vor dem Sturm.

»Hast du wirklich etwas vor?«, durchschneidet seine Stimme irgendwann meine Überlegungen, woraufhin ich mein Gesicht zu ihm drehe. Ich spüre sofort die Anspannung in seinem Körper, angefangen von seinen Händen, die sich um das Lenkrad krallen, sodass seine Knöchel weiß hervorstehen, bis hin zu seinen Schultern, die dermaßen nach oben gezogen sind, dass es definitiv nicht angenehm sein kann. »Oder wolltest du einfach nur weg?«

Ich höre seine versteckte Frage auch so. *Von mir?*

»Dass ich alles andere als happy war, dich mit deiner Frau in einer innigen Umarmung zu sehen, vor allem, weil ich nicht wusste, dass ihr auftauchen würdet, kannst du mir nicht wirklich zum Vorwurf machen, oder?«

Jede Zelle in mir schreit nach Abwehr, was auch er merkt, da sich seine verkniffenen Gesichtszüge glätten und mir ein

Blick begegnet, der mich sonst immer beruhigen konnte. Nur jetzt nicht.

Natürlich habe ich gemerkt, dass die Berührungen zwischen ihnen zu oft, zu gewollt wirkten. Als würden sie Außenstehenden etwas beweisen wollen, obwohl es hinter den Kulissen ganz anders aussieht. Und nur das Wissen, dass es zwischen ihnen so gut wie aus ist, schafft es, mich etwas zu besänftigen.

Da ich auf keine Erwiderung warte, wende ich mich wieder ab und merke, dass wir gar nicht zu mir fahren, sondern uns nur noch wenige Meter von Maxims Apartment entfernt befinden.

»Was machen wir hier?«

»Die Zeit nutzen, die wir haben.« Mit diesen Worten konzentriert er sich darauf, den Wagen zu parken, bis der Motor verstummt. Nachdem ich einmal tief durchgeatmet habe, folge ich ihm und steige ebenfalls aus, lasse zu, dass er seine Hand an meinen Rücken legt und mich zur Eingangstür führt.

Ich schiebe meine Entscheidung, ihm zu folgen, darauf, dass ich Maxims Wohnung noch nie zu Gesicht bekommen habe, und nicht darauf, dass ich froh bin, Zeit mit ihm verbringen zu können. Denn ich bin wütend – sehr wütend –, weil er mich so ins Messer hat laufen lassen.

Sobald wir im dritten Stockwerk ankommen, wo Sean die Wohnungstür öffnet, drückt sich seine Brust so gegen mich, dass mir sein Parfum entgegenweht. Ich betrete Maxims Reich und bemerke sofort den Unterschied zwischen seinem und unserem Zuhause.

Denn während unser Reich in jeder Ecke nach Frau schreit, man sieht und spürt, dass dort Leben herrscht, wirken diese vier Wände ... leer. Alles ist minimalistisch gehalten, nirgends kann ich Deko oder anderweitige persönliche Elemente entdecken, die dieser Wohnung Leben einhauchen.

Da ich aber auch nicht hier bin, um seine Wohnung zu besichtigen – jetzt kann ich es zumindest zugeben –, visiere ich sein Wohnzimmer an, lehne mich rücklings gegen das Sofa und verschränke die Arme vor der Brust, während Sean geradewegs auf mich zukommt, mich jedoch nicht berührt. Und ich bin froh, dass er in diesem Moment wenigstens so rücksichtsvoll ist.

»Ich wusste bis gestern nicht, dass wir hier sein würden. Sie hat mich damit überrumpelt und ehrlich gesagt war mir nicht einmal klar, dass ihr aufeinandertreffen könntet.«

»Und trotzdem sind locker vierundzwanzig Stunden vergangen, in denen du mich hättest vorwarnen können«, erwidere ich und schnaube auf. »Was glaubst du, wie überrascht ich war, sie hier zu sehen? Und wenn man bedenkt, was du mir eben noch geschrieben hattest, weiß ich nicht, was ich davon halten soll. Ganz zu schweigen davon, dass deine Frau wie ausgewechselt scheint. Ich meine«, ich löse die Arme und werfe sie in die Luft, »sie war beinahe wie ein zahmes Kätzchen. Sie hat sich bei mir entschuldigt, Sean. Entschuldigt! Und ich saß da, mit dem Wissen, dass ich hinter ihrem Rücken mit ihrem Mann ins Bett gehe!«

»Nur, weil etwas den Anschein macht, heißt das noch lange nicht, dass es wahr ist.«

»Darin scheinst du dich ja auszukennen, was?«

Die Worte rutschen mir so schnell über die Lippen, dass ich sie nicht aufhalten kann. Doch im Nachhinein bereue ich es nicht, denn es ist die Wahrheit. Angespornt davon, dass meine Zunge in diesem Moment so locker ist, gehe ich einen Schritt auf ihn zu, bohre meinen Finger in seine Brust und dränge ihn zurück.

»Du hast Geheimnisse, Sean. Vor mir, vor deiner Frau, vor allen. Ja, ich weiß, dass ich kein Stück besser bin, genauso wie ich nicht so blind sein und glaube werde, dass sich Zoella auf einmal in einen normalen Menschen verwandelt hat. Es war trotzdem scheiße, mir anhören zu müssen, wie die

Ehe sie angeblich erleuchtet hätte. Dass ich mich trotz dessen, dass du mir wieder und wieder versicherst, *einen Weg finden zu wollen*, dich von ihr zu trennen, fühle wie eine Mätresse.«

Ich schüttle meinen Kopf, nachdem meine lauter gewordene Stimme abstirbt und ich mir das erste Mal wirklich eingestehe, dass ich trotz meiner Gefühle zu ihm immer noch dieses riesige Schild mit dem Wort *EHEMANN* über seinem Kopf leuchten sehe. Dass es sich, obwohl wir beide das nicht wollen, wie eine Affäre anfühlt. Ich habe alles auf meine Gefühle für ihn geschoben, als ob sie alles rechtfertigen könnten. Dabei merke ich erst jetzt, dass es noch einen anderen, tief bösartigen Grund gibt, der mich dazu hingerissen hat, mich auf ihn einzulassen.

Ich wollte Zoella das nehmen, was sie mir vor all den Jahren entrissen hat. Ihr die Grausamkeit zeigen, mit der sie mich Jahr für Jahr gequält hat. Irgendein widerwärtiger Teil in mir hoffte darauf, dass sie in solch einem Moment plötzlich erscheinen, uns zusammen sehen und genau das spüren würde, was ich empfunden habe, als sich die Liebe meines Lebens vom einen auf den anderen Tag von mir trennte und ausgerechnet an ihrer Seite stand. Wie sie nach all ihren Taten dennoch gewonnen hat. Wie ich Jahr für Jahr mit einem gebrochenen Herzen gekämpft habe, weil diese Gefühle nie verschwanden, sondern nur weiteren Platz machten.

Erschrocken weiten sich meine Augen und ich taumle zurück. Die Tragweite meiner Absichten treffen mich wie ein Schlag, der mich zu Boden ringt.

Und dann wird mir etwas klar.

»Ich kann das nicht.«

Noch immer geschockt von mir selbst, versuche ich, mich an Sean vorbei zur Tür zu drängen, was mir gelingen würde, wenn sich seine Hand nicht um mein Handgelenk legen und mich zurückhalten würde.

»Was kannst du nicht?«

»Das hier.« Kopfschüttelnd blicke ich zu ihm auf, erkenne an dem Weiten seiner Augen die Sekunde, in der er meine Worte versteht. »Ich dachte, wenn ich mich darauf konzentriere, dass du dich bald offiziell von ihr trennen wirst, dann würde ich damit klarkommen, aber ... das geht nicht. Nicht, wenn ich nicht zu hundert Prozent sicher sein kann, dass du dich wirklich von ihr scheiden lässt. Nicht, wenn du noch immer diesen Ring am Finger trägst.«

»Mikayla.« Ich lasse zu, dass er mich an sich zieht, mit seinen Hände meinen Nacken umfasst und seine Stirn gegen meine presst. Ich erlaube mir, zu genießen, wie seine Daumen über meine Haut streichen, während die Stille sich über uns legt, als wären wir in einer Blase. Denn sobald ich Maxims Wohnung verlasse, wird sie platzen und etwas zurücklassen, dessen Ausmaß ich mir nicht ausmalen will.

»Mikayla ...«

Seine gebrochene Stimme gibt mir den Rest, die Tränen rauben mir meine Sicht und laufen über die Verbindung unserer Körper. Aber keiner von uns wischt sie fort.

»Bitte gib mir noch etwas Zeit. Ich flehe dich an.«

Aber ist Zeit nicht das, was alles noch schlimmer macht?

22.

Meine Finger zittern noch immer, während ich den Schlüssel ins Schloss schiebe und die Tür öffne. Mein Kopf schwirrt von dem, was in Maxims vier Wänden passiert ist, sodass mein Verstand einige Sekunden braucht, um die beiden Frauen zu bemerken, die völlig entspannt auf unserer Sofalandschaft sitzen und sich bei einem Glas Wein zu unterhalten scheinen.

Genau, sieh zu, wie sich die Schlange erneut ihren Weg in dein Leben bahnt, ertönt die hämische Stimme in meinem Kopf, die mich dermaßen zusammenzucken lässt, dass mir die Schlüssel aus der Hand gleiten und auf das Parkett klirren.

Abrupt verstummen ihre Stimmen, dann spüre ich ihre Blicke auf mir.

»Kay, da bist du ja!«

Schnell hebe ich den Bund auf, schließe endlich die Tür und setze ein Lächeln auf, welches sie hoffentlich überzeugen kann. Ich lege die Schlüssel in die vorgesehenen Schale, ziehe mir Jacke und Schuhe aus und wende mich dann erst wieder zu ihnen.

»Störe ich?«

»Niemals.« Angelina winkt ab, bevor sie mich mit derselben Hand zu sich und ihrer Schwester bittet. »Wir wollten nur ein wenig vorglühen, bevor wir uns mit den anderen treffen.« Daraufhin verziehen sich ihre Mundwinkel. »Ich wusste, dass du dich sträuben würdest mitzukommen, deswegen habe ich vorher nichts gesagt. Aber ich will, dass du dabei bist.«

Ihr Welpenblick, zusammen mit dem sich bildenden Schmollmund, lassen mich nachgeben, auch wenn mir der Gedanke daran, später wieder auf Sean treffen zu müssen, alles andere als behagt.

»Dafür bist du mir was schuldig.«

»Alles, was du willst.«

Mit einem triumphierenden Grinsen streckt sie ihre Faust in die Höhe und zieht mich an meinem Arm zu sich, sobald ich in ihrer Reichweite bin. Ihr Glas Weißwein findet den Weg in meine Finger und ich nehme sofort ein paar Schlucke. Dann schaue ich von der Blondine neben mir zu Zoella, die noch immer lächelt.

Dies bleibt von Angelina natürlich nicht unkommentiert. »Dass ich das noch mal erlebe«, murmelt sie und gedanklich kann ich ihr da nur zustimmen. Es würde einiges leichter machen, wenn dem nicht so wäre.

»Jetzt übertreib nicht.« Zoella hebt ihr Glas an ihre Lippen. »Schließlich konnte das ja nicht immer so weitergehen. Wir haben unsere Differenzen beiseitegelegt.«

Da ich dem nichts hinzufügen kann, ohne dass etwas über meine Lippen kommt, was ich lieber für mich behalten sollte, bleibe ich still, bemerke aber dennoch den fragenden Ausdruck meiner besten Freundin, weshalb ich ein fröhliches Grinsen aufsetze und in die Hände klatsche, nachdem ich ihr das Glas zurückreiche.

»Also, ich habe gehört, wir gehen noch aus. Was trödeln wir dann noch rum?«

Ich kann verstehen, wieso Angelina Angst hatte, dass ich nicht mitkommen würde. Es liegt nicht nur daran, dass der Mann neben mir sitzt, dessen Anwesenheit so viele unterschiedliche Gefühle in mir auszulösen vermag, sondern auch daran, dass beide Frauen einen Partner an ihrer Seite haben

... und ich eben nicht. Ich weiß es zu schätzen, dass sie so gut wie möglich versucht, mich mit einzubeziehen, und dafür liebe ich sie. Aber es ist alles andere als hilfreich, mir vor Augen zu halten, was sie haben und ich nicht. Oder was ich zwar haben kann, aber nur im Verborgenen, und das ist einfach nicht dasselbe.

Meine Augen wandern von ihr zu Maxim, der völlig entspannt neben ihr sitzt, einen Arm hinter ihr auf der Lehne ruhend, und dessen Aufmerksamkeit ganz und gar auf seiner Freundin liegt, während er mit einer ihrer Haarsträhnen spielt. Niemand würde daran zweifeln, dass er Hals über Kopf in sie verliebt ist. Niemand würde sich fragen, ob er unzufrieden ist, ob er an seiner Beziehung zweifelt.

Unweigerlich schweift mein Blick neben mich, wo mir ein nicht ganz unähnliches Bild begegnet. Eine Frau, die sich mit einem strahlenden Lächeln mit ihrer Schwester unterhält, dabei an die Seite ihres Mannes geschmiegt dasitzt. Und so ungern ich es mich traue, blicke ich nach oben und merke, wie Seans Blick auf ihr ruht. Sein Lächeln ist zwar nicht mit dem von Maxim zu vergleichen, es wirkt eher nachdenklich, doch für einen Unwissenden würde es dennoch so aussehen, als würde er nur an die Frau an seiner Seite denken.

Warum also tue ich mir das Ganze hier an?

Ach ja, weil die Liebe ein verdammtes Arschloch ist, ich meine beste Freundin aber unendlich lieb habe.

Ich nutze den Moment, in dem keiner auf mich achtet, und rutsche aus der Sitznische, bahne mir den Weg zu den Toiletten und sperre mich dort in eine der freien Kabinen ein. An der Tür lehnend, lasse ich den Kopf nach hinten fallen, schließe die Augen und versuche, tief durchzuatmen.

Auch wenn ich es nicht will oder sollte, kann ich nicht aufhören, über das nachzudenken, was mir bewusst geworden ist. Ich habe mich noch nie als rachsüchtigen Menschen gesehen, genau deswegen hat es mich so geschockt zu merken, welch großer Hass auf diese Frau in mir brodelt. Obwohl er verdient ist. Doch in gewisser Weise richtet er sich auch gegen den Mann, dem mein Herz noch immer gehört, egal wie hoffnungslos die Sache ist.

Ohne einen weiteren Gedanken an ihn zu verschwenden, hole ich mein Handy hervor, wähle einen Kontakt an und warte, bis der Anruf am anderen Ende der Leitung angenommen wird.

Meine Mundwinkel heben sich beim Klang von Ians angenehmer Stimme.

»Ich dachte, du wolltest mir schreiben?«

»Warum, wenn ich mich direkt bei dir melden kann?«

Ich spüre, wie die Schwere langsam von meinen Schultern abfällt, sobald ich mit Ian telefoniere und er mir mit seiner rauchigen Stimme von seinen Erlebnissen in Italien erzählt. Ein kleiner Teil von mir wünscht sich, dass er nicht dort, sondern hier bei mir wäre, dann wäre ich nicht so allein. Egal, wie egoistisch der Gedanke sein mag, ich würde mich ehrlich über seine Anwesenheit freuen.

»Was machst du?«, frage ich in die Stille, die sich gebildet hat. Das einzige Geräusch stammt von der Musik im Hintergrund, die aus den Boxen bis in die Toiletten hallt.

»Ich wollte gleich ein wenig durch die Gegend fahren. Aber ich habe auf deine Nachricht gewartet«, antwortet er und fügt hinzu: »Willst du darüber reden, was dich so beschäftigt?«

»Für einen Mann bist du ganz schön aufmerksam, weißt du das eigentlich?« Ich antworte, ohne zunächst auf seine Frage einzugehen. Da er darauf jedoch nichts erwidert, seufze ich und rutsche dann an der Kabinenwand hinunter. »Ich habe das Gefühl, nicht weiterzukommen. Alle um mich herum gehen ihren Weg, aber wenn ich mir mein Leben ansehe ...« Ich gerate ins Stocken und atme tief aus. »Momentan scheint alles bergab zu gehen und ich weiß nicht, was ich dagegen tun soll.«

»Brich aus.«

»Als ob das so einfach wäre.«

»Das ist es. Du musst nur den Mut dazu haben und auf das scheißen, was die anderen wollen. Es ist *dein* Leben, also auch *deine* Entscheidung, Mikayla.«

Aber kann es wirklich so einfach sein?

Ich lasse mir die Worte mehrmals durch den Kopf gehen, doch durch den Alkohol, der sich bereits in meinem System befindet, ist alles etwas verschwommen. Ich sollte mich vielleicht erst mit solch schwerwiegenden Entscheidungen befassen, wenn ich wieder nüchtern bin.

»Ich denke drüber nach.«

»Klasse. Und wenn du zu einem Entschluss gekommen bist, dann lass es dir von niemanden ausreden. Notfalls setze ich mich wirklich in den Flieger und helfe dir, okay?«

Meine Lippen pressen sich aufeinander und ich nicke, bis ich merke, dass er mich gar nicht sehen kann. »Mache ich. Danke, Ian.«

»Wozu sind Freunde da, Süße?«

Wir schweigen, bis mir wieder bewusst wird, wo ich mich befinde und dass ich schon viel zu lange weggeblieben bin. »Hey, ich muss auflegen. Die anderen fragen sich sicher schon, wo ich bleibe.«

»Na klar, ich sollte mich auch auf den Weg machen, wenn ich die Sonnenstunden ausnutzen will. Aber wenn was ist, ich bin immer erreichbar, egal wann.«

Nachdem ich mich von Ian verabschiedet und die Toilette verlassen habe, starre ich noch einen Moment auf den dunklen Bildschirm und frage mich, wieso das Leben so verdammt kompliziert ist. Wie einfach es sein könnte, wenn man sich aussuchen könnte, für wen sein Herz schlägt.

Aber das Leben ist leider kein Wunschkonzert, Mikayla. Also komm damit klar und tu was dafür.

Ich soll recht damit behalten, dass mein Verschwinden den anderen vermutlich schon aufgefallen ist, denn sobald ich wieder in der Nähe unseres Tisches bin, kommt mir bereits Angelina mit gerunzelter Stirn entgegen und fängt mich ab.

»Ist alles okay? Du warst so lange weg, da –«

»Nein, alles gut. Ich war nur telefonieren.« Ich hebe meine Hand, in der sich das Handy noch befindet, doch sie scheint es mir nicht ganz abzukaufen, da sich ihr Mund öffnet. Dann überlegt sie es sich anders und hakt sich stattdessen bei mir unter. Aber ihr Blick liegt weiterhin auf mir.

Drei Augenpaare wandern zu uns, sobald wir am Tisch stehen und uns setzen. Vor allem ein Blau mustert mich eingehend, aber ich deute wie auch eben nur auf meine gehobene Hand, was dieses Mal zu meinem Glück hingenommen wird.

»Habe ich was verpasst?«

Die darauffolgenden Minuten werde ich ausführlich über die bisherigen Vorbereitungen von Francescas und Joes Hochzeit aufgeklärt, wobei auch das Thema Begleitung fällt.

»Hättest du bis dahin denn jemanden, den du mitnehmen möchtest?«, wendet sich Zoella an mich, doch noch ehe ich etwas sagen kann, kommt mir Angelina zuvor.

»Zwei Auswahlmöglichkeiten hättest du immerhin. Und vielleicht wäre das ein Grund, dass Ian herkommt, oder?«

Meine Muskeln spannen sich an, denn dass sie ausgerechnet jetzt auf ihn zu sprechen kommt, passt mir überhaupt nicht. Aber ich kann schlecht sagen, dass der verheiratete Mann, den sie mir versucht auszureden, direkt neben mir sitzt.

Daher schüttle ich nur den Kopf. »Das bezweifle ich stark.«

»Sonst finden wir sicher eine Begleitung. In unserer Firma gibt es ein paar sehr attraktive Männer, die bestimmt interessiert wären. Ich kann dich sehr gerne mit einem von ihnen bekanntmachen.«

Ich kann nicht sagen, ob ich es als nette Geste von Zoella empfinden soll oder eher als scheinheiliges Spiel, allerdings behalte ich meine Gedanken für mich. Es würde ganz und gar nicht gut kommen, vor allem, wenn man bedenkt, wer alles ums uns sitzt.

»Oder ihr lasst sie in Ruhe mit den ganzen Kupplungsversuchen«, wirft meine Rettung ein und mustert vor allem seine Freundin, als würde es diese Art von Gespräch nicht zum ersten Mal zwischen ihnen geben. »Immerhin ist Mikayla eine selbstbewusste Frau, die sich sicherlich auch selbst darum kümmern kann, wenn sie es überhaupt will.«

Ich forme ein lautloses *Danke* mit den Lippen, was Maxim mit einem kleinen Lächeln und Nicken abtut. Es ist beinahe so, als hätte er ein Machtwort gesprochen, denn ab dem Moment drehen sich alle Gespräche um Themen, die mich nicht explizit einbeziehen. Und darüber bin ich froh.

Jetzt gerade nehme ich jede Ablenkung von mir mit Kusshand an, selbst wenn es eine ist, die mir noch mehr zusetzt. Aber lieber ertrage ich Zoellas strahlende Augen, während sie überlegt, welches Kleid sie anziehen soll, als direkt das konfrontieren zu müssen, was zwischen uns in der Luft liegt. Daher schweige ich, höre einfach nur zu und versuche, mich an Ians Worten festzuhalten, denn er hat recht.

Es ist mein Leben.

Es ist meine Entscheidung.

Vielleicht sollte ich endlich aus meinem Traum aufwachen und dafür sorgen, dass es auch wirklich wieder mir gehört.

23.

Es ist kurz nach elf, als alle Blicke zu mir schweifen, während ich im Begriff bin, aufzustehen und meine Jacke anzuziehen.

»Ich bin noch verabredet«, beantworte ich die unausgesprochene Frage, die ich an ihren Augen ablesen kann.

Dass ich Ian als Ausrede benutze, wird ihn sicher nicht stören, vor allem, wenn man bedenkt, dass er es sowieso nicht erfahren wird. Ich habe nur weder die Kraft noch die Lust, weiter hier zu sitzen und Gesprächen zuzuhören, die mir mehr und mehr zusetzen. Dabei ging es anfangs, doch wenn ich mir noch weiter ansehen muss, wie die Frau, die mir mein Leben zur Hölle gemacht hat, einen auf heile Welt macht, weiß ich nicht, wann der Alkohol meine Zunge zu locker werden lässt. Daher ziehe ich die Reißleine, auch wenn das bedeutet, meine beste Freundin vor den Kopf zu stoßen.

»Soll ich dich fahren?«

Ich lege eine Hand auf seine Schulter, ehe Sean ebenfalls aufsteht, um nach seiner Jacke zu greifen. »Ich bin eine erwachsene Frau, ich schaffe es auch allein nach Hause. Und du hast getrunken.« Ich nicke in Richtung des Glases, das vor ihm steht, und auch er scheint es zu bemerken, da er ohne Widerworte wieder Platz nimmt. Außerdem weiß ich genau, wieso er sich sofort angeboten hat: um zu reden. Und das ist etwas, zu was ich heute nicht mehr in der Lage bin.

Ich brauche Zeit für mich. Um über diesen Tag nachzudenken. Und über mich selbst und in was ich mich eigentlich hineinmanövriert habe.

Ich lasse zu, dass sowohl Angelina als auch Zoella mich zum Abschied umarmen, wobei mir Letztere jegliche restliche Kraft raubt. Da Maxim gerade weg ist, um für die anderen Getränke zu holen, gehe ich daraufhin auf den Ausgang zu und atme die kühle Nachtluft ein, die mir schlagartig entgegenweht. Ich schiebe die Hände in die Jackentaschen und laufe die Straße entlang, bis mich eine laute Stimme aufhält, die meinen Namen ruft. Verwirrt drehe ich mich um, nur um dann ausgerechnet Maxim zu entdecken, der auf mich zukommt.

Mit einem Kopfnicken deutet er auf einen Wagen, der nur wenige Meter von uns entfernt steht, und fügt hinzu: »Ich habe nichts getrunken, ich fahre dich.«

»Das ist wirklich nicht nötig, wirklich ich –«

»Allein meine Erziehung verlangt es. Und wir wollen doch nicht, dass meine *baba* mir die Ohren lang zieht, oder?« Während sich einer seiner Mundwinkel hebt, wartet er mit gehobener Augenbraue, bis ich mich mit einem Seufzen ergebe.

»Wenn's sein muss.«

»Definitiv. Niemand will sich mit *baba* Nina anlegen.«

Der Kommentar schafft es tatsächlich, dass sich meine Brust hektisch hebt und senkt, um mein Kichern zu verbergen, aber es scheint genau die Reaktion zu sein, die er sich erhofft hat.

Ich lasse zu, dass er mir die Beifahrertür offenhält, ehe er den Wagen umrundet. Meine Augen bleiben an dem Eingang der Bar haften, sobald wir an dieser vorbeifahren, und wandern zum Seitenspiegel, bis das Backsteingebäude nach der nächsten Abbiegung aus meinem Blickfeld verschwindet.

»Wo soll ich dich hinfahren?«, ertönt Maxims raue Stimme und ich treffe auf seinen wachsamen Blick. So wachsam, dass ich Angst habe, dass er mehr wissen könnte, als er preisgibt.

»Nach Hause«, murmle ich daher nur, wende mich wieder ab und lehne meine Stirn an die kühle Fensterscheibe. »Einfach nur nach Hause.«

Maxim respektiert meinen offensichtlichen Wunsch, nicht reden zu müssen, und ich bin ihm dankbar dafür. Wäre es eine andere Situation oder gar ein anderer Tag, würde ich ihn wahrscheinlich darüber löchern wie einen Schweizer Käse, was seine zukünftigen Pläne mit meiner besten Freundin sind. Denn der Antrag ist nur der Anfang, wie ein Startschuss. Nur einen Katzensprung entfernt ist die gemeinsame Wohnung, das erste Baby ...

Meine Gedanken gleiten tiefer und tiefer, bis mich eine Hand an der Schulter berührt. Verwirrt blinzle ich, bis ich meine Umgebung wieder wahrnehme und feststelle, dass wir uns schon längst vor dem Apartment befinden. Und ich habe ihn den gesamten Weg über ignoriert, obwohl er mir die Fahrt mit der U-Bahn erspart hat.

»Danke, Maxim. Auch für ... du weißt schon.« Ich zucke unbeholfen mit den Schultern und versuche, die Situation runterzuspielen, auch wenn er mir damit einen Riesengefallen getan hat.

»Du musst dich nicht für etwas bedanken, was selbstverständlich ist.« Seine braunen Augen schweifen über mein Gesicht, als seien sie auf der Suche nach etwas Bestimmtem.

Die Angst, er könnte tatsächlich etwas finden, überkommt mich immer mehr, weshalb ich nochmals ein leises »Danke« murmle und die Hand zur Klinke ausstrecke.

»Kann ich dir einen Rat geben?«

Ich halte in meiner Bewegung inne, warte darauf, dass er fortfährt, doch als er es nicht tut, wage ich einen Blick zu ihm. Noch immer ziert seine vollen Lippen das Lächeln, welches er mir eben geschenkt hat, und gleichzeitig ist da etwas, das mein Herz zum Rasen bringt.

»Bezüglich was?«

Er widmet sich für einen kurzen Moment dem Motor, der kurz darauf verstummt, und dreht sich dann wieder zu mir. Da es mir falsch vorkommt, immer noch aussteigen zu wollen, ziehe ich meine Hand zurück und lehne mich gegen den Sitz. Es sind lediglich die kleinen Lämpchen über uns, die den Innenraum und somit uns erhellen.

»Wenn du so darunter leidest, Sean mit Zoella zu sehen, solltest du dir überlegen, ob er diesen Schmerz wirklich wert ist.«

»Ich weiß nicht, wovon du redest.« Wie auf Kommando schießen die Worte aus mir heraus. Zu schnell, zu auffällig. Und ich muss nicht einmal in sein Gesicht blicken, um das zu erkennen.

»Dann warst du nicht vorhin mit ihm zusammen in meiner Wohnung?«

Wir wissen beide, dass es eine rhetorische Frage ist.

Wir kennen die Antwort.

Seufzend verschränken sich seine Arme vor seiner Brust, während er vor uns auf die menschenleere Straße schaut. »Es ist vielleicht nicht dieselbe Situation, aber ich kann zumindest erahnen, was in dir vorgeht. Nachdem ich mit Jeremiah geredet habe, ist mir vieles klar geworden. Warum ich mich so stark an ihn gebunden habe, warum ich meine aufkommenden Gefühle für Angelina nicht akzeptieren wollte. Es war alles andere als einfach, aber ich habe verstanden, welche Gründe mich zu meinen Taten bewegt haben und welche davon ich völlig fehlverstanden hatte. Ich habe Liebe mit Dankbarkeit verwechselt, ohne mir dessen wirklich bewusst zu sein. Oder ich wollte es einfach nicht sehen.«

Das Seufzen, das seinen Mund verlässt, ist schwer und gleichzeitig scheint es ihn zu erleichtern. »Ich weiß nicht, ob sie es dir erzählt hat, aber irgendwann, nachdem sie sich mit Nate ausgesprochen hat, stand Angelina vor meiner Tür. Ich dachte, ich hätte sie endgültig verloren mit meinem Verhalten, und doch stand sie vor mir.

Mir ist an dem Tag etwas Entscheidendes klar geworden. Wir können uns nicht aussuchen, wen wir lieben, denn dann wäre es viel zu einfach. Liebe tut weh, sie kann dich aber auch zum glücklichsten Menschen der Welt machen. Aber nur, weil wir denken, dass wir jemanden lieben, bedeutet das nicht, dass es wirklich so ist. Zwischen Wünschen und Wissen liegt ein himmelweiter Unterschied und erst, wenn wir ihn erkennen, können wir die Liebe vollstens auskosten.

Ich wollte lange Zeit nicht glauben, dass das, was ich für Jeremiah empfunden habe, nicht mehr ist als tiefgehende Dankbarkeit. Es fühlte sich an, als würde ich ihn verraten. Aber wenn ich Angelina ansehe, dann weiß ich mit absoluter Sicherheit, dass sie es ist, die mein Herz zum Höherschlagen bringt. Und ich kann froh sein, dass die Lügen und Geheimnisse das nicht kaputt gemacht haben.«

Maxim blickt zu mir, mit solch einem entschlossenen Ausdruck in seinen Augen, dass mir heiß und kalt zugleich wird. Wenn ich mir vorher unsicher war, was genau er vermutet zu wissen, ist mir nun klar, dass es der Wahrheit entspricht.

»Was ich dir damit sagen will, ist, dass es für jedes Verhalten Gründe gibt, auch wenn wir sie nicht verstehen mögen. Nichts passiert ohne Grund, egal ob Äußere dein Handeln gutheißen oder nicht. Am Ende bist du diejenige, die mit den Entscheidungen leben muss. Aber wenn man nicht mit offenen Karten spielt, kann man nur verlieren. Was ihn betrifft, glaube ich, dass seine Karten dermaßen im Verborgenen liegen, dass ich dir rate, dich gut zu wappnen. Die, die wir lieben, können uns am leichtesten zerstören, selbst wenn es nicht in ihrer Absicht liegt. Und es passiert meistens dann, wenn wir völlig unvorbereitet sind.«

Selbst das Schlucken fällt mir schwer, denn mein Hals ist so trocken, als hätte ich seit Tagen nichts mehr getrunken. Gleichzeitig fangen meine Augen an zu brennen, denn die Botschaft hinter seinen Worten ist glasklar: *Sei dir bewusst, was passiert, wenn er sich für seine Frau entscheidet, egal wie sehr er dich lieben mag.*

Bis eben gab es noch den Teil in mir, der sich absolut sicher gewesen ist, dass das nicht geschehen wird. Doch nun bin ich mir nicht mehr sicher, nicht im Geringsten.

Während ich die Tränen zu unterdrücken versuche, nicke ich bloß. Da auch Maxim seinen Worten nichts mehr hinzufügen zu wollen scheint, öffne ich erneut die Türe und dieses Mal hält er mich nicht auf. Kurz bevor ich die Haustür öffne, höre ich, wie er noch mal meinen Namen ruft.

Mit einer freien Hand wische ich mir über die Wange, doch sein Blick zeigt, dass jegliches Versuche, meine Tränen zu verstecken, sinnlos ist.

»Er liebt dich, da bin ich mir sicher. Aber ich weiß nicht, ob diese Liebe für ihn wirklich an erster Stelle steht oder nicht doch etwas anderes. Und solange es diese Geheimnisse in seinem Leben gibt, die er nicht preisgibt, kann ich dir nur raten, dein Herz so gut wie möglich zu schützen. Wenn nicht sogar, es vor ihm zu retten, bevor es zu spät ist.«

Er wartet nicht darauf, dass ich etwas erwidere, sondern nickt mir ein letztes Mal zu und steigt dann zurück in seinen Wagen, startet den Motor und lässt mich allein vor meiner Haustür zurück.

Wie Stunden zuvor zittern meine Finger, als ich mir den Weg nach oben bahne, in der Dunkelheit mein Zimmer suche und dort alles auf den Boden fallen lasse, bevor ich mir meine Kleidung mechanisch vom Körper streife und mich in Unterwäsche unter die Decke verkrieche.

Ich mache mir keine Sorgen, dass Maxim etwas zu Angelina sagen wird, denn wenn er das vorhätte, hätte er sie schon längst auf seine Vermutungen angesprochen. Trotzdem frisst sich die Angst zusammen mit seinen Worten durch meine Haut, auf direktem Weg in meine Brust, wo sie sich einnistet und nur darauf wartet, mit jedem weiteren Tag, mit jedem Schlag gegen mich, mehr genährt zu werden.

Wenn selbst Maxim meine Hoffnungen als sinnlos betrachtet, solange Sean schweigt, wie kann ich selbst noch daran glauben, dass es eines Tages anders sein wird? Dass er sein Wort halten wird?

Die Antwort ist simpel: gar nicht.

Und je eher ich etwas dagegen unternehme, desto weniger zerstört werde ich aus dieser Lehre hervorgehen. Ich muss nur noch mein Herz davon überzeugen loszulassen. Nur wie soll mir das ausgerechnet jetzt gelingen, wenn ich es all die Jahre zuvor nicht geschafft habe?

24.

Ein Monat später

»Bist du dir wirklich sicher, dass es sonst nirgends sein kann?«

Mit einem mehr als skeptischen Ausdruck mustert mich Angelina, die Fahrerin, wobei ihre Augenbrauen so stark gerunzelt sind, dass ich Angst habe, sie könnte den Bluff doch noch bemerken. So gut wie möglich versuche ich die Panik, die ich vorgaukeln muss, aufrechtzuerhalten und nicht verräterisch auf meine Lippe zu beißen. Das Ganze ist doch kniffliger als ich dachte.

»Total sicher. Sie war weder im Koffer noch zwischen der Kleidung. Und du weißt, was passiert, wenn meine Mom merkt, dass ich sie nicht trage.«

Kurz bevor sie und Dad zurück nach Brasilien gingen und ich beschlossen habe, in Amerika zu bleiben, hat sie mir ihre Goldkette geschenkt, die schon einige Jahrzehnte im Besitz der Familie Oliveira ist. *Sie soll dich stets beschützen und über dich wachen, meu querida*, waren ihre Worte, nachdem sie mir die Kette um den Hals gelegt und mein Gesicht in ihre Hände gebettet hatte. Und normalerweise ziehe ich sie nie ab, sie ist quasi an meiner Haut festgewachsen. Allerdings hat eine meiner Bekanntschaften sie mir, während wir beschäftigt gewesen sind, im Flugzeug vom Hals gerissen, sodass ich den Verschluss nun reparieren lassen muss.

Das ist zumindest das, was ich Angelina glauben lasse.

Tatsächlich halte ich sie wie einen Talisman in meiner rechten Hand, die wiederum in meiner Jackentasche steckt, damit sie sie ja nicht sehen kann. Aberglaube hin oder her, wenn mir so was wirklich passieren würde, wäre es gar nicht so unwahrscheinlich, dass ich so panisch werden würde.

»Dafür bist du mir so was von was schuldig, das ist dir hoffentlich bewusst.«

»Ist notiert. Und jetzt konzentrier dich lieber darauf, dass wir so schnell wie möglich zum Flughafen kommen. Ist mir schon peinlich genug, dass ich es erst Stunden später gemerkt habe. Hoffentlich kommen wir nicht ganz so spät zum Weihnachtsessen.«

Ihre Antwort ist ein Schnaufen, gefolgt vom Aufleuchten des Blinkers, um die Spur zu wechseln.

Zwischendurch werfe ich einen Blick auf mein Handy, um zu checken, ob Maxim oder Zoella geschrieben haben. Denn während ich der Lockvogel bin und dafür sorgen muss, dass ich Angelina dorthin bekomme, wo sie bereits warten, sind die beiden für alles andere verantwortlich: Flugzeug chartern, Freunde und Verwandte informieren und die anderen Kleinigkeiten managen. Anfangs war ich noch sehr glücklich über meine Aufgabe, jetzt jedoch frage ich mich, wie ich so dämlich sein konnte. Zoella hätte ihr viel besser etwas vorspielen können – immerhin liegt es ihr quasi im Blut, mehrere Masken zu tragen, die sie nach Belieben auswechseln kann. Mich hingegen kennt meine beste Freundin fast zu gut, weshalb ihr Misstrauen mich nicht wundern sollte.

Ich schaffe es erst, mich ein wenig zu entspannen, sobald wir am *Sky Harbor Airport* ankommen und zwischen all den besetzten Parkplätzen einen freien finden. Besonders an den Feiertagen gibt es mehr als genügend Passagiere, die von A nach B geflogen werden wollen.

Sobald wir ausgestiegen sind, steuern wir den Eingang an, der uns mit einem Windschub begrüßt und den Temperaturunterschied von außen nach innen angenehmer macht.

Abwartend wandert ihr stürmisches Grau in meine Richtung und sie verschränkt die Arme vor der Brust. »So, wohin zuerst? Willst du vorher noch mal zum Infostand oder direkt zum Fundbüro?«

»Nein, da hatte ich schon angerufen und es ist nichts abgegeben worden.« Ich streiche mir die Strähnen, die in mein Gesicht hängen und in meiner Nase kitzeln, hinter die Ohren. »Zum Glück war Jeffrey am Telefon, deswegen können wir ausnahmsweise noch mal zur Maschine und selbst nachsehen. Die hebt nämlich vor morgen früh nicht mehr ab.«

»Ich glaube kaum, dass er davon begeistert gewesen ist.«

»Das nicht.« Ich grinse. »Deswegen habe ich ihn auch mit einer ganzen Sechser Box *Dunkin' Donuts* für ihn allein bestochen.«

Immerhin ist es kein Geheimnis – Jeffrey liebt Donuts.

Augenrollend folgt sie mir und zusammen laufen wir durch die große Halle zum Mitarbeiterbereich, da ich genau weiß, wo Jeffrey sich befindet – immerhin gehört das alles zum Plan. Im hinteren Teil werden wir auch fündig und entdecken ihn, der wie bestellt und nicht abgeholt auf seine Uhr und dann durch die Gegend schaut, bis er uns ausmacht und seine Hand hebt.

»Hey, ihr zwei!«

Direkt vor ihm bleiben wir stehen und er nickt mit dem Kopf in Richtung der großen Fensterfronten, durch welche man die Maschinen auf den Landebahnen dabei beobachten kann, wie sie starten und ankommen.

»Es ist alles so weit fertig.«

»Fertig?« Fragend runzelt sich Angelinas Stirn, woraufhin ich lachend abwinke.

»Na, damit wir reinkommen.« Mit zusammengepressten Lippen wende ich mich zu Jeffrey, dem sein Fauxpas aufgefallen zu sein scheint, und füge hinzu: »Und ich bin dir sehr dankbar, dass wir selbst noch mal nachsehen können. Ist immerhin nicht selbstverständlich.«

»Ähm, ja. Klar.« Er reibt sich verlegen über den Nacken und braucht erst einen heimlichen Wink meinerseits, bis er sich räuspert und vorausgeht.

Je weiter wir über die Startbahn laufen und so der Maschine näherkommen, desto nervöser werde ich. Einerseits, da sich in wenigen Minuten Angelinas Leben erneut verändern wird. Aber auch, weil ich Sean wiedersehen werde. Ich wusste, dass auch er hier sein würde, das ist selbstverständlich.

Doch seit dem eskalierenden Gespräch vor einem Monat haben wir uns nicht gesehen, nicht gesprochen, nicht geschrieben. Er hat nicht mal versucht, mich zu erreichen. Und genau dieses Verhalten hat meinen tiefsten Ängsten das nötige Futter gegeben.

Hat mir dieser Abstand geholfen? Schön wär's.

Mein Herz und mein Kopf fühlen sich noch immer an wie durchgekaut und dann ausgespuckt, da sie sich ununterbrochen bekämpfen und auf keinen gemeinsamen Nenner kommen wollen.

Mit einem Räuspern lenkt mich Jeffrey wieder ins Hier und Jetzt. »Sagt einfach beim Checkpoint Bescheid, wenn ihr fertig seid, okay? Die Tür ist schon offen, ihr müsst nur am Hebel ziehen.« Er deutet mit seinem Daumen hinter sich. »Ich hab's nämlich eilig.«

»Klar doch. Und danke.« Ich verkneife mir jeglichen weiteren Kommentar. Angelina nickt ebenfalls nur, ehe er uns allein lässt und wir die letzten Meter zum Flugzeug überbrücken. Aus dem Augenwinkel bemerke ich, wie sie ihren beigen Wollmantel enger um sich schlingt und dann zu den hell erleuchteten Fenstern aufsieht, ehe sich ihre Lider zusammenziehen.

»Siehst du das auch?«

»Was meinst du?«

»Ich könnte schwören, einen Schatten gesehen zu haben.«

Ruckartig huscht nun auch mein Blick zu den Fenstern und ich versuche, mir nicht anmerken zu lassen, dass sie dabei gar nicht so falsch liegt. »Also ich seh nichts.«

»Hmm.«

Ihre Version von *Wer's glaubt*.

Statt darauf einzugehen, laufe ich ihr voraus, um nach dem Hebel der Flugzeugtür zu greifen und diese zu öffnen. Dabei lehne ich mich weit nach hinten, da diese doch deutlich schwerer ist, als sie den Anschein macht. Ich horche einen Wimpernschlag lang nach irgendeinem Geräusch und sobald ich feststelle, dass jeder Anwesende mucksmäuschenstill ist, winke ich meine beste Freundin voran.

»Na los, dann kann ich die Tür hinter uns zu machen, damit wir uns nicht den Arsch abfrieren.«

Mein Blick verfolgt sie, wie sie an mir vorbeigeht, und sich schon zu mir drehen will, vermutlich, um zu fragen, in welche Richtung sie gehen soll, als sie in ihrer Bewegung erstarrt und sich ihre Augen geschockt weiten.

»Was zur Hölle ...«

Mein Grinsen macht sicher dem der Grinsekatze aus *Alice im Wunderland* Konkurrenz, als ich sie beobachte und mit jeder vergehenden Sekunde die Erkenntnis in ihren Gesichtszügen sehe. Statt aber etwas zu sagen, scheuche ich sie mit einer Hand, damit sie verdammt noch mal weitergeht – immerhin sind wir nicht wirklich hier, um nach einer Kette zu suchen.

Sobald sie ihre Aufmerksamkeit wieder in die richtige Richtung lenkt – nämlich nach rechts –, folge ich ihr langsamen Schrittes und betrachte nun auch zum ersten Mal, was hier auf sie wartet.

Im Durchgang liegen unzählige Rosenblätter verteilt, die ihren Weg zu Maxim ebnen. Freunde und Familie säumen den Gang und schenken ihr ebenfalls ein glückliches Lächeln. Wobei ich nicht wirklich glaube, dass Angelina die anderen überhaupt bemerkt, da ihr Blick ganz und gar auf den Mann fokussiert ist, der am Ende des Ganges steht und auf sie wartet.

Seine Hände in den Taschen der Anzughose vergraben, steht er ihr wie ein Fels in der Brandung gegenüber, sein perlweißes Hemd teilweise von seinem passenden schwarzen Jackett verdeckt. Was zuerst an ihm auffällt, ist aber sein Lächeln. Denn es strahlt nicht nur so vor Liebe, sondern auch vor Nervosität und Hoffnung.

Letzteres ist ein Gefühl, dem ich keinerlei Bedeutung mehr schenken will, außer es geht um Angelina, die alles Glück auf der Welt verdient hat.

Nun wandert mein Blick jedoch über alle anderen Anwesenden, und ich spüre, wie mein Lächeln immer größer wird, sobald ich von Francesca und Joe bis hin zu Jeremiah sehe, der trotz allem, was zwischen ihm und Maxim geschehen ist, hier und für seine Tochter da ist. Der ihrem Glück nicht im Weg stehen will und vermutlich alles tun würde, nur damit sie genau das bekommt, was sie verdient.

Ich weiß nicht, wieso, doch in diesem Moment vermisse ich meine eigene Familie umso schlimmer. Ihre Stimmen, ihre Unterstützung. Das Wissen, dass ich mich in ein gottverdammtes Flugzeug setzen müsste, um mich in die Arme meines eigenen Dads fallen lassen zu können, macht mich fertig.

In der Hoffnung, dass niemand mitbekommt, wie mein Lächeln verrutscht, gehe ich einen Schritt zurück, wobei mein Blick jedoch den eines anderen streift – Seans.

Er ist der Einzige, dessen Augen nicht auf dem Geschehen liegen. Sein wunderschönes, so faszinierendes Blau, das mich jedes Mal an das weite Meer erinnert, ruht allein auf mir, während er gleichzeitig den Arm um die Taille seiner Frau geschlungen hält.

Seit dem Moment, als ich dir das erste Mal in die Augen gesehen habe, wusste ich, ich bin verloren.
Wenn ich etwas weiß, dann, dass ich den Rest meines Lebens an deiner Seite verbringen will.
Willst du meine Frau werden?

Tränen verschleiern meine Sicht, doch ich schaue keinen einzigen Moment weg, während Maxims Stimme durch die Flugzeugkabine hallt. Nein, ich will, dass Sean sieht, was er mit mir macht, wenn ich ihn mit ihr sehe. Wie ich darunter leide, wie er jedes verfluchte Mal wieder die sorgsam zurechtgelegten Scherben meines Herzens erschüttert, sodass sie erneut vor meinen Füßen verteilt liegen. Ich will, dass er das erste Mal richtig – wirklich richtig – erkennt, was es mit mir macht, wenn ich sie zusammen ertragen muss. Wenn seine Worte sich nur nach leeren Versprechungen anfühlen.

Meine Hände machen sich selbstständig, als sie in das laute Klatschen miteinstimmen. Mit einem Lachen, so glockenklar und hell, wird Lina von Maxim durch die Luft gewirbelt, ehe er sie vorsichtig auf die Beine stellt, nur um dann ihr Gesicht in seine Hände zu nehmen und sie zu küssen.

Angelina und Maxim haben genau das hier verdient.

Und wenn ich dafür Seans Anwesenheit ertragen muss, dann tue ich genau das.

Nach und nach gehen alle auf die frisch Verlobten zu, ich hingegen warte, bis meine beste Freundin selbst auf mich zukommt und ihre Arme um meinen Nacken schlingt, um mich ganz nah an sich zu ziehen.

»Du verlogenes kleines Biest«, höre ich ihre drohenden Worte, die jedoch durch ihr Lachen abgemildert werden.

Ich schlinge meine eigenen Arme um ihren Körper und versuche, mir mein Gefühlswirrwarr nicht anmerken zu lassen.

»Ich freue mich so für dich, Lina.« Ich bringe etwas Abstand zwischen uns und greife nach ihren Händen, um sie zu drücken und ihr zu zeigen, dass es Glückstränen sind, die auf meinen Wangen glänzen. »Du hast alles Glück der Welt verdient.«

»Du aber auch. Irgendwann.«

Ich erkenne genau, wie sie hektisch zu blinzeln beginnt, weshalb ich in Richtung ihres Verlobten deute. »Na los, der Abend gehört dir – euch.«

Sie zögert einen Moment, dann nickt sie und tut das, was sie soll. Ich beobachte, wie sie auf einen Maxim zugeht, dessen Grinsen vermutlich nicht breiter sein könnte, bis er sie an sich zieht und einen Kuss von ihren Lippen stielt, der sicher so einige erröten lassen würde. Ich hingegen kichere nur, versuche, die schönen Gefühle in mir hervorzulassen und überall hinzusehen, außer in die rechte Ecke, in der sich der Mann befindet, mit dem ich mir einst genau das gewünscht habe.

Einen Ring, der mich an ihn bindet.

Ein gemeinsames Leben, in dem die Hauptdarsteller wir wären.

Nur bleiben manche Zukunftspläne genau das – Wünsche.

25.

Während *No Promises* von Cheat Codes lauthals durch die Lautsprecher des Wagens dröhnt und mir mit den Lyrics geradezu aus der Seele spricht, folge ich den anderen Autos, die sich auf den Weg zum *Marabella's* machen. Normalerweise ist das Restaurant gerade an den Weihnachtstagen stets geschlossen, doch sobald er gehört hat, um welchen Anlass es sich handelt, war Alberto Feuer und Flamme und hat geradezu darauf bestanden, dass wir bei ihm essen und feiern. Natürlich haben wir daher auch seine Familie eingeladen, was er dankend angenommen hat.

Es wundert mich also nicht, dass, sobald wir in die Straße einbiegen, in der sich das *Marabella's* befindet, bereits laute Rufe und Applaus zu hören sind, die noch lauter werden, als wir alle halten und Angelina und Maxim aussteigen.

Es ist kaum möglich, keine gute Laune zu haben, und doch merke ich, wie meine immer ein winziges bisschen sinkt, wenn ich zu einer ganz bestimmten Person sehe.

Ich parke den Wagen als eine der Letzten und bleibe noch einen Moment sitzen, beobachte durch die Fensterscheibe das Treiben der Menge. Meine Hände liegen völlig entspannt auf meinen Schoß und auch mein Herz hält sich noch an seinen normalen stetigen Rhythmus.

Da ich gedenke, später auch mit dem Wagen zurück zu unserem Apartment zu fahren, wird es für mich heute keinen Alkohol geben, daher sollte ich versuchen, so viel Abstand zu Sean und Zoella zu halten, wie es unter den gegebenen Umständen möglich ist.

Nachdem ich einige Male tief durchgeatmet habe, steige ich endlich aus, und das gerade rechtzeitig, da die meisten sich bereits ins Innere des Lokals begeben haben und sich nur noch Alberto, Sean und Jeremiah vor dem Eingang befinden. Sobald ich in die Sichtweite des schrulligen Italieners gerate, lande ich auch schon in einer knochenbrechenden Umarmung, die mich kichern lässt.

»Wir haben uns schon gefragt, ob du Wurzelns schlagen willst«, begrüßt mich Jeremiah, der mich ebenfalls väterlich umarmt.

Sean komme ich hingegen nicht zu nahe, sondern versuche mich an einem höflichen Lächeln, das er, wenn auch widerwillig, erwidert. Zu viert betreten wir die Räumlichkeiten, in denen durch laute Gespräche, italienische Musik und Gelächter schon ein gewisser Geräuschpegel erreicht wurde.

Ich suche mir sofort einen Weg zu Angelina, die mich auf den freien Platz neben sich zieht und mir ein Glas Sekt in die Hand drückt. Ich will es erst ablehnen, werde aber von Angelina mit den Worten »Ein Glas wird dich nicht umbringen« geradezu genötigt, mit ihr anzustoßen. Da ich keine Ausrede finde, setze ich den Rand an meine Lippen und lasse die perlende Flüssigkeit meine Kehle hinabrinnen.

Nach und nach setzen sich alle um die große Tafel, die sich über die gesamte Länge des Restaurants zieht, dann erscheinen wie aus Zauberhand unzählige Flaschen Wein und Whisky auf den Tischen. Es dauert auch nicht lange, bis sich nach und nach Platten voller Essen – von klassischem Truthahn bis hin zu italienischen Spezialitäten wie Meeresfrüchte-Tellern – vor uns sammeln und das Weihnachtsessen einläuten. Es ist für alles, was das Herz begehrt, gesorgt. Zumindest was das Kulinarische angeht.

Das Klirren von Metall an Glas lässt die Gespräche verstummen und alle Blicke schweifen zu Jeremiah, der am Ende des Tisches steht und noch einen Moment wartet, ehe er spricht.

»Ich denke, in Anbetracht dessen, dass wir nicht nur ein, sondern zwei wunderbare Ereignisse zu feiern haben, sind ein paar Worte angebracht.« Er wendet sich an seine Tochter, die neben mir sitzt, und lächelt. »Hätte mir jemand vor einem Jahr gesagt, dass mein kleines Mädchen bald eine verheiratete Frau sein würde, hätte ich vermutlich erst mal schauen müssen, wo sich der zukünftige Ehemann versteckt.«

Lautes Gelächter, gefolgt Händen, die Maxim auf die Schulter schlagen. Auch ich muss schmunzeln, denn er hat recht – wer hätte das gedacht?

»Doch es zeigt einmal mehr, wie viele Überraschungen das Leben für uns bereithält. Wie aus Freunden Familie wird. Wie aus einer zufälligen Begegnung so viel mehr werden kann. Und ich denke, ich spreche für alle, wenn ich sage, dass es keinen anderen Mann gibt, der dich so zum Leuchten bringen kann, wie Maxim.«

Ein Glas nach dem anderen hebt sich in die Luft, und auch ich folge der stummen Aufforderung, während meine Augen auf Angelinas liegen, die im Schein des Lichts heller funkeln als die Sterne im Nachthimmel es je könnten.

»Auf Angelina und Maxim! Auf eine Liebe, die jeden Höhen- und Sinkflug gemeinsam überstehen wird. Auf eine Liebe, die genauso lange anhält, wie der Wind uns über die Wolken trägt. Cheers!«

»Cheers!«

Wir alle stoßen auf sie an. Auf ihr Glück, auf ihre Zukunft. Und wenn man die beiden dabei beobachtet, wie sie sich ansehen, während sie einen Schluck ihres Sekts trinken, dann ist so gut wie jedem sicher, dass es wohl kein besser zu ihnen passendes Puzzlestück geben könnte, als den jeweils anderen.

Auch ich nippe an meinem Glas, schaue dabei um mich und bemerke, wie jede einzelne Person lächelt. Es wird gelacht, getrunken, die Stimmung genossen. Und obwohl ein

Teil meines Herzens hier fehlt, meilenweit von mir entfernt ist, weiß ich, jetzt, in diesem Moment, ist meine Familie hier bei mir, während ich mit meiner anderen Familie Christi Geburt feiere – und den Beginn eines neuen Abenteuers.

Dann widmen sich alle dem wundervoll duftenden Essen vor uns. Während ich mich meiner Auswahl annehme, unterhalte ich mich mit Francesca, die mir gegenübersitzt und sich nun nicht nur ihre eigene Hochzeit ausmalt, sondern schon von einer Doppelhochzeit schwärmt. Meine Meinung dazu verstecke ich hinter einem höflichen Lächeln, da ich sehr stark bezweifle, dass so etwas Angelinas Wunsch wäre. Diese bestätigt mir dies, indem sie sich neben mir näher zu ihrer Mutter beugt.

»O nein, ganz sicher nicht! So lieb ich dich habe, Mom, aber ich denke, dass wir beide unterschiedliche Vorstellungen haben, was eine Hochzeit betrifft.«

»Ach wieso denn? Ich meine, würdest du nicht gerne –«

»Wie meine Schwester eine große Feier mit Arbeitskollegen und Geschäftspartnern ausrichten?« Überdeutlich schüttelt sie den Kopf und führt ihre Ansage fort. Meine Gedanken hat sie durch ihre Anmerkung jedoch wieder in Richtungen gelenkt, an die ich nicht denken will.

Zoellas Hochzeit.

Ganz viel Alkohol.

Sean, der mich in mein Zimmer schleift.

Sex.

Das Letzte ist es, was mich abrupt aufstehen lässt. »Ich bin gleich wieder da.« Die Worte kommen gefestigter rüber, als ich mich fühle, dann schlängle ich mich an den Sitzplätzen vorbei, bis ich den kleinen Gang zu den Toiletten erreiche.

Sobald die Tür des Frauen-WCs hinter mir ins Schloss fällt, lehne ich mich dagegen und lasse meinen Kopf mit einem dumpfen Laut gegen das Holz prallen.

Allein die Erinnerungen an den damaligen Tag machen mir zu schaffen.

Der Tag, an dem ich das erste Mal einen entscheidenden Fehler begangen habe.

Auf den so viele mehr folgten. Von denen ich dachte, ich könnte über den Konsequenzen stehen, solange ich wüsste, dass sich der Mann, den ich liebe, doch noch für mich entscheiden würde.

Dummes, dummes Mädchen ...

Meine Lider öffnen sich und ich starre an die Decke. Ob in der Hoffnung, ich würde dort endlich die Lösung für all meine Probleme finden, oder mit dem Wunsch, ein Zeichen zu bekommen, welches mir klipp und klar sagt, was ich tun soll, weiß ich nicht.

Aber müsste ich tief in meinem Inneren nicht schon längst wissen, was zu tun ist?

Wann habe ich mich nur in so eine deprimierte Frau verwandelt?

Ein Rütteln an der Tür lässt mich zurückschrecken und kurz darauf huscht eine Gestalt zu mir hinein, ehe sich die Tür wieder schließt und mit dem im Schloss steckenden Schlüssel verriegelt wird.

Blaue Augen wandern musternd über meinen Körper. Aus reinem Reflex schlinge ich die Arme um mich, in der Hoffnung, mich vor ihm schützen zu können, doch ich weiß, dass es zwecklos ist. Wieso sollte es jetzt funktionieren, wenn es das all die Male zuvor nicht geklappt hat?

»Ist alles okay?«

»Nein, nichts ist okay. Dass du mich das überhaupt fragst!«

Im Versuch, meine Stimme ruhig zu halten, gehe ich einen weiteren Schritt zurück, lehne mich an die gegenüberliegende Wand, ohne Sean aus den Augen zu lassen. Wie Maxim trägt auch er einen Anzug, dessen Jackett er abgelegt zu haben scheint. Die Ärmel seines Hemdes sind so weit hochgekrempelt, dass seine Haut mir wie radioaktives Plutonium entgegenleuchtet, meinen Blick wie magisch anzieht.

»Du solltest nicht hier sein.«

»Ich weiß.«

Ein Schritt, ein Atemzug.

»Jemand könnte nach uns suchen.«

»Dessen bin ich mir bewusst.«

Zwei weitere Schritte, dann treffen sich unsere Schuhspitzen.

»Es könnte jeden Moment an der Tür klopfen.«

»Mikayla?« Seine Schritte stoppen, doch sein Blick scheint immer weiter in mich dringen zu wollen. Seine Hände heben sich und ich glaube schon, dass er sie nach mir ausstrecken will, als sie sich zu Fäusten ballen und er sie in seine Hosentaschen schiebt. »Es tut mir leid, dass ich mich nicht mehr gemeldet habe. Ich wollte ... Nach dem, was du in Maxims Wohnung gesagt hast, dachte ich, dass wir beide vielleicht etwas Zeit und Freiraum brauchen, um über alles nachzudenken.«

Ich schaue zu ihm auf, und während sich mein Herzschlag selbstständig macht, immer schneller zu werden scheint, meine ich, seine Worte in meinen Ohren zu hören, noch ehe sie seinen Mund verlassen haben.

»Ich glaube, dass du recht hattest. Vielleicht ist das zwischen uns zu intensiv. Zu viel. Und ich ... *fuck.*«

Er wendet sich ab, läuft vor und zurück, während ich ihn nur stumm beobachten kann. Gleichzeitig ist da dieses Ding in meiner Brust, das mit jeder vergehenden Sekunde einen weiteren endgültigen Riss zu bekommen scheint. Aber womöglich sind es keine neuen, sondern nur jene, von denen ich geglaubt hatte, sie wären bereits verheilt.

»Vielleicht ist es besser, wenn wir uns darauf konzentrieren, nur Freunde zu sein. Worum ich dich anfangs gebeten hatte. Du hast es selbst gesagt, du kannst so nicht weitermachen. Und ich ehrlich gesagt auch nicht.«

Ohne mir dessen bewusst zu sein, gehe ich auf ihn zu, bis ich vor ihm stoppe und ihn an seinem Arm festhalte. Doch statt nun zu mir zu blicken, wandern seine Augen im Raum umher. Überallhin, außer zu mir. Wenn das nicht ein Tritt in die Magengrube ist.

»Ich weiß nicht, wie es mit Zoella und mir weitergehen wird. Und ich will dich nicht noch mehr verletzen, als ich es ohnehin schon getan habe. Ich nehme die volle Verantwortung auf mich, aber ... lieber habe ich dich so in meinem Leben und an meiner Seite, als dich auf etwas hoffen zu lassen, wovon ich nicht weiß ... wann es passieren wird.«

Oder ob es überhaupt passieren wird, höre ich die unausgesprochene Bedeutung dahinter.

»Also war's das?«, hake ich nach, kann kaum glauben, dass meine Stimme keine Sekunde zittert. Ganz im Gegensatz zu meinem Innersten, das wie ein wütender Löwe um sich brüllt, ist sie ganz ruhig.

»Ja.« Er zögert, doch dann – endlich – treffen seine sonst so strahlend blauen Augen auf meine. Matt und glanzlos. »Freunde. So, wie wir immer funktioniert haben.«

Am liebsten würde ich auflachen.

Etwas zertrümmern. Oder um mich schlagen. Nur um dieses Stimmchen in meinem Kopf zum Verstummen zu bringen, das immer wieder ruft *Ich hab's dir ja gesagt*.

Doch alles, was ich zustande bringe, ist ein mechanisches Nicken.

Als hätte es die vergangenen Monate nicht gegeben.

Als wären seine Worte, seine Versprechen, nicht mehr als Schall und Rauch.

Aber wusste ich nicht schon längst, dass es dazu kommen würde?

»Mikayla? Ist alles in Ordnung?«

Ausgerechnet Zoellas Stimme ist es, die durch die geschlossene Badezimmertür zu uns hallt und dem Moment wieder Leben einhaucht.

»Ja«, krächze ich, doch mein Kopf schreit *Nein*. »Ich komme gleich.«

»Bist du sicher?«

So sicher, wie ich mir sicher bin, dass alles, was der Mann vor mir einst versprochen hat, keinen Wert besitzt. Offensichtlich nie besessen hat.

»Absolut.«

Ihre Erwiderung ist das immer leiser werdende Klackern ihrer Absätze, bis nichts mehr zu hören ist, außer meinem und Seans Atem. Ich wage es nicht, zu ihm aufzusehen, während ich ohne ein weiteres Wort auf den Spiegel zugehe und mein Gesicht abchecke, auf dass es nichts von meinem Gefühlschaos preisgibt. Durch den Spiegel – anders traue ich mir nicht über den Weg – schaue ich zu Sean, der mich stumm beobachtet.

»Du solltest dir eine gute Ausrede überlegen, wo du gewesen bist. Und am besten folgst du mir nicht direkt.«

»Mika –«

Ich stoppe ihn, schlucke den zentnerschweren Kloß in meinem Hals irgendwie runter und verlasse das Damen-WC, ohne noch einen Blick oder ein Wort an Sean zu verschwenden.

Er respektiert immerhin das, was ich gesagt habe, da es weitere fünf Minuten dauert, nachdem ich wieder an meinem Platz sitze, bis auch er am Tisch erscheint. Ich bekomme nur am Rande mit, wie Zoella ihren Mann fragt, ob es ihm gut gehe, ehe ich abschalte und mich an der Hoffnung festklammere, dass alles besser werden wird, wenn ich nach Brasilien fliege.

Wenn mich meine Familie so weit aufgepäppelt hat, dass ich endlich die selbstbewusste und sich selbst liebende Frau wiedergefunden habe, die dieser Mann nach und nach dezimiert hat.

26.

»Käse?«

Blinzelnd schaue ich von meinem geschnittenen Brötchen, dessen Innenleben mir traurig entgegenblickt, auf und begegne Angelinas aufmunternder Miene. Sie hält mir die Platte mit dem Aufschnitt entgegen.

Nickend nehme ich eine Scheibe, die ich zunächst auf den Rand meines eigenen Tellers lege, dann greife ich nach der Butter, um eine Brötchenhälfte zu bestreichen. Die Tasse mit heißer Schokolade, die neben mir steht, habe ich noch immer nicht angerührt und würde es vermutlich auch weiterhin nicht tun, würde ich nicht merken, wie meine beste Freundin mich immer aufmerksamer mustert.

Da Maxim noch etwas zu erledigen hatte, wollte sie unbedingt mit mir frühstücken, und da ich ihr nicht widersprechen konnte, sitzen wir nun hier. Obwohl ich weder großen Hunger hatte noch Lust, mein Bett zu verlassen. Lediglich der für später eingeplante Anruf meiner Eltern ist heute mein Lichtblick, an einem Tag, der für mich schon mit einer sehr kurzen Nacht begonnen hat.

Mit einem hörbaren Seufzen lässt Angelina ihr eigenes Essen zurück auf den Teller fallen, faltet ihre Hände ineinander und mustert mich dann wie eine Therapeutin, die an ihrer Patientin verzweifelt. »Ich weiß wirklich nicht, was ich noch tun soll.«

»Wovon redest du?«

»Wovon ich rede?« Sie zeigt mit ihrem Finger in einer Kreisbewegung auf mich und verzieht die Lippen. »Ich kann an einer Hand abzählen, wann du in den letzten Jahren mal keine gute Laune hattest oder traurig warst. Aber momentan«, sie schüttelt den Kopf, »momentan habe ich eher das Gefühl, dass ich eine depressive Version von dir vor mir habe. Oder eine wandelnde Leiche, das kannst du dir aussuchen.«

Autsch, das hat gesessen.

»Ich meine das wirklich nicht böse, aber wenn ich ehrlich sein soll, frage ich mich die letzte Zeit, wo meine beste Freundin geblieben ist. Eigentlich schon, seitdem du ...«

»Seitdem ich was?«

»Eigentlich hat das Ganze erst angefangen, als du etwas mit diesem Mann angefangen hast. Und vielleicht hätte ich mehr darauf beharren sollen, dass es eine dumme Idee ist, aber ich dachte: Sie wird schon merken, dass es nicht gut gehen kann.«

»Wow. Echt klasse.« Hörbar quietschend schiebe ich den Stuhl, auf dem ich sitze, nach hinten und stehe auf. »Gut zu wissen, was du wirklich darüber denkst.«

»Du weißt, wie ich das meine, Kay.«

»Ach ja, und wie?!«

Sie kommt auf mich zu, und auch wenn sich all meine Muskeln unter ihrer Berührung bis zum Zerbersten anspannen, zucke ich nicht zurück, als Angelina ihre Hände auf meine Arme legt. »Es ging mir dabei immer nur um dein Herz. Nicht um das dieses Typen, der offenbar keinerlei Skrupel zu haben scheint, seine Frau zu betrügen. Aber du – du bist meine beste Freundin und das Letzte, was ich will, ist, dass dir deins gebrochen wird.«

»Wer sagt, dass es so ist?«

Ihre Augen antworten mir, noch ehe es ihre Stimme tut. »Weil der Glanz in deinen Augen erloschen ist. Und das ist genau das, was ich nicht für dich wollte.«

Hitze durchströmt mich, weitet sich bis in meinen Kopf aus und ich kann es nicht verhindern, dass jegliche Abwehr sinkt, mein Körper in sich zusammensackt und ich nichts anderes tun kann, als zu weinen. Mich von meiner besten Freundin stützen zu lassen, weil ich gerade nicht dazu imstande bin, meine Fassade zu wahren.

Wann haben sich die Rollen nur so sehr vertauscht, dass ich diejenige bin, die in ihrem Kummer zu ertrinken droht? Seit wann lasse ich mich so sehr von einem Mann runterziehen, dass ich auf meine Mitmenschen so wirke? Oder zumindest auf einen der Menschen, die mir am Herzen liegen.

Nein, damit muss Schluss sein. Ein für alle Mal.

Entschlossen rapple ich mich auf, wische mir die Spuren der Schwäche vom Gesicht und lächle. Angelina wiederum legt ihre Hände an meine Wangen und wischt mit ihren Daumen unter meinen Wimpern entlang, damit auch wirklich jedes letzte Anzeichen verschwindet.

»Danke, Lina.«

»Wozu sind Schwestern sonst da?«

Statt einer Antwort heben sich meine Mundwinkel, dann schaue ich entschuldigend auf den Tisch mit dem Frühstück, das sie vorbereitet hat, ehe sie vor meinem Bett stand und mich geweckt hat. »Ich wollte dir den Weihnachtsmorgen nicht versauen.«

»Ach, hast du nicht.« Sie winkt ab und zieht mich mit sich auf unser Sofa, wo wir uns in die weichen Polster fallen lassen. Sofort zieht sie ihre Beine unter den Po, ich wiederum mache es mir im Schneidersitz gemütlich und greife nach der langen Decke neben mir, um sie über uns auszubreiten.

»Genug von mir. Wie geht es dir denn, verlobte Frau?«

Ich hätte vermutlich kein besseres Thema finden können, um von mir abzulenken, da im Handumdrehen ihr skeptisch besorgter Gesichtsausdruck einem Strahlen weicht, sodass man meinen könnte, sie besäße Knöpfe, an denen man einfach drehen kann. Ich lasse mich von ihren Glücksgefühlen berieseln, versuche, mich dabei voll und ganz auf Angelina zu konzentrieren und darauf, wie es nun weitergeht. Hochzeit, Kinder, ...

»Habt ihr schon darüber nachgedacht zusammenzuziehen?«

Ertappt beißt sie sich auf die Lippe, was mich wider Erwarten nicht beunruhigt. Denkt sie, mir wäre dieser Gedanke noch nicht in den Sinn gekommen?

»Es war doch voraussehbar, Lina. Ehrlich gesagt hätte ich sogar damit gerechnet, dass du wenigstens schon einmal nach Apartments, wenn nicht sogar nach Häusern geschaut hast.«

»Schon. Aber irgendwie fühlt es sich noch so unwirklich an, weißt du? Als würde ich träumen und könnte im nächsten Moment aufwachen.«

»Ich kann dir zu tausend Prozent versichern, es ist kein Traum. Und ich gönne es dir von ganzem Herzen. Auch wenn ich dann nach einer anderen Wohnung Ausschau halten muss.«

»Willst du mich etwa so schnell loswerden?!« Ihr Grinsen straft ihren Ton Lügen und auch meine Mundwinkel heben sich verdächtig.

»Würde mir nie im Traum einfallen.« Dann zucke ich mit den Schultern. »Ich meine, wenn ich jetzt jeden Morgen so geweckt werde, kann ich es noch ein paar Monate mit dir aushalten. Gerade so.«

Eines der Zierkissen landet in meinem Gesicht, gefolgt von einem schweren Körper, der sich auf mich stürzt. Da sie genau weiß, wo ich kitzelig bin, bin ich ihrer Folter wehrlos ausgeliefert, bis sie mein flehendes »Stopp!« erhört.

Mein Herz rast, während ich mich aufsetze und versuche, mein wild gewordenes Haar zu bändigen. Dann schaue ich zu Angelina, die nicht besser aussieht als ich, aber so glücklich ist, wie auch ich mich in diesem Augenblick fühle. Vergessen sind die Sorgen, die Probleme. Zumindest für jetzt.

Das Klingeln eines Telefons unterbricht jäh den Moment und nachdem Angelina aufsteht, um es zu holen, da es sich um ihres handelt, beobachte ich sie stumm. Dann ertönt der Name ihrer Schwester und beschwört somit die verdrängten Probleme und Sorgen wieder herauf.

Es ist vermutlich reiner Selbstschutz, dass ich auf taub schalte, solange ich sehe, wie Angelina sich das Handy ans Ohr hält. Es dauert eine gefühlte Ewigkeit, bis sie lachend auflegt und sich dann zu mir wendet. Und vermutlich ist es meinem Pokerface zu verdanken, dass sie nicht bemerkt, dass es unter der Maske anders aussieht und die leere Hülle, von der sie vorhin noch gesprochen hat, wiederauferstanden ist.

»Und, wie geht es ihr?«, hake ich höflichkeitshalber nach, obwohl ich es eigentlich nicht wissen will. Mich nicht mit dem Thema Zoella beschäftigen sollte, geschweige denn mit ihrem Mann. Aber vermutlich ist es in meiner Situation normal, den Drang zu verspüren, informiert zu bleiben, sei es noch so toxisch.

»Ihr geht's prima.« Angelina lässt sich direkt neben mir nieder, lehnt sich an die Rückenpolster und schaut nachdenklich an die Decke. »Allerdings habe ich das Gefühl, dass sie etwas bedrückt. Ich meine, sie war schon immer die Art Frau, für die alles perfekt sein muss. Und bisher schien es genauso in ihrem Leben abzulaufen. Doch momentan wirkt ihr Lächeln *zu* breit, *zu* strahlend, weißt du, was ich meine? Ale würde sie etwas belasten. Aber jemand wie sie würde nie ...«

Die restlichen Worte gehen in einem Meer von Piepen unter, welches es mir unmöglich macht, auch nur eine weitere Silbe zu verstehen. Alles erinnert mich daran, was gestern passiert ist. Dass Zoella, vielleicht ohne dass sie sich dessen bewusst ist, wieder gegen mich gewonnen hat. Dass Zoella sogar dann, wenn ihre Ehe auf der Kippe steht, dennoch den

Mann behält und dass ich erneut mit einem zu Boden gestampften Herzen zurückbleibe.

Zu meinem Glück wechseln wir das Thema von Angelinas Schwester zu meinem Urlaub in Brasilien, über den ich tausendmal lieber rede als über alles, was Sean und Zoella betrifft. Zum Beispiel über Marco, bei dem ich noch immer das Gefühl habe, dass ich etwas Wichtiges verpasst habe. Und über Mom und Dad, die ich gerade an Tagen wie heute schrecklich vermisse.

Vielleicht ist es ein Zeichen, dass mir genau in dem Augenblick, in dem ich an sie denke, ein eingehender Skype-Anruf auf meinem Handy angezeigt wird, das auf dem kleinen Tisch vor uns liegt. *Mom* leuchtete mir groß und deutlich entgegen. Ich nehme es sofort in die Hand, grinse in Angelinas Richtung, die mit einer Mischung aus Schock und Freude nun ebenfalls auf meine Hand sieht.

Schmunzeln frage ich sie: »Willst du dir noch schnell die Haare machen?«

»Gib mir eine Minute.« Daraufhin stürmt sie ins Badezimmer, während ich auf *Annehmen* klicke und das Lächeln auf meinen Mund festklebe, welches ich mir all die Jahre antrainiert und perfektioniert habe.

»Hey, Mom. Schön, dich zu sehen.«

27.

Es fühlt sich an, als hätten wir erst gestern darüber gesprochen, und doch sind seit dem Gespräch darüber, dass Angelina und Maxim zusammenziehen könnten, schon fast zwei Wochen vergangen. Weihnachten ist vorbei und das Jahr hat – zu meiner großen Erleichterung – endlich sein Ende gefunden.

Vorsätze habe ich mir für dieses Jahr nur einen gemacht: mich nicht noch mal im Bett eines verheirateten Mannes – vor allem eines ganz bestimmten Mannes – wiederzufinden.

Da ich aber gemerkt habe, dass es nichts bringt, einen eiskalten Entzug zu machen, da dies auf mich wie ein richtig heftiger Jojo-Effekt wirkt, versuche ich, meine Beziehung zu Sean auf ein freundschaftliches, höchstens geschwisterliches Niveau runterzufahren, was mir alles andere als leicht fällt, nach allem, was passiert ist.

Aber ich versuche es.

Ich muss nur ganz fest hoffen, dass ich es diesmal hinbekomme und nicht wieder einknicke.

Jetzt gerade denke ich jedoch nicht weiter darüber nach, sondern drücke meine beste Freundin, die gerade dabei ist, das Apartment zu verlassen, da sie und Maxim zu einer Wohnungsbesichtigung eingeladen sind. Manchmal geht alles doch schneller als man denkt.

»Du schickst mir Fotos, ja? Oder mach direkt eine Roomtour und wir sehen uns das Video später an.«

»Du kannst auch einfach mitkommen, das weißt du, oder?«

Ja, das weiß ich. Sie hat es mir sogar mehrfach angeboten und jedes Mal habe ich abgelehnt. So wie auch jetzt.

»Ich finde, das solltet du und Maxim allein machen. Gehört es nicht irgendwie zu diesem Pärchen-Ding dazu? Da will ich lieber nicht dazwischenfunken. Mir reicht eine ausführliche Berichterstattung, wenn du wieder da bist.«

»Sehr großzügig von dir.«

»Ja, ich weiß. Und jetzt husch husch, bevor dein Mann hier noch raufkommt und dich runterschleifen muss wie ein Neandertaler.«

Sobald sie sich verräterisch auf ihre Lippe beißt, schiebe ich sie lachend aus der Tür und werfe diese dann ins Schloss. Ihr Lachen hallt noch durch die Tür, ehe ihre Stimme vom Flur verschluckt wird.

Meine Füße bringen mich von selbst zurück zum Sofa, wo mir das Standbild der Sitcom entgegenscheint, die ich bis eben noch geschaut habe. Da ich die kommenden Tage außer Landes sein werde, ist der Plan für heute, mich kein einziges Mal aus diesen vier Wänden zu bewegen, sondern nur allein vor dem Fernseher zu sitzen und mich berieseln zu lassen.

Nur soll sich mein Vorhaben schneller in Luft auflösen, als mir lieb ist.

Keine zwei Stunden später, ich stehe gerade auf, um mir ein Glas Wasser zu holen, klingelt es an der Tür. Ein Blick auf die Uhr bestätigt mir, dass es unmöglich Lina sein kann. Ganz abgesehen davon, dass sie einen Schlüssel hat. Und da ich auch keinerlei Besuch erwarte, bleibe ich für einige Sekunden einfach nur stehen und beobachte die Tür.

Das laute Klopfen an dieser lässt mich dann aber erschrocken zusammenzucken. Wenn auch zögernd, gehe letztendlich ich auf sie zu.

Mein Gefühl weiß noch vor meinen Augen, wer dort steht, doch als mein Blick auf seine blauen Iriden trifft, zögere ich, bin nicht imstande, etwas zu sagen.

Auf den ersten Blick wirkt Sean entspannt. Seine Hände sind in den Jackentaschen vergraben und seinen Mund ziert sein typisch charmantes Lächeln. Ich wiederum erkenne, wie stark die Taschen durch seine Fäuste ausgebeult sind, wie seine Gesichtsmuskeln zu verkrampft wirken, als dass er entspannt sein könnte.

»Hey.«

»Hey, Sean.«

Sekunden, in denen keiner von uns etwas sagt, bis ich tief einatme und dann hinzufüge: »Willst du reinkommen?«

Das lässt er sich nicht zweimal sagen, läuft an mir vorbei ins Innere der Wohnung, wobei sein Arm meine Brust streift. Nachdem ich die Tür hinter ihm geschlossen habe, ziehe ich meinen schwarzen Cardigan enger um den Körper und komme ihm mit verschränkten Armen näher, während er sich seine Jacke auszieht und an die kleine Garderobe hängt.

»Willst du was trinken?«

»Ein Wasser wäre nett, danke.«

Mit einem Nicken gehe ich an ihm vorbei zu der Küchennische, wo ich zwei Gläser hervorhole und sie mit der klaren Flüssigkeit fülle, ehe ich ihm eines der beiden reiche. Er hat sich derweil auf einen der Hocker an der Kücheninsel gesetzt und hält sein Getränk mit beiden Händen fest umklammert, während ich mich ihm gegenüber an der Theke anlehne und die Arme auf dem Granit abstütze.

»Brauchst du sonst noch was?«

Etwas, das keinen Körperkontakt erfordert.

»Mir reicht es schon, dass du mir die Tür geöffnet und mich reingelassen hast, auch wenn ich es nicht verdient habe.«

Meine Antwort ist ein zustimmendes Brummen, was immerhin dafür sorgt, dass sich ein Mundwinkel zu einem ehrlichen Schmunzeln hebt, ehe er aufseufzt und sich mit einer Hand über den Bartansatz streicht.

Da ich mir jedoch nicht weiter ansehen kann und will, dass ihn offensichtlich etwas bedrückt, lege ich den Kopf schief und mustere ihn aufmerksam. »Du weißt, dass du mit mir über alles reden kannst. Sei es die Arbeit oder ... oder andere Dinge. Du hast es selbst gesagt«, mit einem Finger zeige ich zwischen uns hin und her, »wir sind Freunde.«

Genau, Mikayla. Geh es richtig an, versichere dir und ihm, dass ihr noch immer Freunde seid. Vielleicht checkt dann auch der Rest deines Körpers, dass es genauso sein sollte.

Ich versuche wirklich, mich an meinen Vorsatz zu halten, dennoch frustriert es mich, als er einen Moment zögert.

»Ich dachte, ich sollte mich noch mal entschuldigen. Richtig, meine ich. Ich habe das Gefühl, alles nur noch falsch zu machen, und will zumindest eine Sache geradebiegen. Irgendwie zumindest ...«

Seine Worte stocken, als würde etwas an dem Satz fehlen, dann verstummt er.

Was mich alles andere als zufrieden stellt. Ganz im Gegenteil.

»Und deswegen bist du extra hergekommen? Um dich zu *entschuldigen*?« Ich stoße mich von der Theke ab, merke, wie sich gemischte Gefühle in mir ausbreiten wollen. »Wenn du dachtest, du könntest mich wieder um den Finger wickeln, dann –«

»Nein!« Ich zucke bei seiner lauten Stimme zusammen, woraufhin er seine Hand über dem Tisch zu mir ausstreckt. »Ich habe das, was an Weihnachten passiert ist, nicht vergessen. Ich war ein Arschloch erster Klasse und du hast es nicht verdient, dass ich dir nur eine SMS schicke mit einem simplen *Sorry*.« Seine Schultern heben und senken sich ruckartig. »Aber wie man merkt, habe ich das Ganze nicht so gut durchdacht.«

»Ach, meinst du?«

Ich schnaube auf, doch zögerlich heben sich meine Mundwinkel in die Höhe. Nicht weit und dennoch genügend, dass er es bemerkt und ebenfalls lächelt. »Sieht wohl so aus, hmm?«

Diese Situation ist surreal, unpassend und alles andere als perfekt. Andererseits passt es irgendwie. Zu uns. Zu unserem chaotischen Etwas, das noch nie einen festen Namen gehabt zu haben scheint.

»Danke«, erwidere ich schmunzelnd. »Dass du mir diese SMS erspart hast und hergekommen bist.«

Er nickt, sichtbar erleichtert über meine Reaktion, ehe er endlich einen Schluck seines Wassers trinkt und sich räuspert. »Wie geht es denn deiner Familie? Soweit ich weiß, hattest du erwähnt, dass du bald zu ihnen fliegst?«

Auch wenn mir weitere Worte auf der Zunge liegen, schlucke ich sie hinunter und lasse mich auf den Themenwechsel ein. Immerhin kennt er meine Familie und zu sagen, dass gerade meine Mom keinen Narren an ihm gefressen hätte, wäre gelogen.

Je mehr ich von Marco, meinen Eltern und meinen Freuden erzähle, desto mehr entlädt sich die Stimmung zwischen uns. Irgendwann lasse ich mich sogar neben ihm auf einen der Hocker nieder, stütze mein Kinn auf den Händen ab und erzähle einfach weiter. Ohne groß darüber nachzudenken, ob es ihn überhaupt interessiert – zum Beispiel von den kleinen Dingen, wie ich mit meiner Kette Angelina dazu gebracht habe, zum Flughafen zu kommen. Oder der Tatsache, dass ich die Kochkünste meiner *avó* so sehr vermisse, dass ich ganz sicher mit einigen Pfund mehr auf den Hüften zurückkommen werde.

Es tut gut. Hier mit ihm zu sitzen, nur zu reden und nicht darüber nachzudenken, was andere davon halten könnten. Es ist nicht mehr als ein Gespräch zwischen zwei Freunden, die sich an schöne Erinnerungen zurückerinnern.

Außer Angelina gab es nie jemanden, mit dem ich alles teilen wollte wie mit Sean. Selbst Ian kommt nicht an dieses Gefühl heran, auch wenn ich in ihm einen guten Freund gefunden habe. Genau deswegen genieße ich es so sehr wie lange nichts mehr in meinem Leben. Nicht mal die Verlockung, mich zurück auf das Sofa zu kuscheln, würde mich von seiner Seite wegbekommen. Und je länger wir hier sitzen wie damals, desto mehr scheint sich auch Seans Körper zu entspannen.

Das Klirren eines Schlüssels reißt uns aus dem Moment. Erst weiten sich meine Augen, dann wandern diese zur Uhr und ich stelle fest, dass über vier Stunden vergangen sind, seit Angelina gegangen ist.

Es ist auch ihre Stimme, die zuerst zu hören ist, sobald sich die Tür öffnet, gefolgt von der ihres Verlobten. Als Maxim uns entdeckt, hebt er fragend eine Augenbraue. Dann bemerkt uns auch meine beste Freundin und bleibt abrupt stehen.

»Was machst du denn hier?«

»Ist auch schön, dich zu sehen.« Sean hebt mit einem Schmunzeln eine Hand, um ihr zu winken, dann steht er auf und ich folge seiner Bewegung.

Während ich zusehe, wie er seine Schwägerin in die Arme zieht, wirft mir diese einen mehr als irritierten Blick zu, auf den ich jedoch nicht mit einem einfachen Gesichtsausdruck antworten kann. Wie auch, wenn ich mir nicht mal selbst sicher bin, weshalb er gekommen ist?

»Ich dachte, da ich sowieso über Phoenix fahren muss, um zu einem Geschäftstermin zu kommen, statte ich euch einen Besuch ab. Da Mikayla meinte, dass du gerade nicht da bist, habe ich noch ein bisschen gewartet.«

»Dann habt ihr euch also endlich vertragen?«

»Könnte man so sagen«, komme ich Seans Antwort zuvor. Als Lina mich ansieht, schüttle ich leicht den Kopf, woraufhin sie mit den Lippen ein lautloses *Okay* formt.

Ich schaue zu Maxim, der die Situation weiterhin stumm beobachtet, bis sich unsere Blicke streifen. Ich muss nicht einmal hören, wie es in seinem Kopf zu rattern beginnt, daher sehe ich schnell weg. Gerade rechtzeitig, da Sean im Begriff ist, seine Jacke zu holen.

Meine beste Freundin beobachtet dies stirnrunzelnd. »Du gehst schon?«

»Leider ja.« Er wirft sich die Jacke über die Schultern, um in die Ärmel zu schlüpfen. »Eigentlich wollte ich nicht lang bleiben und hatte gehofft, dass du früher zurückkommen würdest. Aber mittlerweile ist es schon spät und wenn ich noch pünktlich in Tucson ankommen will, sollte ich mich auf den Weg machen.«

»Ja, natürlich.«

Sie zieht ihn in eine Umarmung, derweil stellt sich Maxim zu mir und sieht wie ich zu Angelina und Sean, die sich noch leise etwas zuflüstern.

»Ist alles okay?«

Ich nicke bloß, da es sich in diesem Moment auch so anfühlt. Okay, vielleicht nur, weil ich bisher an meinem Neujahrsvorsatz festhalten konnte, aber sei's drum.

Nachdem Sean Maxim zum Abschied die Hand hinhält, um sie zu schütteln, begleite ich ihn zur Tür.

Er dreht sich nochmals zu mir und schenkt mir ein freundschaftliches Lächeln. »Danke, dass du mir die Tür nicht vor der Nase zugeknallt hast.«

»Kein Problem. Es war schön, dich zu sehen.«

Ich könnte schwören, dass der Glanz in seinen blauen Augen erlischt, doch so schnell, wie er verschwunden ist, erscheint er wieder, gefolgt von einem Heben seines Mundwinkels. »Geht mir genauso.«

Dann führen ihn seine Beine den Flur entlang und ich schließe die Tür.

Freunde.

Einfach nur Freunde.

Schwungvoll drehe ich mich zu Angelina und Maxim, die sich mittlerweile in der Küchennische befinden und zu mir sehen. Mit einem Lächeln, das ich mir ganz fest auf den

Mund pflastere, gehe ich auf sie zu und lehne mich an die Küchenzeile, woraufhin ich die Arme vor der Brust verschränke. »Und? Was hab ich so auf der Besichtigung verpasst?«

Vergessen ist die Tatsache, dass Sean bis eben noch hier gewesen ist, als meine beste Freundin voller Euphorie ihr Handy aus der Hosentasche kramt und sich neben mich stellt, um mir die Videos zu zeigen, die sie gemacht. Ich lasse mich freiwillig von ihren Worten und ihrer Freude berieseln, damit ich nicht zu dem Fleck schaue, an dem Sean und ich noch vor wenigen Minuten gesessen haben.

Aber hey, wenn ich es heute schon mit Bravour gemeistert habe, nur eine Freundin zu sein, ist es vielleicht ein Schritt in die richtige Richtung. Zumindest ist das meine Hoffnung.

28.

Handys haben die Angewohnheit, in den ungünstigsten Momenten auf sich aufmerksam zu machen.

So wie jetzt.

Voll beladen mit meinem Koffer in der einen und einem Latte in der anderen Hand, bin ich auf dem Weg zum Gate am *San Diego International Airport*, als ich von ankündigendem Vibrieren, gefolgt von dem Klingeln eines Anrufs, überrascht werde und erst einmal um mich blicken muss. Es ist normal, dass wir Flugbegleiter von verschiedenen Flughäfen aus starten müssen, und da es mein Dienstplan hergegeben hat, habe ich mich freiwillig für San Diego gemeldet.

Vielleicht lag es aber auch daran, dass ein winziger Teil in mir gehofft hatte, Sean zu begegnen.

Einige Schritte entfernt entdecke ich einen freien Stehtisch, auf den ich direkt zulaufe und meinen Pappbecher abstelle, um eifrig in meiner Jacketttasche nach dem Übeltäter zu greifen.

»Hallo?«

»Wurde langsam Zeit, dass du rangehst! Ich hab schon gefühlte hundert Mal probiert, dich zu erreichen!«

Bei Marcos Worten verdrehe ich die Augen, aber ein schneller Blick auf das Display, das mir anzeigt, dass er tatsächlich schon vorher versucht hat, mich zu erreichen, genügt.

»Jetzt stell dich nicht so an. Und außerdem waren es nur vier Mal.«

»Genau. Vier zu viel.«

»Willst du mir nicht lieber sagen, womit ich die Ehre eines Anrufs verdient habe?«

»Ach ja, genau.« Während ich mir das Handy zwischen Ohr und Schulter klemme, nehme ich wieder meinen Latte Macchiato an mich und umgreife den Henkel des Koffers, um meinen eigentlichen Weg fortzuführen. Dabei versuche ich, keinen der wartenden Menschen anzurempeln oder gar über ihr Gepäck zu stolpern, was leider oft genug einfach auf den Boden gestellt wird, ohne dass beachtet wird, wem man damit den Weg versperrt.

Menschen können so egoistisch sein.

»Und, bist du dabei?«

»Wie bitte?«

Sein darauffolgendes Seufzen ist nicht zu überhören.

»Tut mir leid, dass ich keinen Bock habe, Bekanntschaft mit dem Boden zu machen. Du hast mich zu einem ungünstigen Zeitpunkt erwischt.«

»Wo bist du denn?«

»Am Flughafen. Mein Flug nach New York geht gleich. Ist auch der Letzte, bevor ich frei habe und dann Urlaub.«

»Während dem du noch zu uns fliegst, oder?«

»Das würde ich um nichts in der Welt verpassen, Marco. Also, erzähl noch mal, was du eben gesagt hast.«

Sechs Stunden später landen wir ohne Turbulenzen am *JFK* in New York. Strahlende Sonne begrüßt uns, als die Passagiere einer nach dem anderen die Maschine verlassen, wobei die meisten uns sogar mit einem Lächeln verabschieden.

Zusammen mit Michael, Susanne und Amanda verlasse auch ich später das Flugzeug und warte wie der Rest der Besatzung auf den Transfer zu unserem Hotel.

Es ist nicht mein erster Aufenthalt in NYC und mit jedem weiteren merke ich, dass die Wahrscheinlichkeit, dass ich hier lande, sehr hoch ist, wenn ich eines Tages umziehen muss. Und das liegt nicht nur am Central Park, der Statue of

Liberty und den vielen leckeren Spots, wo man einen Gaumenschmaus nach dem anderen entdecken kann. Diese Stadt gibt mir das, was ich momentan am allermeisten brauche: einen Neustart, bei dem meine Geschichte nicht vorherbestimmt ist.

Andererseits liegt New York am anderen Ende das Landes. Unzählige Meilen würden mich von Angelina trennen.

Von Sean.

Und bis dato bin ich nicht imstande, so viel Abstand zwischen uns zu bringen.

Dafür koste ich die Zeit, in der ich hier bin, umso mehr aus.

Bereits während der Fahrt zu unserem Hotel halte ich durch die Fenster Ausschau nach einladenden Geschäften, denen ich eventuell einen Besuch abstatten sollte. Vielleicht finde ich ja sogar noch ein Verlobungsgeschenk für Lina. Zwar will sie, im Gegensatz zu ihrer Schwester, keine Party feiern, allerdings fühlt es sich für mich falsch an, ihr zu so einem besonderen Ereignis nichts zu schenken. Da kann sie mir noch so oft ins Gewissen reden, dass es völlig überflüssig sei. Für mich ist es das nicht.

Nach etwas über einer Stunde kommen wir vor dem Hotel an und weitere zehn Minuten später befinde ich mich bereits auf meinem Zimmer, wo ich das Gepäck abstelle und mich direkt umziehe, ehe ich wieder vor dem Hoteleingang stehe.

Es dauert keine fünf Minuten, da erscheint Susanne neben mir, und kurz darauf sind wir in einer Gruppe aus fünf vollständig. Da ich weiß, dass es mehr Spaß macht, eine Stadt als Gruppe zu erkunden, haben wir uns während der Fahrt schnell zusammengefunden und beschlossen, gemeinsam die Stadt unsicher zu machen. Ich bin auch nicht die Einzige, die schon in New York gewesen ist, daher vertrauen wir auf Susannes Tipp und fahren zum Chelsea Market, der nicht weit von unserem Hotel entfernt ist und wo die süchtig machenden Oreos entstanden sind.

Nachdem wir mehrere Stunden umhergelaufen sind und uns durch die verschiedenen Angebote probiert haben, ist jeder auf seine Kosten gekommen. Letztendlich sind wir in einer der Rooftop-Bars gelandet, die in New York sehr angesagt sind.

»Bitte sehr, Ihr Cosmopolitan.«

Ich bedanke mich bei dem Kellner, der mir mit einem charmanten Lächeln das Glas vor die Nase stellt und sich dann den Getränken der anderen widmet, die er auf dem Tisch verteilt. Ich greife nach meinem, setze den Rand an meine Lippen und lasse mich von Cranberry und dem wärmenden Gefühl des Alkohols einnehmen. Solange wir uns nicht betrinken, spricht nichts gegen ein oder zwei Cocktails.

Meine Augen schweifen über die Skyline New Yorks, die am späten Abend besonders imposant ist, während die Sonne dabei ist, unterzugehen und den Himmel in atemberaubende Orange- und Rottöne zu tauchen. Wie von selbst wandern meine Gedanken zu Ian, dem ich sonst direkt ein Bild geschickt hätte, von dem ich jedoch länger nichts mehr gehört habe. Kurzerhand nehme ich mein Handy, schieße ein Foto und schreibe dazu:

M: Hey, Stranger, musste bei diesem Ausblick an dich denken :)

Ich lese mir unsere vorherigen Chats durch und merke, dass gerade in der Zeit, die ich hauptsächlich mit Sean verbracht habe, der Kontakt zu Ian weniger wurde. Ob ich ihn wirklich als Ersatz gesehen, gar benutzt habe?

Der Gedanke daran lässt mich augenblicklich einen weiteren Schluck trinken, denn wenn ja, dann fühlt es sich echt beschissen an. Im selben Moment spüre ich eine Vibration am Tisches und schaue auf den Bildschirm, der mir eine eingehende Nachricht anzeigt.

I: Hey, Verschollene!
Ich musste grade ebenfalls an dich denken, scheint so, als hätten wir einen sechsten Sinn ;)
Meine Aussicht ist zwar nicht so atemberaubend wie deine, dafür genieße ich den spanischen Sternenhimmel und lasse es mir gut gehen

M: Uhh, Spanien – schick mir auf jeden Fall Fotos!
Du bist nicht zufällig demnächst in Brasilien?

I: Nein, leider nicht :/
Ich helfe hier Freunden aus, da werde ich auch so schnell nicht wegkommen

M: Wie schade :(

I: Vermisst mich da etwa jemand?

M: Dich? Niemals :D
Unsere Gespräche? Vielleicht ein kleines bisschen

I: Du weißt, ich bin nur einen Anruf oder eine Nachricht entfernt

Warum bekomme ich ausgerechnet jetzt Herzflattern?

Weil ich völlig in die Nachrichten mit Ian versunken gewesen bin, werde ich mir der Gespräche um mich herum nur langsam bewusst. Schnell schreibe ich ihm noch, dass ich mich später noch mal melde, ehe ich das Handy zur Seite lege und mich nun den anderen widme.

Ich kann jedoch nicht behaupten, dass meine Gedanken dabei völlig anwesend wären und nicht hin und wieder zu Ian schweifen.

Es ist schon verrückt, wie sehr ein Mensch einen einnehmen kann. Sonst bin ich dieses Gefühl nur von Sean gewohnt und das nicht unbedingt in einem guten Maße.

Manchmal glaube ich, dass ich durchdrehen muss, so oft und intensiv, wie er mich und meinen Körper einnimmt. Er schafft es, dass ich bei klarem Himmel in einen Sturzflug falle und das in Sekundenschnelle.

Bei Ian hingegen ist es anderes. Eher ... leicht und ... schön.

Sollte mir diese Erkenntnis etwas sagen?

Aber mit dem Cosmo in meinem Blut ist es schlauer, nicht über so was nachzudenken. Wer weiß, ob ich es sonst nicht wieder schaffe, mich in eine Situation zu manövrieren, die einer Achterbahnfahrt gleichkommt. Und darauf kann ich ganz gut verzichten.

Während die Sonne am Horizont tiefer sinkt, sich unsere Gläser leeren und die Stimmung immer ausgelassener wird, schaffen ich es, eine Weile weder an Männer noch an Liebe, Sex oder andere Themen zu denken, die mich unweigerlich in eine Richtung lenken, die meinen Kopf und mein Herz oft genug in Beschlag nehmen.

Wann habe ich das letzte Mal so wirklich mein Leben genossen? Nur an mich gedacht und nicht an andere?

An welchem Punkt habe ich unbewusst beschlossen, dass sich alles nur noch um Sean drehen kann?

Ich glaube, dass dieser Aufenthalt in New York, kurz bevor ich in São Luís bei meiner Familie bin, genau das ist, was ich gebraucht habe, um mich auf die Zeit vorzubereiten, die allein mir gehört. Nicht Sean. Nicht Ian. Und vor allem nicht der verdammten Liebe, die mich noch in den Wahnsinn treiben wird, wenn ich meine Gefühle nicht langsam unter Kontrolle bekomme.

»Willst du auch noch einen Cocktail?« Michael sieht mich fragend von der gegenüberliegenden Seite an, doch ich schüttle den Kopf.

»Ich nehme nur ein Wasser.«

Mit einem Nicken sammelt er die Wünsche der anderen ein, dann steht er von seinem Platz auf, um zur Bar zu gehen. Kailey, die auf dem Hinflug in der First Class zuständig gewesen ist, wendet sich nun mir zu und blickt für einen Moment auf mein Handgelenk, ehe sie grinsend nachhakt: »Und? Gab es in eurem Abteil Probleme oder war der Hinflug eher entspannt?«

Ich schaue ebenfalls nach unten – und sobald meine Augen das roséfarbene Metall ausmachen, heben sich unweigerlich meine Mundwinkel.

»Ich würde sagen, durchwachsen. Keine nervtötenden Passagiere, aber auch nichts Erleichterndes. Und bei euch?«

»Ich kann mich in keinster Weise beklagen.«

Das glaube ich ihr aufs Wort, versuche aber, mir ein verräterisches Kichern zu verkneifen. Immerhin sind wir vermutlich die Einzigen an diesem Tisch, die wissen, von was wir eigentlich sprechen, und so sollte es auch bleiben.

Der Abend gleitet in die Nacht über und erst, als es bereits auf Mitternacht zugeht, führt uns unser Weg zurück zum Hotel. Auf dem gesamten Rückweg wandern meine Augen über die hell erleuchteten Straßen der Stadt, die niemals schläft. Ich glaube, ich bin noch nie in einer Stadt gewesen, deren inoffizieller Titel so zutreffend war wie New Yorks.

Ich erwische mich erneut dabei, wie ich überlege, wie es wäre, würde mich mein Weg irgendwann hierherführen. Des Jobs wegen oder der Liebe, wer weiß. Ausgeschlossen ist es nicht, denn obwohl ich mich in Phoenix wohlfühle, spüre ich bereits, wie Sean auch dort seine Spuren hinterlässt, genauso wie in San Diego. Wie sie mich dort gefangen halten.

»*Brich aus.*«

»*Als ob das so einfach wäre.*«

»*Das ist es. Du musst nur den Mut dazu haben und auf das scheißen, was die anderen wollen. Es ist* dein *Leben, also auch deine* Entscheidung, Mikayla.«

Ist es Schicksal, dass mir ausgerechnet jetzt Ians Worte im Kopf herumspuken? Dass sich so weit entfernt erst diese Erinnerungen wieder in den Vordergrund drängen? Ist es vielleicht ein Zeichen?

So sehr ich darauf beharren will, dass ich eine reine Freundschaft mit Sean haben kann, so sehr bringen mich jeder Blick, jede einzelne Berührung von ihm ins Straucheln. Es ist ein Wunder, dass mein Kopf durch all die vielen Gedanken, Gefühle und Worte kein Schleudertrauma bekommen hat.

Ich schaue hinauf in den Nachthimmel, wo sich das Licht einzelner Sterne seinen Weg zu uns sucht, und hoffe darauf, dass die Zeit in Brasilien mir endlich das offenbaren wird, was ich so sehr brauche.

Klare Antworten.

Einen eindeutigen Weg, den ich gehen sollte.

Freiheit von all den Lasten, die sich schon so lange auf meinen Schultern ansammeln und mich immer mehr zu erdrücken versuchen.

Inneren Frieden.

29.

Meine Aufregung steigert sich mit jeder Meile, die wir dem *Aeroporto Internacional de São Luís* näherkommen. Mein Blick ist dabei unentwegt auf die Wolkendecke gerichtet, die mir noch die Sicht auf das Festland verweigert. Doch ich weiß, dass es nicht mehr lange dauern wird.

Ich trinke gerade einen Schluck aus meinem Glas Orangensaft, als sich im selben Moment endlich die Wolkenmasse lichtet und mein Warten mit einer herrlichen Aussicht auf das Meer, gefolgt von der Halbinsel, die an das brasilianische Festland grenzt, belohnt.

Langsam lasse ich die Hand sinken, ohne meine Augen von dem Ausblick lösen zu können, und merke, wie das Gefühl von Heimweh mich durchflutet. Viel zu lange ist es her, dass ich hier gewesen bin. Bei meiner Familie. Dem Ort meiner Wurzeln.

Für mich dauert der Landeanflug ewig, auch wenn ich es durch meinen Job besser wissen müsste. Ich schiebe die Hände unter meinen Po und wippe leicht vor und zurück, kann es kaum erwarten, aus der Maschine zu kommen. Wie ein Kind an Weihnachten, das nur darauf wartet, die Geschenke unter dem Weihnachtsbaum zu entdecken.

Eine halbe Stunde später betrete ich die Flughafenhalle, zusammen mit meinen zwei Koffern, die ich bei der Gepäckausgabe geholt habe. Kaum draußen werde ich fast von den Füßen gerissen, als sich Arme um meinen Nacken schlingen und mich ein weiblicher Körper anspringt. Ich schaffe es, rechtzeitig die Henkel loszulassen, um stehen zu bleiben, dann weht mir ein fast vergessener, doch gleichzeitig so vertrauter Geruch nach Kokos in die Nase, dass ich schlagartig die Umarmung erwidere.

»*Finalmente você está de volta em casa!*«

Ja, ich bin endlich wieder zu Hause.

»Ich hab dich auch vermisst, Luara.« Nur, weil wir mehrfach angerempelt werden, lösen wir uns voneinander, was unserem Lächeln keinen Abbruch tut.

Nachdem Luara sich einen der Koffer genommen hat und mich aus der Halle führt, betrachte ich sie von der Seite und stelle fest, dass sie sich in den vier Jahren, in denen ich sie nicht gesehen habe, zumindest äußerlich kaum verändert hat. Ihr Schmollmund, zusammen mit ihren Augen, die beinahe schon schwarz wirken, stechen in ihrem wunderschönen Gesicht noch immer am meisten hervor. Ihre Haare hingegen streifen nicht mehr ihren Steiß, sondern kitzeln ihren Nacken, lassen sie frisch wirken und reifer, als sie ist – wobei ich mit meinen fünfundzwanzig Jahren gerade mal fünf Jahre älter bin als sie.

Sobald wir aus dem klimatisierten Bereich in die pralle Mittagssonne treten, spüre ich genau, wie sich die ersten Schweißtropfen ihren Weg meine Wirbelsäule entlang suchen, weswegen ich sofort meinen Pullover ausziehe und erleichtert aufatme, sobald die Sonnenstrahlen auf meine nun nackten Arme treffen. Immerhin habe ich mitgedacht und ein Top daruntergezogen, sodass ich nur noch das Problem habe, dass meine Jeans irgendwann an meinen Beinen kleben wird.

Luara besieht mich mit einem wissenden Schmunzeln, sagt jedoch nichts und führt mich dann zu einem VW Golf, den sie per Fernschaltung aufschließt. Zusammen verstauen wir mein Gepäck, dann lassen wir uns auf die vorderen Plätze fallen und ich genieße es, nicht selbst am Steuer sitzen zu müssen.

Sobald wir vom Flughafengelände fahren, schaltet sie ihre Soundanlage ein, woraufhin Shakiras Stimme aus den Lautsprechern dröhnt. Grinsend werfe ich meiner Cousine einen Blick zu, da sie schon damals ein Riesenfan der Sängerin gewesen ist, was jetzt einen rötlichen Schimmer auf ihren Wangen hinterlässt.

»Was? Sie macht eben tolle Musik!«

»Ich hab nichts gesagt.«

Es dauert keine Minute, bis wir beide lauthals zu *Hips Don't Lie* mitsingen und ich merke, wie leicht und frei ich mich fühle, seitdem ich brasilianischen Boden betreten habe. Jegliche Lasten, die sonst auf meinen Schultern ruhen und drohen, mich in die Knie zu zwingen, sind hier wie verpufft – als hätte es sie nie gegeben.

Aber ich wage nicht zu glauben, dass dieses Gefühl lange anhalten wird.

Es ist eher wie die Ruhe vor dem Sturm. Wie ein Höhenflug kurz vor dem unaufhaltsamen Fall.

»*Avó* ist übrigens ganz aus dem Häuschen, dich endlich wiederzusehen. Ich hoffe, du hast einen leeren Magen, denn als ich losgefahren bin, war der Esstisch schon halb voll. Und er war komplett ausgezogen.«

Schockiert weiten sich meine Augen, denn ich weiß genau, was Luara damit meint. Denn während an einen ganz normalen Tisch vier bis sechs Personen passen würden, schafft der jahrzehntealte meiner Grandma locker Platz für mindestens zwölf, was sich auch in der Essensmenge widerspiegelt, die sich darauf verteilen lässt.

»Eigentlich hatte ich ja gehofft, mich ein wenig ausruhen zu können.«

Sie wirft mir einen kurzen Blick zu, der mehr sagt, als sie aussprechen könnte. *Das hättest du wohl gerne.*

Und wenn es nach mir ginge, würde ich mich wirklich gerne einfach nur in weiche Laken legen und von der Müdigkeit, die in meinen Knochen steckt, übermannen lassen.

Da ich mir aber bewusst bin, dass ich, sobald wir auf dem Gelände der Oliveiras ankommen, das Zielobjekt jeder anwesenden Person sein werde, würde ich am liebsten weinen vor Freude, als Luara ganz selbstverständlich in den Fußraum des Wagens greift und eine Energydrink-Dose hervorholt.

»Ich denke, das könnte dir helfen.«

Sie kennt mich zu gut.

Wir brauchen knapp eine Stunde, die ich durch die flüssige Unterstützung einigermaßen gut überstehe, bis wir an einem der Randbezirke von São Luís ankommen und ich vom Weiten das riesige Gebäude entdecke, welches durch das Meer im Hintergrund einen traumhaften Anblick bietet. In den USA haben meine Eltern zu den normal verdienenden Personen gehört – unser Zuhause dort konnte also nicht mit dem mithalten, was die Maddox vorweisen können. In São Luís wiederum besitzen wir nicht nur ein weitreichendes Gelände, auf dem die Familie sehr gerne Partys veranstaltet, sondern haben durch unsere Vorfahren auch einen gewissen Status, der uns auf andere Weise reich macht.

Je weiter der Wagen die Auffahrt hinauffährt, desto angespannter werden meine Nerven. Vor Freude. Vor Angst. Aber auch, weil ich nicht weiß, wie es sich anfühlen wird, meine Familie nach so vielen Jahren wieder in die Arme schließen zu können. Vier Jahre sind eine lange Zeit, in der sich vieles verändern kann. In der Menschen sich ändern können. Auch ich habe mich verändert, vermutlich mehr als ich mir selbst eingestehen will. Vor allem in den letzten Wochen. Und ich bin mir nicht sicher, ob sie stolz darauf wären, wenn sie wüssten, was in meinem Inneren vor sich geht. Was ich getan habe.

Der Motor ist nicht einmal verstummt, da wird die Haustür mit einem kräftigen Ruck aufgerissen und eine kleine Gestalt kommt direkt auf uns zu. Luara und ich steigen beide aus, doch ich bin es, die sich dann in einer so festen Umarmung wiederfindet, die man einer winzigen Frau wie meiner Mom gar nicht zutrauen würde.

Es fühlt sich an, als hätte man mich ins kalte Wasser geschmissen. Meine Gefühle drehen sich um hundertachtzig Grad, und hatte ich bis eben noch das Gefühl, nicht zu wissen, was ich empfinden soll, verlässt nun das erste Schluchzen meinen Mund, während Tränen wie ein Fluss meine Wangen entlanggleiten.

Ich bücke mich zu ihr, lasse zu, dass sie mich noch enger an sich presst. Dass sie mir mit ihrer Wärme und ihren Worten, die sie mir ins Ohr murmelt, jeglichen Zweifel austreibt. Und ich merke, wie sämtliche Muskeln in mir dem Drang nachgeben, mich zu entspannen, sodass ich beinahe Angst habe, meine Beine würden unter mir nachgeben.

Erst als weitere Stimmen zu hören sind, die näherkommen, lösen wir uns voneinander, was Mom jedoch nicht davon abhält, ihre Hände um meine Wangen zu legen und mir diesen einen Gesichtsausdruck zu zeigen, den ich so schmerzlichst vermisst habe. Jeder, der die Liebe einer Mutter widerspiegelt.

»*Minha garotinha, minha estrela brilhante.*«
Mein kleines Mädchen. Mein leuchtender Stern.
»Hi, Mom.«

Ich lächle, lege dann meine Hände um ihre Arme und wage es, einen Blick über ihre Schulter zu werfen. Mein Herz quillt vor Freude über, sobald ich meine ganze Familie, die uns mit einem Lächeln auf ihren Lippen beobachtet, an der Türschwelle entdecke. Dad steht neben Grandma, die sich bei ihm untergehakt hat und mit dem Finger unter ihren Augen entlangstreicht. Direkt neben ihr Grandpa, der wiederum eine Hand auf Grandmas Schulter gelegt hat.

Dads Augen schweifen zwischen Mom und mir hin und her, doch selbst aus der Entfernung kann ich das verdächtige Glänzen in entdecken. Sobald sich unsere Blicke treffen, formen seine Lippen nur: »*Bem-vindo a casa.*«

Ja, ich bin endlich zu Hause.

Die Begrüßungsrunde zieht sich so in die Länge, dass meine Müdigkeit irgendwann wie eine Bombe einschlägt. Umso erleichterter bin ich, als Marco mich als Letzter begrüßt und gleichzeitig von den anderen abzuschirmen scheint.

»Das ist hier ja schlimmer als auf einem Basar«, raunt er an mein Ohr, sobald er einen Arm um meine Schultern gelegt und mir einen Kuss auf die Schläfe gegeben hat. »Ich wundere mich, dass du noch auf den Beinen stehen kannst.«

»Ich mich auch«, antworte ich, gefolgt von einem herzhaften Gähnen, das ich nicht unterdrücken kann.

Er schmunzelt wissend und führt mich ins Innere des Hauses. Es gibt genau zehn Schlafzimmer – damit auch alle einen eigenen Schlafplatz haben, sei es Familie oder Gäste –, eine riesige Küche, die auf das Außengelände führt, sowie einen durchgehenden Wohnbereich, in dem wir stets zusammensitzen. Essen ist eine Leidenschaft, die wir alle teilen, vor allem, wenn *avó* die Gerichte zaubert, die in unseren Mägen landen. Und anhand des Duftes, der mir entgegenweht, weiß ich, dass es heute Abend nicht anders aussehen wird.

Ich lasse mich von Marco in eines der Gästezimmer führen, wo meine Koffer bereits stehen, und zögere keine Sekunde, mich auf die Matratze zu werfen. Meine Beine baumeln über dem Boden, mit den Füßen streife ich dabei gleichzeitig die Schuhe ab und seufze ergeben auf.

»Klingt es mies, wenn ich sage, dass ich nur noch schlafen will und keinen Bock auf den ganzen Trubel habe?«

»Wieso? Ist ja nicht so, als würdest du um die Ecke wohnen. Du saßt stundenlang im Flugzeug.« Neben mir spüre ich, wie sich das Bett senkt, kurz darauf treffen meine Augen auf die meine Cousins, die aufmerksam über mein Gesicht gleiten. »Aber das ist nicht der einzige Grund, wieso du so fertig aussiehst, hab ich recht?«

Ich schweige.

Schweige, bis ich seinem Blick nicht mehr standhalten kann und mich von ihm abwende, um an die Zimmerdecke zu starren, während die Worte meine Lippen verlassen. »Du hast ja keine Ahnung.«

»Dann wird es Zeit, dass du mich auf den neusten Stand bringst. Wer weiß, vielleicht kann ich dir ja den ein oder anderen Tipp geben?«

Das Schnauben verlässt meinen Mund, bevor ich es zurückhalten kann, doch es sorgt auch dafür, dass wir beide anfangen zu lachen. Ich merke, wie meine Muskeln, mein Körper, immer leichter werden.

Genau das habe ich vermisst. Meine Familie. Diese Unbeschwertheit, einfach loslassen zu können. Nicht über Wenns und Abers nachdenken zu müssen, sondern die Zeit einfach so auszukosten, wie sie auf mich zukommt.

Blind suche ich mit meiner Hand nach seiner und verschränke sie ineinander. »Nicht heute, ja?« Ich schließe die Lider und atme tief aus, dann drehe ich meinen Kopf zurück in seine Richtung, ehe ich sie wieder öffne. »Ich möchte erst richtig ankommen und die Unbeschwertheit genießen, bevor ich mich dem harten Tobak widmen muss – oder eher sollte.«

Dass sich im Hintergrund die Gedanken dennoch um Sean drehen – genauer gesagt um unsere letzte Begegnung –, behalte ich für mich. Zu diffus ist das, was sie versuchen sich zusammenzuspinnen. Ganz zu schweigen von den noch immer unbeantworteten Fragen. Aber erst einmal sollte ich mich den wichtigeren Dingen widmen, nämlich meiner Familie, für die ich hier in São Luís bin.

Aber auch mir selbst und meinem Seelenwohl.

Ich will mir gar nicht vorstellen, was Marco dazu sagen würde, wenn er wüsste, was seine kleine Cousine so treibt. Auch er ist kein Kind von Traurigkeit, doch ob er so weit gehen würde wie ich es getan habe?

Seine Antwort ist ein stummes Nicken, dann kosten wir den Moment der Ruhe aus. Denn dass dieser nicht lange anhalten wird, dessen sind wir uns beide bewusst. Immerhin gibt es so etwas wie Ruhe in der Familie Oliveira nicht. Vor allem, wenn es etwas zu feiern gibt.

»Mikayla! Marco!«

Ich sage ja, in dieser Familie steht nichts still. Aber ich würde nichts an ihr ändern wollen.

30.

Sonnenstrahlen kitzeln meine Nase und wecken mich. Ich blinzle, brauche einige Sekunden, bis ich meine Umgebung wirklich wahrnehme, und fange an zu lächeln. Es will mein Gesicht auch nicht verlassen, nachdem ich frisch gemacht aus dem Bad komme und im Erdgeschoss auf den Trubel treffe.

Während ein kleiner Körper mit einer dampfenden Pfanne in den Händen an mir vorbeihuscht, entdecke ich zwei andere, die im selben Moment durch die offene Terrasse ins Innere kommen und grinsend zu mir schauen. Dabei heben sich meine Augenbrauen erstaunt, denn es ist ausgerechnet Marco, der die Hand von niemand geringerem als Valentina umschlossen hält.

Das Bild ändert sich auch nicht, sobald sie vor mir stehen bleiben und Valentina mich begrüßt, da ich sie gestern nicht mehr zu Gesicht bekommen habe.

Perplex löse ich mich von ihr und deute dann mit ausgestrecktem Finger zwischen die beiden hin und her. »Erklärung, bitte?«

»Na ja.« Sie zuckt mit den Schultern, doch ihre rötlich schimmernden Wangen verraten sie. »Es ist irgendwie dazu gekommen.«

Ich schaue zu Marco, doch statt etwas zu sagen, zieht er Valentina näher an sich und küsst ihre Schläfe. Das Funkeln in seinen Augen ist dafür Antwort genug.

Als die Stimmen im Wohn- und Essbereich lauter werden, schließen wir drei uns den anderen an und sitzen letztendlich in großer Runde vor dem Frühstückstisch, der, wie nicht anders zu erwarten, so prall gefüllt ist mit allerlei brasilianischen Gerichten, dass ich mich wie im Paradies fühle.

Dennoch schaffe ich es im Gegensatz zu den anderen, die sich teilweise vier Teller genehmigen, gerade mal zwei zu leeren, und lasse mich dann gesättigt und zufrieden nach hinten gegen die Lehne fallen. Ich beobachte die anderen dabei, wie sie sich angeregt in ihrer Muttersprache unterhalten, und merke, dass ich mich bei dem ein oder anderen Wort doch anstrengen muss, um es zu verstehen. Da werden die nächsten Wochen umso besser für mein Portugiesisch-Gedächtnis sein.

»*Querida*, erzähl doch mal, wie geht es Angelina und ihren Eltern? Wir haben länger nichts mehr von Jeremiah und Francesca gehört«, durchbricht Dad meine Gedanken, woraufhin ich in Lichtgeschwindigkeit geistig wieder in den Staaten lande – und damit auch bei anderen Personen, die ich jetzt gerade eher aus meinem Kopf verbannen möchte.

»Es geht ihnen gut«, antworte ich und überlege, wie ich das Kommende richtig auf Portugiesisch ausspreche. »Ihre Eltern haben sich getrennt, aber es geht allen damit besser.«

»Du meine Güte.« Mom schlägt sich erschrocken die Hand vor den Mund, ehe sie fragt: »Aber wieso das denn? Sie waren immer so glücklich! Damit hätte ich wirklich nicht gerechnet!«

»Und wie gehen Angelina und ihre Schwester damit um?«

»Erstaunlich gut.« Na ja, was ihre anfänglichen Reaktionen anbelangt, trifft das vielleicht nicht ganz zu, soweit ich es mitbekommen habe, aber das ist nebensächlich. »Sie sind alle glücklich, so wie es ist. Und Angelina ist mittlerweile auch verlobt. Ihr –«

Ich habe den letzten Satz nicht einmal zu Ende sprechen können, da quetschen mich Mom und Grandma bereits aus. Dass die anderen aber genauso neugierig sind, merke ich an den aufmerksamen Blicken und gespitzten Ohren. Allerdings wundert es mich nicht, immerhin gehört Angelina genauso zu dieser Familie wie ich zu ihrer.

Sobald ich jedes kleinste Detail über den Antrag, darüber, wie Maxim und Angelina sich kennengelernt haben – zumindest die offizielle Variante –, und über die beiden als Paar erzählt habe, merke ich, wie vor allem Moms Augen einen Moment länger auf mir verweilen. Und noch ehe sie den Mund öffnet, fängt mein Herz an, vor Adrenalin schneller zu schlagen.

»Und wann wird es bei dir so weit sein?«

Grinsend winke ich mit einer Hand ab, während sich die andere auf meinem Schoß, verdeckt vor den Blicken aller, zu einer Faust ballt, durch die sich meine Fingernägel in meine Haut bohren. »Ach, das hat doch Zeit! Ich möchte noch einiges von der Welt sehen, bevor ich mich an einen Ort und einen Mann ketten lasse.«

»Von mir aus kann es auch noch gern ein paar Jahre warten. Je länger, desto besser.« Die letzten Worte nuschelt Dad in sein Glas, das er gerade an seinen Mund hebt, und kassiert daraufhin von meiner Mom einen Klaps gegen den Hinterkopf.

»Bist du still! Oder willst du keine süßen Enkel um dich rumflitzen sehen?«

Wir alle fangen an zu lachen, als wir beobachten, wie seine Gesichtszüge von entzückt zu erschrocken zu unzufrieden wechseln, bevor ich ihn erlöse.

»Ich würde ungern am Tisch weiter über mein nicht vorhandenes Liebesleben reden, okay?«

»Genau. Die Vorstellung will ich mir wirklich ersparen«, stimmt Marco mir zu, wobei er mir zuzwinkert.

Zu meiner Erleichterung schweift der Fokus des Gesprächs daraufhin zu ihm und Valentina, was ganz sicher nicht sein Ziel gewesen ist, aber immerhin von mir ablenkt. Denn allein die Erwähnung von Kindern, Liebe und einem

Partner lässt mich an blaue Augen denken, die das in diesem Moment ganz und gar nicht verdient haben.

Ich schüttle jegliche Gedanken und Gefühle von mir ab und konzentriere mich stattdessen auf die Menschen, die mich umgeben. Wie sie lachen und lächeln. Wie man ihnen anmerkt, dass sie alle eine Familie sind. Dass ich sie viel zu selten sehe, lässt mich erneut wehmütig werden. Genau das hier habe ich mehr vermisst, als mir bisher bewusst gewesen ist. Ein chaotischer Haufen, der aus jeder Situation das Beste machen kann.

Das Frühstück zieht sich bis in den Mittag, da wir stundenlang zusammensitzen und reden. Reden und reden, bis ich das Gefühl habe, nichts mehr rausbringen zu können. Doch jeder schöne Moment findet sein Ende.

Nachdem Grandma mich aus der Küche scheucht, mit der Begründung, dass ich nicht hier sei, um zu putzen, schmeiße ich mich kurzerhand in einen Bikini, schnappe mir Sonnencreme und ein Badetuch und mache mich durch die Terrassentür auf die Suche nach dem schmalen Weg, der unser Gelände mit dem Strand verbindet. Auch das habe ich jedes Mal geliebt, wenn ich in Brasilien gewesen bin – das Wissen, dass das Meer, die Wellen und die unzähligen feinen Sandkörner nicht weit entfernt sind.

Zwischenzeitlich gesellen sich auch Luara und Valentina zu mir und brutzeln ebenfalls in der Sonne. Denn im Gegensatz zu Phoenix, wo es mitten im Februar gerade einmal zehn Grad hat, schaffen es die Temperaturen hier auf über dreißig Grad zu klettern, was ein Luxus für mich ist.

»Wie lange sind du und Marco eigentlich schon zusammen? Und warum wusste ich davon noch nichts?« Ich schiebe die Sonnenbrille auf meinem Nasenrücken ein wenig nach unten, um Valentina genauer betrachten zu können.

Diese antwortet mir, ohne die Augen zu öffnen oder ihre entspannte Liegeposition zu verlassen. »Ein paar Wochen vielleicht?«

»Wir haben es erst vor Kurzem erfahren«, wirft meine Cousine ein und wackelt mit den Augenbrauen. »Auch wenn es abzusehen war. So, wie die zwei die Wochen davor umeinander rumgeschlichen sind, habe ich nur darauf gewartet, dass einer von ihnen endlich den ersten Schritt macht.«

»Und du hast das so locker aufgenommen?« Bewundernd schaue ich zu Luara, die wiederum die Lippen verzieht.

»Ich muss zugeben, dass ich, als ich eine Vorahnung hatte, erst hätte würgen können, bei dem Gedanken, dass mein Bruder und meine beste Freundin ...«

»Ich glaub, wir haben's verstanden«, versucht Valentina, sie zu unterbrechen, doch Luara lässt sich nicht abbringen und stützt sogar ihr Kinn auf der Schulter ihrer besten Freundin ab.

»Ich denke, solange beide glücklich sind, kann ich damit leben. Nur können wir uns dann nicht über den interessanten Kram unterhalten, denn ich will ganz sicher nicht wissen, was du mit meinem Bruder im Bett treibst!«

»Als ob ich dir das erzählen würde.« Doch Valentinas Veranlagung, schnell rot zu werden, verrät sie auch dieses Mal.

Ich kann mir gut vorstellen, dass sie und Marco harmonieren, sich so ergänzen, wie es ihnen guttut. Er kann sie aus ihrem Schneckenhaus hervorlocken, sie wiederum scheint ihn zu erden. Zumindest ist das mein Gefühl gewesen, als ich die beiden beim Frühstück beobachtet habe. Ein Blick kann mehr sagen als tausend Worte. Sowohl die guten als auch die schlechten. Und ich bin froh, dass Marco endlich das bekommen hat, was er verdient. Selbst wenn er vielleicht nicht damit gerechnet hat.

Die Stunden verfliegen so schnell, dass die Sonne bereits am Untergehen ist, als die zwei beschließen, zurück ins Haus zu gehen. Ich wiederum habe abgewunken, als sie mich gefragt haben, ob ich mitkommen will.

»Ich komme später nach«, war meine Antwort, doch auch nachdem die Sonne längst nicht mehr zu sehen ist, sitze ich noch immer am Strand, meine Zehen im Sand vergraben, und beobachte die Wellen, wie sie an der Küste brechen, ehe sie sich wieder zurück ins Meer ziehen lassen. Unterbewusst spiele ich dabei mit dem Anhänger meiner Kette. Zum ersten Mal an diesem Tag ist mein Kopf völlig leer. Er ist auf Stand-by, rätselt nicht über die Probleme, die zu Hause auf mich warten. Ich zerbreche mir nicht den Kopf über meine Zukunft, über alles, was auf mich zukommen wird.

All das hat in diesem Augenblick nicht die geringste Bedeutung.

Es gibt nichts außer mir, dem Strand und dem Mond, der meine Sicht als einziges erhellt.

Dabei scheine ich jegliches Gefühl für meine Umgebung verloren zu haben, denn ich zucke erschrocken zusammen, sobald ich weichen Stoff auf meinen Schultern spüre und sich jemand neben mich auf das Handtuch setzt. Ich muss so weggedriftet gewesen sein, dass mir erst jetzt die Gänsehaut auf meinem Körper auffällt, woraufhin ich die Decke enger um mich schlinge und die einhergehende Wärme willkommen heiße.

»Dachte ich's mir, dass ich dich hier finden würde.«

»Valentina hat dir gesagt, wo ich bin, oder?«

»Vielleicht.«

Marco setzt sich neben mich, legt seine Arme um seine angewinkelten Beine und folgt meinem Blick Richtung Horizont. Und für einen Moment schweigen wir einfach nur, hören den Wellen zu, genießen die Stille.

»Willst du mir jetzt erzählen, was los ist?«

Ich muss meinen Blick nicht mal zu ihm wenden, um zu wissen, dass seine Augen nun auf mir ruhen. Musternd. Abwartend. Vielleicht sogar mit einer gewissen Vorahnung.

Ich stoße einen langen Seufzer aus, dann nehme ich eine Handvoll Sand und lasse ihn wieder und wieder durch meine Finger gleiten. Beobachte die Körner, wie sie einzeln zurück auf den Boden rieseln, während sich mein Puls nach und nach beruhigt.

Und dann erzähle ich Marco alles. Lasse nichts aus, auch wenn es Momente gibt, in denen ich stoppen muss, da ich das Gefühl habe, meine Kehle würde sich zuschnüren. Dabei wage ich es kein einziges Mal, zu ihm zu sehen, aus Angst, dann nicht weiterzusprechen, wobei ich erst jetzt merke, wie sehr ich genau das gebraucht habe. Jemandem alles erzählen zu können, ohne verurteilt zu werden. Denn wenn ich eines weiß, dann, dass Marco dies niemals tun würde, so ein Mensch ist er nicht. Ganz im Gegenteil – er hört zu, bis zum Schluss, und sagt dann, was er davon hält, ohne dem anderen das Gefühl zu geben, es bereuen zu müssen, sich ihm anvertraut zu haben.

Meine Worte verhallen mit den letzten Körnern, die meine Handflächen verlassen. Dann warte ich einige Sekunden, bis ich ihm mein Gesicht zuwende. Weder seine Gesichtszüge noch seine Augen verraten, was er denkt.

Er atmet tief ein, ehe er langsam nickt und dann sagt: »Wenn ich ehrlich sein soll, habe ich geahnt, dass es etwas mit ihm zu tun hat. Dass aber so viel mehr dahintersteckt, ist … echt viel.«

»Wem sagst du das.«

Ich lache, sehe, wie sich auch seine Lippen zu einem Schmunzeln verziehen. Mein Lachen wird lauter, unkontrollierter, bis es sich in ein Schluchzen verwandelt und die Tränen unaufhaltsam aus meinen Augen fließen. Doch ich kann nicht aufhören, schaffe es nicht, die Gefühle in mir zu bändigen, bis Marco seine Arme um mich schlingt und mich einfach festhält. Und es tut so gut, alles rauszulassen, nichts zurückhalten zu müssen und das erste Mal die wahren Auswirkungen zu spüren, die meine Liebe zu Sean verursacht.

»Ich bin da, Kay«, murmelt er leise. »Ich bin da.«

Genau das ist er. Eine Ewigkeit und doch nur einen Moment in meinem Leben gibt er mir die Chance, einfach bloß ein Mädchen zu sein, das mit seinem Herzen völlig überfordert ist. Das die Kontrolle über sein Leben verloren hat und nicht weiß, was es tun soll.

Er hält mich einfach nur fest und ist da. Aber mehr brauche ich gerade auch nicht.

31.

»Denkst du, ich sollte das Blaue oder das Grüne nehmen?«

Nachdenklich steht Luara vor der Kleiderstange, obwohl sich ihr Arm schon verdächtig stark gen Boden neigt, was kein Wunder ist, beachtet man die vielen Bügel, die darüber hängen.

»Willst du nicht erst mal schauen, ob bei denen was dabei ist?« Ich deute auf den Berg an Kleidung, den sie bereits hält, doch sie erwidert bloß ein Augenrollen.

»Ja, aber dann müsste ich zweimal in die Umkleide. Ooooder ...«, sie greift nach dem Cutout-Kleid in Smaragdgrün und Saphirblau und legt es zu den anderen Klamotten auf ihrem Arm, ohne dabei ihre Augen von mir zu nehmen, »... ich nehme sie jetzt mit und spare mir den unnötigen Weg.«

Ich schüttle den Kopf, muss aber schmunzeln, denn ganz unrecht hat sie nicht. Luara und Shoppen ist so eine Sache: Sie liebt es einzukaufen, nur das viele Laufen will sie sich am liebsten sparen. Und da ich nun mal zu Besuch bin, hat sie es als Anlass genutzt, mich mit in die Mall zu schleifen, mit den Worten, dass ich so ebenfalls ein paar Andenken von hier in die Staaten mitnehmen könne.

Natürlich ganz uneigennützig.

»Oh! Hier, halt das mal kurz.« Ehe ich auch nur den Mund aufmachen kann, wird mir der Berg in die Arme geschoben, und schon höre ich, wie meine Cousine in irgendeine Richtung davonsaust. Da mir die Kleidung die Sicht versperrt, versuche ich drumherumzuschauen, um wenigstens zu sehen, in welche Richtung sie läuft, damit ich nicht ganz verloren mitten im Laden zurückbleibe.

Aus dem Augenwinkel erkenne ich eine der Verkäuferinnen, die mich erst schmunzelnd mustert und dann auf mich zukommen will, da merke ich, wie mir das Gewicht plötzlich abgenommen wird. Ich taumle einen Schritt zurück.

»Vorsicht.«

Sein charmantes Lächeln ist das Erste, was ich an dem Fremden bemerke. Dann das amüsierte Funkeln in seinen haselnussbraunen Augen und zuletzt die Wärme seiner Hand, die sich auf meinen Rücken legt, während die andere den Haufen an Kleidung umklammert hält, der bis eben noch in meiner Verantwortung lag.

Verwirrt mustere ich ihn, bis ich merke, dass ich ihn zu lange anstarre. »Ähm, danke?«

»Gern geschehen.« Mit einem Nicken deutet er vor uns, in die Richtung, in der sich die Umkleidekabinen befinden. »Wohin?«

»Was?«

»Welche Kabine willst du nehmen?«

Es dauert einige Sekunden, bis ich verstehe, was er denkt, und ich will ihm gerade antworten, da kommt mir Luaras Stimme zuvor. »Am besten in die, direkt neben dem großen Spiegel.«

Er sieht noch einmal zu mir und nachdem auch ich zugestimmt habe, folgen wir ihm zu der Kabine, wo er Bügel für Bügel an die Haken hängt und sich dann wieder mir zuwendet. Meine Cousine grinst mich über seine Schulter hinweg verschmitzt an, dann verschwindet sie mit weiteren drei Kleidern in der Hand hinter dem Vorhang und zieht ihn mit einem Ruck zu.

Da mein Helfer noch immer vor mir steht und nicht den Anschein macht, gehen zu wollen, wage ich einen weiteren Blick auf ihn und entdecke erst jetzt das kleine Schild, auf dem das Logo des Ladens und sein Name zu erkennen sind.

Er muss mir meine Erkenntnis ansehen, da sich einer seiner Mundwinkel hebt und er die Hände in seine Hosentaschen schiebt. »Kann ich dir sonst vielleicht noch weiterhelfen?«

»Ich glaube nicht.« Ich nicke zu dem geschlossenen grauen Vorhang, von wo das Rascheln von Kleidung zu hören ist. »Eigentlich sind wir nur für sie hier.«

»Und uneigentlich?« Da ist ein herausforderndes Funkeln in seinen Augen, das mich verlockt. Und womöglich liegt es an vergangener Nacht, dass ich mich auf das Spiel eines mir Fremden einlasse.

»Uneigentlich lasse ich mich gerne beraten, falls dir etwas ins Auge springt, das zu mir passen könnte.«

»Die Herausforderung nehme ich gerne an.«

Während Luara also ihre riesige Auswahl anprobiert, lasse ich mich von Rafael, wie er sich mir vorgestellt hat, beraten. Dabei merke ich nicht, wie die Zeit an uns vorbeizieht und sich Luara irgendwann zu uns gesellt. Auch sie berät Rafael, schafft es sogar, ihr zu den zwei Kleidern und dem Rock noch ein passendes Bindetop und Schuhe zu empfehlen, auch wenn seine Aufmerksamkeit dabei hauptsächlich auf mir liegt. Und ich genieße dieses Gefühl, diesen gewissen Ausdruck in seinem Blick. Dieses Prickeln in meinem Bauch, wenn ein Mann unverhohlenes Interesse an mir zeigt und ich nicht darüber nachdenken muss, ob es eventuell eine andere Frau geben könnte.

»Habt ihr zwei heute Abend schon was vor?«

Mit unseren neuen Errungenschaften stehen wir anderthalb Stunden später an der Kasse, wo Rafael die Stücke abscannt und uns dann sogar mit einem Zwinkern einen Rabatt gibt. Er stellt die Frage zwar uns beiden, seine Augen sind dabei jedoch allein auf mich gerichtet.

»Wir haben Zeit, oder?« Luara und ich sehen uns an und allein ihr breites Grinsen zeigt mir, dass sie sich dieser Tatsache genauso bewusst ist wie ich.

»Auf jeden Fall.« Kurzerhand zückt sie mein Handy aus meiner Hosentasche und reicht es ihm mit einem breiten Grinsen. »Speicher einfach deine Nummer ein und ruf dich an, dann kannst du Mikayla die Infos schicken, wo wir wann sein sollen.«

Diese Gelegenheit lässt er sich nicht entgehen, tippt blitzschnell seine Nummer ein und reicht mir kurz darauf mein Handy zurück, wobei er es einen Moment lang festhält, als ich es ihm aus der Hand nehmen will.

»Dann sehen wir uns nachher.«

»Sieht so aus.«

Wir beide fangen an zu lächeln und selbst als Luara und ich wieder auf der Ladenstraße stehen, merke ich, wie eine leichte Vorfreude mich überfällt.

»Da hat jemand ein Daaaate.«

Ich schubse sie an, sodass sie leicht zur Seite schwankt, was sie jedoch nicht davon abhält, wissend mit den Augenbrauen zu wackeln.

Stunden später stehe ich zusammen mit Luara, Marco und Valentina vor der Adresse, die Rafael mir geschickt hat. Es scheint eine Privatparty am Strand zu sein, da wir keine halbe Stunde zu Fuß gebraucht haben, bis wir die laute Kulisse von Musik und Gelächter hören konnten.

Während meine Cousine neben mir sich über ihre Schuhwahl beschwert, bin ich froh, mich für ein Paar Sandalen entschieden zu haben, das ich schnell ausziehen kann. Aber auch unsere Kleiderwahl ist gravierend verschieden. Denn während Luara ein gelbes Kleid trägt, das einerseits ihren Teint betont und durch die Cutouts noch mehr Haut durchblicken lässt, und Valentina ebenfalls ein Kleid gewählt hat, jedoch in einer blumigen Maxi-Version, stehe ich in Hotpants und einem Top neben ihnen. Dabei musste ich mich strikt gegen den Protest wehren, dass ich so doch nicht zu einem Date gehen könne. Für mich jedoch ist das hier kein

Date. Es ist ... ein Abend, an dem ich ein paar Stunden vergessen kann, wer ich eigentlich bin.

Ich bin keine Stewardess, die es weder privat noch beruflich schafft, sonderlich weit zu kommen. Hier und jetzt bin ich Mikayla, eine junge Frau, die ihren Urlaub genießen und alles andere ausblenden will.

Dennoch bin ich froh, dass Marco ebenfalls dabei ist. Er kann nicht nur ein wachsames Auge auf uns haben, sondern mich auch bremsen, sollte ich über die Stränge schlagen. Jedes Mal, wenn sich unsere Blicke kreuzen, erkenne ich nämlich genau, dass sich etwas zwischen uns geändert hat. Waren wir zuvor einfache Verwandte, die sehr gut miteinander zurechtkamen, scheint sich das Band zwischen uns mehr gefestigt zu haben. Es ist dicker, stärker geworden.

Marco kennt nun mein schwerwiegendstes Geheimnis. Ist sich bewusst, in was für einem Mist ich stecke, und ist trotzdem neben mir, stupst mich mit seiner Schulter an und schenkt mir ein aufmunterndes Schmunzeln. Mir wiederum hat er sich ebenfalls anvertraut – dass er schon viel länger Gefühle für die beste Freundin seiner Schwester hatte und nicht wusste, wie er damit umgehen sollte.

»Wir beide könnten auch direkt aus so trashigen Büchern entsprungen sein«, war meine Antwort, und wir fingen an zu lachen.

Daraufhin hat er seinen Arm um meine Schulter geschlungen und seinen Kopf an meinen gelehnt. »Dann hoffe ich, dass wir beide unser Happy End bekommen.«

»Mikayla, kommst du?«

Ich blinzle, und folge dann den anderen, die mir einige Schritte voraus sind. Der Untergrund unter meinen Sohlen verändert sich, und mit jedem weiteren Schritt, den ich auf das riesige Lagerfeuer zugehe, wandern meine Mundwinkel weiter nach oben.

Wie lange ist es her, dass ich den Abend am Strand verbracht, mit Freunden die Zeit, die Freiheit gefeiert habe und das Leben mich mal kreuzweise konnte?

Ich versuche, mir einen Überblick über die vielen Leute zu verschaffen, halte dabei Ausschau nach Luara und Marco, bis ich Rafael entdecke, dessen Augen längst auf mir liegen. Sein Mund hebt sich zu einem Lächeln, welches ich erwidere, ehe ich auf ihn zugehe und mich in seine Arme ziehen lasse.

»Ich bin froh, dass du gekommen bist«, raunt seine kratzige Stimme an meinem Ohr und verpasst mir unerwarteterweise eine Gänsehaut. Nur zögerlich löst er sich von mir.

»Ich freue mich auch, hier zu sein.« Und ich meine es auch so.

Zufrieden mit meiner Antwort, greift er wie selbstverständlich nach meiner Hand und zieht mich zu einer kleinen Gruppe von Leuten, die sich angeregt unterhalten. Nachdem ich einem nach dem anderen vorgestellt werde, wird der Kreis immer größer, bis wir beschließen, uns auf die zurechtgerückten Baumstämme zu setzen.

Mir gegenüber entdecke ich Luara, die sich angeregt mit einem der Mädchen unterhält, hin und wieder aber zu einem der Typen blickt, die mit ihren Bierflaschen in der Hand über irgendwas zu lachen scheinen.

»Wie kommt es, dass ich dich bisher noch nie hier gesehen habe?« Rafael lehnt sich nach hinten und stützt sich mit den Armen ab, wobei sein Bein meines streift.

»Ich bin nur zu Besuch bei meiner Familie.«

»Oh, und von wo kommst du dann?«

Seine ehrliche Neugier ist erfrischend und so lasse ich mich darauf ein, lehne mich nun ebenfalls zurück und erzähle ihm von San Diego, vom Fliegen, von Amerika. Im Gegensatz zu mir hat Rafael Brasilien noch nie verlassen, weshalb er mir dabei ununterbrochen an den Lippen hängt.

Kurze Zeit später sind die Flammen des Lagerfeuers zusammen mit dem Mond, der hoch am dunklen Nachthimmel zu erkennen ist, die einzige Lichtquelle. Die Musik wechselt zu einem gemütlichen Wohlfühlfeeling, bis einer sogar eine Gitarre hervorzaubert und beginnt, an den Saiten zu zupfen.

Summend lausche ich den Tönen, den Stimmen, die in den portugiesischen Song mit einstimmen, und schließe die Augen. Spüre, wie sich jeder einzelne Muskel in mir in Butter verwandelt, wie ich jegliche Gedanken loslasse und mich dahintreiben lasse.

Als ich das nächste Mal meine Augen öffne, erkenne ich einige Meter von uns entfernt zwei Gestalten – Marco und Valentina –, die am Strand entlangspazieren, und fange an zu lächeln. Zu wissen, dass zumindest einer von uns beiden ganz sicher sein Happy End haben wird, hinterlässt eine Wärme in meiner Brust, die sich auf meine Lippen projiziert und auch nicht verschwindet, als ich spüre, wie Rafael mir so nah kommt, dass seine Lippen hauchzart mein Ohr streifen.

»Ich weiß, das kommt jetzt vielleicht etwas plötzlich, aber ...«

Im selben Moment spüre ich eine Vibration in meiner Hosentasche und nutze die Gelegenheit, um aufzuspringen und Abstand zwischen uns zu bringen. Denn wenn ich es nicht schon an seiner Tonlage gehört hätte, hätte mir spätestens sein durch den Alkohol verhangener Blick verraten, in welche Richtung seine Gedanken gehen.

»Ich muss da kurz rangehen.« Ich gebe Rafael keine Möglichkeit, mir zu antworten, sondern drücke auf Annehmen, während ich barfuß auf das Wasser zugehe und so die Stimmen hinter mir immer leiser werden.

»Na, endlich! Ich dachte, du würdest gar nicht mehr an dein Handy gehen!«

»Vermisst du mich schon so sehr, dass du mich vollspammen musst?« Grinsend trete ich mit einem Fuß in die Wellen, sodass Spritzer meine Beine treffen und sich der nasse Sand zwischen meine Zehen windet.

»Ich vermisse dich doch immer, wenn du nicht da bist«, ist Angelinas ehrliche Antwort, was jedoch nicht von der Aufregung in ihrer Stimme ablenkt. »Aber deswegen rufe ich nicht an.«

»Sondern?«

»Erinnerst du dich noch daran, wie ich dir erzählt habe, dass Zoella sich ein Kind wünsche, Sean aber Bedenken habe und sie sich noch Zeit lassen wollen?«

Mein Puls steigt von null auf hundertachtzig und das in einer Geschwindigkeit, die mich schwanken lässt. Ich bleibe stehen, kralle mich an meinem Handy fest und starre auf das Meer hinaus, dessen Rauschen sich immer lauter in meinem Kopf auszubreiten scheint. Denn ich kann mich zwar erinnern, dass sie mich über Zoella vollgequatscht hat, doch ich habe irgendwann ganz automatisch abgeschaltet.

Und dieser Fehler wird mir nun zum Verhängnis.

Kein Wort verlässt meine Lippen, doch das scheint auch nicht nötig zu sein, da Angelinas Stimme erneut zu mir hindurchdringt und dafür sorgt, dass all die Lasten, die ich bis eben von mir loseisen konnte, wieder auf mich einstürzen. Dieses Mal jedoch sind sie unendlich schwerer als zuvor und zwingen mich in die Knie.

Meinen Gliedern scheint egal zu sein, dass die Wellen, die auf die Küste treffen, meine Shorts durchnässen und vereinzelt ihre Spuren auf meiner Brust hinterlassen. Wie Geschosse, die zielsicher treffen, mitten in mein Herz, das gleichzeitig stehen bleibt und zu schnell zu schlagen scheint. Ich bekomme keine Luft mehr.

Manchmal will man etwas nicht hören, weil man es tief im Inneren schon weiß, aber keine Ahnung hat, wie man damit umgehen soll. Und doch geben mir ihre klaren Worte den Rest.

»Ich ...«

»Ich weiß, ich war auch erst total überrascht und es ist noch recht früh! Aber ich freue mich so wahnsinnig für sie! Ich werde Tante!« Ihre Freude schallt durch die Leitung und prallt an mir ab, während ich versuche, diese Information zu verarbeiten. »Stell dir nur vor, wie süß das Kleine werden wird. Mit Zoellas Haaren und Seans Augen oder –«

Noch ehe ich darüber nachdenken kann, was ich tue, lege ich auf. Meine Finger zittern unkontrolliert, als sie versuchen, Seans Kontakt unter all den anderen zu finden. Natürlich finde ich ihn nicht sofort, immerhin habe ich ihn unter falschem Namen eingespeichert, aus Angst, jemand könnte rausfinden, was zwischen uns gewesen ist.

Dann entdecke ich ihn doch. Zögere nicht, während mein Finger plötzlich zielsicher die drei Punkte findet und auf ein bestimmtes Wort tippt.

Sind Sie sicher, dass Sie diese Nummer blockieren möchten?

Sämtlicher Sauerstoff verlässt meine Lungen, dann drücke ich auf *Bestätigen* und verbanne Sean aus meinem Leben. Endgültig. So endgültig wie das Leben, das in diesem Moment in dem Bauch seiner Frau heranwächst.

Es grenzt an ein Wunder, dass ich das Handy nicht ins Wasser fallen lasse – oder direkt in den Ozean werfe –, sondern es mechanisch in meine hintere Hosentasche schiebe und dann aufstehe.

Ich gleiche einem Roboter, wische den nassen Sand von meinen Beinen und reibe mit meinen Handflächen über meine Wangen, die wundersamerweise trocken sind. Dann gehe ich zurück zur Musik, auf direktem Weg zu Rafael, der mit einer Mischung aus Besorgnis und Lust seine Augen über meinen Körper streifen lässt.

Ich gebe ihm keine Chance, etwas zu sagen, sondern ziehe ihn am Kragen seines Shirts zu mir hinunter und presse meine Lippen auf seine. Teile mit meiner Zunge seinen Mund, umschmeichle die seine, und endlich – endlich –

spüre ich seine großen Hände, die sich auf meinen Hintern legen und mich an sich drücken.

»Lass uns von hier verschwinden«, wispere ich an seine Lippen, dränge mich näher an ihn, ignoriere das laute Pfeifen der anderen, denen wir vermutlich gerade eine Liveshow bieten.

Für einen kurzen Moment schaut er mich nur mit verschleiertem Blick an, bis er bis über beide Ohren grinst und mich noch einmal küsst, dieses Mal jedoch mit deutlich weniger Überraschung und mehr Verlangen.

»Dein Wunsch sei mir Befehl.«

Wir lassen seine Freunde und meine Familie zurück, das knisternde Lagerfeuer, die ausgelassene Stimmung. Die Wellen, die mich sonst beruhigen konnten, doch nun an eine Erinnerung geknüpft sind, die ich am liebsten für immer hinter mir lassen würde.

Wie die Frau, deren Herz von Anfang an dazu verdammt war, zu zerbrechen.

32.

Das Leben ist schön. Zumindest, wenn ich wie jetzt hier auf der Terrasse stehe, die Arme vor der Brust verschränkt, und meine Familie dabei betrachte, wie sie ausgelassen im Garten sitzt und das schöne Wetter ausnutzt. An den großen Schaukeln, die Marco, mein Onkel Damian und Dad zusammengebaut haben, sitzen Luara und Valentina und schwingen sich immer wieder in die Lüfte. Die Männer wiederum lachen in diesem Moment über etwas, das Grandpa erzählt, während er mit seinen Händen rumfuchtelt.

Hinter mir höre ich es in der Küche zischen und werfe einen schnellen Blick über meine Schulter, entdecke meine *avó*, die eine riesige Pfanne schwenkt und dabei vor sich hin summt. Die einzige Person, die ich nicht finden kann, ist meine Mom, wobei ich mir vorstellen kann, dass sie wie *avó* irgendwas im Haushalt macht.

Es war die richtige Entscheidung, nach São Luís zu meiner Familie zu fliegen. Doch für mich geht diese Zeit auf ihr Ende zu, wie mir der Kalender an der mir gegenüberliegenden Wand beweist. Dabei will ich nicht weg, zumindest noch nicht jetzt. Ich bin noch nicht bereit, mich meinem Leben in Phoenix zu stellen. Mich mit der Tatsache zu beschäftigen, dass Sean Vater wird.

Vater.

Wie lange wusste er schon davon? War Zoella vielleicht schon schwanger, als ich mit ihm im Bett gelandet bin?

Ich glaube, dass du recht hattest. Vielleicht ist das zwischen uns zu intensiv. Zu viel.

Waren diese Worte nur Ausreden?

Ich schnaube. So viel dazu, dass ich ihm wirklich etwas bedeutet habe.

Aber damit ist jetzt Schluss.

»*Querida*, geh mir mal zur Hand.«

»Natürlich.«

Ich drehe mich um, betrete den Herrscherbereich meiner Grandma, die wie ein Wiesel hin und her huscht, während mehrere Töpfe und Pfannen köstliche Düfte verbreiten und mir das Wasser im Mund zusammenlaufen lassen. Alberto in allen Ehren, aber an die Kochkünste in meiner Heimat kommen auch seine Kreationen nicht ran.

Neben ihr bleibe ich stehen und linse über sie hinweg in den Topf, dessen Deckel sie gerade in den Händen hält. »Wie kann ich dir helfen?«

»Würdest du ein Auge auf die Moqueca haben? Nicht, dass es noch anbrennt.«

Mit einem Nicken drehe ich mich zu dem großen Herd und greife nach dem Kochlöffel, der neben dem brodelnden Eintopf liegt, rühre in regelmäßigen Abständen durch und lehne mich dabei an die Theke. Während die Gespräche von draußen noch leise zu uns hallen, ist hier drinnen bis auf das Zischen und Köcheln des Essens nichts zu hören.

Nach einer Weile schiebt mich Grandma sanft mit der Hüfte zur Seite, um mich von meinem Dienst abzulösen.

»Bist du dir sicher, dass du wieder zurück in die Staaten willst?«

Sie sieht nicht zu mir und doch fühlt es sich an, als würde sie mit ihren Worten versuchen, mich zu erdolchen, mich an Ort und Stelle festzunageln. Natürlich bin ich mir bewusst, dass, wenn es nach ihr ginge, die gesamte Familie hier in Brasilien leben würde. Für uns ist es nicht unbedingt üblich, dass sich Teile der Familie abseilen und hunderte Meilen entfernt neue Wurzeln schlagen. Und so ungern ich es auch zugebe, gibt es tatsächlich einen Teil in mir, dem die Vorstellung hierzubleiben mehr gefällt, als in ein paar Tagen wieder ins Flugzeug nach Phoenix zu steigen.

Genauso weiß ich jedoch, dass es falsch wäre, vor meinen Problemen wegzulaufen und nach São Luís zu flüchten. Ganz davon abgesehen, dass ich damit meine beste Freundin zurücklassen würde. Herzschmerz hin oder her – Angelina ist mir zu wichtig.

Avó rührt ein letztes Mal in der Moqueca, wendet sich dann mir zu und nimmt meine Hände in ihre schwieligen. So wunderschön ich meine Grandma auch finde, das Strahlen in ihren Augen wird schwächer und auch ihre Falten zeigen mir ihr Altern.

»Du weißt, dass ich nur das Beste für euch alle will.« Sie hebt eine ihrer Hände und legt sie an meine Wange, während sie mich mit so viel Liebe betrachtet, dass ich merke, wie es hinter meinen Lidern anfängt zu brennen. »Und ich sehe die Traurigkeit in deinen Augen, Mikayla. Etwas lässt dein Herz schwer werden und mir tut es in der Seele weh, dich so zu sehen.«

»Es ist nicht so schlimm.« Ich versuche mich an einem Lächeln, was so schnell wieder verschwindet, wie es erschienen ist. Warum schaffe ich es meinen Passagieren gegenüber, im Handumdrehen eine Maske der Fröhlichkeit aufzulegen, nur jetzt nicht?

»Ach, mein Schatz.« Sie streicht mit ihrem Daumen unter meinen Augen entlang, bevor sie meinen Kopf zu sich zieht und ihre Lippen auf meine Stirn legt. »Was auch immer es ist, was dir dein Strahlen raubt, ich hoffe, dass es bald wieder zurückkehrt. Du hast nur das Beste verdient, nicht weniger.« Ich schlucke, sobald sie mich loslässt und lächelt. »Um es in deinen Worten zu sagen: Egal, welch trübe Wolken gerade über dir schweben, die Sonne wird sie irgendwann vertreiben und dir wieder die Wärme und Leichtigkeit schenken, die du verdienst. Und dann hoffe ich, dass du danach greifst und sie nicht mehr loslässt.«

»Ich werde es versuchen.«

Ein lautes Kreischen reißt uns aus dem Moment und mit einem Schmunzeln beobachte ich Marco, wie er seine Schwester und seine Freundin mit dem Wasserschlauch durch den Garten jagt, während Dad, Onkel Damian und Grandpa ihnen laut lachend zusehen.

In dem Moment beschließe ich, dass es Zeit wird, mein Leben richtig in die Hand zu nehmen – damit ich endlich wieder so unbeschwert sein kann wie jetzt.

»Meine Damen und Herren, in wenigen Minuten beginnen wir mit unserem Landeanflug auf Phoenix, Arizona ...«

Der Rest der Ansage geht in dem Rauschen in meinen Ohren unter, während ich aus dem Fenster schaue, meine Finger um das kalte Metall des Anhängers um meinen Hals geschlungen. Noch nie ist mir der Abschied so schwergefallen, noch nie hat sich alles in mir danach gesehnt zu bleiben, wenigstens noch ein kleines bisschen. Nur, weil ich weiß, wer am Flughafen in Phoenix auf mich wartet, schaffen meine Mundwinkel ein kleines Lächeln.

Die Zeit zieht nur so an mir vorbei, bis das Flugzeug landet, wir uns abschnallen und die Maschine verlassen können. Kurz bevor ich aussteige, erkenne ich sogar eine der Flugbegleiterinnen, deren Grinsen bei meinem Anblick noch etwas breiter wird. Zwanzig Minuten später stehe ich samt Gepäck in der großen Flughafenhalle und halte Ausschau nach einem gewissen Blondschopf.

Doch Angelina scheint mich schneller entdeckt zu haben, da sich auf einmal ein Paar Arme um mich schlingen und ich Mühe habe, nicht zu stolpern, so überrumpelt bin ich von ihrem Überfall.

»Ich freue mich auch, dich zu sehen«, erwidere ich und drücke sie ebenso fest an mich. Kaffeeduft steigt mir in die Nase, und sobald wir uns voneinander lösen, entdecke ich anhand eines kleinen Flecks, dass sie sich wohl gerade erst eines ihrer süchtig machenden Getränke gegönnt hat.

Ich nehme den Griff meines Koffers und folge Angelina zum Ausgang, wo sie uns zielstrebig zu unserem Wagen führt. Sobald wir sitzen und sie den Motor startet, sprudeln die Fragen nur so aus ihrem Mund und irgendwann muss ich sie sogar stoppen, da ich mit solch einer Flut an Neugier nicht gerechnet habe.

»Was denn? Du hast dich die letzten Wochen kaum gemeldet, da muss ich dich doch jetzt löchern mit Fragen! Ich hoffe, du hast deine Familie wenigstens von mir gegrüßt.«

»Glaub mir, nicht nur das.«

Ich berichte ihr auf der Fahrt zu unserem Apartment von allem bis auf jenen Abend, an dem sie mich angerufen hat, und ich bin froh, dass sie mich nicht darauf anspricht, warum ich einfach aufgelegt habe. Wie soll ich ihr auch erklären, dass es eine Kurzschlussreaktion war und ich noch Tage danach daran zu knabbern hatte?

Zumindest hat die Nachricht von Zoellas Schwangerschaft mir eine Entscheidung abnehmen können. Denn mit einem noch verheirateten Mann zu schlafen, ist schon schlimm genug, doch selbst meine Gefühle für Sean würden es nicht schaffen, dass ich über das Wissen hinwegsehen könnte, dass er Vater wird.

»Maxim und ich haben übrigens eine Wohnung gefunden.«

Mein Blick schießt ruckartig zu ihr und empört sprudeln die Worte aus meinem Mund. »Seit wann? Und warum weiß ich davon noch nichts?!«

»Ich dachte, ich könnte sie dir direkt zeigen, wenn du zurück bist. Und ...« Sie beißt sich auf ihre Lippe, bis sie tief ausatmet und dann mit den Schultern zuckt. »Ich wusste nicht, wie du reagieren würdest. Ich meine, wir haben gefühlt unser gesamtes Leben zusammen verbracht und jetzt, na ja –«

»Fühlt es sich komisch an, zu wissen, dass sich unsere Wege trennen?«, beende ich ihren Satz. Ich kann sie verstehen, denn mir geht es kein Stück besser. Ich meine, allein daran zu denken, mir eine neue Wohnung zu suchen, morgens allein aufzuwachen und zu wissen, dass es da keine andere Person gibt, die diese vier Wände mit Leben füllt, ist einfach falsch. Wir kennen es nicht anders und doch ...

Ich drehe mich in meinem Sitz mehr in ihre Richtung. »Glaub mir, die Vorstellung ist für mich genauso angsterregend wie für dich, Lina. Es war klar, dass es irgendwann passieren würde. Ich liebe dich, aber wir beide haben auch unsere eigenen Leben. Und da hat nun mal Maxim den ersten Platz belegt und das freut mich.« Ich lege meine Hand auf ihre, die die Gangschaltung fest umklammert. »Du hast das alles verdient. Und nur, weil sich dieser Teil unserer Leben ändern wird, heißt das noch lange nicht, dass ich dir nicht weiter auf die Nerven gehen kann.«

»Stimmt.« Sie schnieft, wischt sich mit ihrem Arm über die Augen und wirft mir dann einen schnellen Blick zu. »Es ist komisch zu wissen, dass sich plötzlich alles ändert. Es fühlt sich an, als wäre gerade erst ein Wimpernschlag vergangen, seit wir in das Apartment gezogen sind. Und auch wenn ich mich freue, jeden Morgen neben Maxim aufzuwachen, will ich dich einfach nicht allein lassen, weißt du?«

»Ich bin nicht allein, Lina.« Nun bin ich es, deren Stimme zu zittern beginnt. »Du wirst immer noch die erste Person sein, zu der ich gehen werde, wenn ich Probleme habe. Oder wenn ich mich betrinken will. Oder –«

»Wenn du jemandem erzählen willst, was dir auf dem Herzen liegt?«

Ich zögere einen Moment, denn ich weiß genau, auf was, oder eher wen, sie anspielt. Ehe ich antworte, schlucke ich. »Oder wenn ich jemanden zum Reden brauche, ja.«

Der Wagen wird immer langsamer, bis wir stoppen. Erst jetzt bemerke ich, dass wir uns gar nicht vor unserer Wohnung befinden, dafür aber keine zwei Seitenstraßen entfernt. Fragend mustere ich Angelina, die mit ihren geröteten Augen auf das weiße Hochhaus deutet, dessen Fassade frisch gemacht aussieht. Soweit ich mich erinnern kann, handelt es sich dabei auch um einen der Neubauten, die noch in der Fertigstellung sind.

»Für dich wird die Tür immer offenstehen.« Angelina deutet auf das Gebäude und nach und nach setzen sich die Puzzlestücke zusammen.

»Warte, ihr habt hier eine der Wohnungen bekommen?«

Das Funkeln in ihren Augen könnte nicht weniger verbergen, wie sehr sie sich darüber freut, und auch ich merke, wie meine Schultern erleichtert zusammensacken, als mir bewusst wird, dass unsere gemeinsame Zeit zwar zu Ende gehen wird, sie aber kaum von mir entfernt sein wird. Vorausgesetzt, ich bleibe in unserem Apartment oder finde ebenfalls etwas in der Nähe.

Ich lehne mich so gut es mir möglich ist über die Konsole zu ihr, umarme sie und werfe dabei einen weiteren Blick auf das Haus, um dessen Fassade an einigen Stellen noch Gerüste aufgebaut sind. Diese zeigen mir außerdem, dass ich meine beste Freundin zumindest noch eine kleine Weile für mich haben kann.

»Ich finde, das sollten wir feiern!« Ich hebe einen Finger und deute dann vor uns, da ich genau weiß, wo wir jetzt hinfahren werden.

Und als ob sie meine Gedanken lesen könnte, startet sie ein zweites Mal den Wagen. »Erst zu Alberto, dann der Sekt?«

»Ganz genau, Süße.«

Wir fahren auf direktem Weg zum *Marabella's*, gefolgt vom Supermarkt, in dem wir uns mit zwei Flaschen unseres liebsten Sprudelgetränks und Naschzeug eindecken und es uns dann auf unserem Sofa gemütlich machen, um auf Angelinas und Maxims neue Wohnung anzustoßen.

Auf einen neuen Lebensabschnitt.

Und in meinem Inneren darauf, dass ab jetzt alles anders, aber besser werden wird.

33.

Mit zusammengekniffenen Augen brüte ich über den Blättern vor mir, die sich über die gesamte Kochinsel erstrecken, und schiebe mir die Strähne, die mir gerade ins Gesicht fällt, zurück hinters Ohr. Im Hintergrund höre ich die leisen Klänge der Musikanlage, die, seitdem ich aufgestanden bin, meine Inspirationsplaylist abspielt.

Angelina ist vor knapp einer Stunde gegangen, vermutlich, um sich mit ihrem Verlobten zu treffen. Für mich hat sich dadurch eine gute Gelegenheit geboten, endlich richtig mit den Planungen für ihren Junggesellinnenabschied anzufangen. Zwar haben die zwei sich noch nicht entschieden, wann genau sie das Datum festsetzen wollen, da er jedoch seine Familie dabeihaben möchte und seine Mom gesundheitlich noch zu angeschlagen ist, wird die Hochzeit sehr wahrscheinlich erst nächstes Jahr stattfinden.

Man könnte nun meinen, dass ich mir keinen Druck machen müsste – allerdings muss ich in meine Planungen Angelinas Schwester miteinbeziehen, und das wiederum sorgt dafür, dass der Knoten in meinem Bauch sich noch enger schnüren.

Es ist über zwei Monate her, dass ich Seans Nummer gesperrt und ihn damit ein für alle Mal aus meinem Leben verbannt habe. Seitdem habe ich weder etwas von ihm gesehen noch gehört. Das Einzige, was ich weiß, ist, dass er und Zoella sich unheimlich auf das Kind freuen sollen – so zumindest Angelinas Worte. Ich versuche jedoch alles, was mit ihm zu tun hat, auszublenden, und ich muss zugeben: es funktioniert.

Meistens.

Es gibt aber auch jemanden, der nicht ganz unschuldig daran ist, dass ich mich weniger mit meinen alten Lasten befasse und dafür umso mehr versuche, das Hier und Jetzt zu genießen. Und dieser jemand meldet sich genau jetzt via FaceTime.

Wir haben es zu unserem Ritual gemacht, jede Woche zu telefonieren und den anderen upzudaten. Vor allem ich bin jedes Mal gespannt, ob es ihn wieder in ein anderes Land verschlagen hat. Momentan scheint er noch in Spanien zu sein. Der achtstündige Zeitunterschied ist etwas, woran ich mich die letzten Wochen gewöhnt habe, weshalb es mich nicht stört, dass ich in meiner Arbeit unterbrochen werde.

Ich lege den Stift in meiner linken Hand ab und drücke auf Annehmen. »Hey, Ian.«

»Hey, du.« Selbst durch den Bildschirm ist zu sehen, dass die Wochen unter der Sonne eindeutig seine Spuren hinterlassen haben. Die Abendsonne erhellt seine Gesichtszüge, auf denen ein Lächeln liegt, während er offensichtlich auf dem Sprung zu sein scheint. »Störe ich dich oder hast du ein paar Minuten für mich?«

»Für dich immer doch.« Ich lehne das Handy an die Flasche, die vor mir steht, und schiebe die Blätter auf einen Haufen zusammen, ehe ich sie neben mir platziere und mich mit verschränkten Armen zurücklehne. »Also, was gibt's Neues?«

»Sicher, dass ich nicht störe?«

»Ganz sicher.« Ich deute mit einem Nicken neben mich. »Ich habe nur ein paar Ideen für Angelinas Junggesellinnenabend aufgeschrieben.«

»Uhh, das klingt interessant. Erzähl mir mehr.« Seine Augenbrauen wackeln anzüglich, was mich zum Lachen bringt.

Etwas, das er während unserer Gespräche oft schafft, sei es morgens, abends oder mitten in der Nacht.

Ich schmunzle, dann gebe ich mich mit einem Augenverdrehen geschlagen und lese ihm die ersten Punkte vor. Aus Augenwinkel bemerke ich, dass er hin und wieder nickt, bis er irgendwann stehen zu bleiben scheint.

Er schaut sich um, ehe er antwortet: »Das klingt ganz so, als ob du nicht sicher wärst, ob du richtig auf die Kacke hauen sollst oder ob es eher eine ruhige, entspannte Runde werden soll.«

»Stimmt.« Ich presse die Lippen aufeinander. »Solange Angelina und Maxim kein festes Datum ansetzen, weiß ich nicht, ob Zoella noch schwanger sein wird oder –«

»Was hat das eine mit dem anderen zu tun?«

»Sie ist ihre Schwester. Wäre es nicht scheiße von mir, wenn ich etwas plane, bei sie total ausgeschlossen wird?«

»Ja und nein. Ich meine klar, wenn sie ihre Schwester dabeihaben will, aber ...« Er stoppt einen Moment und der Blick, den er mir nun zuwirft, hinterlässt gemischte Gefühle in mir, genauso wie seine Worte. »Du solltest an erster Stelle daran denken, dass es eine Feier für Angelina ist und nicht für Zoella.«

»Ich glaube, ich hätte dir nicht erzählen sollen, dass ich sie hasse.«

»Vielleicht. Aber wenn du sie hasst, hasse ich sie auch.«

»Selbst wenn du nicht alle Fakten kennst?«

»Mikayla.« Er hält eine Hand über seine Augen, wodurch sein halbes Gesicht nun im Schatten liegt. Das hindert ihn jedoch nicht daran, mir zu zeigen, dass er seine Worte ernst meint. »Du bist meine Freundin und ich unterstütze dich. Wenn du sie hasst, hasse ich sie auch. Und wenn du dich urplötzlich dafür entscheidest, sie zu mögen, dann sei es so. Ich bin schließlich nicht mit ihr befreundet, sondern mit dir.«

»Ist das nicht etwas oberflächlich?«

»Wenn ich alles in meinem Leben hinterfragen würde, würde ich mich nicht mitten in Spanien befinden und vor mich hin brutzeln, sondern in einem Büro versauern und mich von meiner Familie in eine Richtung drängen lassen, die ich nicht gewillt bin einzuschlagen.«

Wir beide schweigen, lassen das Gesagte auf uns wirken. Einerseits bin ich froh, jemanden wie ihn als Freund bezeichnen zu können, andererseits stellt sich mir bei solchen Aussagen die Frage, wie viel Ian hinter seinem charmanten Lächeln und seiner sonst so lockeren Art vor mir verbirgt.

»Wirst du mir irgendwann sagen, was du genau damit meinst?«

»Vielleicht. Aber nicht heute.« Seine Lippen verziehen sich. Dann, wie aus dem Nichts, erscheint wieder das unbesorgte Schmunzeln auf seinen Gesichtszügen. »Also, um wieder auf den Junggesellinnenabschied zurückzukommen ...«

Als ich später auflege, ist meine Liste um ein paar weitere Punkte gewachsen: von einer Stripper-Party, bei der Ian natürlich ganz uneigennützig angeboten hat, die Hüllen fallen zu lassen (was sofort wegfiel, immerhin fliegen wir dafür nicht extra nach Spanien oder sonst wo hin), über eine Grillparty, je nachdem wie das Wetter sein wird, bis hin zu einer Kneipentour, haben sich einige Ideen angesammelt. Trotz Ians Protest habe ich auch Ideen notiert, die Zoellas möglichen Zustand berücksichtigen.

Der Zeitpunkt könnte nicht besser sein, denn genau in der Sekunde, als ich die Kücheninsel freiräume, höre ich, wie die Tür geöffnet wird und Angelina zusammen mit Maxim das Apartment betritt.

Sofort fällt ihr Blick auf meine Hände, die die Blätter umklammern.

»Das hier«, ich schiebe sie mir hinter den Rücken, »wirst du nicht zu Gesicht bekommen, meine Liebe. Top Secret.«

»Als ob ich nicht wüsste, was du gemacht hast.«

Sie kommt auf mich zu und will um mich herumgreifen, doch ich entwische ihr mit einem Grinsen, woraufhin sie anfängt zu schmollen.

Ich löse eine meiner Hände und deute erst auf Maxim, dann auf sie. »Sorg dafür, dass sie sich von meinem Zimmer fernhält, ist das klar?«

Völlig gelassen geht er auf seine Verlobte zu und zieht sie an ihrer Taille zu sich, gefolgt von einem »Mach dir keine Sorgen«.

»O doch, mach dir Sorgen. Ich werde schon rausfinden, was du geplant hast.«

Ich beobachte genau, wie er sich zu ihr runter lehnt und ihr etwas ins Ohr flüstert. Es dauert nur Sekunden, doch dann werden ihre Wangen feuerrot und sie beißt sich auf die Lippe.

»Das ist dann wohl mein Zeichen.«

Lachend gehe ich in mein Zimmer, höre dennoch, wie sie mir zuruft, dass sie notfalls Zoella ausfragen wird.

Diese paar Worte sorgen dafür, dass ich die Blätter, die leicht zerknittert sind, nochmals betrachte und aufseufze. Wenn ich nicht etwas plane, bei dem ihre Schwester dabei sein kann, wirft es nicht nur Fragen auf, die ich nicht gewillt bin zu beantworten, sondern könnte auch dafür sorgen, dass ich ungewollt einen Keil zwischen die beiden treibe. Und das wiederum würde sich auch auf mich auswirken.

Daher ist das Nächste, was ich tue, auch wenn ich mir Schöneres vorstellen kann, erneut nach meinem Handy zu greifen und in meinen Kontakten nach Zoella zu suchen. Ich schließe die Tür und lehne mich dagegen, während ich durch die Leitung dem Wartezeichen lausche.

»Wright am Apparat.«

»Hey, Zoella, ich bin's.«

»Oh, hey, Mikayla.« Die Überraschung ist deutlich aus ihrer Stimme zu hören. »Was gibt's?«

Ich erzähle ihr von meinen bisherigen Ideen und dem Problem, dass das genaue Planen schwierig ist, solange wir nicht wissen, wann die Hochzeit stattfinden soll. Sie wiederum scheint zu meiner Verwunderung total in ihrem Element zu sein – wobei es mich nicht wirklich wundern sollte, immerhin ist Zoella die fleischgewordene Perfektion und die einzige Person, die ich kenne, die wirklich immer alles akribisch bis ins kleinste Detail plant.

»Warte mal kurz, ich glaube, ich habe eine Idee.«

Während ich im Hintergrund höre, wie sie etwas zu flüstern scheint – ich will mir auf gar keinen Fall vorstellen, mit wem sie spricht –, gehe ich auf mein Bett zu, lasse mich auf die Matratze fallen und starre an die Decke.

Es dauert nicht mal eine Minute, dann erklingt ihre Stimme wieder durch mein Handy. »Wie wäre es, wenn ich die Tage zu euch komme und wir alles Weitere besprechen? So kann ich Angelina besuchen und habe gleichzeitig eine Ausrede, wieso ich bei euch bin. Dann kannst du mir noch mal alles genauer zeigen und wir lassen uns was Schönes für sie einfallen. Wie klingt das?«

»Das ist ... gut, denke ich.« Ich halte es für eine ganz, ganz schlechte Idee, da mir aber keine plausible Ausrede einfällt, wird mir nichts anderes übrig bleiben.

Aber wer weiß, vielleicht ist es ganz gut, sie zu sehen. Ihren Bauch vor Augen zu haben. Mich selbst davon zu überzeugen, dass ich es schaffe, immer mehr mit meinen Gefühlen klarzukommen, und jene endgültig loszuwerden, die sich lange Zeit wie ein Virus in mir festgesetzt haben.

»Super! Dann schreibe ich dir alles Weitere, ja? Ich muss jetzt leider auflegen, Sean und ich haben noch einen wichtigen Termin.«

Sie muss es nicht mal aussprechen, damit ich weiß, um was für einen Termin es sich handeln muss. Daher verabschiede ich mich rasch von ihr, lege auf und werfe das Handy neben mich. Lege meinen Arm über mein Gesicht, atme mehrmals tief durch und versuche, mich Marcos und Grandmas Worten zu besinnen.

Ich hoffe, dass wir beide unser Happy End bekommen.

Ich habe noch nie so sehr gehofft, dass er mit seinen Worten recht behält.

Ein unerwartetes Klopfen lässt mich hochschrecken, dann öffnet sich die Tür und Angelina schiebt ihren Kopf durch den Schlitz. »Hey, wir wollten gleich was zu essen bestellen und dann einen Film schauen. Hast du Lust, dich zu uns zu gesellen?«

»Klar, warum nicht.«

Ich nehme das Handy, schiebe es mir in die Hosentasche und folge ihr ins Wohnzimmer, wo Maxim es sich mit einem Bein anwinkelt auf der Couch gemütlich gemacht hat.

Angelina wiederum zückt ihr Handy und schaut erst zu mir, dann zu ihrem Verlobten. »Was wollt ihr haben?«

»Alberto soll mich überraschen«, antworte ich, während Maxim sich für klassische Lasagne entscheidet. Während sie die Nummer wählt und die Küchennische anvisiert, setze ich mich ebenfalls auf das Sofa, lehne mich zurück und schließe für einen Moment die Augen. Ich wende Maxim mein Gesicht zu und merke, dass er mich ebenfalls mustert.

»Bei dir alles okay?«

Ich zucke mit den Schultern, nicke aber. »Ich denke schon. Ich glaube, meine Familie zu besuchen, hat geholfen, die Dinge klarer zu sehen.«

»Na dann.« Einer seiner Mundwinkel hebt sich, ehe er neben sich nach einer der Decken greift und sie mir reicht. Statt sie aber loszulassen, hält er sie noch fest, während er mich dabei unentwegt ansieht. »Ich kann verstehen, warum du ihr nichts erzählen willst. Aber ich denke, du solltest noch mal hören, dass sie nicht ohne Grund deine beste Freundin ist und dich und deine Gefühle vielleicht besser versteht, als du ihr zutraust.«

»Ich weiß nicht, Maxim.«

»Behalte es nur im Hinterkopf.« Er wirft einen kurzen Blick in Richtung Küche. »Es ist immer besser, so was persönlich erzählt zu bekommen anstatt es über fünf Ecken zu hören. Denn wenn die ganze Sache auffliegt – und glaub mir, das wird sie irgendwann, egal ob du es beendet hast oder nicht –, musst du dir bewusst sein, in was für eine Position du sie damit drängst. Eine, in die sie nicht verdient hat hineingezwungen zu werden.«

Er lässt rechtzeitig los, sodass Angelina nichts von unserem Gespräch mitbekommt. Völlig entspannt setzt sie sich zwischen uns auf die Polster, greift nach der Decke, die auf meinem Schoß liegt, und breitet sie wie selbstverständlich über uns aus. Ich wage weder zu ihr noch zu Maxim zu sehen, da ich noch immer versuche, das zu verarbeiten, was Maxim angedeutet hat.

Ich weiß, dass er es ihr nicht sagen wird, sonst hätte er es längst getan. Und vielleicht liegt es auch daran, dass er weiß, wie wichtig ich Angelina bin und sie mir. Doch ich schaffe es den gesamten Film lang, während des Essens und selbst dann, als ich alleine im Bett liege, nicht, seine Worte zu vergessen.

Denn wenn die ganze Sache auffliegt, musst du dir bewusst sein, in was für eine Position du sie damit drängst.

Als ob ich selbst nicht wüsste, was alles auf dem Spiel steht.

34.

Wieder und wieder schaue ich auf die Uhrzeit, zupfe ununterbrochen an meinen Haarspitzen und laufe im Apartment hin und her, während ich darauf warte, dass es an der Tür klingelt.

Es ist zwei Wochen her, dass ich Zoella angerufen habe, und keine ganze Woche, seit ich eine Nachricht von ihr bekommen habe, wann sie nach Phoenix kommen könnte. Zu meinem Glück hat das Datum nicht mit meinem Dienstplan kollidiert – obwohl ich mir noch immer nicht sicher bin, ob das tatsächlich etwas Gutes ist.

Zwar ist Angelina ebenfalls zu Hause, doch tagsüber anscheinend unterwegs, weshalb es nicht auffallen wird, dass ich mich mit ihrer Schwester treffe. Was ich mich aber frage, ist, ob sie alleine sein oder Sean mitbringen wird. Und, wenn letzteres der Fall ist, ob ich ihm begegnen muss.

Ich rolle mit meinen Schultern, die durch die ganze Anspannung völlig steif sind, und gehe dann ans Fenster, schaue auf die Straße hinunter und halte Ausschau nach einem bekannten Wagen, doch ... nichts. Ich zucke zusammen, als es im selben Moment an der Tür klingelt.

Langsam, als ob ich mich auf das Kommende innerlich noch vorbereiten müsste, laufe ich auf die Tür zu, betätige den Summer und warte. Erst entdecke ich ihr feuerrotes Haar, das in den vergangenen Monaten gewachsen ist, dann streifen meine Augen ihren Bauch, der mein Herz einen Schlag aussetzen lässt. Vielleicht bilde ich es mir auch nur ein, aber mein Hirn meint, eine eindeutige Wölbung zu erkennen. Dabei weiß ich nicht einmal genau, in welchem Monat sie ist.

»Mikayla.«

Zoella zieht mich in eine Umarmung, die ich mehr oder weniger erwidere. Ich atme erleichtert auf, als sie sich an mir vorbei in die Wohnung schiebt. Sobald ich die Tür ins Schloss fallen höre, werfe ich einen Blick über die Schulter, wo Angelinas Schwester steht und sich umsieht.

»Ich habe das Gefühl, als wäre ich das erste Mal hier, und das, obwohl ich Lina mittlerweile in paarmal besucht habe.«

»Na ja, ihr hattet damals sicher andere Dinge im Kopf, als eine Tour.«

»Auch wieder wahr.«

Sie wendet sich mir zu, während sie sich ihrer Jacke entledigt und auf mich zukommt, um sie an die Garderobe zu hängen. Es wirkt beinahe wie in Zeitlupe, sodass es für mich keine andere Möglichkeit gibt, als sie anzustarren. Denn dass sie schwanger ist, erkennt man nicht nur an ihrem Bauch, dessen Wölbung ich mir jetzt auf den zweiten Blick ganz sicher bin, sondern auch an diesem ... Strahlen? Ist es das, wovon andere immer sprechen, wenn sie sagen, dass man Frauen ansehen kann, wenn sie ein Kind unter ihrem Herzen tragen?

Es lässt mich schlucken, dieses Wissen, wessen Kind es ist. Dabei wusste ich, dass es irgendwann dazu kommen könnte. Es ist wie ein Reality-Check, den ich bitter nötig habe.

Als ich merke, dass ich wie bestellt und nicht abgeholt noch immer am selben Fleck stehe und sie geradezu anstarre, schüttle ich den Kopf und sehe ihr in die Augen. »Kann ich dir was anbieten? Wasser? Tee?«

»Ein Wasser wäre nett, danke.«

Sie folgt mir in die Küchenzeile, wo sie sich auf einen der Hocker setzt. Ich kann ihren Blick in meinem Nacken spüren, während ich aus dem Hängeschrank zwei Gläser und die gekühlte Flasche aus dem Kühlschrank hervorhole. Beides stelle ich vor sie auf die Insel, schenke uns dann etwas ein. Einen Moment überlege ich, ob es unhöflich wäre, alles, was ich bereits zusammengetragen habe, aus meinem Schlafzimmer zu holen, damit wir es durchgehen können, da kommt sie mir zuvor, indem sie sich umsieht.

»Ich frage das echt ungern, aber habt ihr vielleicht eine Kleinigkeit zum Snacken? Momentan habe ich das Gefühl, immer Hunger zu haben.«

Sie streicht sich über ihren Bauch und lächelt mich entschuldigend an. Und es fällt mir so, so schwer, den Mund und mein Gesicht unter Kontrolle zu halten. Daher nicke ich nur, balle meine Hand zur Faust und drehe mich um, um in unserer Nasch-Schublade nach etwas Schokolade und Nüssen zu schauen. Fragend halte ich besagte Snacks in die Luft.

»Habt ihr auch Gummibärchen oder Joghurt?«

»Bestimmt.«

Ich verkneife mir einen Kommentar und suche stattdessen nach dem Gewünschten.

Nach ein paar Minuten stehen ein Erdbeer-Joghurt mit Löffel und eine kleine Packung Gummibärchen vor ihr. Mit einem Danke öffnet sie die Lasche und tunkt den Löffel in meinen letzten Lieblingsjoghurt, eignet ihn sich an wie alle anderen Dinge, die einst mir gehört haben.

»Ich komme gleich wieder.«

Schnell befreie ich mich aus der Gefahrenzone und bleibe in meinem Zimmer einen Moment stehen, atme tief durch und versuche, mich zu beruhigen.

Dabei verstehe ich nicht einmal, warum meine Nerven plötzlich so hauchdünn zu sein scheinen, immerhin haben sie es in den letzten Wochen ohne Probleme geschafft, nicht an Sean, nicht an das Baby und nicht an Zoella zu denken, außer, es ging um den Junggesellinnenabschied.

Auf der Kommode sammle ich meine Notizen zusammen und mache mich langsamen Schrittes zurück zur Küche. Dabei schweifen meine Augen über Zoellas Kehrseite, bei deren Anblick man nicht erahnen würde, dass sie in anderen Umständen ist. Nein, stattdessen wirkt sie wie immer: eine erfolgreiche Geschäftsfrau, die stets perfekt zurechtgemacht ist. Nicht ein einziges Haar scheint an der falschen Stelle zu liegen und es lässt sich keine Falte in ihrer Kleidung erkennen.

Ich setze mich auf den Hocker neben ihr und lege die Blätter zwischen uns auf die Marmorplatte. Dann ziehe ich den Block, der ganz unten liegt, hervor und nehme den Kugelschreiber, der daran festhängt, ehe ich mit diesem auf das oberste Blatt deute.

»Wie gesagt, habe ich ja schon ein paar Überlegungen aufgeschrieben, was wir alles machen könnten. Dabei besteht aber immer noch die Frage, wann die Feier stattfinden soll und ob wir sie auf ein ganzes Wochenende verteilen wollen oder auf einen Tag beschränken.«

Nickend und immer wieder einen Löffel des Joghurts essend, hört Zoella mir aufmerksam zu, während ich die einzelnen Punkte und meine Ideen dazu näher erläutere. So erstaunlich es ist, mir fällt es mit der Zeit immer leichter, mich in ihrer Anwesenheit zu lockern.

Nachdem wir uns darauf einigen, dass es besser ist, wenn wir uns auf maximal zwei Tage festlegen, damit wir flexibler bleiben, beschließen wir außerdem, dass wir außerhalb von San Diego und Phoenix feiern wollen. Was das genaue Ziel betrifft, sind wir uns jedoch noch unschlüssig, machen aber dafür eine Liste mit potenziellen Städten, in die es sich hervorragend anbieten würde, Angelina zu entführen. Dabei versuchen wir besonders an jene zu denken, in denen sie bisher noch nicht gewesen ist. Und obwohl es eher unwahrscheinlich ist, dass unsere Wahl letztendlich darauf fallen wird, wollte ich New York ebenfalls draufsetzen.

Als Zoella auf eine Pause besteht und in unserem Badezimmer verschwindet, lese ich mir noch mal unsere Einfälle durch und muss sagen, dass wir zumindest in dieser Sache kein so schlechtes Team abgeben, so ungern ich es wahrhaben will.

Stripper
Kneipentour
Schick essen gehen
Maniküre-Pediküre
Hotel?
Clubbesuch
...

Über zwei Seiten an Ideen haben wir gefüllt, mit denen wir uns aber erst näher befassen werden, sobald das Datum fix ist. Das ist auch der einzige Zusammenhang, in dem Zoella explizit über ihr Baby gesprochen hat.

»Hoffen wir, dass das Würmchen bis dahin schon längst da ist. Dann kann ich wenigstens darauf anstoßen.«

Meine Antwort war ein zustimmendes Murmeln und zum Glück beließ sie es dabei.

Ich höre, wie sich die Badezimmertür hinter mir öffnet und drehe mich in meinem Hocker in ihre Richtung, genau dann, als sie mit beiden Händen über ihren Bauch streichelt und ihm oder ihr etwas leise zuzumurmeln scheint. Ihr Blick hebt sich, trifft direkt auf meinen, und sofort schaue ich weg, merke, wie sich Wärme in meinem Bauch breitmacht. Aber nicht eine der guten Sorte, sondern eine, die einem bösen Omen gleicht.

»Ich hoffe, ich trete dir damit nicht zu nahe.«

»Was meinst du?«

Sie kommt auf mich zu, doch statt sich hinzusetzen, bleibt sie nun stehen und mustert mich besorgt. »Na ja ... ich habe nur das Gefühl, dass ... ich weiß auch nicht, du dir das wünschst.«

»Ein Baby meinst du?«

»Eine Familie.«

Ihre Worte sind wie ein Schlag ins Gesicht. Und das nicht, weil sie damit gar nicht so falsch liegt. Sondern, weil sie das alles mit dem Mann hat, mit dem ich so viele Jahre gehofft habe, diese Dinge zu teilen. Doch dann kam sie und hat sich wie eine Walze zwischen uns gedrängt.

Sie ist es, die das hat, was eigentlich mir gehören sollte.

»Da bildest du dir vermutlich nur was ein. Ich ...« In einem Versuch, die Sache runterzuspielen, winke ich mit der Hand ab und gebe ein kleines Lachen von mir, von dem ich genau weiß, dass es weniger überzeugend ist als gehofft. »Es ist für mich nur etwas ungewohnt. Immerhin ist es Seans und dein Baby. Die Vorstellung davon ist irgendwie komisch, weil er mein bester Freund gewesen ist und ich mir einfach nicht vorstellen konnte, dass –«

»Dass er und ich eines Tages zusammen Kinder haben würden?« Ich sehe es nicht kommen. Wie sich Zoella mir nähert, wie der sorgenvolle Ausdruck von der einen auf die andere Sekunde verschwindet und ihr Atem meinen Nacken streift. »Oder liegt es nicht eher daran, dass nicht du diejenige bist, die sein Kind bekommt?«

Ich kann mich nicht rühren.

Nicht atmen.

Es ist, als wäre mein gesamter Körper zum Stillstand gekommen.

Nichts passiert ohne Grund, egal ob Äußere dein Handeln gutheißen oder nicht.

Am Ende bist du diejenige, die mit den Entscheidungen leben muss.

»Was?«

Während ich versuche, ihre und Maxims Worte, die mir ausgerechnet jetzt in den Sinn kommen, zu verarbeiten, löst sie sich so weit von mir, dass ihre stechend grünen Augen auf meine treffen. Nur dass sie statt sonst nicht wie ein Edelstein funkeln, sondern Gift versprühen.

»Du hast mich ganz genau verstanden, Mikayla. Oder glaubst du wirklich, ich wüsste nicht, dass du dich meinem

Ehemann wie ein billiges Flittchen an den Hals geworfen hast, um ihn ins Bett zu bekommen?«

Ruckartig schubst sie mich von sich weg. Beinahe falle ich vom Hocker, schaffe es aber gerade rechtzeitig, mich an der Kante festzuhalten. Mit geweiteten Augen beobachte ich sie haargenau, wie sie aus dem Nichts anfängt zu lachen und den Kopf schüttelt.

»Wie naiv du bist, du dummes Mädchen. Denkst du, ich hätte nicht gewusst, dass du es bist, die er in einem dieser Hotelbetten gefickt hat? Aber weißt du, was das Beste ist?« Sie wartet nicht mal auf eine Erwiderung, sondern lehnt sich völlig gelassen an die Küchentheke. »Du bist auch noch so verblendet zu glauben, dass du ihn je wieder haben könntest!

Ich habe es dir schon einmal gesagt – Gesindel wie du sollte da bleiben, wo es hingehört. Daran kann auch dein aufgetakeltes Aussehen nichts ändern. Immerhin gehört er noch immer mir. *Ich* bin es, die noch immer *seinen* Namen trägt. Du wirst nie eine Chance gegen mich haben, genauso wie damals, als er dich abserviert hat. Allein, dass er nicht offen zu dir stehen wollte, hätte dir zeigen sollen, dass du an seiner Seite völlig fehl am Platz bist, Schätzchen. Immerhin hätten seine Familie und er sich niemals mit jemandem wie dir in der Öffentlichkeit sehen lassen.«

Sie streicht sich ihre Haare hinter die Schultern und mustert mich abschätzig. Als wäre ich der Dreck unter ihren Schuhsohlen. Als wäre ich es nicht wert, ein Teil ihrer Welt, ihrer Familie zu sein.

Es ist genau das, was sie immer in mir gesehen hat, und ich dachte, ich hätte mir all die Jahre nur eingebildet, dass ihre Abneigung, ihr Hass auf mich, so tief gehen.

Von wegen, die Ehe hat diese Bitch geändert. Ich hätte auf mein verdammtes Bauchgefühl hören und ihr keinen Moment trauen sollen.

»Findest du es nicht ein bisschen erbärmlich, dich nicht nur an einen verheirateten Mann ranzumachen und ihn zu verführen, sondern auch noch an den der Schwester deiner besten Freundin? Ich wette sogar, Angelina weiß nicht einmal irgendwas davon, dass du Sean liebst, geschweige denn, dass du ihm all die Jahre hinterhergeweint hast wie eine pubertierende Sechzehnjährige.«

»Hör auf!«

»Wieso?« Ihr Blick frisst sich in mich und so sehr ich es will, so sehr ich sie aus diesen vier Wänden schmeißen will ... ich schaffe es nicht.

»Wieso sollte ich aufhören, die Wahrheit zu sagen? Dass du nicht mehr bist als eine neidische, hinterhältige und dreckige Schlampe, die ihre Hände nicht bei sich behalten kann? Sag mir, hättest du dich noch immer von ihm vögeln lassen, wenn ich nicht ganz zufällig schwanger geworden wäre, Mikayla?«

Vehement schüttle ich den Kopf, versuche, ihre Worte nicht an mich rankommen zu lassen, bis ich vor Schock erstarre. »Warte ... bist du etwa nur schwanger, weil –«

»Oh, du kannst ja doch noch deinen Kopf einschalten, wie ereignisreich.« Sie nickt gehässig und seufzt dann auf. »Eigentlich hat es so gar nicht in meine Planung gepasst, jetzt schon ein Kind zu bekommen, aber um dich endlich loszuwerden, war mir diese Umdisponierung ganz recht.«

»Du bist doch krank!«

»Oh, Süße. Ich glaube, du verwechselst da etwas.«

Sie stößt sich ab und bleibt unmittelbar vor mir stehen. Ihre perfekt manikürten Finger greifen schmerzhaft nach meinem Kinn, als wäre ich ein Kind, das sie tadeln muss. Alles daran, an ihr, widert mich an, doch was kann ich groß tun? Verdammt, sie ist trotz allem schwanger, und wenn dem Kind irgendwas passieren würde ...

»Ich bin nicht diejenige, die hinter dem Rücken ihrer besten Freundin mit ihrem Schwager fickt. Ich bin nicht diejenige, die einer verheirateten Frau so einen Verrat antut. Und ganz sicher bin nicht ich diejenige«, ihre Stimme scheint vom einen auf den anderen Moment zu brechen, doch ich verstehe zu spät, wieso, »die allen etwas vormacht und es sogar gewagt hat, an meiner eigenen Hochzeit mit meinem Mann zu schlafen, um es dann wieder und wieder zu tun, ohne einen Funken Reue.«

Dann ertönt das ohrenbetäubende Knallen von Schlüsseln auf dem Fußboden.

Wir zucken auseinander. Alles in mir fühlt sich wie zu Eis erstarrt an, doch das liegt nicht daran, dass ich Sean entdecke, dessen Gesicht so weiß wie die Wand ist und dessen Blick voller Schock auf seiner Frau liegt, deren plötzliches Schniefen ertönt.

Nein.

Es liegt an diesem einen Paar Augen, in dem in diesem Moment ein Orkan zu toben scheinen.

Es ist Angelina, der ich ansehen kann, dass sie jedes einzelne von Zoellas Worten gehört hat. Der Mensch, dem ich niemals solch einen Vertrauensbruch antun wollte. Dem ich dadurch noch so viel mehr angetan habe.

Denn wenn die ganze Sache auffliegt – und glaub mir, das wird sie irgendwann, egal ob du es beendet hast oder nicht –, musst du dir bewusst sein, in was für eine Position du sie damit drängst. Eine, in die sie nicht verdient hat hineingezwungen zu werden.

Spiel, Satz und Sieg für die Königin eines Spiels, bei dem ich von Anfang an nicht die geringste Chance hatte.

35.

Ich habe mir noch nie in meinem Leben so sehr gewünscht, die Zeit zurückdrehen zu können. Alle Entscheidungen, die Sean betreffen, noch mal zu überdenken und einen anderen Weg einzuschlagen. Mich nicht auf ihn einzulassen. Mich nicht auf diesen Weg zu begeben, bei dem ich doch wusste, dass er nur in einer Katastrophe enden würde.

Und trotzdem habe ich ihn beschritten. Habe darauf gepfiffen, was passieren könnte.

Hätte ich es doch nur nicht getan.

»Mikayla?« Linas Stimme zittert und ihre Augen wandern wie wild zwischen ihrer Schwester, ihrem Schwager und mir hin und her.

Ich kann mir genau vorstellen, was gerade in ihrem Kopf vor sich geht, wie die Zahnräder darin jedes unserer Gespräche neu auslegen und die vielen Puzzleteile zu einem Bild zusammensetzen, dass jegliche Farbe aus ihrem Gesicht weichen lässt, wie zuvor bei Sean.

Doch er ist mir im Gegensatz zu meiner besten Freundin gerade so was von egal.

So egal, dass ich ignoriere, wie er auf uns zukommt, auf seine Frau einredet und mit ihr zusammen das Apartment verlässt. Mir ist auch das falsche Schluchzen von Zoella scheißegal, denn ich weiß genau, dass es in diesem Moment nicht echt ist. Ja, vielleicht lag ein Funken Ehrlichkeit in ihren Worten, und ich verstehe sie sogar ein Stück weit. Denn trotz dessen, wie und was sie alles gesagt hat, ist die Essenz davon wahr: Ich habe mit Sean geschlafen und das nicht nur einmal. Ja, ich liebe ihn nach wie vor.

Und ja, Angelina hatte nicht die geringste Ahnung.

Wie ein Bombenschlag fällt die Tür ins Schloss und reißt sie aus ihrer Starre.

»Lina, ich –«

»Sei still, Mikayla.« Sie hebt die Hand und schüttelt den Kopf. »Sei einfach still, ja?«

»Okay.«

Wortlos beobachte ich sie dabei, wie sie sich erst ihre Jacke und ihre Schuhe auszieht, wobei ich bemerke, dass Zoellas Jacke nach wie vor an der Garderobe hängt. Dann läuft Angelina vor mir auf und ab. Ich wage es nicht, auch nur einen Mucks von mir zu geben, sondern lasse ihr die Zeit, die sie braucht. Das bin ich ihr schuldig, genauso wie Antworten auf die Fragen, die sie mit hundertprozentiger Sicherheit haben wird.

»Warum hast du mir nichts gesagt?« Als Angelina sich zu mir dreht, bin ich erschrocken von der Röte ihrer Augen. Von den Tränen, die in ihnen schwimmen, bis jetzt jedoch nicht fließen. »Du bist meine beste Freundin, Mikayla, und all die Jahre wusste ich nicht, dass du in meinen Schwager verliebt bist. Dass du mit ihm zusammen warst!«

»Es ist nicht so leicht zu –«

»Willst du mich verarschen?! Nicht so leicht? Du weißt schon, mit wem du hier redest, oder?« Sie steht so schnell vor mir, dass ich vor Schreck aufspringe. »Ich habe mich in den Freund meines eigenen Vaters verknallt, verfluchte Scheiße! Und da denkst du, dass du dich mir nicht anvertrauen kannst?!«

»Sie ist deine Schwester, Angelina!«

»DU DOCH AUCH!«

Ihre Arme packen mich, scheinen sich nicht entscheiden zu können, ob sie mich nur festhalten oder schütteln wollen. Ich greife ebenfalls nach ihr, schaue ihr ins Gesicht, und das ist genau der Moment, in dem ich es sehe. Die Tränen, die nun ungehindert fließen.

»Du bist meine Schwester, Mikayla. Das bist du immer gewesen, ob wir dasselbe Blut teilen oder nicht. Wieso konntest du also nicht darauf hoffen, dass ich dich niemals im Stich lassen würde, egal, was passiert?«

»Sie ist deine richtige Schwester, Lina.« Ich presse die Lippen aufeinander, die sich kaum kontrollieren lassen, so wie sie zu zittern beginnen. »Wenn es hart auf hart kommt, würdest du dich für sie entscheiden, und das könnte ich dir nicht mal übel nehmen.«

»Was macht dich da so sicher?«

»Weil das mit dir und Maxim zwar auch nicht ohne war, aber Nichts ist im Vergleich zu dem hier. Diese ganze Sache ist so viel größer als du denkst. Das, was du mitbekommen hast, ist nur die Spitze des Eisbergs.«

»Dann klär mich auf. Jetzt.« Unerbittlich zieht sie mich zum Sofa, drückt mich in die Polster und setzt sich neben mich. Entschlossen, felsenfest überzeugt. »Erzähl mir endlich, was du mir die ganze Zeit verheimlicht hast, Mikayla. Ich verspreche dir, ich werde dich ausreden lassen, bis zum Schluss.«

Ich schaue in ihre Augen, die mich all die Jahre begleitet haben. Durch dick und dünn. In Momenten, in denen ich meine Eltern so sehr vermisst habe, dass ich einen Nervenzusammenbruch hatte, in Zeiten, in denen wir um die Wette gestrahlt haben vor Glück. Und da die Katze nun sowieso aus dem Sack ist, wieso nicht den ganzen Rest auspacken?

Die knallharte Wahrheit.

Daher seufze ich, atme tief durch und fange an zu erzählen. Von dem Moment, in dem ich zum ersten Mal gespürt habe, wie der Junge aus der Nachbarschaft die schönsten Augen hat, die ich je gesehen habe. Von dem Augenblick, in dem er sich zu mir beugte, meine Wange streichelte und mich das erste Mal küsste. Von einer Liebe, die viel zu schnell zu Ende gehen musste und trotz allem bis heute noch in unseren Herzen schlummerte.

Gefangen, verborgen, und doch niemals erloschen.

Über die Affäre zu sprechen – es gibt einfach kein anderes Wort für das, was Sean und ich hatten, so wenig ich es wahrhaben will –, fällt mir am schwersten. Wie schafft man es auch, so einen Fehler zu rechtfertigen?

Gar nicht. Das war mir von vornherein bewusst.

Und dennoch konnte ich meinem Herzen nicht verbieten, sich nach dem zu sehnen, was es am meisten begehrt.

Begehrt *hat*.

Denn ich betone geradezu, dass ich mich, seitdem ich von Zoellas Schwangerschaft weiß, nicht mehr mit Sean getroffen habe. Wenn man es genau nimmt, schon seit Linas Verlobung. Auch wenn Zoella es verdient gehabt hätte. Für alles, was sie mir angetan hat. Als junges Mädchen und selbst heute. Und ich glaube, Angelina das wahre Gesicht ihrer Schwester zu offenbaren, ist das Schlimmste, was ich jemals tun musste. Zu sehen, wie Unglaube gepaart Enttäuschung ihre Gesichtszüge streift.

Aber ich beschönige nichts. Jeden Schmerz, den Zoella mir zugefügt hat – sei es körperlich oder seelisch – lege ich offen. Und ich glaube, dieser Teil ist es, der die größte Last von mir nimmt, sobald alle Worte aus mir geflossen sind.

»Ich bin nicht stolz auf das, was ich getan habe. Aber ... zu sagen, dass ich es bereue, wäre gelogen.« Mein Blick fällt auf meine Hände, die sich plötzlich schweißnass anfühlen, und ich reibe über meine Beine, ohne aufzusehen. »Ich liebe ihn. *Habe* ihn geliebt. Zumindest versuche ich, mit diesem Kapitel und meinen Gefühlen für ihn abzuschließen, auch wenn ich ganz schöne Probleme damit habe.«

»Und was ist mit Ian?«

»Was meinst du?«

»Ich hatte das Gefühl, dass du ihn magst. Also wirklich magst. Zumindest hast du die letzte Zeit nicht wie eine Frau gewirkt, die Herzschmerz hat, sondern wie eine, die dabei ist, sich zu verlieben. Oder wenigstens Gefühle zu entwickeln.«

Ich halte inne, lasse ihre Worte auf mich wirken. Horche in mich hinein, lausche meinem Herzschlag, während ich an Ian denke. An sein Lächeln, wenn er mich sieht. An dieses Lachen, dass doch das ein oder andere Mal meinen Bauch zum Kribbeln gebracht hat.

»Ich mag ihn. Er ist der erste Mann seit Sean, bei dem ich nicht glaube, nur irgendeine Frau zu sein. Aber ob ich echte Gefühle für ihn habe oder ihn gar lieben könnte ... Es spricht vieles dagegen, dass es überhaupt klappen könnte.«

»Und was?«

Ich habe noch nicht den Menschen gefunden, der mein Zuhause sein könnte. Für den es sich lohnt, meine Freiheit aufzugeben.

»Er ist kein Mann, der sich an einen Ort ketten lässt. Er braucht das Reisen, das Entdecken ... Manchmal glaube ich, dass er vor etwas flüchtet. Vielleicht hat es sogar was mit seiner Familie zu tun, aber er macht komplett dicht, wenn ich ihn darauf anspreche.«

»Aber zeigt das nicht, dass er dir wichtig ist? Und außerdem ...« Angelina greift nach meinen Händen. Es interessiert sie nicht, dass sie noch immer feucht sind, denn sie verschränkt unsere Finger ineinander. »Du liebst das Reisen doch genauso. Es war einer der Gründe, wieso wir zusammen Stewardessen geworden sind. Die Sache mit dem *Mile High Club* war da nur die Kirsche auf der Sahne.« Sie zwinkert mir zu, ehe ihr Gesichtsausdruck wieder ernst wird. »Ich sage dir nicht, dass das, was du und Sean hattet, gut war. Ein Teil von mir ist verdammt sauer auf dich, aber ich erlaube mir kein Urteil, immerhin habe ich selbst kein Glanzbeispiel abgeliefert. Aber wenn du meine Meinung hören willst, finde ich, dass Ian dir guttut.«

»Was macht dich so sicher?«

Sie zuckt mit den Schultern, als sei es nichts Besonderes, doch es ist das genaue Gegenteil. »Weil ich weiß, wie es sich anfühlt, jemanden zu lieben, den man nicht haben kann.«

»Na ja, das zwischen Maxim und deinem Dad –«

»Lass mich ausreden.«

»Okay, okay!«

Das erste Mal, seitdem sie die Wohnung betreten hat, schleicht sich ein Lächeln auf ihren Mund, und auch ich merke, wie ich und mein Körper sich von dem Adrenalin der Situation erholen.

»Was ich meine ist, dass es verdammt wehtun kann, und ich will mir den Schmerz, den du die ganzen Jahre in dich hineingefressen hast, nicht einmal vorstellen.« Sie stockt, seufzt auf und beäugt mich mit einem Ausdruck, der so viel Bedauern in sich trägt. »Aber Sean ist verheiratet. Und so kalt und berechnend meine Schwester sein kann, vor allem nach allem Abscheulichen, das sie dir angetan hat, schlägt da noch immer ein Herz in ihrer Brust. Es ist nur durch eine zentnerschwere Mauer geschützt und lässt kaum jemanden an sich ran. Sean hat sie dort hineingelassen. Und ich will, dass ihr beide glücklich seid, weil ich euch beide liebe, so schwer es mir bei ihr gerade fällt. Ich habe gesehen, dass deine Liebe zu ihm dich eher kaputt macht. Ian wiederum weckt etwas in dir, das ich lange nicht mehr gesehen habe.«

»Und was?«

»Dein Strahlen, Kay.« Sie hebt eine Hand und streicht mit ihrem Daumen meine Wange entlang. Kurz darauf entdecke ich eine einzelne Träne auf ihrer Fingerkuppe. »Dieses Funkeln in deinen Augen, die Energie in dir, die so lange verschwunden schien. Sie kommt nach und nach zurück und ich bin mir ziemlich sicher, dass ich das ihm zu verdanken habe.«

Ich würde ihr gern widersprechen, ihr sagen, dass sie mal wieder viel zu viel in die Sache zwischen mir und Ian hineininterpretiert, doch meine Zunge fühlt sich taub an und mir fehlen die Worte.

Und dann versuche ich, mich durch ihre Augen zu sehen. Die vergangenen Monate. Die Jahre, in denen sie zusehen musste, wie ich mich nach und nach von ihrer Familie distanzierte, meinem besten Freund nicht mehr unter die Augen treten wollte.

Wie ich schwieg, wenn sie mir helfen wollte.

Vielleicht war alles letztendlich gar nicht zu übersehen, sondern klar und deutlich erkennbar.

Es ist wie ein Wink des Schicksals. Zumindest fühlt es sich so an, als der Klingelton meines Handys als einziges durch unsere vier Wände hallt und ich, sobald ich auf das Display schaue, Ians Namen lese.

»Genau davon rede ich.« Sie deutet erst auf das noch immer klingelnde Handy in meinen Händen, dann in mein Gesicht. »Du merkst gar nicht, wie du beginnst zu strahlen, und das nur, weil du siehst, dass er es ist.«

Ich beiße mir auf die Lippe, schaue zwischen ihr und meiner Hand hin und her, bis das Klingeln verstummt. Kurz darauf leuchtet mir eine Nachricht entgegen.

I: Ich hoffe, du hast Biestzella überlebt ;) melde dich, wenn du Zeit hast. Xx

»Du musst Sean ein für alle Mal vergessen, Mikayla.« Angelina legt ihre Hand auf meine, überdeckt Ians Nachricht und zwingt mich dazu, zu ihr zu sehen. »Nicht nur, weil es da einen Mann gibt, der deine Gefühle offensichtlich wert ist, sondern auch, weil Sean und meine Schwester ein Baby bekommen. Und weil sie ihn mehr als alles andere liebt. Auch wenn sie das Ganze zu einem gewissen Grad verdient hat, für das, was sie meiner besten Freundin angetan hat.«

»Aber wenn sie ihn doch so liebt, wieso hat sie nichts gegen uns unternommen? Wenn sie es doch die ganze Zeit wusste.« Ich verziehe das Gesicht, doch die Frage bleibt. »Sie hat es mir geradezu unter die Nase gerieben.«

»Ich weiß es nicht.« Angelina löst sich von mir und lehnt sich zurück, starrt an die Zimmerdecke. »Ich denke, dass man vieles über sich ergehen lässt, wenn man jemanden wirklich liebt. Man sieht über Dinge und Taten hinweg, nur um denjenigen bei sich zu halten. Und Zoella ... sie ist keine einfache Frau. Wer weiß, was in ihrem Kopf vor sich geht. Ich bin mir sicher, dass sie alles für ihren Mann und ihr Kind tun würde. Doch warum sie damals schon so grausam zu dir war, kann ich dir nicht beantworten. Das kann nur sie.«

Ich lehne mich zu ihr, folge ihrem Blick und für eine Weile schweigen wir. Tun nichts anderes, als auf einen Fleck an der Wand zu starren, der mir weder Antworten gibt noch weiterhelfen kann. Nur ihr Kopf, den sie gegen meinen lehnt, gibt mir das Gefühl, nicht komplett untergegangen, nicht alles verloren zu haben.

»Hasst du mich?«

»Ich könnte dich nie hassen, Kay. Dafür liebe ich dich zu sehr, und Schwestern haben immer mal wieder Krach.« Sie hakt ihren Arm in meinen. »Wir kriegen das schon hin, versprochen.«

Und für jetzt, für diesen Augenblick, genügt mir diese Antwort.

Für jetzt erlaube ich mir, die Welt anzuhalten und meinem Herz klipp und klar zu sagen, dass es von nun an nur noch bergauf gehen kann. Egal, welchen Weg ich beschreiten werde.

Immerhin habe ich nun Angelina an meiner Seite.

36.

Ich hätte ihr schon viel früher von allem erzählen sollen. Von dem ganzen Ballast, den Vorwürfen, den Zweifeln. Vielleicht sollte ich das nächste Mal, wenn ich Ratschläge verteile, selbst Gebrauch von ihnen machen, möglicherweise lassen sich dann Chaos-Szenarien wie dieses vermeiden.

»Welche Sorte willst du?«

»Minze, wie immer.«

»Urgh.«

Es dauert keine Minute, da wird mir schon der große Pint Mint Chocolate Chunk samt Löffel vor die Nase gehalten. Angelina lässt sich neben mich auf das Sofa fallen und öffnet direkt ihr eigenes Eis – langweiliger Cookie Dough.

Sie wirft nur einen kurzen Blick auf das Eis in meiner Hand und verzieht den Mund. »Ich werde nie verstehen, wie du dieses ekelhafte Zeug deinem Körper zumuten kannst.«

»Und dein Vegemite ist besser, hmm?«

Darauf kann auch sie nichts mehr sagen.

In einvernehmlichem Stillschweigen zückt sie die Fernbedienung, schaltet die Sitcom, die wir die letzten Tage gebinged haben, wieder an und von da an lassen wir uns den Rest des Tages berieseln. Solange wir nicht arbeiten müssen, können wir es uns erlauben. Sogar Maxim scheint gemerkt zu haben, wie sehr ich meine beste Freundin momentan brauche, zumindest hat sein aufmunterndes Lächeln, als er vorbeigeschaut und uns mit Essen versorgt hat, danach gewirkt.

Seit dem verhängnisvollen Tag haben wir nichts mehr von Sean oder Zoella gehört. Selbst Angelina schwört, dass sich ihre Schwester nicht bei ihr gemeldet hat. Ich merke ihr an, dass sie gern mit ihr reden würde. Ich habe ihr sogar gesagt, dass das für mich okay wäre, immerhin hat Maxim mit seinen Worten recht behalten, dass ich Angelina in eine Position dränge, in der sie ohne mich nicht stecken würde. Ihre Erwiderung war jedoch nur, dass Zoella sich von selbst melden werde und dass es nichts bringe, sie zu einem Gespräch zu zwingen.

Sie muss es wissen, daher habe ich es dabei belassen. Und ich kann nicht behaupten, ich wäre nicht froh, meine beste Freundin bei mir zu haben. Zu wissen, dass mein Handeln sie nicht vergrault hat, dass sie dennoch für mich da ist und es sich sogar zur Aufgabe gemacht hat, jegliche Gefühle für Sean im Keim zu ersticken und die für Ian umso mehr zu entfachen.

Ich bin mir sogar ziemlich sicher, dass sie sich seine Nummer heimlich aus meinem Handy geschickt hat.

»Weißt du, was ich mich die ganze Zeit frage?« Ihre Stimme ist durch das Nuscheln, das entsteht, weil sie sich gerade einen Löffel voll tropfendem Eis in den Mund schiebt, kaum zu hören. »Ich verstehe, wieso du dich auf die Sache eingelassen hast. Du hast ihn geliebt, und bis zu einem gewissen Punkt kann ich durchaus nachvollziehen, dass du die Hoffnung hattest, dass sich am Ende doch noch alles ändern würde. Aber Sean«, sie setzt sich auf, stellt den Becher zwischen ihre mittlerweile verschränkten Beine und wischt sich mit der Hand über ihre Lippen, »hat eine Frau zu Hause. Er hat so ziemlich alles, was sich ein Mann wünschen kann. Wieso also hat er meine Schwester betrogen? Und dann bereits an dem Tag, an dem er sie geheiratet hat!«

Ich zucke zusammen und sie wirft mir einen entschuldigenden Blick zu. Ich habe es jedoch verdient.

»Wenn er dich wirklich so lieben würde, dann hätte er sie doch nicht heiraten müssen. Schließlich zwingt man niemanden zu einer Ehe und dazu, den Rest seines Lebens mit dieser einen Person zu verbringen. Weißt du, was ich meine?«

»Schon. Aber selbst ich habe keine wirkliche Antwort darauf. Er hat immer nur gesagt, dass er es mir irgendwann erklären würde.«

»Für mich klingt es eher nach einer billigen Ausrede. Auch wenn ich durchaus glaube, dass er etwas für dich empfindet.«

Nun bin ich es, die nach der Fernbedienung greift und den Fernseher endgültig ausschaltet.

»Ich glaube, dass wir irgendwas übersehen. Ich meine, ich habe Sean nie als betrügenden Bas...« Sie verstummt, sobald sie mich ansieht, und seufzt. »Ich hätte halt nie damit gerechnet, dass er so was abziehen würde. Dass er meiner Schwester und dir wehtun würde. Für mich passt es nicht in das Bild, das ich von ihm habe.«

»Wem sagst du das.« Auch mir ist nun der Appetit vergangen, daher stelle ich meinen Eisbecher auf den Tisch vor uns, ehe ich nach einer der Decken greife, sie über uns lege und mit den Zipfeln spiele. »Es war damals schon nicht leicht für uns. Er wollte mit mir zusammen sein, aber wir wussten beide, dass seine Familie schon immer davon geschwärmt hat, ihn und Zoella zusammen zu sehen. Eigentlich hätte ich erwarten müssen, dass ich ihn verliere.« *Und trotzdem hast du auch Jahre später nicht aus deinen Fehlern gelernt.* »Vermutlich war ich einfach zu gutgläubig und naiv.«

»Du warst verliebt, Mikayla. Daran ist nichts falsch, genauso wenig wie daran, auf das Gute zu hoffen.«

Es bedeutet aber nicht, dass man sich so blind in etwas verrennen sollte, was sowieso nie passieren wird.

»Ich hatte immer das Gefühl, dass Seans Eltern es ihm nie leicht machen. Nicht unbedingt seine Mom, aber sein Dad ... er ist sehr fordernd und hat seine Vorstellungen, wie alles laufen soll. Das merkt man jetzt noch, bei allem, was Sean für ihn und die Firma tut.«

»Na ja, er soll sie schließlich übernehmen.«

»Aber ist es auch das, was er will?« Sie schüttelt den Kopf. Ich frage mich, ob sie nicht recht haben könnte und wir alle es als zu selbstverständlich ansahen, dass Sean eines Tages in dieser Position stecken würde.

»Ich kann mich nicht daran erinnern, ihn jemals gefragt zu haben, ob er überhaupt die Firma weiterführen will oder nicht eigene Träume und Wünsche hat. Du?«

Nein, habe ich nicht. Weil ich ihn wie alle anderen in einer Rolle gesehen habe, die so natürlich erschien, dass ich keine andere Zukunft infrage kam

Ich muss an Ian denken, der genau das nicht getan hat. Er hat sich seinen Eltern nicht gebeugt, sondern ist seinen eigenen Weg gegangen. Einen, auf dem er zwar keinen Ort zu haben scheint, an den er wieder zurückkehren will, aber dennoch ist er glücklich.

»Der einzige Vorteil, den ich darin sehe, ist, dass Mom und Dad nun mehr in den Hintergrund treten können, da ihre Kinder die Firmen übernehmen werden. Und da nun die Fusion durch ist, ist es natürlich noch lukrativer für beide Seiten.« Sie verstummt plötzlich, als würde ihr gerade etwas klar werden. Ich wiederum warte und warte ich, beobachte, wie ihre Augen hin und her huschen, bis ich es nicht mehr aushalte.

»Was überlegst du?«

»Vielleicht ... ich weiß auch nicht, möglicherweise ist das auch nur weit hergeholt und ich kann mir nicht vorstellen, dass Sean so was tun würde. Aber aufgrund dessen, was passiert ist ...«

»Ja?«

Ihr Blick schweift zu mir und die Mischung aus Schock und Hoffnung, die darin zu sehen ist, trifft mich wie eine

Kugel. Unaufhaltsam und dennoch mit einer Kraft, mit der ich nicht gerechnet habe.

»Es muss einen Grund gegeben haben, wieso er und meine Schwester zusammengekommen sind, wenn er doch eigentlich dich geliebt hat. Ich meine, warum sonst hat sich Sean von dir getrennt, wenn er doch *sagt*, dass er dich noch geliebt hat? Was, wenn jemand anderes seine Finger im Spiel hatte und genau das wollte?«

»Aber wer sollte das schon gewesen sein? Es gab nur deine Schwester, die sich zwischen uns drängen wollte – und es erfolgreich geschafft hat.«

»War es wirklich nur sie, Kay?«

Ich öffne meine Lippen, bereit, Argumente darzubieten, die ihre Theorie dem Erdboden gleichmachen, schließe sie aber genauso schnell wieder.

»Allein, dass er nicht offen zu dir stehen wollte, hätte dir zeigen sollen, dass du an seiner Seite völlig fehl am Platz bist, Schätzchen. Immerhin hätten seine Familie und er sich niemals mit jemandem wie dir in der Öffentlichkeit sehen lassen.«

Hat Angelina vielleicht recht?

Ist die Antwort auf die Fragen, die ich mir all die Jahre gestellt habe, so einfach?

Und wenn ja, wieso hat Sean nie etwas gesagt? Warum hat er zugelassen, dass ich mich in ihn verliebe, wenn er doch wusste, dass es mindestens eine Person in seiner Familie gibt, die das zwischen uns nicht dulden würde?

Sein Vater.

»Ich glaube, ich brauch einen Moment.«

Ich reibe mir über die Schläfen, denn all die Szenarien, die Wege, die mein Kopf auf einmal durchzugehen probiert, zermartern mir nach und nach das Hirn.

Sie nickt, gibt mir Zeit, während sie unser Eis, das mittlerweile sicher schon komplett aufgetaut ist, zurück in die Kühlung packt. Dann legt sie mir eine Hand auf die Schulter.

»Es ist nur eine Theorie. Aber es würde zumindest einiges erklären, findest du nicht?«

Ja.

»Das macht es aber nicht besser.« Seufzend streiche ich mir durchs Haar und stehe dann auf, da ich nicht mehr still sitzen kann. »Und es ändert nichts. Sean hat sich für diesen Weg entschieden und ich werde damit leben. Aber denkst du, dass deine Schwester eine Ahnung davon hat?«

»Vielleicht. Es ist zumindest kein Geheimnis, dass Dad eigentlich nicht vorhatte, mit anderen Firmen anzubandeln. Ich kann mir nur nicht vorstellen, dass Zoella des Geldes wegen heiraten und ihre ganze Zukunft dafür aufgeben würde. Sie mag manchmal zwar kalt sein, aber ich kenne meine Schwester. Und ich bin mir sicher, dass selbst jemand wie sie nicht dazu imstande wäre, ihr eigenes Leben für so was zu opfern. Niemals.«

Ich nicke. Mein Kopf wippt auf und ab, meine Gedanken wiederum scheinen nicht stoppen zu wollen. Es sollte keinen Unterschied machen, ob Sean uns tatsächlich für das Geschäft, für das Erbe seiner Familie aufgegeben hat. Und dieses pulsierende, pumpende Ding zwischen meinen Brüsten will nicht daran glauben, dass es nur daran liegt. Es hofft, betet geradezu dafür, ein Detail übersehen zu haben.

Der Mann, den ich vor so vielen Jahren kennen und lieben gelernt habe, würde vieles für seine Familie tun, doch alles wegwerfen, was wir hatten?

Unvorstellbar. Zumindest für mich.

»Verdammte Scheiße.«

Ich habe nicht einmal bemerkt, wie ich durch die Wohnung laufe, bis mich Angelinas Hände an den Armen festhalten. Sie mustert mich besorgt.

»Ich verstehe, dass du jetzt bestimmt noch mehr Fragen im Kopf hast. Und dass es nur eine Person gibt, die dir Antworten darauf geben kann.« Angelina schafft es tatsächlich zu schmunzeln, und obwohl mir alles andere als danach zumute ist, heben sich auch meine Mundwinkel.

»Ich kenne dich zu gut und weiß ganz genau, dass du am liebsten nach deinem Handy greifen und ihn anrufen würdest, da San Diego nicht unbedingt einen Katzensprung entfernt ist. Aber du solltest dich erst mal nicht weiter einmischen. Lass die Dinge sacken, bis die Wahrscheinlichkeit, dass es eskalieren könnte, etwas geringer ist. Mir geht es dabei weniger um ihn als um Zo und ...«

... und das Baby.

»Und es ist bisher nicht mehr als eine Möglichkeit. Ich kann mich auch total irren, und wenn wir damit zu früh ankommen, weiß ich nicht, ob es alles schlimmer machen würde.«

Jede Zelle meines Körpers schreit, dass ich darauf pfeifen und es einfach tun sollte. Ich meine, habe ich die Antworten nicht verdient?

Andererseits könnte das der Anstoß sein, der gefehlt hat. Der letzte Stups, den ich gebraucht habe, damit ich etwas begreife, das mir in São Luís – nein, schon davor – in den Sinn gekommen ist.

Ja, vielleicht ist es an der Zeit. An der Zeit für den Cut, vor dem ich mich so gefürchtet habe, der aber das Beste für mich zu sein scheint.

»Du hast recht.« Ich schmunzle, sobald ich die Skepsis in ihren sturmgrauen Augen entdecke. »Wirklich, Lina. Ich werde ihn und Zoella in Ruhe lassen. Aber ...« Ich überlege einen Moment, bevor ich sie mit mir in mein Zimmer ziehe. Dort gehe ich auf eine der Kommoden zu, wo ich all meinen Papierkram aufbewahre, und wühle kurz darin, bis ich die Broschüre in den Händen halte. Gebannt, aber auch mit einem flauen Gefühl im Bauch, drehe ich mich zu ihr und halte ihr diese entgegen.

»Es gibt da etwas, worüber ich ab und zu schon nachgedacht habe.«

Sie nimmt das zerknickte Papier aus meinen Händen und ich erkenne direkt, wie sich ihre Augen ungläubig weiten, sobald sie die Zeilen auf der Vorderseite erkennt.

»Mikayla –«

»Es war bisher nur ein Gedanke.« Ich bleibe vor ihr stehen und schaue wie sie nun auf die geschnörkelte Schrift: *New York Tour Guide*. »Aber selbst du musst zugeben, dass es vielleicht das Beste wäre. Oder zumindest mehr als ein, zwei Überlegungen wert.«

Sie schaut zu ihren Händen, dann zu mir, und wieder zurück. Ich merke, dass ihr die Worte fehlen. Mir hingegen erscheint es durch die vergangenen Wochen plötzlich wie ein Lichtblick. Daher umfasse ich mit meinen Fingern ihre und drücke sie sanft.

»Du wirst heiraten, Lina. Mit Maxim zusammenziehen, deine eigene kleine Familie aufbauen.« Ich schlucke, gebe ihr einen Teil dessen preis, was mich schon seit Langem begleitet und unterschwellig in mir schlummert. »Wenn ich ehrlich bin, bist du der einzige Grund, der mich noch hier hält. Und so sollte es nicht sein.«

Sie schüttelt den Kopf. Tränen steigen ihr in die Augen, als sie erwidert: »Nein, sollte es nicht.«

Und es ist ausgerechnet Angelina, die mich zu meinem Bett dirigiert, die Broschüre auf ihre Oberschenkel legt und ihr Handy zückt, wenn auch mit zitternden Lippen.

»Dann lass uns schauen, was New York meiner besten Freundin zu bieten hat. Immerhin hat sie nur das Beste verdient.«

37.

»Bist du dir sicher, dass du das machen willst?«

»Wenn ich es wäre, würde ich wohl kaum mit dir darüber reden und dich nach deiner Meinung fragen, oder?«

»Ja, schon klar. Ich weiß nur nicht, ob dir meine Antwort gefallen wird.«

Ich puste die Haarsträhne, die an meiner Nase kitzelt, weg, bevor ich mich von meinem Rücken auf den Bauch drehe und die Beine in der Luft hin und her schwingen lasse. »Und du weißt, dass es keine Option ist, zu euch zu ziehen, Marco. Also, bitte. Versuch, unvoreingenommen zu sein, und sag mir, ob du denkst, dass es ein Fehler wäre.«

»Fühlt es sich denn nach einem an?«

Es vergeht nicht mal ein Wimpernschlag, bis ich antworte. »Nein.«

»Dann ist es keiner.« Im Hintergrund höre ich, wie Luara etwas zu rufen scheint, und muss unweigerlich anfangen zu grinsen.

»Geht sie dir noch immer auf die Nerven, weil du Valentina ganz für dich beanspruchst?«

»Tue ich doch gar nicht!«

Eine Sekunde, dann zwei ...

»Okay, möglicherweise habe ich einfach gerne meine Freundin bei mir. Aber das kann man mir doch nicht verübeln. Und lenk nicht vom Thema ab, Mikayla.« Sein Schnauben hallt bis zu mir hindurch. »Wir alle würden uns wünschen, dass du bei der Familie wärst, aber ich kann dich verstehen. Vor allem nach dem, was du mir erzählt hast.

Und wenn du das Gefühl hast, dass dich dein Weg nach New York führt, solltest du es tun.«

»Meinst du?«

»Wenn du dir nicht sicher wärst, hättest du eben nicht so schnell geantwortet. Und dann hättest du nicht schon nach Apartments geschaut, auch wenn die alle völlig überteuert sind und du zu Hause nicht einen Penny –«

»Marco!«

»Jaja, ist schon gut. Worauf ich eigentlich hinaus will: Wenn du glücklich bist, sind wir es auch. Und wenn ich Sean doch noch eine aufs Maul hauen soll, musst du es nur sagen.«

»Ich weiß deine Aufopferung zu schätzen«, erwidere ich trocken, was lautes Gelächter zur Folge hat.

»Solltest du auch. Ich würde nicht für jeden direkt ins nächste Flugzeug springen.«

Wenn ich nicht wüsste, dass er unter Flugangst leidet und diese Worte mehr Gewicht haben, als er durch seine Stimme verlauten lässt, würde ich es einfach so hinnehmen. Doch ich kenne ihn besser.

»Und genau deswegen hab ich dich lieb.«

»Ich dich auch, Kaykay. Ich dich auch.«

»Wie bereits erwähnt, sind alle Möbel in der Miete miteinbegriffen. Die genauen Kosten sind hier«, die Maklerin deutet mit ihrer Fingerspitze auf die Blätter, die sie mir am Anfang der Besichtigung in die Hände gedrückt hat, und kreist einen bestimmten Bereich damit ein, »nochmals detailliert aufgelistet, samt der Nebenkosten und Abgaben.«

Mitten in dem kleinen, aber gemütlichen Wohnzimmer, durch dessen Fenster die Nachmittagssonne hineinscheint, bleiben wir stehen und sie dreht sich auf ihren High Heels zu mir. Man kann ihr haargenau ansehen, dass sie nicht gerade am Hungertuch nagen muss, dennoch behält sie eine professionelle Haltung bei, auch wenn ich im Gegensatz zu ihr nicht die geringste Spur Make-up im Gesicht trage und auch keinen schicken Businessanzug anhabe.

Vielleicht hätte ich Angelina doch bitten sollen mitzukommen. Ich kann mich kaum noch daran erinnern, wie sie damals alles geregelt hat, nachdem wir unser jetziges Apartment angesehen hatten! Mein erster Eindruck von der Wohnung ist nämlich noch ein wenig zwiegespalten. Es gibt ein Schlafzimmer, das vielleicht halb so groß ist wie mein jetziges, und eine kleine Küchennische, die mich doch sehr an die in unserem Apartment erinnert. Das Badezimmer hat eine Dusche und ist groß genug, dass ich mich wenigstens darin drehen kann, und dieser Wohnbereich bietet zumindest Platz für ein großes Sofa. Allerdings bin ich mir bewusst, dass ich Phoenix nicht mit New York vergleichen kann. Die Standards sind einfach nicht dieselben.

Schwungvoll dreht sich Kim, wie sie sich am Anfang bei mir vorgestellt hat, zu mir und klatscht in die Hände. »Und, was sagen Sie?«

»Es ist wirklich schön.« Zögernd gehe ich auf die Fensterfront zu und schaue auf die belebte Straße. Obwohl ich den Lärm von San Diego und Phoenix gewöhnt sein sollte, habe ich das Gefühl, die New Yorker würden eine ganze Schippe drauflegen.

»Dieses Objekt ist trotz seiner Lage ein richtiger Glücksgriff.« Sie schenkt mir einen verständnisvollen Blick, der ihre Fassade ein kleines bisschen normaler, menschlicher wirken lässt. »Ich kann verstehen, dass diese Stadt einen im ersten Moment zu erschlagen droht. Aber wenn Sie sich darauf einlassen, ihr eine Chance geben, dann versichere ich Ihnen, dass Sie nie wieder von hier wegwollen.«

Wie ich schaut sie nun aus dem Fenster in die Tiefe und klemmt sich ihre Mappe, die sie hin und wieder geöffnet hat, um mir nähere Details zum Apartment und dem Bezirk zu erläutern, unter den Arm.

»New York ist die Stadt, die niemals schläft, das mag stimmen. Es ist aber auch ein Ort, der einen niemals loslassen wird, hat man einmal Fuß gefasst. Ich weiß, wovon ich spreche.« Sie zwinkert mir schelmisch zu. »Und wenn Sie mal einen guten Drink brauchen, kann ich Ihnen das *Rooftop* wärmstens empfehlen. Man kommt zwar nicht so leicht rein, aber ich könnte für Sie auf jeden Fall mal meine Kontakte spielen lassen.«

»Ich werde darauf zurückkommen.«

Ich werfe über der Schulter einen Blick auf das Apartment – mein Apartment – und spüre, wie diese besorgniserregende, unwohle Schwere in mir nachlässt. Und wenn ich bis gerade eben noch Zweifel hatte, merke ich, dass sie nun verschwunden sind.

Das hier – New York – ist das Richtige.

Es ist das, was ich brauche. Was ich will.

»Ich nehme sie.« Entschlossen schaue ich zu Kim, die mich mit einem wissenden Schmunzeln betrachtet und nickt.

»Ich werde dem Vermieter Ihre Entscheidung weitergeben.« Sie zögert einen Moment. »Es gibt jedoch auch noch andere Bewerber, die ebenfalls Interesse an diesem Objekt haben.«

»Oh.«

Meine Vorfreude bekommt einen heftigen Dämpfer. Ich versuche, es mir nicht anmerken zu lassen, doch sie scheint es nicht zu übersehen und legt mir ihre Hand auf die Schulter, was mich überrascht. »Ich werde ein gutes Wort für Sie einlegen, denn ich habe das Gefühl, dass Sie hier gut reinpassen. Doch die letztendliche Wahl liegt nicht in meiner Macht. Sobald ich das Feedback des Vermieters habe, melde ich mich sofort bei Ihnen. In der Zwischenzeit drücke ich Ihnen die Daumen. Und falls es nicht sein soll, werden wir bestimmt etwas anderes für Sie finden.«

Nur sagt mir etwas, dass es diese hier sein soll. Sie muss es sein.

Dennoch nicke ich, unterhalte mich noch ein wenig mit Kim über die örtlichen Spots und lasse mich kurz darauf dann von ihr nach draußen begleiten. Das Klacken ihrer Heels erfüllt den Flur und verstummt erst, sobald wir auf dem Asphalt des Bürgersteigs stehen.

Sie zieht den Gürtel ihres Parkas enger um ihre Taille, dann reicht sie mir lächelnd die Hand. »Ich hoffe wirklich, dass Sie das Apartment bekommen, Mikayla.« Mit der anderen Hand kramt sie in ihrer Jackentasche, dann kommt eine weiße Visitenkarte zum Vorschein, die ich annehme. »Hier haben Sie noch meine Privatnummer, falls Sie weitere Fragen haben sollten. Ansonsten wünsche ich Ihnen alles Gute und hoffe, dass wir uns ganz bald wiedersehen.«

Sobald ich wieder in meinem Wagen sitze, lasse ich den Kopf gegen die Lehne fallen und atme tief durch. Der Weg zum Hotel ist zum Glück nicht weit, aber das Adrenalin rauscht nach wie vor durch mich hindurch.

Ich weiß nicht, was ich tun würde, sollte es nicht klappen. Natürlich ist das hier nicht die einzige freie Wohnung in ganz New York, aber etwas sagt mir, dass es diese oder keine sein sollte. Auch wenn es sich ganz anders anfühlen wird als in Phoenix.

Es ist beinahe schon zur Gewohnheit geworden, nach meinem Handy zu greifen, Ians Nummer anzuwählen und zu lächeln, sobald seine Stimme an mein Ohr dringt. Aber jedes einzelne Mal merke ich da diesen kleinen Hüpfer, den mein Herz macht, wenn es so weit ist.

»Und, wie war's?«

»Ich glaube, das ist sie.«

»Hast du Fotos gemacht? Wie hat es sich angefühlt?«

»Du bist ja beinahe schlimmer als Angelina.«

»Ich möchte nur, dass du dich wohlfühlst. Du sollst es nicht bereuen, diesen Schritt zu tun.«

Schweigen erfüllt das Innere des Wagens, und ich habe schon Angst, dass die Verbindung unterbrochen sein könnte, doch da höre ich es. Worte, die etwas mit mir anstellen, das ich nicht erwartet hätte.

»Und vielleicht ... würde ich dich besuchen wollen. Wenn du das willst.«

»Aber ...« Ich räuspere mich, versuche, mir nicht zu viel zu erhoffen. »Ich dachte, keine zehn Pferde würden dich hierherbekommen.«

»Wie es aussieht, braucht es nur ein Paar warme braune Augen und ein Lächeln, das mich vergessen lässt, wieso ich dieses Land so hasse.«

»Sag so was nicht. Nicht, wenn du es nicht absolut ernst meinst, Ian.«

Das Nächste, was ich höre, ist das Tuten der Leitung, und ich weiß, dass er aufgelegt hat. Panik macht sich in mir breit, schafft es beinahe, all die schönen Gefühle in mir zu ersticken, bis das Display erneut aufleuchtet und ich kurz darauf in Ians warme, entschlossene Augen blicke.

»Ich würde nie etwas sagen, was ich nicht auch so meine, Mikayla. Es würde mir nicht unbedingt leichtfallen, das gebe ich zu. Aber für dich würde ich über meinen Schatten springen.«

»Du sollst dich zu nichts gezwungen oder gedrängt fühlen«, erwidere ich und schlucke den winzigen Funken Hoffnung, endlich mehr darüber zu erfahren, was ihn von diesem Land fernhält, hinunter. »Du hast deine Gründe, auch wenn du nicht darüber sprechen willst, und ich respektiere das.«

»Willst du mich denn nicht sehen?«

»Doch. Sehr sogar.«

»Dann verspreche ich es dir.« Das spitzbübische Schmunzeln, das ich so an ihm mag, erscheint vor meinen Augen. »Wenn du nach New York ziehst, werde ich zu dir kommen.

Ich kann dir nicht sagen, wann und wie lang, aber ich werde kommen.«

»Ich werde dich daran erinnern, Casanova.«

»Tu das. Und in der Zwischenzeit sorgst du dafür, dass du diese Wohnung bekommst und rockst das Vorstellungsgespräch für mich, ist das klar?«

»Verstanden, Boss.«

Wir grinsen beide um die Wette, und selbst nachdem wir auflegen, merke ich, wie sich meine Mundwinkel nicht senken wollen. Und das nur wegen ihm.

Angelina ist ebenso unterstützend wie Ian, als ich sie auf dem Weg zum Hotel anrufe, und gibt mir sogar noch ein, zwei Tipps, die ich bei dem Gespräch mit meinem möglichen zukünftigen Boss beachten sollte.

Diesen Support zu spüren, wie diese Menschen hinter mir stehen und mir den Rücken stärken, ist das beste Gefühl seit Langem. Nach und nach merke ich, wie ich endlich das erreiche, nach was ich mich in Brasilien gesehnt habe: mein Leben in die Hand zu nehmen und das Bestmögliche rauszuholen. Das hier ist der erste Schritt in die richtige Richtung.

Und zwei Wochen später beschließt das Schicksal, dass mich mein Weg früher nach New York führen wird als gedacht, indem ich nicht nur das Jobangebot erhalte und ab Juli meinen neuen Posten antreten kann, sondern auch das Apartment bekomme, in welches ich noch im nächsten Monat einziehen kann.

Als hätte es genauso kommen sollen.

38.

Prustend wische ich mir mit dem Handrücken über meine Stirn und betrachte dann die Schweißperlen, die sich darauf angesammelt haben. Würde ich nicht spüren, wie mein Shirt mir am Rücken klebt und wie die Leggins wie eine zweite Haut an meinen Beinen sitzt, würde ich mich fragen, ob ich die letzten Stunden überhaupt etwas zustande gebracht habe. Denn wenn ich meinen Blick über das Zimmer schweifen lasse, wirkt es für mich noch immer so, als würde ich hier wohnen und nicht in eine andere Stadt auf der anderen Seite des Landes ziehen. Allerdings ist dies der Fall und der Gedanke daran, zum Glück noch zwei Wochen zu haben, um mich an mein neues Apartment und mein neues Leben zu gewöhnen, beschert mir sowohl ein Schmetterlingsflattern als auch Magengrummeln.

Sobald ich die Kleidung in meinen Händen in den vollen Karton stopfen will, fällt ein Hemd aus den Massen direkt vor meine Füße. Ich hebe es auf, will schon nach Angelina rufen und fragen, ob sie aus Versehen etwas von Maxims Klamotten unter meine gemischt hat, als ich stocke. Wenn auch nur für einen winzigen Augenblick.

Bilder flackern vor mir auf, wie ich solch ein Hemd getragen habe, mich an einen warmen Körper geschmiegt und gelächelt habe. Doch ich schüttle sie sofort ab, genauso wie den Stoff in meinen Händen, den ich in die Ecke meines Zimmers verbanne.

Trotzdem schaffe ich es nicht, dem Drang zu widerstehen, immer wieder dorthin zu sehen, bis ich doch noch nach meiner besten Freundin rufe und diese kurz darauf mit verstrubbeltem Haar, das sich aus ihrem Bun gelöst hat, neben mir steht.

»Was gibt's? Brauchst du doch noch Hilfe beim Ausmisten?«

Ich schüttle den Kopf und deute dann zu dem weißen Stoff. »Ist das Maxims?«

Sie runzelt die Stirn und geht darauf zu, hebt es auf und dann erhellen sich ihre Gesichtszüge. »Ja! Warum ist mir nicht gleich der Einfall gekommen, bei dir zu schauen?«

»Warum musstest du es überhaupt suchen?«

»Maxim hat es das letzte Mal, als er hier übernachtet hat, vergessen und wir haben es danach nicht mehr gefunden.« Sie hebt es mit ihrem Finger in die Höhe und grinst. »Na ja, er muss ja nicht wissen, dass es wieder aufgetaucht ist.« Sie beißt sich auf die Lippe und das verdächtige Funkeln in ihren Augen sorgt dafür, dass ich kichere.

»Dieser Mann hat dich wirklich versaut, Lina.«

»Oh, wenn du nur wüsstest.«

Da ich nicht sonderlich scharf darauf bin, mehr darüber zu erfahren, wende ich mich wieder dem Karton vor mir zu, verschließe die Laschen und nehme das Tape, um vorsichtshalber noch einen Streifen drüber zu kleben. Angelina beobachtet mich dabei stumm, bis ich ihn neben den zwei anderen an der Tür abstelle. Dabei erhasche ich einen Blick auf das Wohnzimmer, wo sich ebenfalls einiges verändert hat: Statt der gemütlichen Sofalandschaft ist nur noch ein Fleck auf dem Boden zu erkennen, wo diese samt Teppich und Beistelltischchen gestanden hat. Und ich weiß genau, dass man auch an den anderen Zimmern erkennt, dass die Wohnung sich langsam aber sicher leert, um neuen Menschen, neuen Geschichten Platz zu machen.

Der Kloß, der sich bei diesem Gedanken plötzlich in meiner Kehle ausbreitet, lässt mich hart schlucken und einen Schmerz durch mich hindurchfahren, von dem ich niemals dachte, dass er mich mit solch einer Gewalt überfallen würde.

Dass dieser nahende Abschied mich so mitnimmt, hätte ich nicht erwartet.

»Ich weiß.«

Ich sehe auf und begegne dem feuchten Glanz in Angelinas grauen Augen, die dadurch silbern wirken. Ich stelle mich auf, versuche, tief durchzuatmen und mir ein kleines Lächeln auf die Lippen zu zwingen. »Wer hätte erwartet, dass es auf einmal so schnell gehen würde?«

»Keiner.« Sie greift nach meiner Hand und drückt sie sanft. »Aber ich habe das Gefühl, dass es so sein sollte. Wie heißt es: kurz und schmerzlos, oder?«

»Wer auch immer sich diesen Spruch hat einfallen lassen, hatte absolut keine Ahnung.«

»Sehe ich auch so.«

Wir lachen gleichzeitig auf, doch genauso schnell pressen wir beide die Lippen aufeinander, um die Tränen aufzuhalten.

Sie wischt sich grinsend über ihre Augen. »Und ich dachte, ich könnte mich bis nachher zusammenreißen.«

Ich ziehe sie in meine Arme, sorge dafür, dass wir uns beide nicht mehr beherrschen können und uns in einer Mischung aus Lachen und Weinen aneinander festhalten.

»Ich werde dich vermissen, Lina.«

»Ich dich auch, Kay.« Ihr Griff wird stärker. »Mehr als du dir vorstellen kannst.«

Die Stunden vergehen so viel schneller als mir lieb ist. Am liebsten würde ich sie einfrieren, damit die Zeit für einen Moment stillsteht. Zu zweit stehen wir Stunden später an der Apartmenttür, überblicken die leeren Flächen und die, die in den kommenden Tagen noch endgültig ausgeräumt und abgebaut werden.

Einige unserer Möbel haben wir verkauft, andere nimmt Angelina mit zu Maxim, da sie durch die Umstände nun schon früher mit ihm zusammenzieht als geplant. Das stört sie nicht direkt, andererseits weiß ich, dass es ihr genauso wenig leichtfällt, dieses Leben hier hinter sich zu lassen.

»Und du bist dir sicher, dass ihr den Rest auch allein schafft?«

»Sei nicht albern.« Sie deutet hinter sich Richtung Hausflur. »Die Jungs werden den Rest packen. Ich wiederum werde vermutlich keinen einzigen Schritt mehr hier reinwagen, wenn du weg bist. Es ...«, sie schluckt und zuckt mit den Schultern, »würde sich falsch anfühlen.«

Hinter uns ertönen mehrere laute Schritte, bis sich Maxim und zwei seiner Arbeitskollegen – unter ihnen ausgerechnet Sam, mit dem ich damals das katastrophale Doppeldate hatte – an uns vorbei in die Wohnung schieben. Zu meinem Glück scheint zwischen uns aber alles gut und er mittlerweile in festen Händen zu sein.

Während Angelina und ich zusehen, wie die Jungs zwei meiner Kartons nach draußen tragen, um sie in unseren – nein, jetzt meinen – Wagen zu verfrachten, bleibt Maxim vor uns stehen und stiehlt sich einen Kuss von Angelina, ehe er mir zulächelt.

»Das meiste müsste dann im Wagen sein. Sag einfach Bescheid, wenn du den Rest abholen oder dir doch zuschicken lassen willst.«

»Danke noch mal, dass ich meine Sachen so lange bei euch im Keller lagern kann.«

»Mach dir keinen Kopf.« Er zwinkert mir zu, dann lässt er uns allein.

Da vorerst nur noch meine Tasche fehlt, gehe ich durch den nun leicht hallenden Raum in mein ehemaliges Schlafzimmer, nehme sie von der kalten Kommode und kehre dann zu Angelina zurück, die mich dabei stumm mit ihren Augen verfolgt.

Zusammen lassen wir die Tür ins Schloss fallen, für mich endgültig, und kehren ihr den Rücken zu. Ich habe das Gefühl, unsere Schritte hallen wie die zweier Elefanten von den Wänden wider, aber das ist vermutlich der Angst vor Veränderung geschuldet. Und diese vergeht auch nicht, sobald wir unten in der prallen Sonne stehen. Ich bin nur froh, mich noch ein letztes Mal frisch gemacht und umgezogen zu haben, sodass ich jetzt ein luftiges Kleid trage, dass in diesem Moment meine Waden umspielt und der Hitze nicht erlaubt, sich an mir festzukrallen.

Dankbar verabschieden wir uns bei Sam und Zac, ehe wir zu dritt zurückbleiben. Zusammen mit dem Sack in Maxims Hand und meiner Tasche gehen wir auf den Wagen zu und verstauen alles, dann fällt auch diese Tür mit einem gewaltigen Knall ins Schloss.

Da es für uns logischer gewesen ist, haben wir beschlossen, dass ich den Wagen übernehme und Angelia sich mit in Maxims Versicherung einschreibt, sodass ich mich so kurzfristig nicht auch noch um ein Auto kümmern musste. Dadurch noch eine Verbindung zu ihr zu lösen, macht den Abschiedsschmerz aber nicht gerade besser, auch wenn diese Gefühle nicht mehr sind als die Furcht davor, mit dem Abstand auch den Rest von uns zu verlieren.

Ich drehe mich zu ihr, lehne mich an die Karosserie, bereue es aber im selben Moment mit einem Fluchen, da sich das Metall unmenschlich erhitzt hat und mir gefühlt die Haut verbrennt. Das daraufhin ertönende Lachen lockert wiederum meine Muskeln, die sich darauf gefasst gemacht haben, Abschied nehmen zu müssen.

»Jaja, lach du nur, bis es dich erwischt«, brumme ich, lächle jedoch und entferne mich dann ein paar Schritte, sodass ich genau vor Lina und Maxim stehe. Dieser wendet sich als erster mir zu und umarmt mich. Ich muss mich auf meine Zehenspitzen stellen, um die Geste einigermaßen zu erwidern.

»Sollte je was sein oder solltest du Hilfe brauchen, kannst du dich immer melden, okay?« Hätten diese Worte nichts bereits dafür gesorgt, dass ich schniefe, würden die nächsten es allemal tun. »Du hast bei uns immer einen Platz, Mikayla. Ein Zuhause, wo du dazugehörst.«

Mein Herz zieht sich vor Liebe und Dankbarkeit zusammen, als er meine Wange küsst. Dann entlässt er mich und küsst Angelina, bevor er auf seinen Wagen zugeht und einsteigt.

»Maxim kann ja richtig sentimental werden.«

Wir schauen beide in seine Richtung und ich erkenne, wie Angelina lächelt.

»Er ist mehr als viele auf den ersten Blick sehen können.« Dann schaut sie mich an. »Genauso, wie er weiß, dass wir den Moment für uns brauchen.« Skeptisch mustere ich sie, während sie etwas aus ihrer Tasche kramt und es mir dann mit zitternden Lippen entgegenhält. »Ich fand, dass dieser Anlass auch nach einem Geschenk verlangt.«

Daraufhin streckt sie mir eine kleine blaue Schachtel entgegen, die ich mit gemischten Gefühlen annehme und öffne. Und dann schlägt mein Herz schneller, droht, einen Geschwindigkeit anzunehmen, die mich beinahe in die Knie zwingt.

»Wie ... ich ...«

»Ich hatte etwas Hilfe.«

Ich weiß, von wem. Genauso, wie ich mich an den Moment erinnern kann, in dem ich ihm davon erzählt habe, dass ich mir genau so etwas wünsche. So schlicht, so simpel, aber mit dem Wissen dahinter, dass es mir die Welt bedeutet.

Wir liegen in seinem Bett, während die Jalousien bis unten hin geschlossen sind. Meine Finger streichen über seine noch erhitzte Haut, nachdem wir uns etwas geschenkt haben, das ich nur mit dem Menschen teilen wollte, den ich liebe. Weil ich ihn liebe.

»Wenn es etwas gäbe, das du dir wünschen könntest, egal, wie viel es kostet, was wäre es?«

»Was ist das denn für eine Frage?« Mit einem Grinsen beuge ich mich zu ihm, küsse seine geschwollenen Lippen und lasse meinen Blick über seine blauen Augen gleiten. »Vermutlich so viel Zeit mit dir wie nur möglich.«

Er schmunzelt, dann greift er nach einer meiner Strähnen und wickelt sie sich um seinen Zeigefinger. »Ich dachte eher an etwas, das man dir schenken kann. Etwas Materielles.«

»Du weißt, dass ich so was nicht brauche.«

»Ja.« Seine Gesichtszüge bleiben weich, auch wenn ich genau erkenne, wie ernst er es meint. »Und genau deswegen möchte ich es wissen, Mika. Denn wenn ich es mir eines Tages leisten kann, dir etwas zu schenken, dann soll es eine Bedeutung haben. Es soll ... besonders sein.«

»Ein Armband«, sprudeln die Worte aus meinem Mund. »Meine avó hat diese goldene Kette, an der ich als kleines Mädchen immer gespielt habe. Sie ist schon sehr lange im Besitz unserer Familie. Ich glaube, wenn, dann würde ich mir ein Armband wünschen, das genauso aussieht. Dann hätte ich auch etwas, was ich meiner Familie später vermachen könnte, sollte ich Kinder haben.«

»Das wirst du.« Seine Hand wandert zu meinem Nacken und zieht mich an seine Lippen. »Und ich hoffe, sie werden so ein gutes Herz wie du haben.«

Ich merke nicht, dass ich weine, dass Angelina mich in ihre Arme gezogen hat wie zuvor Maxim. Sie weiß nicht, dass ich beim ersten Anblick der Kette gespürt habe, mir sicher gewesen bin, dass es sich dabei nicht nur um ein Abschiedsgeschenk von ihr handelt. Es ist so, so viel mehr, als sie erahnen könnte.

»Es ist perfekt«, raune ich mit belegter Stimme und bitte sie, mir das Armband anzulegen. Ich betrachte den goldenen Schimmer, während meine andere Hand zu der Kette zwischen meinen Brüsten greift, und ich bilde mir ein, einen winzigen Schock zu spüren. Als würden sich diese beiden Stücke miteinander verbinden, so dämlich es klingt.

»Danke.« Ich blicke zu ihr, lächle, und sie lächelt zurück.

»Nur das Beste für die beste Freundin, die man sich wünschen kann.«

Ein paar letzte Worte werden ausgetauscht, dann fallen wir uns noch mal in die Arme ... und kurz darauf befinde ich mich in meinem Sitz, starte den Motor und fahre aus der Parklücke. Beobachte durch den Rückspiegel, wie Maxims Wagen ebenfalls ausschwenkt und in die andere Richtung verschwindet.

Mein Blick bleibt jedoch an einer Gestalt hängen, die an einer der Laternen angelehnt steht und in meine Richtung sieht. Die mich für keine einzige Sekunde aus den Augen lässt. Und vielleicht ist es nur Wunschdenken. Vielleicht bildet sich mein Kopf ihn nur ein durch dieses Geschenk, das er mir durch Angelina gemacht hat. Er steht da wie ein letztes Hindernis, das mich dazu bewegen will, doch hier zu bleiben, nicht fortzugehen, auch wenn es dafür längst zu spät ist.

Unsere Geschichte fing an mit einem einfachen Hallo.

Sie endete mit einem zersplitterten Herzen.

Doch dieses hat gelernt, auch ohne ihn langsam zu heilen. Ohne ihn zu leben.

Das ist mein letzter Gedanke, während er aus meinem Sichtfeld verschwindet und ich es schaffe, dabei zu lächeln.

39.

Drei Monate später

Ich glaube, nach New York zu ziehen ist eine der besten Entscheidungen meines Lebens gewesen.

Die vergangenen Wochen sind wie im Rausch an mir vorbeigezogen, sodass ich kaum mitbekommen habe, dass ich schon viel länger hier lebe als gedacht. Meine Maklerin hatte auf jeden Fall recht damit, dass diese Stadt einen in sich aufnimmt und nicht mehr loslassen will. Aber ich fühle mich auch willkommen. Angenommen. Sowohl von den Menschen hier als auch von meinem neuen Job, von diesem neuen Lebensabschnitt, den ich beschritten habe.

»Bis dann, Mikayla!«

Ray, einer meiner Kollegen, winkt mir zu, während ich mit Alicia auf den Ausgang des *JFK* zusteuere. Unsere Absätze hinterlassen bei jedem Schritt ein Klacken, die Rollen unserer Koffer ein leises Quietschen, sobald wir aus der Halle in die frische Luft treten und auf die unzähligen parkenden Autos treffen.

»Es bleibt bei acht am *Rooftop*?«

»Worauf du dich verlassen kannst!«

Ich winke ihr zu, als ich meinen Wagen entdecke und geradewegs darauf zugehe. Den Koffer verstaue ich auf dem Rücksitz, dann lasse ich mich auf den Fahrersitz fallen und betrachte den bordeauxroten Rock, den ich ein Stück hochschieben muss. Meine Pumps ersetze ich durch das Paar Sneaker, die auf der Beifahrerseite liegen, und starte dann den Motor, um den Flughafen zu verlassen und nach Hause zu fahren.

Da ich nicht zu spät zu Linas und meinem Skype-Date kommen will, versuche ich, die großen Staus der Stadt zu vermeiden – obwohl es so oder so eine Sache für sich ist, mit dem Auto durch New York zu kommen und dann noch pünktlich zu sein –, und schaffe es gerade so (okay, fünf Minuten bin ich dennoch in Verzug), zu Hause anzukommen und den Laptop anzuschalten.

»Ich hab dir doch gesagt, dass wir auch abends facetimen können!«, ertönt ihre Stimme, die durch die Lautsprecher etwas verzerrt klingt, woraufhin ich den Kopf schüttle und nebenbei das Jackett ausziehe.

»Nein, nein, das passt schon. Mal davon abgesehen, dass da nichts ist, was du noch nie gesehen hast«, ich deute auf mein Bustier, das sich durch meine halb geöffnete Bluse zeigt, »hast du auch noch einen Flug zu bekommen, schon vergessen?«

»Stimmt, da war noch was.«

Ich schüttle den Kopf und suche mir aus dem Schlafzimmer ein weißes Top und meine graue Jogginghose, bevor ich mich auf die Couch fallen lasse und dann den Zopf aus meinen Haaren löse und erleichtert aufseufze.

»Harter Flug?«

»Es war ... okay.«

»Also scheiße.«

Ich zucke mit den Schultern, muss ihr aber zustimmen. Wobei der Hinflug nach Kreta um einiges angenehmer gewesen ist als der Rückflug. Und das allein wegen eines Passagiers, der nicht nur der Ansicht war, seinen Nachbarn unnötig volltexten zu müssen und damit die gesamte Kabine unterhalten hat, sondern sich auch noch belästigt gefühlt hat, sobald man ihn freundlich darauf hingewiesen hat, bitte etwas leiser zu sein.

»Manchmal habe ich das Gefühl, dass die Passagiere hier viel anstrengender sind als zu Hause.«

Ja, zu Hause. Denn obwohl ich nun seit über knapp drei Monaten in New York lebe, mich mehr oder weniger eingelebt und ein paar Bekanntschaften geschlossen habe, kann ich noch nicht sagen, dass mein Herz komplett in New York angekommen ist. Es ist eher so, als wäre es auf halber Strecke zwischen hier und Phoenix hängengeblieben, unsicher, wohin es sich letztendlich bewegen soll.

»Na ja, dort hast du halt keine so tollen Kollegen wie hier«, stichelt sie grinsend, was sich dann in ein trauriges Lächeln verwandelt. »Du fehlst hier, Kay.«

Du fehlst mir auch.

»Aber«, fährt sie fort, wieder ein strahlendes Lächeln auf den Lippen, »es ist ja schon beschlossene Sache, dass ich dich zu Thanksgiving besuchen komme. Dann kannst du mich ganz New-York-mäßig rumführen und mir die ganzen versteckten Geheimtipps zeigen, die du entdeckt hast.«

Das ist tatsächlich eines der Dinge, auf die ich mich wahnsinnig freue. Zusammen mit meiner besten Freundin New York unsicher zu machen. Ich habe ihr zwar vorgeschlagen, dass sie Maxim mitbringen könne, doch ihre Worte waren klar und deutlich: »Ich will Quality Time mit meiner besten Freundin verbringen, wenn ich sie jetzt schon kaum noch sehen kann. Da haben Männer nichts zu suchen.«

Dass sie dabei nicht nur auf Maxim anspielt, versuche ich immer zu ignorieren, auch wenn sie die letzte Zeit gerne über Ian und mich spricht.

Denn nicht nur sie wird mich besuchen kommen, sondern auch er. Es war erst schwierig, eine Zeit zu finden, in der er herfliegen kann und ich nicht arbeiten muss, daher habe ich ihm meinen bisherigen Arbeitsplan geschickt. Zu sagen, ich sei aufgeregt, ihn nach all den Monaten endlich wiederzusehen, wäre untertrieben, denn bis heute sind mein Kopf und das Ding in meiner Brust sich unschlüssig, ob dieses Flattern in meinem Bauch mehr bedeutet. Mehr zwischen uns, ein Mehr für eine Zukunft.

Aber genau das werde ich versuchen herauszufinden, wenn er hier ist.

Ob die Schmetterlinge, die wieder und wieder in mir aufstieben, ihm gelten oder nicht eher ...

»Hey, hier spielt die Musik!«

Ich blinzle, merke, dass ich total weggedriftet bin, und lehne dann mein Kinn auf meine Handflächen, während ich durch den Bildschirm in das Grau blicke, das mich mein ganzes Leben schon begleitet.

»Sorry, ich bin jetzt ganz für dich da.«

Die Sonnenstrahlen knallen geradezu auf meinen Kopf, während ich mit meinem Einkauf die Straße entlanggehe. Zum Glück habe ich einen guten Supermarkt in der Nähe gefunden, wodurch das *Ben & Jerry's* in der Tüte auf dem Heimweg nicht komplett zu einem See aus Zucker und Milch schmilzt, denn das würde ich wirklich nicht verkraften.

Mein Top klebt mir trotz der kurzen Strecke schon an der Haut und wenn ich mein Haar nicht hochgebunden hätte, würde es sich sicher noch mehr danach anfühlen, als wäre ich direkt in eine Schweißdusche gelaufen.

Ich balanciere die braune Tüte in der einen Hand und versuche dabei, mit der anderen in der Hosentasche meiner Shorts nach dem Schlüsselbund zu suchen, als ich in jemanden hineinlaufe.

Mein ganzer Einkauf zerstreut sich auf dem Asphalt, das Netz mit den Orangen springt auf und einzelne von ihnen kullern um uns herum, doch sobald ich den Kopf hebe und mein Gegenüber ganz wie eine New Yorkerin damit anschnauzen will, ob er nicht gefälligst aufpassen könne, sterben sämtliche Worte in meinem Mund.

Und mein Herz?

Es rast, wird immer schneller, bis ich glaube zu träumen, zu halluzinieren.

Hat mir die Sonne zu sehr auf den Kopf geknallt?

»Hey.«

Aber er ist keine Einbildung. Keine Fata Morgana, die wie aus dem Nichts erschienen ist und mich um den Verstand bringen will.

Die tiefen Augenringe sind echt.

Der wilde, zerzauste Bart, der sein Kinn ziert, keine Fantasie.

Genauso wie das Wüten des Meeres, das in seinen sonst so klaren blauen Augen zu erkennen ist.

Und ich habe das Gefühl, nichts mehr von mir unter Kontrolle zu haben, obwohl ich dachte, ich wäre mittlerweile einen Schritt weiter. Ich dachte, dass ich nicht mehr dieses innere Chaos empfinden würde, wenn wir uns das nächste Mal begegnen.

Erst das Hupen eines Wagens reißt uns aus unserer Trance und roboterartig sammle ich meinen Einkauf ein. Aus dem Augenwinkel bemerke ich, wie er mir hilft, die Lebensmittel einzusammeln und sie zurück in die Einkaufstüte zu legen, die allerdings halb aufgerissen ist. Seufzend schaue ich auf die Eisbecher in meinen Händen und entdecke dann ein Schmunzeln auf seinen Lippen.

»Schön zu wissen, dass sich manche Dinge nicht ändern.«

»Was tust du hier?« Ich kann die Worte nicht aufhalten und im Nachhinein will ich es auch nicht. Ihn zu sehen, hat meinen Kopf zwar im ersten Moment zum Shutdown gezwungen, doch jetzt fährt er nach und nach wieder hoch – und damit bilden sich umso mehr Fragen in mir.

»Können wir das vielleicht oben besprechen? Bitte?«

Ob es an seinem Ausdruck liegt oder dem Wissen, dass ich dieses Gespräch nicht auf offener Straße führen will, weiß ich nicht, doch ich nicke, schließe etwas umständlich die Haustür auf und fahre mit ihm in den fünfzehnten Stock.

In meiner Wohnung tragen wir alles direkt in die Küchennische, wo ich als Erstes das Eis sicher verstaue und dann den restlichen Einkauf an seinen Platz bringe. Erst dann und mit einem Mutmacher in Form eines Glases voll Wasser, um das ich meine Hand schließen kann, wende ich mich ihm zu.

Er wiederum sieht sich um, ein kleines Lächeln erscheint auf seinem Mund, bis er merkt, wie ich ihn beobachte. »Es ist gemütlich. Es ... passt zu dir.«

»Was willst du hier, Sean?«

Er senkt den Blick und ich sehe genau, wie sich seine Hände zu Fäusten ballen, ehe er direkt in meine Augen sieht. »Ich habe sie endgültig verlassen.«

Glas zersplittert vor meinen Füßen und ich springe zurück. Mit einem »Fuck« auf seinen Lippen kommt er auf mich zu, begutachtet meine Hand, die sich verkrampft hat, und öffnet sie sanft. »Du hast dich geschnitten«, murmelt er und nimmt sie vorsichtig in seine, ehe er mich nach dem Badezimmer fragt und dorthin bringt.

Ich setze mich auf den Toilettensitz und beobachte ihn, wie er in den Schränken nach dem Erste-Hilfe-Kit sucht und sich dann mit einem feuchten Tupfer und Pflastern vor mich kniet. Ich wiederum kann mich nicht rühren und bekomme nur wie im Rausch mit, dass er mich verarztet.

Ich habe sie verlassen.

Ich habe sie verlassen.

»Sag mir, dass du das nicht wegen mir getan hast.«

Er sieht zu mir hinauf und allein seine Augen verraten mir die Antwort, ohne dass er sie aussprechen muss.

»Warum jetzt?« Ich spüre wie meine Lippen beben, dabei fühlt es sich an, als wäre es mein gesamter Körper.

Er wiederum schluckt, greift nach meiner gesunden Hand und streicht über das Armband, das mir Angelina geschenkt hat. Jenes, das versteckt auch sein Geschenk war.

»Weil ich es nicht mehr konnte.« Eine Gänsehaut überzieht mich, während seine Finger über das filigrane Metall streichen und mich dabei berühren. »All die Jahre dachte ich, dass die Firma, dass meine Familie, alles ist, was ich brauche. Dass sie immer an erster Stelle stehen muss, weil es mein Schicksal ist, seinen Platz einzunehmen.«

»Seinen Platz?«

»Den von Sam.« Blau trifft auf Braun. »Meinem Bruder.« Er atmet tief durch und nun ist er es, dessen Hände anfangen zu zittern.

Ich nehme sie in meine, beachte den Schmerz in meiner rechten Hand nicht weiter, sondern konzentriere mich allein auf ihn. »Erzähl es mir. Alles.«

Und das tut er.

Von einem Familiengeheimnis, das niemand bis auf die Wrights kennt.

Von einem verschollenen Bruder, der seiner Familie den Rücken kehrte und niemals mehr zurückblickte. Der seinen kleinen Bruder als Teenager allein seinem neuen Schicksal überließ. Einem, das ihn später vor die Wahl stellen sollte: Familie oder Liebe.

»Sam war mein Vorbild. Er hat sich um mich gekümmert, weil Dad ... Er ist nicht gerade der Vater des Jahres gewesen.«

Ich schnaube und entlocke ihm damit ein kleines Lächeln, das erlischt, als er fortfährt. »Sam wollte nie die Firma übernehmen, aber Dad hat ihn dazu gezwungen. Und Mom hat einfach nur zugesehen, hat nichts getan.«

Ich drücke seine Hände sanft, als er wieder stockt, und stehe auf, um ihn zurück ins Wohnzimmer zu ziehen, wo ich ihn auf die Couch schiebe. Er lässt mich keine Sekunde los, ganz im Gegenteil. Es fühlt sich eher an, als würde er es ohne mich nicht schaffen, auch nur ein weiteres Wort zu sprechen. Und das löst ein kaum erträgliches Ziehen in mir aus.

»Eines Abends wollte ich wie immer zu Sam. Er hat mich nie von sich gestoßen, ich war immer willkommen. Aber an dem Tag ... Seine Tür war verschlossen und er hat auch nicht auf meine Rufe reagiert, obwohl ich wusste, dass er da ist. Als die Tür auch am Morgen noch immer ungeöffnet blieb, hat Dad sie irgendwann eingetreten. Es war niemand im Zimmer, der sie hätte öffnen können, egal wie oft ich gerufen habe. Sam war einfach weg. Und ich habe ihn seitdem nie wiedergesehen.«

Obwohl ich ihn nur verschwommen wahrnehme, meine Ohren schrillen, und ich merke, wie mein Herz immer wieder aus dem Takt schlägt, spüre und sehe ich ihn. Seinen Schmerz. Seine Qual. Einen Jungen, dem so viel genommen wurde.

Genau dieser sieht jetzt zu mir. Nicht der Mann, der mir wieder und wieder das Herz gebrochen hat. Sondern ein Kind, dem so viel Verantwortung aufgebürdet wurde, die er nicht verdient hatte.

»Ich habe an dem Tag nicht nur meinen Bruder verloren, den ich über alles geliebt habe, sondern auch meinen freien Willen, mein Leben. Alles, was auf Sams Schultern ruhte, lag von nun an auf meinen. Jede Verantwortung, jedes Vorhaben von Dad musste nun durch mich erfüllt werden, da ›mein unnützer Bruder sich ja aus dem Staub machen musste‹.

Nur wusste ich das erst, als Dad mich vor die Wahl gestellt hat, nachdem er von uns erfahren hat. Als ich bereits Hals über Kopf in dich verliebt war. Entweder ich trenne mich von dir und lasse mich auf Zoella ein – schließlich sei sie eine Frau, die an die Seite seines zukünftigen Erben passe –, oder er werde alles dafür tun, dass du und deine Familie zugrunde gehen und ich dich nie wiedersehe. Glaub mir, mein Vater hätte nichts unversucht gelassen, um dir und deinen Eltern zu schaden. Egal ob physisch oder psychisch. Und ich weiß, wie viel sie dir bedeuten. Wie hätte ich es also zulassen können?«

Ich schieße die Augen. Schüttle den Kopf, wieder und wieder, bis ich die Wärme seiner Finger an meinen Wangen spüre und die Tränen auf seinen eigenen erkenne, die er mir ungefiltert zeigt.

»Ich habe mich für dich entschieden, indem ich dich losgelassen habe, um ein Leben zu leben, das ich nicht führen wollte, anstatt deins zu zerstören und mir bis in alle Ewigkeit Vorwürfe zu machen, weil ich zu egoistisch war. Lieber wollte ich dich wenigstens noch so in meinem Leben als überhaupt nicht.«

»Warum hast du nichts gesagt?«

»Ich konnte nicht, Kay. Du weißt nicht, wie manipulativ er sein kann. Ich ... fuck.«

Er will sich mir entziehen, aber das lasse ich nicht zu. Mit aller Kraft, die ich noch habe, drücke ich seine Hände an mich, lasse seinen Blick nicht los. »Alles Sean.«

Er nickt, schluckt und lehnt dann seine Stirn gegen meine.

»Ich liebe dich, Mikayla. Damals genauso wie heute. An jedem verdammten Tag, seitdem ich dir begegnet bin. Ich leugne nicht, dass ich mit der Zeit Gefühle für Zoella entwickelt habe, aber sie waren nie so stark wie die für dich. Aber nach allem, was passiert ist, habe ich endlich gemerkt, dass ich das alles nicht mehr kann, ohne zugrunde zu gehen. Ich habe etwas Zeit gebraucht, um zu kapieren, dass ich meinem Kind gleichzeitig ein Vater sein kann, auf den es stolz sein kann, auch wenn ich nicht mehr mit Zoella zusammen bin. Ich will jemand sein, der seinem Herzen folgt und sich nicht dem Zwang anderer beugt. Und der sich nicht dem Druck seines Vaters und einer Frau unterwirft, die einem nicht das geben können, was man eigentlich braucht. Denn das kannst nur du.«

Sein Baby. Bis jetzt habe ich diese Tatsache total verdrängt, was auch er zu merken scheint, denn er nickt wissend. »Ich bin aus der Firma zurückgetreten, habe meinem

Vater gesagt, dass ich raus bin, und die Scheidung eingereicht.«

»Was?!«

Das kann nicht sein Ernst sein. Doch jede weitere Silbe aus seinem Mund zeugt vom Gegenteil.

»Wie soll ich meinem Kind ein guter Vater sein, wenn ich alles falsch mache? Wenn ich allem, was ich ihm oder ihr eines Tages beibringen will, nicht gerecht werde, weil ich mich selbst nicht daran gehalten habe? Deswegen muss ich endlich das Richtige tun. Zoella und ich können ihm oder ihr nur gute Eltern sein, wenn ich dieses toxische Band zwischen uns endlich zerreiße.«

»Was erwartest du jetzt von mir?«

»Gar nichts, Mika. Aber ich bitte dich um eine Chance.« Er umfasst meinen Nacken, sanft und dennoch mit einer Intensität, die mir nicht erlaubt, mich seiner Nähe zu entziehen. Doch das will ich auch nicht. Jeder Zentimeter meines Körpers erinnert sich daran, was ich immer wollte. Was ich nach wie vor will. Ihn.

»Erlaube mir irgendwann – denn ich weiß, dass du mir nicht so schnell verzeihen kannst – dir zu zeigen, wie es von Anfang an hätte sein sollen. Gib mir die Chance, der Mann zu sein, den du verdienst. Der alles für dich zurücklässt und endlich den Arsch in der Hose hat, sich die Frau zu holen, die von Anfang an an seine Seite gehört hat. Denn wenn ich eines immer wusste, dann, dass ich niemals ohne dich überleben kann, Mikayla. Auch wenn ich es dir so lange nicht bewiesen habe. Und ich hoffe, dass es noch immer den Teil in deinem Herzen gibt, der mich liebt und nicht aufgegeben hat.«

Stille durchflutet den Raum. Gleichzeitig jedoch scheint mein Innerstes zu brüllen, mit sich selbst zu diskutieren, zu schreien.

Sich zu fragen, was ich tun soll. Ob er es verdient hat.

Ich hatte doch eigentlich mit ihm und diesem Kapitel abgeschlossen. Doch wen will ich hier eigentlich belügen? Ich habe nie mit Sean abgeschlossen.

»Ich brauche Zeit«, wispere ich, merke aber, wie meine Stimme fester wird. Wie die Entschlossenheit, die Entscheidung, sich immer weiter manifestiert. Mich stärker macht, so paradox es auch klingt.

»Und die bekommst du. Egal, wie lang. Wochen, Monate, wie lange du auch brauchst.« Die Trübheit in seinen Augen erlischt, ersetzt sich durch ein Funkeln, das mich an den Jungen erinnert, der mich damals immer in seinen Armen hielt. Der Junge, von dem das Armband an meinem Handgelenk stammt.

Ich schaue auf dieses, merke, wie sich meine Mundwinkel heben. Begreife, dass es nie eine Wahl gegeben hat, egal, wie sehr ich es mir eingeredet habe. Sonst hätte ich nicht so viel für diesen Mann geopfert.

»Ich habe mir auf unbestimmte Zeit ein Hotelzimmer gebucht und werde warten. Das bin ich dir schuldig und so viel mehr. Und ich werde alles wiedergutmachen, das verspreche ich dir.«

Ruckartig schaue ich auf und mein Blick trifft auf den einen gehobenen Mundwinkel.

»Ich bleibe hier, bei dir. Und ich werde erst weggehen, wenn es nichts mehr in dir gibt, das mich genauso liebt wie ich dich.«

Wir beide wissen, dass es in meinem Leben immer nur einen Mann gegeben hat, dem mein vollständiges Herz gehört. Auch wenn ich einzelne Stücke davon an andere abgegeben habe.

Es gibt so vieles, was gegen uns spricht. Vieles, was noch ungeklärt ist.

Seine Ehe, auch wenn er die Scheidung eingereicht hat.

Sein ungeborenes Kind, das ihn für immer mit Zoella verbinden wird.

Seine Familie, die immer etwas gegen uns und unsere Liebe haben wird.

Aber im Endeffekt ist all das egal.

Manchmal kommt selbst das Ende der Welt, ein Sturzflug, eine Katastrophe, nicht gegen das an, was zwei Menschen miteinander verbindet. Auch wenn viele sagen würden, dass es die dümmste Entscheidung meines Lebens sein wird – letztendlich ist es dennoch meine.

Und es gibt etwas, das mein Herz von Anfang an wusste: Es entscheidet sich immer für ihn.

40.

Sechs Wochen später

»Na, was macht das Leben?«

Wie oft habe ich darüber nachgedacht und jedes Mal das Gefühl gehabt, meines würde stillstehen, während das aller anderen an mir vorbeizieht.

Und wie gut fühlt es sich jetzt an, hinauf in den strahlend blauen Himmel zu blicken und nicht anders zu können als zu lächeln.

»Es hat eine Überraschung nach der anderen parat.«

Ich drücke die Hand, die meine festhält, während Sean und ich weiter durch den New Yorker Trubel laufen. Uns nichts aus den Mengen, den hektischen Passanten, machen. Denn wir beide haben gelernt, wie kostbar jeder Augenblick, jede einzelne Sekunde sein kann.

»Und wie sieht's bei dir und Valentina aus?«

»Ich kann mich definitiv nicht beklagen«, ertönt Marcos amüsiertes Brummen aus dem Telefon, gefolgt von einem lachenden Quietschen im Hintergrund. Jede Wette, dass seine Freundin gerade neben ihm ist. Ich kann mir nur zu gut vorstellen, wie die beiden in diesem Moment am Strand sitzen oder entspannt im Bett liegen.

Unser Gespräch, als wir während meines Besuchs abends am Strand saßen, erscheint vor meinem inneren Auge und ich begreife, wie viel sich seit dem Moment verändert hat. Wie sehr sich mein Leben gewendet hat, auch wenn ich mit einigem sicher nicht gerechnet habe.

Aber ich liebe jede einzelne Veränderung.

»Ich soll dich übrigens von allen grüßen und nachfragen, ob du dieses Weihnachten zu uns kommen wirst. Und ob du ihn mitbringst?«

»Dir ist schon klar, dass wir erst September haben, oder?«, erwidere ich, woraufhin meine Aufmerksamkeit von Marco auf den Mann neben mir gelenkt wird.

Trotz der Sonnenbrille, die seine Augen verdeckt, erkenne ich das Funkeln in Seans Augen.

Wir sind gleich da, formen seine Lippen kurz darauf, was mich nicken lässt, ehe ich mich wieder meinem Cousin wieder. Denn wenn wir erst zu Hause sind, habe ich nicht wirklich das Bedürfnis, weiterzutelefonieren, wenn ein bequemes Bett, nackte Haut und ein Filmmarathon auf mich warten.

»Wie auch immer«, antworte ich doch noch auf Marcos Frage. »Ich werde mit Sean darüber reden. Aber sag erst mal noch nichts zu Mom und den anderen, okay? Ich will nicht, dass –«

»Sie ein riesiges Ding draus machen, wenn du nicht allein kommst? Glaub mir, selbst wenn sie das erst einen Tag vorher erführen, würden sie sich irgendwas für euch einfallen lassen. Du kennst sie.«

Da hat er leider recht.

»Ich muss jetzt Schluss machen, aber ich melde mich bei dir, okay?«

»Das will ich dir geraten haben.«

Kurz darauf schiebe ich mein Handy in die kleine Umhängetasche über meiner Schulter, während ich Sean durch das Treppenhaus zu meinem Apartment folge.

Als wir in der Tür stehen, wendet er sich mir zu und schließt diese hinter uns, sodass ich mich daran anlehnen kann, während er mich überragt. Ohne zu zögern, greife ich nach dem schwarzen Gestell seiner Sonnenbrille und ziehe es von seiner Nase, sodass ich in das leuchtende Blau seiner

Augen sehen kann. Meine Lieblingsfarbe, seit ich denken kann.

»Machst du schon Pläne für uns, von denen ich wissen müsste?«, fragt er mit leiser Stimme und kommt mir dabei Stück für Stück näher.

Mein Blick schweift zwischen seinem Mund und seinen Augen hin und her. »Und wenn dem so wäre?«

»Dann fühle ich mich geehrt, dass du schon so weit für uns denkst.« Seine Fingerspitzen streifen meine Wange, ehe sie eine Haarsträhne, die sich aus meinem Zopf gelöst hat, hinter mein Ohr schieben. »Du weißt, dass ich das nicht als selbstverständlich betrachte.«

»Ich weiß.«

Ich schmiege mich in seine Berührung, schließe die Augen und genieße das Flattern in meiner Brust, welches ich endlich wieder zulassen kann. Ohne Angst zu haben, es könnte ausgelöscht werden.

Wer hätte ahnen können, dass wir heute hier stehen würden – zusammen?

Natürlich gibt es noch vieles Ungeklärte.

Zoella.

Das Baby.

Die Firma.

Seine Familie.

Ganz abgesehen davon, dass das zwischen uns noch an seinem Anfang steht, mehr oder weniger. Denn obwohl ich ihn liebe, kann ich nicht einfach vergessen. Das weiß und respektiert er. Und wenn er mir in den vergangenen Wochen nicht gezeigt hätte, dass ich dieses Mal zu hundert Prozent auf seine Worte vertrauen kann, würde ich niemals mit dem Gedanken spielen, ihn mit zu meiner Familie zu nehmen.

Denn wenn das passiert, will ich mir sicher sein, dass es endgültig ist. Keine Spiele, keine Rückzieher – *all in*.

Wir gehen es Schritt für Schritt an, so, wie wir es von Anfang an hätten tun sollen. Sean hat sich vor Kurzem ein kleines Apartment, das sich keine zwanzig Minuten von meinem entfernt befindet, gemietet. Die Einrichtung ist noch schlicht gehalten, doch ich bin mir sicher, dass ich daran die ein oder andere Verschönerung vornehmen kann.

Was seinen Job in der Firma angeht, steht vieles noch in den Sternen. Denn sein Dad ist noch immer nicht begeistert davon, dass Sean sich von ihm abseilen will, und versucht weiterhin alles Mögliche, damit er bleibt. Ich selbst halte mich bei diesem Thema aber absichtlich außen vor, da ich Sean nicht beeinflussen will. Es ist noch immer sein Leben, also auch seine Entscheidung.

Der größte offene Punkt momentan ist jedoch das Baby. Trotz ihrer Differenzen haben er und Zoella gemeinsam beschlossen, das Geschlecht erst bei der Geburt erfahren zu wollen. Ich werde ihn in allem, was sein Kind betrifft, unterstützen. Ich könnte niemals einem unschuldigen Wesen etwas zur Last legen, woran seine Eltern Schuld tragen. Und vielleicht gefällt einem winzig kleinen Teil in mir die Vorstellung eines Seans, der mit oberkörperfrei mit seinem Kind an der Brust kuschelt.

Zoella selbst ist ein Thema, das noch immer gemischte Gefühle in mir hervorruft. Denn ich weiß nicht nur von Sean, dass seiner zukünftigen Ex-Frau die neuen Umstände alles andere als leichtfallen. Ich kann nicht verhindern, dass ich bei dem Gedanken Mitleid mit ihr empfinde – immerhin ist es noch immer sie, die sein Kind unter dem Herzen trägt. Und auch meiner besten Freundin merke ich an, dass sie selbst nicht so genau weiß, wie sie mit alledem umgehen soll. Maxim hatte recht damit, dass ich Angelina mit allem, was passiert ist, zwischen die Fronten geworfen habe. Und ich sollte mich schuldig fühlen. Aber wer weiß, wie lange die Beziehung zwischen Sean und Zoella auch ohne mich noch gut gegangen wäre?

Was ich weiß ist, dass ich erleichtert darüber bin, meine beste Freundin bei dem ganzen Drama nicht verloren zu haben. Und was ihre Schwester angeht – mein Gefühl sagt mir, dass es gerade wegen ihres gemeinsamen Kindes mit Sean noch zu Problemen kommen wird, für die ich mich wappnen sollte.

Doch bis er oder sie da ist, versuchen wir, eins nach dem anderen anzugehen. Auch das, was sich zwischen uns langsam, aber sicher festigt. Und ich koste alles davon aus.

»Ich liebe dich«, wispere ich, sobald ich meine Lider öffne, erkenne das Funkeln in seinem Blick, kurz bevor er seine Stirn gegen meine lehnt. »Lass mich dir zeigen, wie sehr ich dich liebe.«

Seine Hände schieben sich unter meine Kniekehlen, als ich ihn im selben Moment küsse. Ich schwebe – sowohl körperlich als auch seelisch –, lasse mich von seinen Berührungen und seiner Hitze einnehmen, bis ich die weichen Laken unter meiner Haut spüre.

Wir lächeln uns an, während er sich den Weg unter mein Kleid sucht. Unsere Herzen schlagen im selben Takt, als ich das Shirt über seinen Kopf schiebe und es wegwerfe. Ich spüre nichts als ihn, als wir Haut auf Haut liegen.

Er zieht das Zopfgummi aus meinem Haar, breitet es aus wie einen Fächer und lässt seinen Blick voller Bewunderung und Gier über mich gleiten. »Ich werde mich niemals an dir sattsehen.«

»Mit *niemals* kann ich arbeiten.«

Dann folgt das Knistern von Folie, das leichte Ziehen, als er sich in mich schiebt, und so viel mehr, als ich vor Monaten noch zu träumen gewagt habe.

Meine Nägel graben sich in seine angespannten Muskeln, seine Zähne in mein weiches Fleisch. Und ich kann hiervon nicht genug bekommen. Von Sean, dieser Verbindung, diesem Wir. Es ist alles, was ich mir gewünscht habe, als ich mich vor so vielen Jahren in den Jungen mit den Kobaltaugen verliebt habe.

Ich genieße es, wie er mit meinem Körper spielt wie auf einer Violine. Wie er jeden einzelnen Punkt auf meiner Haut wie eine Karte in- und auswendig kennt. Wie er mich Dinge fühlen lassen kann, die ich allein mit ihm fühle und mit keinem anderen.

Ich kann mich irgendwann einfach so fallen lassen und weiß, er fängt mich. Er folgt meinem erlösenden Schrei, lässt seinen schweren Körper auf mich sinken, und ich halte ihn mit allem, was ich habe, fest.

Es gab Momente, in denen ich mir gewünscht habe, die Zeit würde anhalten und nie mehr weiterlaufen. Aus Angst, dass die Seifenblase, die uns zusammenhielt, zerplatzen würde. Jetzt jedoch kann ich kaum erwarten, was die nächste Sekunde, die nächste Minute, für uns bereithalten wird. Denn jetzt sind wir endlich an einem Punkt angekommen, der keine bloße Fantasie ist, sondern real.

»Willst du mich Weihnachten nach São Luís begleiten?«

Sean hebt sein Gesicht und sieht mich mit zusammengezogenen Brauen an. Sein Haar steht in alle Richtungen ab, gleichzeitig hat er nur selten schöner ausgesehen. »Wenn du das willst?«

»Mehr als alles andere.«

»Da wäre ich mir nicht so sicher.« Schelmisch und mit einem Ausdruck in seinen Augen, der mir noch viel mehr verspricht, wandern seine Fingerkuppen über meine Haut, bis sie sich zwischen meine Schenkel schieben und mir ein heiseres Stöhnen entlocken.

»Okay, vielleicht nicht alles.« Dann lasse ich mich ein weiteres Mal von ihm um den Verstand bringen.

Ich lasse mich von ihm lieben, bis jeder Millimeter meines Körpers auf ihn programmiert ist. Wobei – das war er schon immer. Genauso wie mein Herz, mein Verstand und meine Seele.

Es hat nur eine Menge Turbulenzen, Crashs und Höhenflüge gebraucht, bis wir endlich dort angekommen sind, wo wir hingehören.

Seite an Seite.

Und wenn es nach mir ginge, würde sich das nie mehr ändern. Egal, was kommt.

Epilog

Ian

Ich hatte nicht damit gerechnet, mich in sie zu verlieben. Für sie meine eiserne Regel zu brechen, über meinen Schatten zu springen, diese eine Grenze zu überschreiten.

Doch ich bin zu spät.

Und ich habe nicht den geringsten Schimmer, ob ich es bereuen sollte oder nicht.

Nicht bei ihrem Lächeln, bei dem Glück, das ich selbst über die Entfernung hinweg in ihren braunen Augen erkennen kann.

Auch wenn ich nicht der Grund dafür bin, sondern er.

Während er es ist, der zaghaft nach ihrer Hand greift, Finger für Finger ineinander verwebt und sie mit derselben Intensität betrachtet wie sie ihn.

Ob mein Herz eines Tages genauso für sie geschlagen hätte wie seines?

Vielleicht.

Vielleicht habe ich auch von Anfang an gewusst, dass jemand wie ich nicht für sie bestimmt sein kann. Vielleicht haben wir von vornherein nur Freunde sein sollen.

Selbst wenn es seine Zeit brauchen wird, muss ich dieses Ziehen in meiner Brust unter Kontrolle bringen.

Sie kann mich zwar nicht sehen, doch ich sehe sie.

Sie kann meine rasenden Gedanken nicht hören, doch ich höre ihr Lachen.

Sie wird niemals erfahren, dass ich sie überraschen, ihr dieses Grinsen auf die Lippen zaubern wollte, wie er es tut, als er sich zu ihr hinunterbeugt und ihre Wange küsst.

Denn das würde das Band zwischen uns vermutlich zerstören. Vor allem, nachdem ich den Mann gesehen habe, für den Mikaylas Herz immer schon geschlagen hat.

Sie ganz zu verlieren könnte ich nicht verkraften. Daher drehe ich mich um und wende meine Augen von ihrem Anblick ab. Von ihr und dem Mann, der es als einziger schafft, sie von ganzem Herzen zum Strahlen zu bringen, sie glücklich zu machen.

Ein Mann, dessen Anblick mir wie ein Fausthieb meine Vergangenheit vor Augen führt. Genau das, was ich mit allen Mitteln zu vermeiden versucht habe.

Es ist zwar schön, verliebt zu sein, doch genauso schrecklich zu wissen, dass man nie die geringste Chance hatte. Aber besser den kurzen Stich der Wahrheit zu erleben als den dauerhaften Schmerz der falschen Hoffnung.

Ich laufe die belebte Straße entlang, beachte die Blicke der Frauen nicht, während ich Schritt für Schritt mehr Abstand zwischen uns bringe. Die Tasche in meiner rechten Hand schlägt wiederholt gegen mein Schienbein, doch ich lasse es geschehen.

Sobald ich das nächste freie Taxi ausfindig machen kann, hebe ich die Hand, lasse mich kurz darauf auf den Platz im Inneren fallen und sage: »Zum Flughafen, bitte.«

Und so weit weg von diesem Ort wie nur möglich.

Danksagung

Mikaylas und Seans Geschichte hat mir einiges abverlangt. Gingen mir Angelina und Maxim innerhalb eines Monats von der Hand, haben mich Angelinas beste beste Freundin und ihr Schwager so einige Nerven geraubt. Denn ihre Reise ist heftig, sicherlich moralisch verwerflich – und trotzdem genauso echt wie jede andere. Nicht alles hält sich an die Regeln oder Normen. Es gibt Momente, Handlungen, Augenblicke, in denen man weiß, dass man im Begriff ist etwas Falsches zu tun. Doch wie sagt man so schön: »Wie kann etwas falsch sein, wenn es sich so verdammt richtig anfühlt?«

Und genau deswegen liebe ich dieses Buch genauso sehr. Weil es die Regeln bricht. Weil es zeigt, dass wir Menschen einfach nur das sind – Menschen – es liegt in unserer Natur Fehler zu machen. Daher hoffe ich, ihr nehmt es den zwei nicht ganz so krumm, dass sie letztendlich nur auf ihre Herzen gehört haben. Auch wenn ein drittes darunter leiden musste – aber zum Glück gibt es noch eine letzte Reise, die es zu erzählen gibt ... ♥

Nach diesen einleitenden Worten folgt die typische Danksagung. Und wie am Anfang schon erwähnt, widme ich dieses Buch dir, Marie. Dafür, dass du Mikayla und Sean von Sekunde eins geliebt hast, egal, was sie verzapft haben – auch wenn ich mich noch ganz genau an deine Ausraster erinnern kann. Aber ohne dich ... wer weiß, wie ihre Geschichte letztendlich ausgegangen wäre. Also danke ♥

Danke an alle, die Mikayla und Sean eine Chance geben, ihre Geschichte zu erzählen. Die versuchen, sich in ihre Gefühlswelt hineinzuversetzen. Ich hoffe, ihr habt das ein oder andere Mal ein Auge zudrücken können.

Ein ganz dickes Dankeschön an Piper und meine tolle Lektorin Larissa, dass nun auch Band 2 das Licht der Welt erblicken durfte. Ich freue mich auf 2023, wenn wir zusammen die Reihe vollenden werden. Mit einer Frau, die zu diesem Zeitpunkt anders erscheint, als sie wirklich ist. Doch die vermutlich am meisten mein Herz für sich gewinnen wird.

Also liebe Leser, wir sehen uns 2023 für den Abschluss der »Mile High«-Reihe wieder!